ullstein

Das Buch

Am Gedenktag von Maria Magdalena wird in Frankfurt die Leiche der Hübscherin Roswitha aus dem Main gezogen. Der Körper der Toten weist schlimme Verletzungen auf und ist in ein Büßergewand gehüllt. Die Untersuchung der Leiche ergibt, dass Roswitha an Syphilis erkrankt war. Ursel Zimmer, die Vorsteherin der städtischen Hurengilde, findet heraus, wer Roswithas letzter Freier war. Die Stadt leitet eine Fahndung ein, doch Ursel ist sich plötzlich nicht mehr so sicher, ob man dem Richtigen auf der Spur ist. Und so scheut die Hurenkönigin keine Mittel und Wege, um den Mörder, der ihre Mädchen bedroht, zu finden – und entkommt schließlich selbst nur knapp dem Tod …

Die Autorin

Ursula Neeb hat Geschichte studiert und ist fasziniert von dem Leben im Mittelalter. Sie arbeitete beim Deutschen Filmmuseum und bei der *FAZ*, heute lebt sie mit ihren beiden Hunden im Taunus, wo sie auf langen Spaziergängen neue Geschichten ersinnt.

Ursula Neeb

Die Hurenkönigin

Roman

Ullstein

Besuchen Sie uns im Internet:
www.ullstein-taschenbuch.de

FSC
Mix
Produktgruppe aus vorbildlich
bewirtschafteten Wäldern und
anderen kontrollierten Herkünften
Zert.-Nr. SGS-COC-001940
www.fsc.org

Originalausgabe im Ullstein Taschenbuch
1. Auflage September 2012

Umschlaggestaltung: ZERO Werbeagentur, München
Titelabbildung: Stoffstruktur und Ornamente: Finepic®, München;
Frau: akg-images / Erich Lessing
Satz: Pinkuin Satz und Datentechnik, Berlin
Gesetzt aus der Garamond
Papier: Holmen Book Cream von Holmen Paper Central Europe,
Hamburg GmbH
Druck und Bindearbeiten: GGP Media GmbH, Pößneck
Printed in Germany
ISBN 978-3-548-28376-0

Für Markus Wild, der all meine Mägde,
Wundermänner und Königinnen
so famos begleitet hat.

»Wann sie ziehent in die messen, So lebens tag vnd nacht imm saus, Fragent baldt nach dem frawen hauß.«

Johann Haselbergk, 1533

»Die hohe Leidenschaft der Liebe verlangt eine noch höhere Standhaftigkeit im Dulden.«

Lehre aus der Zunft der Weiberknechte,
13. Jahrhundert

TEIL 1
Die Büßerin

Maria Magdalena –
Schutzpatronin der Huren

Ihr Gedenktag ist der 22. Juli.

Prolog

Um die missmutige Stimmung seiner schönen Herrin ein wenig zu heben, hatte er an diesem Abend die Laute herbeigeholt und sich zu ihren Füßen auf dem Boden niedergelassen.

»Was darf ich Euch aufspielen, Herrin?« Ergeben blickte der junge Mann mit dem schulterlangen kupferfarbenen Haar zu dem hohen Lehnstuhl auf.

Die Frau mit den engelhaften Gesichtszügen zuckte unwillig mit den Schultern und fuhr ihn an: »Was weiß denn ich? Spiel Er doch, was Er will!«

Während er sein Instrument stimmte, besann er sich kurz. Er würde eines seiner Lieblingslieder spielen, »Du süße, holde Herrin mein«. Es stammte aus der Feder des berühmten Minnesängers Ulrich von Lichtenstein, den er zutiefst bewunderte. Nachdem er die ersten Töne der melancholischen alten Weise angestimmt hatte, fing er mit wohltönender Stimme an zu singen:

»Sie war von hoher Art geboren,
sie war so schön und gut, so keusch und rein,
sie war in allen Tugenden vollkommen,
ihr Knecht wollt ich für immer sein …«

»Genug!«, unterbrach sie ihn gereizt. »Du langweilst mich. Ich möchte ein Bad nehmen und dann zu Bett gehen.«

Er verstummte augenblicklich, legte die Laute beiseite und erhob sich. »Sehr wohl, Herrin. Ich werde alles richten«, erwiderte er unterwürfig und verneigte sich, ehe er den Raum verließ.

Nachdem die Mägde kübelweise heißes und kaltes Wasser in die Badestube getragen hatten, verwandte er einige Sorgfalt darauf, dem Badewasser die richtige Temperatur zu geben. Wenn es nicht wohltemperiert war, setzte es Schläge. Schon manche Reitgerte hatte die Herrin an ihm zerschlagen, weil ihr das Bad nicht recht gewesen war. Aber das war bei weitem nicht das Schlimmste, was ihm in all den Jahren widerfahren war, seitdem er im Alter von zwölf Jahren den Frauendienst bei ihr angetreten hatte. Von Anfang an hatte ihm seine gestrenge Herrin die unglaublichsten Prüfungen auferlegt. Zur Belustigung ihrer Gäste musste er sich zuweilen als Kammerzofe oder als Hanswurst verkleiden. Manchmal, vor allem während der größten Sommerhitze, stand ihr gar der Sinn danach, dass er sich ein zotteliges Fellkleid überzog, auf allen vieren ging und sämtliche Gehorsamsübungen vollführte, die ein gut abgerichteter Jagdhund zu beherrschen hatte. Das Schrecklichste aber war, wenn er sich am Karfreitag unter die Aussätzigen mischen musste, denen es an diesem Tag erlaubt war, auf der Mainbrücke zu betteln.

In alledem sah er jedoch seine Bestimmung, und es gab nichts, was er nicht für sie getan hätte.

Immer wieder hielt er den Ellbogen in die Wanne und befand die Wassertemperatur schließlich für angemessen. Sie hatte eine so unglaublich zarte Haut, weich und empfindlich wie die eines Säuglings. Er goss ein ordentliches Quantum Rosenöl ins Wasser und ließ der Herrin durch eine der Mägde bestellen, das Bad sei gerichtet.

Als die Holde wenig später in der Badestube erschien, half er ihr beim Auskleiden und rückte die hölzerne Trittstiege vor den Zuber. Auf seinen Arm gestützt, stieg sie mit elfenhafter Anmut ins Bad und sank mit einem wohligen Seufzer ins Wasser. Er wusch den grazilen Körper seiner Herrin mit einem großen, weichen Meeresschwamm, den er bei einem Händler aus dem Orient erstanden hatte. Nach dem Bade trocknete er sie behutsam ab, kleidete sie in ein seidenes Nachtgewand und kämmte ihr das hüftlange goldene Haar mit einem Kamm aus Elfenbein. Anschließend geleitete er sie in ihr Schlafgemach, wo er ihr die Daunenkissen aufschüttelte und das Bett aufdeckte. Nachdem sie in das Bett geschlüpft war, deckte er sie zu. Ehe er sich aus dem Schlafgemach entfernte, küsste er ihre Hand und wünschte ihr eine gesegnete Nacht.

Später räumte er in der Badestube die Waschutensilien weg, beugte sich hinab und trank in großen Zügen von ihrem Badewasser. Zum Abschluss entfernte er mit zärtlicher Geste die einzelnen Haare aus dem Kamm und verwahrte sie sorgfältig in einer kostbaren Reliquienkapsel, die er am Gürtel trug.

1

Samstag, 16. Juli 1511

Die mechanische Räderuhr am Römerrathaus hatte gerade die zehnte Stunde geschlagen, als die »angemalte Rosi« mit einem Krug Wein in der Hand die Treppe hinaufstieg. Ihr rundes, stark geschminktes Gesicht glänzte, und die Augen waren gerötet. Sie hatte die Nase gestrichen voll von Freiern und dem Rest der Welt und wollte sich in ihrer Kammer nur noch in Ruhe besaufen.

In der vergangenen Nacht hatte sie kein Auge zugetan vor Gram – wegen Josef, diesem Drecksack! Seine Maulschellen brannten noch immer wie Feuer auf ihrem Gesicht, und ihre Oberlippe war geschwollen. Schlimmer als das aber war der Schmerz wegen seiner Untreue, der an ihr nagte wie Ratten am Aas. Sie hätte ihn umbringen können – ihn und dieses verdammte Weibsstück! Den ganzen gestrigen Abend hatte sie mit ansehen müssen, wic er mit der anderen herumschäkerte. Schließlich war Rosi der Kragen geplatzt, und sie hatte ihm unten in der Schankstube vor aller Augen eine handfeste Eifersuchtsszene geliefert. Daraufhin verpasste ihr Josef eine Backpfeife und schlüpfte als Krönung auch noch zu der verhassten Rivalin ins Bett. Rosi hatte gesoffen wie ein

Loch, um endlich einschlafen zu können und das laute Gestöhne der beiden, das bis in ihre Kammer drang, nicht mehr hören zu müssen.

Am Morgen war sie dann so übel gelaunt und verkatert gewesen, dass sie am liebsten in den Main gesprungen wäre. Sie hatte alles und jeden gehasst. Bei den anderen Huren des Frauenhauses hatte sie tagsüber ordentlich Dampf abgelassen, so dass die Hurenkönigin sie mehrmals zusammenstauchte. Und bei den acht Freiern, die sie im Laufe des Tages hatte, hatte sie ihrer Wut erst recht freien Lauf gelassen. Unflätig beschimpft hatte sie die geilen Böcke, was dem einen oder anderen sogar Spaß zu machen schien.

Zum Glück war der Tag jetzt so gut wie gelaufen. In einer Stunde war Sperrstunde, und das Frauenhaus wurde geschlossen. Rosi hoffte inständig, dass sich kein Freier mehr zu ihr verlief. Scheiß doch auf die paar Kröten, sie konnte für heute jedenfalls keinen Schwanz mehr sehen!

Als sie die Galerie entlang auf ihr Zimmer zuging, hörte sie plötzlich Schritte auf der Treppe. Hastig eilte sie zur Tür, um noch rasch hineinzuschlüpfen, als sie die Stimme der Frauenhauswirtin Ursel Zimmer vernahm: »Rosi, da ist noch Kundschaft für dich!«

Verärgert wandte Rosi sich um. Hinter der Hurenkönigin kam ein Freier die Treppe herauf.

Auch das noch!, dachte sie beim Anblick des abgerissen wirkenden Mannes, der einen schweren Tornister auf dem Rücken trug und dessen hageres Gesicht von grauen Bartstoppeln übersät war.

»Kann den nicht eine andere übernehmen? Mir tut das Kreuz weh, und ich hab die ganze Nacht nicht geschlafen«, sagte Rosi flehend zur Frauenhauswirtin und blinzelte sie aus müden Augenschlitzen an.

»Ich weiß doch, Kindchen. Ich hätte dich auch gerne geschont, aber er hat ausdrücklich nach dir verlangt.« Die Vorsteherin der Hurengilde, die auch mit über fünfzig Jahren noch eine schöne Frau war, legte mütterlich den Arm um Rosi. »Komm, nimm ihn dir noch zur Brust. Er ist auch bestimmt der Letzte für heute. Und morgen ist Sonntag, da kannst du dich ein bisschen ausruhen.«

Rosi, die der Vorsteherin sehr zugetan war, ließ ihren Widerstand fahren und schnaubte resigniert: »Na gut. Wenn's denn unbedingt sein muss. – Und Ihr seid Euch sicher, dass Ihr wirklich zu mir wollt?«, wandte sie sich an den Freier.

»Ja«, murmelte der Mann und musterte Rosi verlegen. »Ihr seid doch die Hübscherin Roswitha?«

»Die bin ich«, erwiderte die Angesprochene ungnädig. Der Fremde konnte seinen Blick kaum von ihren üppigen, aus dem enggeschnürten Mieder quellenden Brüsten lösen.

»Warum denn ausgerechnet ich?«, raunzte Rosi ärgerlich. »Andere im Haus haben auch so was …«

»Ich möchte aber zu Euch, wenn's recht ist«, lispelte der Landgänger, der kaum noch Zähne im Mund hatte. Er fügte mit listigem Lächeln hinzu: »Es soll auch Euer Schaden nicht sein!«

Rosi, der es laut Frauenhausordnung untersagt war, einen Mann abzuweisen, winkte den Zerlumpten mit der Bemerkung, ihr bleibe heute aber auch nichts erspart, in ihre Kammer und knallte missmutig die Tür hinter sich zu.

Während sich der Fremde den schweren Rucksack vom Rücken schnallte und seinen abgerissenen Umhang ablegte, verzog Rosi angewidert das Gesicht.

»Mensch, du stinkst ja wie ein Iltis«, fauchte sie, ergriff den Wasserkrug, der auf dem Tisch stand, und goss etwas Wasser in die Waschschüssel. Dann hielt sie ihm ein aufgeweichtes Stück Kernseife hin. »Wasch dich erst mal, du Dreckfink.«

Der Mann zog seine Hosen herunter und tat folgsam, wie ihm geheißen. Rosi hatte sich indessen aufs Bett gesetzt, ihr Mieder geöffnet und die vollen Brüste entblößt. Als sich der Mann wenig später zu ihr umwandte und ihre pralle Weiblichkeit erblickte, versteifte sich sogleich sein Glied.

Das wird schnell gehen bei dem, dachte sie routiniert und langte in den Tiegel mit Rindertalg, der auf der Truhe neben dem Bett stand.

»Soll ich ihn dir reiben, oder willst du ihn reinstecken?«, fragte sie den fahrenden Händler, der mit den Hosen um die Knöchel auf sie zustolperte. »Fünf Groschen fürs Reiben, das Bocken kostet doppelt so viel«, leierte sie herunter und blickte den Mann mit stumpfem Gesichtsausdruck an.

»Wennschon, dennschon«, grummelte der Hausierer atemlos. »Es ist schon 'ne Weile her, dass ich was mit 'ner Frau hatte.«

»Das kann ich mir denken. Gut, dann komm her. Und zieh ihn bloß vorher raus, ehe du abspritzt.« Rosi hob den Rock, spreizte die Beine und fettete mit geübten Fingern ihr Geschlecht ein, ehe sie das Glied des Mannes am Schaft packte und einführte.

Ihre Ahnung hatte sie nicht getäuscht. Nach wenigen

Stößen war der Mann abgefertigt, zog sich ächzend die Hosen hoch und nestelte an seinem Brustbeutel, um sie zu bezahlen. Mit einem Stück Sackleinen wischte sich Rosi gähnend den Bauch ab und streckte ihm die andere Hand mit der Handfläche nach oben entgegen. Doch zu ihrem Erstaunen zückte der Fremde eine glänzende Silbermünze und fuchtelte damit neckisch in der Luft herum.

»Hör Sie mir jetzt einmal genau zu, ich soll Ihr nämlich was bestellen«, tönte er mit einem Mal so großspurig wie ein Landjunker und ließ sich neben ihr auf der Bettkante nieder. »Ich soll Ihr den Gulden geben und Ihr ausrichten, dass Sie sich heimlich davonschleichen und zur elften Stunde am Fahrtor sein soll. Dort wartet ein vornehmer Herr auf Sie, der nicht erkannt werden will. Deswegen soll Sie auch Ihr Maul halten und darf niemandem was davon erzählen. Der reiche Pfeffersack lässt Ihr bestellen, dass Sie nach getaner Arbeit noch einen Gulden kriegt. Hat Sie das kapiert und hält sich daran?« Der Hausierer schaute Rosi fragend an. Ihr fehlten zunächst die Worte, doch beim Anblick des Guldens hatte sie ganz glänzende Augen bekommen.

»Darauf kannst du einen lassen«, erwiderte sie und nahm freudig den Gulden in Empfang. »Du hast mir den Tag gerettet, Alter! Dafür hast du bei mir was gut.« Ihre Übellaunigkeit war mit einem Mal wie weggefegt, und sie strahlte den unscheinbaren Fremden an, als wäre er ihr Heilsbringer.

»Darauf komme ich gern zurück, wenn ich mal wieder in Frankfurt bin«, erwiderte der Landgänger geschmeichelt und schien bereits im Stillen zu erwägen, ob er von dem großzügigen Angebot nicht gleich Gebrauch machen sollte. Rosi, der seine Anwandlung nicht verborgen geblieben war, schubste ihn sachte von der Bettkante. »Nix da, mein Alter. Dafür haben wir jetzt keine Zeit. Ich will doch pünktlich sein. Und ich muss mich auch noch ein bisschen herrichten ...« Sie schnürte das schwarze Samtmieder zu und schenkte sich einen Becher Wein ein.

Nachdem der Hausierer gegangen war, nahm sie ihre Schminkutensilien vom Wandbord. Im diffusen Licht der Talgkerze besah sie sich im Spiegel und war alles andere als zufrieden. Die vom häufigen Auftragen der blei- und quecksilberhaltigen Schminke großporige Gesichtshaut war gerötet. Sie tauchte ihren Finger in einen Tiegel mit weißer Paste, die aus Mehlstaub und Quecksilber bestand, und verteilte sie in einer dicken Schicht über die fleckigen Wangen und die Nase. Dann stippte sie den Zeigefinger in ein Glas mit leuchtend roter Mennige und bestrich damit die Wangenknochen, um so einen Hauch von Morgenröte auf ihr Gesicht zu zaubern. Anschließend tupfte sie sich etwas Kohlenstaub auf die verquollenen Augenlider und strich zum Abschluss noch einen scharlachroten Balsam auf die Lippen. Merklich zufriedener betrachtete sie ihr nun maskenhaft geschminktes Gesicht, betupfte den ausrasierten Stirnansatz mit Rosenöl, richtete mit flinkem Griff das aufgetürmte safranfarbene Haar und nahm das gelbe Schultertuch vom Kleiderhaken. Mit angehaltenem Atem drückte sie die Türklinke hinunter und spähte auf den Flur hinaus. Auf der Galerie war niemand zu sehen. Vereinzelt drangen Beischlafgeräusche aus den danebenliegenden Kammern, und von unten, wo Josef im Schankraum hinter der Theke stand und Wein ausschenkte, hörte sie das übliche Stimmengewirr und Scheppern der Würfelbecher. Die Luft schien rein zu sein. Sie zog ihr Schultertuch eng zusammen und trat vorsichtig auf den Gang hinaus. Falls ihr jemand begegnete und fragte, wo sie hingehe, würde sie einfach sagen, sie wolle ein wenig frische Luft schnappen.

Zu ihrer Erleichterung gelangte sie jedoch unbehelligt nach draußen. Es regnete leicht an diesem milden Sommerabend, und so hielt sich niemand in der Umgebung des Dempelbrunnens auf, wo sich die Huren bei schönem Wetter und an lauen Sommerabenden gern trafen. Mit fliegenden Schritten überquerte Rosi den Brunnenplatz und bog in die Alte Mainzergasse ein, erleichtert darüber, dass sie nun vom Frauenhaus aus nicht mehr zu sehen war.

Den Huren des städtischen Frauenhauses war es nämlich streng verboten, sich außerhalb des Bordells mit Freiern zu treffen. Der Magistrat der Stadt Frankfurt, dem das Frauenhaus gehörte, wollte verhindern, dass ihn die Hübscherinnen um die Einnahmen prellten. Es war allerdings nicht das erste Mal, dass Rosi zu einem heimlichen Stelldichein ging – Josef, ihr »lieber Mann«, hatte sie schon mehrfach an gut betuchte Privatfreier verkuppelt und dann den Löwenanteil ihres schwerverdienten Geldes in die eigene Tasche gesteckt. Das wird dieses Mal anders sein, dachte sie triumphierend. Von diesem Geld siehst du keinen roten Heller, du treuloser Schurke. Das gehört mir allein!

Rosi schlug das Herz bis zum Hals. Sie tastete nach dem Lederbeutel, den sie zwischen den Brüsten trug und in dem sie den Gulden verwahrte. Und danach würde sie noch einen kriegen. Ganze zwei Gulden – so viel hatte sie noch nie verdient! Selbst dann nicht, wenn Messe war und die reichen Kaufleute und Händler aus aller Herren Länder scharenweise ins Frauenhaus strömten. Mit zwei Gulden konnte sie endlich fortgehen und woanders ihr Glück versuchen. Da würde Josef blöd aus der Wäsche gucken, wenn die dumme Gans, die er jahrelang ausgenutzt und betrogen hatte, sich still und heimlich vom Acker machte! Auf ihrem weißgeschminkten Gesicht breitete sich ein grimmiges Lächeln aus.

Mit so viel Geld in der Tasche müsste sie eigentlich gar nicht mehr anschaffen gehen – zumindest eine Zeitlang nicht – und könnte sich mehr um ihren Kleinen kümmern, den sie bei der Wäscherin Luitgard in Pflege gegeben hatte. Gleich morgen früh würde sie den zweijährigen Christoph abholen und mit ihm auf einem Güterkahn mainaufwärts in den Spessart fahren, wo ihre Eltern lebten. Seit fünf Jahren, seit sie als Fünfzehnjährige nach Frankfurt gekommen war, um eine Arbeit zu finden, hatte sie die beiden nicht mehr gesehen. Ihre Eltern, einfache Köhlerleute aus dem Spessartdörfchen Heigenbrücken, ahnten nichts von ihrem schändlichen Gewerbe, und sie wussten auch nichts von ihrem Enkel. Von den zwei Gulden hätten sie alle vier das ganze Jahr hindurch ihr Auskommen, sie könnte sich um den Kleinen kümmern und ihrer Mutter bei der Hausarbeit zur Hand gehen. Die frische Luft würde dem Buben guttun, wo er doch so ein spitzes, bleiches Gesichtchen hatte, und sie müsste sich nicht mehr länger diesen widerlichen Kerlen hingeben. Und wer weiß, vielleicht fände sie da draußen auf dem Lande, wo die Menschen noch anständiger waren als hier in der Stadt, sogar ein gestandenes Mannsbild – einen verwitweten Bauern oder Handwerker, der es ehrlich mit ihr meinte und sie trotz des unehelichen Kindes heiraten würde.

Eigentlich hatte sie davon geträumt, mit Josef, der der Vater von Christoph war, aufs Land zu ziehen und einen kleinen Bauernhof zu betreiben. Sie hätten das Kind zu sich nehmen und heiraten und ein anständiges, gutes Leben führen können. Leider war dieser Traum nie Wirklichkeit geworden. Dafür war Josef, dieser Hallodri, einfach nicht der richtige Mann.

In solcherart Gedanken versunken, erreichte Rosi schließlich das Fahrtor an der Mainbrücke, die Frankfurt mit dem waldreichen Stadtteil Sachsenhausen verband, und blickte sich erwartungsvoll um. Weit und breit war niemand zu sehen, aber sie war auch noch etwas früh dran. Die Rathausuhr hatte noch nicht die elfte Stunde angeschlagen.

Stockfinster war es hier draußen am Mainkai. Der faulige Geruch des Flusses stieg ihr in die Nase, und auch der Regen war inzwischen stärker geworden. Rosi senkte den Kopf, damit ihre Schminke nicht verlief, und spürte plötzlich eine vage Furcht in sich aufsteigen. Zu ihren anderen Verabredungen außerhalb des Frauenhauses hatte Josef sie immer begleitet. Und er hatte sie auch abgeholt, wenn alles vorbei war. Aber er hatte außerdem ihren Hurenlohn kassiert, dachte sie mit einem Anflug von Verbitterung, und ihre Beklommenheit schwand.

Plötzlich hörte sie Pferdegetrappel, das immer näher kam, und im nächsten Augenblick ertönte vom nahe gelegenen Römerberg das Geläut zur elften Stunde. Ein Reiter galoppierte die langgezogene Fahrgasse herunter und brachte das Pferd vor ihr zum Stehen. In der Hand hielt er eine Fackel, in deren Schein sie feingeschnittene Gesichtszüge erkennen konnte.

»Seid Ihr die Hure Roswitha?«, erkundigte er sich ohne Umschweife bei der gelbgewandeten Frau.

»Die bin ich, mein Herr.« Rosi, die von dem vornehm gekleideten Reiter angenehm überrascht war, schenkte ihm ein verführerisches Lächeln. Was für ein hübsches Bürschchen, ging es ihr durch den Sinn, für den würd ich ja sogar umsonst die Beine breit machen!

Der junge Mann blickte sich aufmerksam nach allen Seiten um, stieg vom Pferd und wandte sich dem Brückentor zu. Sie sah, dass er einen großen Bartschlüssel zückte und damit das Tor aufschloss. Er drückte auf die Klinke, und der eisenbeschlagene Türflügel öffnete sich knirschend zur Brücke hin.

»Geh Sie doch schon mal durch«, murmelte er. »Wir müssen hinüber nach Sachsenhausen.«

Rosi trat über die Schwelle auf die steinerne Mainbrücke, die düster und menschenleer vor ihr lag. Tagsüber herrschte hier ein ständiges Kommen und Gehen. Hinter den Brückenpfeilern strömte träge der Main dahin, in der nächtlichen Dunkelheit glich er einem schwarzen Abgrund. Sie hörte, dass ihr Begleiter die Pforte wieder verriegelte, und wandte sich zu ihm um.

»Erstaunlich, dass Ihr über einen Torschlüssel verfügt. Da müsst Ihr ja ein ganz hoher Herr sein«, durchbrach sie die Stille.

Anstelle einer Erwiderung hievte sie der schlanke, großgewachsene Mann mit einer kraftvollen Bewegung aufs Pferd und schwang sich hinter sie. Sogleich setzte sich das Tier in Bewegung, und wenig später sah Rosi das Brückenkreuz mit dem goldenen Hahn auf der

Spitze an sich vorüberziehen. Im nächsten Augenblick passierten sie auch schon den hohen Durchgang des Brückenturms, in dem die Stadt ihre Narren verwahrte. Rosi vermeinte von oben aus dem Turm irres Wimmern zu vernehmen, und ein kalter Schauder überlief sie. Schnell hatten sie den mächtigen Wachturm an der Sachsenhäuser Mainseite erreicht, dessen Portal der Fremde gleichermaßen entriegelte und, nachdem sie hindurch waren, wieder verschloss. Anschließend ging es in wildem Galopp durch den kleinen Stadtteil Sachsenhausen. Die Bewohner schienen schon allesamt zu schlafen, Rosi konnte hinter den dunklen Fensterhöhlen keinen Lichtstrahl ausmachen. Unversehens entrang sich ihr ein Seufzer, denn der Arm des jungen Reiters hielt sie mit eisernem Griff umklammert und schnürte ihr regelrecht die Luft ab. In Windeseile gelangten sie an die Affenpforte am anderen Ende der Stadtmauer, die aus Sachsenhausen hinausführte.

»Sagtet Ihr nicht, wir müssten nach Sachsenhausen?«, erkundigte sich Rosi, der allmählich mulmig wurde.

»Wir reiten in den Sachsenhäuser Forst«, erwiderte der Reiter, und seine Umklammerung wurde noch fester. Was für ein Grobian!

»Au, Ihr tut mir weh!«, begehrte sie auf, als sein Ellbogen ihre Brust quetschte. Er quittierte ihre Klage mit eisigem Schweigen und lockerte seinen Griff nicht im Geringsten. Am liebsten hätte Rosi sich aus der Umklammerung befreit und wäre vom Pferd gesprungen. Einer, der so grob war und so abweisend, der würde ihr doch nur blaue Flecken einbringen! Aber da war noch der zweite Gulden – und sie beschloss, gute Miene zum bösen Spiel zu machen, und muckste sich nicht mehr, als sie über den Steg des Stadtgrabens ritten. Und dann waren sie auch schon im Wald.

Rosi wusste nicht, ob es an den finsteren Tannen lag oder an seinem angespannten Schweigen – er hatte sie auch noch kein einziges Mal berührt, wie das die anderen Kerle immer taten –, aber sie hatte plötzlich ein banges Gefühl. Etwas huschte hinter den Bäumen durchs Dickicht, und in der Nähe erklang der Ruf eines Käuzchens. Rosi stellten sich die Nackenhärchen auf. Erneut machte sie den Versuch, mit dem schweigsamen Reiter ins Gespräch zu kommen.

»Ich bin froh, dass Ihr bei mir seid. In dem Wald kann einem schon das Grausen kommen«, plapperte sie bemüht munter und legte ihm die Hand auf den Oberschenkel.

»Lass Sie das!«, fuhr er sie an und rammte ihr den Griff der Fackel in den Rücken. Rosi war vor Schreck wie gelähmt. Während sich der Regen auf ihrem Gesicht mit kaltem Angstschweiß mischte, spürte sie bis in die Haarspitzen hinein, dass etwas Böses von ihm ausging. In jäher Panik schrie sie verzweifelt um Hilfe und versuchte mit aller Kraft, sich aus seinem Griff zu winden. Doch es gelang ihr nicht, seine Hand krallte sich nur noch tiefer in ihren Oberarm, und er zischte wütend: »Sei still, du Miststück! Hier draußen kann dich sowieso keiner hören!«

2

Sonntag, 17. Juli 1511

Als Ursel Zimmer am Sonntagmorgen vom durchdringenden Läuten der Kirchenglocken geweckt wurde, fuhr sie hoch und rieb sich verschlafen die Augen. Es war höchste Zeit, aufzustehen, um sich für den sonntäglichen Kirchgang herzurichten. Gähnend sank sie jedoch wieder zurück auf ihr Daunenkissen und schmiegte sich an den Mann, der schlafend an ihrer Seite lag. Versonnen betrachtete sie sein markantes Gesicht mit der Denkerstirn, das umrahmt war von schulterlangem graumeliertem Haar.

Bernhard von Wanebach war die Liebe ihres Lebens. Es war für sie immer noch wie ein Wunder, dass ihr so etwas beschieden war.

Als sie ihm damals begegnete, im reifen Alter von vierzig Jahren, war sie bereits seit über zwei Jahrzehnten im Geschäft. Sie war immer noch eine der begehrtesten Huren in der Stadt gewesen, die es trefflich verstand, ihren Verehrern Leidenschaft vorzuspiegeln. Aber ihr Herz war dabei stets unberührt geblieben. Die Liebe war für sie nichts anderes gewesen als ein Handel, nicht mehr und nicht weniger. Und dann hatte sie diesen Mann getroffen und mit ihm eine so atemberaubende Nacht erlebt, dass sie anschließend weinte und ihm zuflüsterte, sie werde dereinst als glücklicher Mensch sterben.

Bernhard hatte sie zärtlich umfasst, und da wusste sie, dass es ihm ebenso erging. Noch am selben Tag hatte sie sich entschieden, ihr Gewerbe aufzugeben und nur noch als Frauenhauswirtin tätig zu sein.

Ursel weckte Bernhard mit einem Kuss. Er blinzelte schläfrig und zog sie in seine Arme. Wie immer konnte sie sich ihm nicht versagen, und sie liebten sich mit der Hingabe zweier Menschen, die einander mit Leib und Seele zugetan waren.

Nach dem Liebesspiel erhob sich Ursel atemlos aus dem Bett und kleidete sich an. »Ich muss mich jetzt aber noch ein bisschen schönmachen«, sagte sie, während sie ihr zerzaustes hennarotes Haar kämmte und hochsteckte. »Geh doch schon mal runter und sag den Mädchen, dass ich gleich komme. Ich brauche noch ein Weilchen.«

Nachdem Bernhard gegangen war, begutachtete sie sich im Spiegel und fing an, sich zu schminken. Ihr Gesicht war von einer Vielzahl an Fältchen durchzogen, man sah ihm an, dass sie gelebt hatte. Dennoch war das Antlitz der Hurenkönigin von eigenwilliger Schönheit. Der wohlgeformte Mund mit den sinnlichen Lippen kündete von Stolz und Lebensfreude, und die ausdrucksvollen, fast schwarzen Augen, die schon in mancherlei Abgründe geblickt hatten, schauten klug und offen in die Welt. Die so unverhofft erlebte Liebe hatte aus der ehemaligen Hure Ursel Zimmer eine glückliche Frau gemacht, die mitten im Leben stand.

Als sie wenig später die Schankstube im Erdgeschoss des Frauenhauses betrat, die den Huren auch als Aufenthaltsraum diente, saßen ihre Schäfchen schon alle am Tisch und aßen ihren Sonntagskuchen, den die Köchin den Huren an ihrem einzigen arbeitsfreien Tag immer kredenzte.

»Morgen, Mädchen!«, grüßte die Zimmerin in die Runde, ehe sie sich auf ihrem angestammten Platz an der Stirnseite des Tisches niederließ.

»Morgen, Meistersen«, antworteten die Huren im Chor.

Im Frauenhaus am Dempelbrunnen regierte die Gildemeisterin Ursel Zimmer wie eine Königin. Die lebenserfahrene Frau, die seit über zwanzig Jahren für die Belange der Huren eintrat, wurde von ihren Schützlingen geachtet und geliebt. Sie konnte ebenso herrisch wie großherzig sein und verstand es, den meist entwurzelten Frauen Halt und Geborgenheit zu geben. Auch wenn die Huren zuweilen über die Schrullen der Zimmerin fluchten, so hätte doch keine sie missen mögen.

»Du bist spät dran heute, Ursel«, mahnte die dunkelhaarige Hübscherin Ingrid. Sie hatte im Frauenhaus die vertrauensvolle Stellung der Lohnsetzerin inne und war Ursels Stellvertreterin. Da sie außerdem noch als Einzige unter den Huren lesen und schreiben konnte, nannte man sie auch die »schlaue Grid«. Die Frau mit den schräg geschnittenen grünen Augen war Ursels beste Freundin.

»Ein Stück Kuchen werde ich doch noch essen dürfen«, flachste die Hurenkönigin, schnitt sich ein dickes Stück Gugelhupf ab und biss herzhaft hinein. Sie ließ ihre Augen über die Tischgesellschaft schweifen. Plötzlich hielt sie inne und rief aus: »Die angemalte Rosi fehlt! Weiß jemand, wo sie ist?«

Die Huren zuckten nur mit den Schultern, keine hatte Rosi an diesem Morgen gesehen.

Die Hurenkönigin wandte sich an den Frauenhausknecht Josef, der genau wie die Köchin, die Scheuermagd und die Wäscherin mit am Tisch saß. »Geh sie mal holen! Sie liegt bestimmt noch im Bett.«

Der Mann mit dem muskulösen Oberkörper und den kurzgeschorenen schwarzen Haaren warf der Hurenkönigin einen mürrischen Blick zu. »Muss das denn sein, Meistersen? Ihr wisst doch, dass wir wieder Zorres hatten …«

»Wer weiß das nicht, Josef! Euer Gezanke hat man doch im ganzen Haus gehört. Aber du gehst jetzt nach ihr gucken und damit fertig!«, erwiderte die Zimmerin resolut. Der baumlange Frauenhausknecht erhob sich unwillig und schlurfte aus der Stube.

»Es geht mich zwar nichts an, mit wem du es treibst, Vogelsberger Änne«, sprach die Hurenkönigin unversehens eine junge Hure mit hellblonden Haaren an. »Du bist noch neu bei uns, aber du solltest wissen, dass Josef ein Kind mit der Rosi hat. Es wäre vielleicht gescheiter, in Zukunft die Finger von ihm zu lassen.«

Die Angesprochene errötete. »Das konnte ich ja nicht riechen«, murmelte sie verlegen.

»Deswegen sage ich es dir ja jetzt.« Die Zimmerin musterte die junge Hübscherin ungnädig. »Weiber, die nur Unfrieden stiften, können wir nicht gebrauchen.«

»Der ist doch mir nachgestiegen und nicht umgekehrt und …«, verteidigte sich die Hure.

Doch die Zimmerin unterbrach sie barsch: »Schluss jetzt!« Sie schlug mit der Hand auf den Tisch. »Zum Bocken gehören immer noch zwei!«

Im nächsten Moment kehrte Josef zurück. »Die Rosi ist nicht da! Ihr Zimmer ist leer«, erklärte er.

Die Stimmung der Hurenkönigin verdüsterte sich. »Wo kann sie denn nur sein?«, murmelte sie besorgt.

»Vielleicht ist sie ja bei ihrem Kleinen? Wir können ja nach der Kirche mal bei der Luitgard vorbeischauen«, schlug Ingrid vor und mahnte zum Aufbruch.

Bernhard von Wanebach bot Ursel seinen Arm an, und gemeinsam verließen sie, gefolgt von den Huren und den vier Bediensteten, das Frauenhaus am Dempelbrunnen und bogen in langer Prozession in die Alte Mainzergasse ein.

An diesem sommerlichen Sonntagmorgen waren viele Leute unterwegs. Zunfthandwerker im Sonntagsstaat machten sich mit ihren Ehefrauen und Kindern und in Begleitung der Lehrlinge und Gesellen auf den Weg zum Gottesdienst. Mitunter waren auch Kaufleute mit ihren Familien zu sehen, von denen es in dem ärmlichen Wohnbezirk am Fluss allerdings nicht so viele gab. In angemessenem Abstand folgten ihnen die sonntäglich herausgeputzten Mägde.

Wenn die gelbgewandeten Frauen an den Passanten vorübergingen, wurden sie mit verächtlichen Blicken bedacht. Selbst die Kinder glotzten sie hämisch an und tuschelten verstohlen.

Obgleich Ursel Zimmer die allgemeine Verachtung, die den Huren in der Öffentlichkeit entgegenschlug, gewohnt war, erbitterte sie das selbstgerechte Gebaren der Leute doch auch nach mehr als dreißig Dienstjahren noch maßlos. Als einfaches Mädchen aus dem Vogelsberg war sie damals nach Frankfurt gekommen, um dort eine Anstellung als Magd oder Näherin zu finden. Das hatte sich als schwierig erwiesen, da es weitaus mehr arbeitsuchende Mägde als Stellungen gab. Bald litt sie Hunger, und so blieb ihr in ihrer Not nur noch, sich im Frauenhaus zu verdingen, wollte sie nicht am Bettelstab gehen. So wie ihr, das wusste sie inzwischen, war es den meisten Huren ergangen. Bevor eine Frau sich entschied, das verachtete gelbe Gewand zu tragen, hatte sie zumeist eine entbehrungsreiche Zeit hinter sich. Doch davon hatten all diese wohlgenährten Stadtbürger natürlich keine Ahnung.

»Zu uns kommt nur, wer schon genug Dreck gefressen hat«, pflegte sie immer zu sagen, wenn ihr ein neues Mädchen sein Leid klagte.

Und so schritt die Hurenkönigin mit hocherhobenem Haupt an den ehrbaren Hausfrauen und braven Familienvätern vorüber, unter denen sie längst den einen oder anderen Freier ausgemacht hatte. Mit wachsender Besorgnis musste sie an Rosi denken, und auf ihre Stirn war eine tiefe Sorgenfalte getreten.

»Hoffentlich ist Rosi nichts passiert!«, raunte sie Bernhard zu.

»Was soll ihr schon passiert sein? Du wirst sehen, ihr Verschwinden wird sich bald aufklären«, suchte Bernhard seine Geliebte zu beruhigen. »Vielleicht war sie ja bei ihrem Buben, und wir treffen sie in der Kirche.«

Ursel schwieg. Unwillkürlich fiel ihr die Hure Hildegard Dey ein, die ein Jahr zuvor von einem wahnsinnigen Mörder, der sich für König Tod hielt, erwürgt worden war. Die grausamen Morde, die dank Katharina Bacher, der Tochter des städtischen Totengräbers, aufgeklärt werden konnten, hatten damals in Frankfurt und im ganzen Land für großen Aufruhr gesorgt. Danach hatte die Zimmerin noch eine ganze Zeitlang jeden Freier misstrauisch beäugt, ob nicht auch in ihm eine mörderische Bestie lauerte.

In solche Gedanken versunken, erreichte sie an Bernhards Seite schließlich die St.-Leonhard-Kirche, durch deren geöffnetes Portal die Gläubigen strömten.

Die Hurenkönigin trat ein, bekreuzigte sich und nahm Aufstellung vor den letzten zwei Bänken am Ende des Kirchenschiffs, die den städtischen Hübscherinnen als sogenannte »Hurenbänke« vorbehalten waren. Bernhard von Wanebach und die Bediensteten des Frauenhauses ließen sich in den Bänken weiter vorne nieder. Nachdem die Huren sich gesetzt hatten, nahm die Zimmerin ihren Platz am Ende der Reihe ein.

Nach den Eingangsgebeten und Gesängen betrat Pfarrer Simon Roddach die Kanzel. Schweigend maß er seine Kirchengemeinde mit einem so unheilvollen Blick, als stünde das Ende der Welt bevor – wobei die Hurenkönigin den Eindruck gewann, dass er auf den Hübscherinnen besonders lange verweilte. Endlich hob er mit Grabesstimme an zu sprechen.

»Liebe Brüder und Schwestern, eine schreckliche Heimsuchung hat unsere Heimatstadt ereilt: *Monstrosus morbus* – die Geschlechtspest – hält Einzug in Frankfurt! In der Badestube am Knäbleinsborn sind bereits zwei Bademägde erkrankt, und womöglich haben sich auch schon etliche Männer bei ihnen angesteckt. Es sind die schandbaren Frauen, die das Unglück über uns bringen!«

Ein bestürztes Raunen ging durch das Kirchenschiff, auf den Gesichtern der Gläubigen spiegelte sich Entsetzen. Auch die Hurenkönigin war wie vom Donner gerührt. Sie hatte schon von dieser Seuche gehört, die angeblich durch den Liebesakt übertragen wurde und die viele Menschen mehr fürchteten als den Aussatz oder den Schwarzen Tod. Fahrende Flugblatthändler hatten auf dem Römerberg berichtet, man mutmaße, Seeleute hätten die bislang unbekannte Krankheit aus der Neuen Welt eingeschleppt, denn sie trete vor allem in den großen Hafenstädten auf. Dort hatte die Lustseuche auch bereits die ersten Todesopfer gefordert.

Schon damals hatte ihr bei diesen Nachrichten der Atem gestockt. Sie mochte sich gar nicht ausmalen, was diese scheußliche Erkrankung in ihrem Gewerbe anrichten konnte, und daher hatte sie den Gedanken daran wieder verdrängt. Und jetzt stand das Übel schon vor der Haustür!

»Heilige Muttergottes, steh uns bei«, murmelte die Zimmerin und bekreuzigte sich. Auch unter den Huren herrschte Bestürzung. Immer mehr Gemeindemitglieder wandten sich zur Hurenbank um und durchbohrten die Huren geradezu mit ihren Blicken. Angst, aber auch blanker Hass spiegelte sich in ihren Augen. Ursel sträubten sich angesichts der Feindseligkeit sämtliche Nackenhaare.

Der Pfarrer indes, dem es ohnehin ein Dorn im Auge war, dass das Frauenhaus zu seinem Sprengel gehörte und die Huren das Recht hatten, in der St.-Leonhard-Kirche den Gottesdienst zu besuchen und die Beichte abzulegen, mühte sich nach Kräften, noch Öl in die Flammen zu gießen. »Mit dieser abscheulichen Lustseuche straft der Herrgott alle Frevler, die ungezügelt der Fleischeslust frönen!«, wetterte er mit sich überschlagender Stimme. »Wer in diesen schlimmen Zeiten seinen Trieb nicht zügeln kann und sich weiterhin mit wohlfeilen Metzen abgibt, der wird zum Mörder seiner ganzen Sippe!«

Die Hurenkönigin, die sonst so leicht nichts erschüttern konnte, war von den Hasstiraden wie vor den Kopf gestoßen. Auch die Gildeschwestern starrten fassungslos vor sich hin.

Pfarrer Roddach war bei seiner Predigt so in Rage geraten, dass ihm der Schweiß von der Stirn strömte. Er nestelte unter den Falten seines Priestergewandes ein weißes Tuch hervor und wischte sich damit übers Gesicht. Dann schlug er den Folianten auf, der vor ihm auf dem Pult lag, und verkündete mit sonorer Stimme: »Meine lieben Brüder und Schwestern, und so möchte ich euch heute eine Passage aus der Offenbarung des Johannes vorlesen. Sie möge euch allen ein Trost, aber auch eine Warnung sein.«

Er legte eine Pause ein und bedachte die gelbgewandeten Frauen im Hintergrund des Kirchenschiffs mit einem vernichtenden Blick. Drückende Stille breitete sich unter der Gemeinde aus, kaum jemand wagte laut zu atmen.

»Die große Hure Babylon.« Das hagere Gesicht des Geistlichen war zu einer Grimasse verzerrt, er spie die Worte aus, als besudelten sie seine Lippen. »Und ich sah eine Frau auf einem scharlachroten Tier sitzen, das war voll lästerlicher Namen und hatte sieben Häupter und zehn Hörner. Und die Frau war bekleidet mit Purpur und Scharlach und geschmückt mit Gold und Edelsteinen und Perlen und hatte einen goldenen Becher in der Hand, voll von Gräuel und Unreinheit ihrer Hurerei, und auf ihrer Stirn war geschrieben ein

Name: Ich bin die Mutter der Hurerei und aller Gräuel auf Erden. Darum werden ihre Plagen an einem Tag kommen, Tod, Leid und Hunger, und mit Feuer wird sie verbrannt werden; denn stark ist Gott der Herr, der sie richtet!«

Im Laufe seiner Predigt war die Stimme des Pfarrers immer fanatischer geworden. Die letzten Sätze aber hatte er mit einer solchen Besessenheit von sich gegeben, als wäre er höchstpersönlich der Vollstrecker des Herrn.

Ursel Zimmer konnte nicht mehr länger an sich halten. Wie von Nadeln gestochen sprang sie auf und schrie: »Das müssen wir uns nicht anhören! Das ist ja die reinste Hasspredigt! Und so was will ein Mann Gottes sein – der reinste Volksverhetzer seid Ihr!« Sie wandte sich abrupt um und stürmte aus der Kirche.

Auch die Hübscherinnen hatten sich von ihren Plätzen erhoben und folgten ihr.

Bernhard von Wanebach trat aus der Kirchenbank. »Ihr solltet Euch schämen, Hochwürden, die freien Töchter unserer Stadt so zu verteufeln!«, tadelte er den Geistlichen und eilte, gefolgt vom Frauenhausknecht und den Dienstmägden, ebenfalls hinaus.

Vor der Kirche stand Ursel Zimmer im gleißenden Sonnenlicht und war kreidebleich vor Wut. Die Huren hatten sich um sie geschart und ließen ihrer Empörung freien Lauf.

»Das habt Ihr gut gemacht, Meistersen!«, bemerkte der Frauenhausknecht anerkennend.

Bernhard ging auf seine Geliebte zu und schloss sie in die Arme. »Was für ein verknöcherter kleiner Eiferer!«, schimpfte er verächtlich.

»Dieser scheinheilige Kuttenträger!«, fluchte die schlaue Grid und hakte sich bei der Freundin unter.

Die Hurenkönigin schnaubte. »So etwas müssen wir uns nicht gefallen lassen. Ich gehe morgen ins Rathaus und beschwere mich beim Bürgermeister über diesen Pfaffen.«

Als sich der Trupp schon in Bewegung gesetzt hatte, hielt die Hurenkönigin plötzlich inne und sagte: »Ach, ich wollte ja noch bei der Wäscherin vorbeischauen, ob die Rosi da ist. In der Kirche war sie jedenfalls nicht.«

»Lasst es gut sein, Meistersen, da mach ich mich jetzt hin«, sagte der Frauenhausknecht. »Ich wollte sowieso mal nach dem Kleinen sehen.«

»Gut, Josef, dann mach das«, entgegnete die Zimmerin. »Und bring die Rosi bloß wieder mit heim, damit man sich keine Sorgen mehr machen muss.«

Josef hob grüßend die Hand und bog in die Buchgasse ein.

Die Hurenkönigin blickte ihm sinnend nach. »Ich kann schon verstehen, warum der Josef bei euch Weibern so beliebt ist«, bemerkte sie. »Bei all seiner Muskelkraft ist er doch ein großer Bub geblieben, dem man kaum etwas übelnehmen kann.«

Als sich die Hübscherinnen dem Frauenhaus näherten, gewahrten sie an der Eingangstür einen großen dunklen Gegenstand, der sich beim Näherkommen als tote Katze entpuppte. Sie war direkt unter der roten Laterne, welche das Frauenhaus in der Nacht auch für Ortsfremde kenntlich machen sollte, an die Tür genagelt worden.

Die Frauen und auch die Gildemeisterin stießen bei dem Anblick laute Entsetzensschreie aus. Mit angewiderter Miene trat Bernhard an die Tür, um den Tierkadaver zu entfernen, doch plötzlich zuckte er zusammen.

»Da ist ein Zettel«, murmelte er und wies auf ein beschriftetes Stück Papier, das mit dem Nackenfell des Tieres auf das Holz genagelt war.

»*Hic habitat peccatum*«, las er leise vor und war aschfahl geworden.

»Was bedeutet das?«, krächzte die Hurenkönigin. Erschöpft stützte sie sich auf das Treppengeländer.

Bernhard fiel es augenscheinlich schwer, die Worte über die Lippen zu bringen. Mit bebender Stimme sagte er: »Das heißt: Hier wohnt die Sünde.«

❋

Um die Mittagszeit verließ der Frauenhausknecht Josef Ott die Hinterhauswohnung der Wäscherin Luitgard Griebel in der Buchgasse und ging in Richtung Leonhardspforte, wo sich die Leonhardsschenke befand. Wie so häufig, wenn er seinen Sohn Christoph besucht hatte, war er niedergeschlagener Stimmung. Es schnitt ihm jedes Mal ins Herz, wie Christoph seine Ärmchen nach ihm ausstreckte, wenn ihn Josef aus dem Wäschekorb nahm, der als Wiege diente. Ein richtiger Kümmerling, dachte der Bauernsohn aus der Wetterau bedrückt. Mit diesem Ausdruck hatte sein Vater immer die schwächsten Ferkel bezeichnet.

In Momenten wie diesem verfluchte er, dass er keinen anständigen Beruf gelernt hatte, der es ihm ermöglicht hätte, eine Familie zu ernähren.

Die Tatsache, dass er Rosi nicht bei der Wäscherin angetroffen hatte, verhagelte ihm noch zusätzlich die

Laune. Wo treibt sich denn das Weibsbild nur rum?, dachte er. Arbeitet sie neuerdings vielleicht in die eigene Tasche, oder hat sie einen anderen Kerl?

Wenn er ehrlich war, hätte er ihr das noch nicht einmal verdenken können – so oft, wie er sie schon betrogen hatte. Obgleich ihm Rosi alles andere als egal war – sie war die drallste Hure im ganzen Frauenhaus, und die Kerle waren alle ganz verrückt nach ihr –, konnte er sich doch nicht mit einer einzigen Frau zufriedengeben.

Er betrat die Schenke, um seine Schwermut mit Bier hinunterzuspülen. Als er sich beim Wirt einen Krug bestellte, richteten sich die Augen aller Schankgäste auf ihn, fast so, als hätte man gerade über ihn gesprochen.

»Wirst dich am besten schon mal nach einer anderen Arbeit umschauen. Eure Spelunke werden sie bestimmt auch bald zumachen!«, krähte ein beleibter, kahlköpfiger Mann durch die Wirtsstube und erntete damit hämisches Gelächter.

Josef, dem nicht der Sinn nach Ansprache stand, blickte verärgert zu ihm hinüber und erkannte den Bader aus der Badestube am Knäbleinsborn, der augenscheinlich schon einiges über den Durst getrunken hatte.

»Halt die Klappe, Ottmar, und lass mir meine Ruhe«, blaffte er den Betrunkenen an und ließ sich an einem freien Tisch in der Ecke nieder. Er konnte den Badestubenpächter sowieso nicht ausstehen, was zu einem Gutteil daran lag, dass Badestuben, in denen oft heimlich Prostitution betrieben wurde, für die Frauenhäuser eine unliebsame Konkurrenz darstellten. Außerdem war der Bader genau wie Josef nebenbei noch als Kuppler tätig, und gelegentlich lieferten sich die beiden Kontrahenten handfeste Auseinandersetzungen.

»Ich möchte nicht wissen, wie viele von euren Weibern schon die Geschlechtspest haben und sich trotzdem noch einen verpassen lassen«, pöbelte der gedrungene Bader. Offensichtlich war ihm daran gelegen, einen Streit vom Zaun zu brechen.

Josef, sowieso schon in gereizter Stimmung, hatte sich vom Stuhl erhoben und richtete sich nun bedrohlich auf.

»Dass die Weiber in eurem Drecksloch krank geworden sind, wundert mich nicht!«, polterte er. »Bei euch kann man doch schon die Krätze kriegen, wenn man bloß ein einfaches Bad nimmt, das weiß doch ein jeder! Unsere Mädels sind sauber und gesund. Und wer was anderes sagt, der kriegt eins auf die Fresse!«

Josef hatte die Fäuste geballt und warf nun auch den übrigen Schankgästen wütende Blicke zu, was dazu beitrug, dass den Spöttern ihre Schadenfreude augenblicklich abhandenkam. Denn keiner von den einfachen Mainfischern und Handwerksburschen hätte es gewagt, sich mit dem wehrhaften Frauenhausknecht anzulegen.

Nur Ottmar machte unbekümmert weiter: »Von wegen, da hab ich aber schon was ganz anderes gehört!«

»Jetzt reicht's aber!« Wie ein Kampfhahn stolzierte Josef auf den Krakeeler zu. »Was willst du denn gehört haben?«

»Dass eure Grabennymphen dreckig sind und stinken!«, brüllte ihm der Betrunkene entgegen, der sich ebenfalls erhoben hatte. Im nächsten Moment krachte Josefs Faust auf sein Kinn, und der massige Bader torkelte benommen zu Boden. Doch nach kurzem Schütteln richtete er sich schwerfällig wieder auf. Obwohl er angeschlagen war, behielt sein Zorn die Oberhand. Er holte aus und schmetterte Josef, ehe dieser sich wegducken konnte, die Rechte ins Gesicht. Nun gab es kein Halten mehr, und zwischen den beiden stiernackigen Burschen entbrannte eine wilde Schlägerei, die erst durch eine entschiedene Kopfnuss, die Josef seinem Widersacher verpasste, ihr Ende fand.

Als der korpulente Bader bewusstlos auf dem Boden lag, wischte sich Josef das Blut vom Gesicht und humpelte unter den angespannten Blicken des Wirts und seiner Schankgäste an seinen Tisch zurück. Dort ergriff er den noch vollen Bierkrug und leerte ihn in einem Zug. Dann nestelte er eine Münze aus der Hosentasche, knallte sie auf den Tisch und verließ grußlos die Gaststube.

❋

»In den alten Mythen ist die Katze das Symbol der ungezügelten Wollust und der Prostitution«, erläuterte Bernhard von Wanebach. Er hatte an mehreren Universitäten Europas studiert und verfügte über ein umfangreiches Wissen.

Die Zimmerin und die Huren, denen der Schreck über die unheilvolle Botschaft noch immer in den Gliedern steckte, hörten ihm mit angespannten Mienen zu.

»Es kommt also nicht von ungefähr, dass der Übeltäter eine Katze gewählt hat«, fuhr der Gelehrte fort. »Über den Eingangstüren von Frauenhäusern ist häufig auch die mit einem geschnitzten Katzenkopf versehene Inschrift ›*Hic habitat felicitas*‹ zu lesen, was im übertragenen Sinne bedeutet: ›Hier wohnt die Lust‹.«

»Und auf dem Zettel steht: ›Hier wohnt die Sünde‹«,

murmelte die Hurenkönigin düster. »Da will uns jemand übel, so viel steht fest!«

»Mir kommt das seltsam vor«, bemerkte Ingrid nachdenklich. »Erst diese Hetzpredigt in der Kirche und gleich darauf die tote Katze an der Eingangstür des Frauenhauses – da muss es doch einen Zusammenhang geben! Und dass das Katzensymbol nichts Gutes zu bedeuten hat, habe ich am eigenen Leibe erfahren.« Ein bitteres Lächeln legte sich über ihre aparten Gesichtszüge. Sie streifte den Ärmel ihres gelben Gewandes hoch und entblößte ihren Oberarm, wo das Bild eines Katzenkopfs in die Haut gebrannt war. »Das stammt noch aus meiner Zeit als Wanderhure und ist ein Souvenir aus dem Welschenland. Die frommen Bergbauern jenseits der Alpen brandmarken nicht nur ihre Kühe«, bemerkte sie zynisch. »So etwas brennen sie aufgegriffenen Huren ein. Und ich kann noch von Glück sagen, dass sie es mir nicht auf die Stirn gebrannt haben, wie es anderen fahrenden Huren widerfahren ist. Diese verdammten Hinterwäldler, ich verfluche sie noch heute!« Grids grüne Augen funkelten. »Die meisten Freier sind ja auch nicht besser. Bei uns lassen sie die Sau raus, und wenn sie uns auf der Gasse sehen, rümpfen sie die Nase. Und die Kuttenträger, das sind die Allerschlimmsten!«

»Da gebe ich dir recht«, stimmte ihr die Hurenkönigin zu. »Für diese Tugendwächter sind wir ein rotes Tuch. Sie predigen den Leuten, dass die Liebe etwas Schmutziges ist, und wundern sich dann, wenn die Kerle zu uns kommen, weil sie sich gar nicht mehr trauen, die Lust ihrer Lenden zu Hause bei ihren Frauen auszuleben. Wenn es nach denen ginge, gäbe es keine Frauenhäuser mehr – und dann wären die Huren wieder völlig schutzlos! Und diese Lustseuche ist Wasser auf die Mühlen der kirchlichen Heuchler …« Ursel stockte und fuhr mit ernster Miene fort: »Gestern hatten wir doch Badetag. Hat denn eine von euch an sich etwas Ungewöhnliches bemerkt?«

Die Huren schauten ihre Meistersen verstört an. »Meint Ihr, wir könnten die Geschlechtspest haben?«, murmelte eine der Frauen angstvoll und presste sich die Hand aufs Herz.

Die Zimmerin bemühte sich, die aufgewühlten Gemüter zu beschwichtigen. »Nur mit der Ruhe, Mädchen. Ich will euch doch keine Angst machen. – Wahrscheinlich seid ihr ja auch alle gesund. Unsere Hübscherinnen werden schließlich einmal im Monat vom Stadtphysicus begutachtet, und der hätte doch gemerkt, wenn da irgendwas nicht stimmt.«

Für einen Moment herrschte im Aufenthaltsraum bedrücktes Schweigen.

»Das hat er auch gemacht, der Doktor. Und, willst du sie dir jetzt noch mal angucken, Meistersen?«, durchbrach die alte Irmelin die Stille und lüftete feixend die Röcke, was für allgemeine Erheiterung sorgte.

Auch Ursel musste lachen. »Verschon mich bloß!«, sagte sie kopfschüttelnd, um gleich darauf wieder ernst zu werden. »Also, ist bei euch alles in Ordnung? Und sagt mir jetzt bloß die Wahrheit. In zwei Wochen werdet ihr sowieso wieder untersucht, und wenn dann bei einer was gefunden wird, dann gnade ihr Gott!« Die Hurenkönigin hob warnend den Zeigefinger.

»Außer dass sie ein bisschen müde und gerötet ist vom vielen Bocken, ist bei mir alles in Ordnung«, krähte die bayrische Agnes vom anderen Ende des Tisches her. Auch die anderen Huren bekundeten mehr oder weniger drastisch, dass sie gesund seien. Die Zimmerin entschied schließlich, es dabei bewenden zu lassen.

»Gut.« Ursel musste wieder an den Anschlag an der Tür denken. »Es würde mich nicht wundern, wenn unser ehrenwerter Pfarrer Roddach hinter dieser Schmähschrift steckt!«, murmelte sie nachdenklich.

»Mich auch nicht«, sagte die schlaue Grid.

»Ich werde das alles morgen dem Senat melden. Und nun hoffe ich inständig, dass die Rosi wieder auftaucht!«

»Das hoffe ich auch. Aber ich denke, wir sollten trotzdem schon mal unsere Abrechnung machen«, schlug die Lohnsetzerin vor. »Am Nachmittag kommt der Henker, um die Einnahmen abzuholen. Da wäre es doch gut, wenn wir damit fertig wären. Außerdem bringt uns das vielleicht auf andere Gedanken.«

»Gut, dann hol ich schon mal die Lade«, erwiderte Ursel und erhob sich, um die Kasse mit den Schlafgeldern aus ihrem Zimmer zu holen.

Bernhard von Wanebach war ebenfalls aufgestanden. »Ich geh dann mal«, sagte er zu Ursel und küsste sie zum Abschied. »Gegen Abend komme ich wieder.«

Ursel blickte verliebt hinter ihm her. Nach ihrer ersten gemeinsamen Nacht hatte Bernhard ihr einen Heiratsantrag gemacht, und Ursel hatte zunächst zugestimmt. Als Bernhard wenig später im Kreise seiner Angehörigen verkündete, dass er die Absicht habe, Ursel Zimmer zu ehelichen, drohte der Familienpatriarch, ihn zu enterben. Bernhard ließ ihn daraufhin wissen, dass er es darauf ankommen lasse, und eilte zu einem befreundeten Pfarrer, um das Aufgebot zu bestellen.

Doch Ursel wollte nicht, dass der Mann, den sie liebte, gezwungen war, als armer Lateinlehrer sein Dasein zu fristen. Daher weigerte sie sich nun, ihn zu heiraten. Außerdem, so erklärte sie ihm, brauchten zwei, die einander so verbunden seien, nicht noch eine Bestätigung durch die Kirche.

Bernhard ließ sich schließlich überzeugen, und die Liebenden einigten sich darauf, dass jeder seine Eigenständigkeit behalten sollte. Das Paar traf sich nur an den Sonn- und Feiertagen, wenn das Frauenhaus geschlossen hatte.

Auch wenn Bernhard und Ursel zusammenhielten wie Pech und Schwefel, so hatte doch dank dieser Übereinkunft in ihrer Liebe nie der Alltag Einzug gehalten, und sie hatten sich so den Zauber bewahrt. Die Huren wussten um das Liebesglück, und auch wenn sie die Hurenkönigin zuweilen im Stillen beneideten, gab es doch keine unter ihnen, die es ihr missgönnt hätte.

Ursel kehrte mit der hölzernen Lade zurück, in der sich die wöchentlichen Schlafgelder der Huren befanden, und stellte sie vor sich und die Lohnsetzerin auf den Tisch. Sie zückte einen Schlüssel und schloss sie auf. Im Inneren befanden sich kleine abgeteilte Fächer mit Geldstücken, die mit dem jeweiligen Namen der Huren versehen waren.

Grid entnahm der Reihe nach die Münzen, zählte sie und schrieb die Zahlen säuberlich auf einen Papierbogen. Dann fing sie an, den Verdienst der einzelnen Frauen zu berechnen, also das, was ihnen abzüglich der angefallenen Ausgaben für Essen, Wein und Unterkunft noch zustand. Nachdem davon noch jeder dritte Pfennig abgezogen worden war, der an den Magistrat der Stadt Frankfurt abgeführt werden musste, um zwischen dem

Senat und verschiedenen geistlichen Stiften aufgeteilt zu werden, bekam jede Hure von der Lohnsetzerin das ihr Zustehende ausgezahlt.

Als Grid anschließend der Hurenkönigin die Dirnensteuer übergab, die an den Henker weitergegeben wurde, spiegelte sich Zufriedenheit auf den Mienen der Hübscherinnen.

Die Zimmerin erklärte: »So, jetzt krieg ich noch von jeder einen Pfennig für unsere gemeinsame Büchse, und dann werden wir mal langsam zu Mittag essen«, und warf ihren eigenen Anteil von zwei Pfennigen in das Behältnis. Dessen Inhalt wurde verwendet, wenn eine von ihnen krank wurde und ihren Unterhalt nicht mehr bestreiten konnte, aber auch, um der Jungfrau Maria und den Schutzheiligen der Huren jeden Sonntag eine Kerze zu stiften.

Während sich die Frauen der Reihe nach von ihren Plätzen erhoben und Kupfermünzen in die Dose legten, waren draußen plötzlich Schritte zu vernehmen.

»Josef, bist du es?«, rief die Hurenkönigin mit angehaltenem Atem.

»Ja, Meistersen«, antwortete Josef und trat in die Wohnstube.

»Ach, du kommst alleine! War die Rosi denn nicht da?«, fragte Ursel besorgt. Als sie dann die Schrammen in seinem Gesicht und das blaue Auge gewahrte, schlug sie die Hände zusammen. »Wie siehst du denn aus! Was ist denn wieder passiert?«

»Nichts weiter. Da ist einer frech geworden und hat ein paar aufs Maul gekriegt«, brummte Josef bärbeißig.

»Wenn ich das schon wieder höre! Dass du dich immer prügeln musst … Das wirft nicht gerade das beste

Licht auf uns«, schimpfte die Hurenkönigin und wies die Köchin an: »Bertha, bring ihm einen kalten Umschlag. – Und du setzt dich jetzt hierher und erzählst.«

Der muskulöse Mann ließ sich auf dem freien Stuhl neben der Hurenkönigin nieder und knurrte einsilbig: »Gibt nicht viel zu erzählen, die Rosi war halt nicht da.«

»Wo kann sie denn nur sein?« Die Hurenkönigin musterte Josef mit argwöhnischem Blick.

»Keine Ahnung.« Der Frauenhausknecht stierte vor sich hin.

»Mädels, seid so gut und lasst uns mal einen Augenblick alleine. Wir haben was zu besprechen«, wandte sich die Zimmerin an die Huren, die folgsam den Aufenthaltsraum verließen.

Dann musterte die Hurenkönigin den Frauenhausknecht eindringlich. »Josef, weißt du was über Rosis Verschwinden?«

»Nein! Wie kommt Ihr denn darauf?«

»Nun, das will ich dir sagen«, erklärte Ursel, während sie Josef nicht aus den Augen ließ. »Mir ist sehr wohl bekannt, dass du dir schon seit einiger Zeit ein Zubrot verdienst, indem du Rosi und deine anderen Gespielinnen an private Freier außerhalb des Frauenhauses verkuppelst. Ich habe es mir bislang verkniffen, dich deswegen zu maßregeln. Vor allem deshalb, weil ich dir und Rosi den Zusatzverdienst nicht streitig machen wollte – wo ihr doch ein kleines Kind habt und jeden Pfennig gebrauchen könnt.«

Josef schwieg betreten. Es war nicht das erste Mal, dass er sich von der Frauenhauswirtin durchschaut fühlte. Normalerweise würde er sich auch nie einer Frau unterordnen, vor der Zimmerin indessen hatte er Respekt.

So versuchte er auch nicht zu leugnen, was die Situation nur noch peinlicher gemacht hätte, sondern presste schließlich hervor: »Und was hat das jetzt damit zu tun?«

»Ganz einfach: Ich will wissen, ob du gestern Abend für die Rosi ein solches Treffen vereinbart hast!« Die schwarzen Augen der Hurenkönigin fixierten ihn unbarmherzig.

»Nein, Meistersen, das hab ich nicht! Verdammt, ich bin doch genauso aus dem Häuschen wie Ihr, dass die Rosi auf einmal so spurlos verschwunden ist«, beteuerte Josef und drückte sich den kalten Lappen an sein geschwollenes Augenlid. »Ich … ich könnt mir höchstens denken, dass sie vielleicht auf und davon ist. Weil … wir uns ja wieder gestritten haben. Und da hat sie vielleicht endgültig die Nase voll gehabt von mir …«, erklärte Josef kleinlaut. »Aber andererseits, die Rosi hätte doch nie unsern Kleinen im Stich gelassen, so, wie sie an dem hängt. Wenn sie sich wirklich davongemacht hätte, dann hätte sie den Buben mitgenommen. Da bin ich mir ganz sicher.« Josef blickte die Hurenkönigin aufrichtig an.

»Das glaube ich auch«, stimmte sie ihm zu und legte ihm die Hand auf die Schulter. Dann murmelte sie: »Und es gibt noch einen anderen Grund, warum sie nicht davongelaufen sein kann.«

Josef runzelte die Stirn und sah sie begriffsstutzig an. »Welchen denn?«

»Wegen dir, du stumpfer Klotz! Einen Mann, den man liebt, verlässt man nicht so einfach. Auch wenn er ein treuloser Schlawiner ist!«

Josef schluckte und gab sich Mühe, sich seine Ergriffenheit nicht anmerken zu lassen. »Sie ist mir ja auch nicht ganz einerlei – immerhin haben wir doch ein Kind zusammen. Die anderen Weiber, die bedeuten mir auch alle nicht so viel. Nicht so viel wie Rosi, mein ich«, erwiderte der Knecht mit belegter Stimme.

Ursel glaubte ihm sogar, dass er für Rosi tiefere Gefühle hegte. Als langjährige Frauenhauswirtin wusste sie, dass nicht jeder »liebe Mann« einer Hure ein gewissenloser Schurke war. Und Josef war zwar ein Windhund, der nicht schlecht davon lebte, dass einige der Huren auf ihn standen, aber er gab ihnen auch all das, was sie bei ihrer zahlenden Kundschaft entbehrten. Schon häufiger hatte sie es erlebt, dass Huren sich einen festen Geliebten zulegten. Denn obwohl sich die meisten Hübscherinnen aus ihren Freiern nicht viel machten, hatten sie doch wie alle Frauen das Bedürfnis nach Liebe und Geborgenheit. Dieses kleine Glück mochte die Hurenkönigin ihren Schützlingen nicht versagen. Wenn sie allerdings feststellen musste, dass ein »lieber Mann« eine Hübscherin misshandelte oder ihr auf andere Art schadete, schritt sie mit aller Vehemenz ein und erteilte dem Übeltäter strengstes Hausverbot. Josefs Vergehen indessen war in erster Linie seine notorische Untreue. Schon unzählige Male hatten sich Rosi und auch andere Huren deswegen bei ihr ausgeheult. Und sie hatte ihnen – wohl wissend, dass es nichts fruchten würde – immer wieder das Gleiche heruntergebetet: »Selber schuld! Ihr wisst doch, wie er ist.«

»Aber vielleicht wollte sie mir auch nur eine Lektion erteilen und hält sich irgendwo versteckt«, unterbrach Josef ihre Gedanken.

Die Zimmerin zuckte zusammen. »Gar nicht so abwegig«, murmelte sie. »Wo könnte sie denn stecken? Hast du eine Idee?«

Der Frauenhausknecht überlegte. »Hier in Frankfurt hat sie sonst doch niemanden. Die einzigen Leute, mit denen sie näher zu tun hat, wohnen hier im Frauenhaus. Höchstens noch ihre Eltern, aber zu denen hat sie schon seit Jahren keinen Kontakt mehr, und die sind auch viel zu weit weg. Sie wohnen irgendwo im Spessart. Da müsste sie ja erst einmal über die Lande ziehen …«

»Der Landgänger!«, unterbrach ihn Ursel und erklärte dem erstaunten Josef: »Rosis letzter Freier war ein fahrender Hausierer. Der hatte so einen großen, schweren Tornister auf dem Buckel, wie ihn die Landgänger immer haben, die in den Kaffs von Tür zu Tür ziehen. – Aber nein, da müsste sie ja von Sinnen gewesen sein, wenn sie sich dem angeschlossen hätte, so heruntergekommen, wie der aussah. Weiß Gott kein Mann, mit dem man sich gerne abgibt. Ich hoffe nur, dass der Hausierer sie nicht verschleppt hat. Das hat man ja schon gehört, dass Fahrende Dirnen aus den Frauenhäusern locken, um sie unterwegs als Wanderhuren für sich anschaffen zu lassen oder sie an Mädchenhändler zu verschachern. Der sah zwar eher schäbig als gefährlich aus, der Landgänger, aber – trau schau wem.«

Josef war hellhörig geworden und schlug mit der Faust gegen seine Handfläche. »Verdammt, wenn das einer von diesen Maroder Brüdern war! Das ist eine berüchtigte Gaunerbande, die hauptsächlich vom Mädchenhandel lebt. Wenn die hier in der Frankfurter Gegend sind, halten sie sich drüben im Galgenviertel auf. Ich geh gleich mal hin …«

»Das wirst du schön bleibenlassen!«, fiel ihm die Hurenkönigin ins Wort. »Du hast dich heute schon genug geprügelt. Es ist besser, wenn du hierbleibst und die Augen offen hältst.« Sie berichtete ihm von der toten Katze an der Tür und dem Satz auf dem Zettel.

»Wenn ich den erwische!«, polterte der Frauenhausknecht aufgebracht und erzählte Ursel, wie es zu seiner Wirtshausschlägerei gekommen war.

»Oje«, seufzte die Hurenkönigin, »ich glaube, da kommen schlimme Zeiten auf uns zu!«

3

Montag, 18. Juli 1511 – Donnerstag, 21. Juli 1511

Bürgermeister Nikolaus Reichmann ließ es sich am Montagmorgen nicht nehmen, die Gildemeisterin der städtischen Hurenzunft persönlich in seinem Amtszimmer im Römerrathaus zu empfangen. Auch wenn er die Hurenkönigin zuweilen fürchtete wegen der Unnachgiebigkeit, mit der sie für die Belange der Hübscherinnen eintrat, so sah er doch die Frau mit der üppigen Figur immer noch gerne. Früher hatte sie ihn schier um den Verstand gebracht. Außerdem lag Reichmann als Stadtoberhaupt das Frauenhaus am Herzen, denn es war, ebenso wie die schönen Frauen darin, ein wertvoller und gewinnträchtiger Besitz der Stadt, den es zu schützen galt.

Als die Zimmerin ihm berichtete, was passiert war, nahm er das mit angemessener Besorgnis auf.

»Gab es vielleicht irgendwelche ungewöhnlichen Vorkommnisse, einen Streit unter den Huren oder etwas in der Art?«, erkundigte er sich bei der Hurenkönigin.

»Nicht dass ich wüsste«, entgegnete Ursel knapp. Sie hatte sich entschieden, die Auseinandersetzung zwischen Rosi und Josef unerwähnt zu lassen. Je weniger die Obrigkeit über die Interna des Frauenhauses wusste, desto besser. Sie wurden seitens des Magistrats ohnehin schon genug reglementiert.

»Rosis letzter Freier, den sie am Samstagabend noch kurz vor der Sperrstunde empfangen hat, war ein fahrender Hausierer«, berichtete die Zimmerin und blickte den betagten Würdenträger, mit dem sie schon so manchen Strauß ausgefochten hatte, mit ernster Miene an.

»Was sagt Ihr da, Hurenkönigin? Ihr letzter Kunde war ein Fahrender!« Der hagere Bürgermeister war erregt von seinem Schreibtisch aufgesprungen, ergriff die Messingschelle, die auf der Mahagoniplatte lag, und läutete nachdrücklich nach dem Amtsdiener.

Sogleich eilte ein grauhaariger Dienstmann herbei und erkundigte sich nach seinem Begehr.

»Obergassenmeister Rack soll sofort zu mir kommen!«, schnarrte der Bürgermeister und ließ sich wieder auf seinen Lehnstuhl sinken. »Ein fahrender Lumpenhund also!«, wetterte er, denn ihm als Standesperson war das fahrende Volk ohnehin ein Dorn im Auge. »Der hat die Rosi bestimmt mitgeschleppt und verlustiert sich jetzt irgendwo auf unsere Kosten mit ihr.« Seine Nasenspitze rötete sich vor Erbitterung.

Die Zimmerin musste unwillkürlich grinsen. Der führt sich ja auf wie ein eifersüchtiger Gockel, dachte sie, wohl wissend, worauf seine Empörung fußte: Zum einen zählte Rosi schon seit einiger Zeit zu seinen Favoritinnen, was er mit anderen Honoratioren gemeinsam hatte, zum anderen ärgerten ihn Rosis vermeintliche Extratouren, die dem Stadtsäckel schadeten.

Wenig später klopfte es an der Tür, und der Obergassenmeister Anton Rack betrat die Amtsstube des Bürgermeisters. Mit seiner gedrungenen Statur und dem Doppelkinn glich Rack einer wohlgenährten Bulldogge. Er war Hauptmann der Frankfurter Sittenpolizei, die gegen heimliche Prostitution vorging und darauf zu achten hatte, dass keine Geistlichen oder Nichtchristen das Frauenhaus aufsuchten. Ursel kannte den Obergassenmeister schon seit vielen Jahren und hatte zu ihm ein kameradschaftliches Verhältnis.

»Rack, Ihr müsst umgehend eine Fahndung einleiten«, erklärte der Bürgermeister seinem Untergebenen. »Im Frauenhaus am Dempelbrunnen wird seit Samstagabend die Hure Roswitha vermisst. Wir haben Grund zu der Annahme, dass sie sich mit so einem fahrenden Tunichtgut irgendwo in der Stadt herumtreibt. Ich erwarte von Euch, dass Ihr die Gassenmeister anweist, sämtliche Spelunken, Bettlerherbergen, Badestuben und andere Beizen nach den beiden abzusuchen. Und lasst auch das Galgenviertel nicht außen vor!« Die Stimme von Bürgermeister Reichmann dröhnte durch die Amtsstube, was den Obergassenmeister jedoch nicht aus der Ruhe zu bringen schien. Breitbeinig und mit verschränkten Armen verharrte er vor dem Schreibtisch des Bürgermeisters.

»Da brauche ich schon eine etwas genauere Beschreibung«, insistierte der beleibte Mann.

»Auf, Zimmerin, beschreibt ihm haarklein, wie die beiden aussehen, und vergesst dabei bloß nicht, auch das gelbe Gewand der Hübscherin zu erwähnen!«, mokierte sich der Bürgermeister und verdrehte die Augen.

Die Hurenkönigin überlegte. »Rosi ist natürlich auffällig, drall und vollbusig in ihrer gelben Hurentracht, den safrangelben Haaren und der Schminke im Gesicht ...«, murmelte sie. »Bei dem Landgänger ist das schwieriger.«

Die Hurenkönigin beschrieb, woran sie sich erinnerte, auch wenn das nicht viel war.

»Gut, wir schwärmen gleich aus«, erwiderte Rack und wandte sich der Tür zu.

»Halt, da fällt mir noch etwas ein«, rief ihm die Hurenkönigin nach und erzählte von der verächtlichen Botschaft an der Tür des Frauenhauses. »Es wäre gut, wenn ihr das Frauenhaus in den nächsten Tagen im Auge behalten könntet«, fügte sie hinzu.

Rack nickte und entschwand.

Der Bürgermeister war bei Ursels Worten aschfahl geworden und fächelte sich Luft zu. »Ein dummer Bubenstreich, mehr nicht«, sagte er beschwichtigend und verzog den Mund zu einem schiefen Grinsen.

»Der Meinung bin ich nicht«, erwiderte die Zimmerin und berichtete ihm empört von der Hetzpredigt des Pfarrers.

Reichmann hüstelte. »Schlimme Sache, das mit der … äh … Geschlechtspest!«, murmelte er, erhob sich von seinem Schreibtisch und trat an das Wandbord, das sich über die ganze Längsseite seines Amtszimmers zog. Dort ergriff er eine Kristallkaraffe und schenkte sich etwas in einen Zinnbecher. »Wollt Ihr auch einen Schluck?«, fragte er die Hurenkönigin. »Das ist ein edler Weinbrand. Ein Geschenk des französischen Gesandten.«

»Nein, danke«, beschied ihn die Zimmerin kühl. »Noch nicht so früh am Morgen.«

»Ich brauche jetzt einen«, erklärte Reichmann mit rauer Stimme und kippte den Inhalt in einem Zug hinunter.

Während er sich wieder hinter seinem Schreibtisch niederließ, hielt er die Hand an den Bauch. »Mir schlägt diese Geschichte nämlich ganz schön auf den Magen.«

»Welche Geschichte denn?«, erkundigte sich die Zimmerin und sah ihm ungerührt ins Gesicht.

»Na, das mit der Geschlechtsseuche, meine ich«, erwiderte Reichmann gepresst. »Ihr glaubt ja gar nicht, was seitdem im Rathaus los ist! Am Freitag kamen schon die ersten Petitionen. Und die Stadtärzte sind von morgens bis abends unterwegs. Das Badestubengesinde muss zuerst untersucht werden, denn die Warmbäder scheinen ja die reinsten Seuchenherde zu sein, und wir haben immerhin ein gutes Dutzend Badehäuser in Frankfurt. Und dann seid ihr dran, obwohl die Frauenhausdirnen ja im Gegensatz zu den Bademägden ohnehin regelmäßig vom Arzt visitiert werden. Aber im Lauf der Woche müsst ihr schon damit rechnen … Es sind doch hoffentlich alle Dirnen bei guter Gesundheit?«

»Meine Mädels sind alle sauber!«, erwiderte die Hurenkönigin erbost. »Und wenn eine krank wäre, dann wüsst ich das. Sorgt lieber dafür, dass dieser Roddach es in Zukunft unterlässt, die Leute gegen uns aufzuhetzen, und wascht ihm mal gehörig den Kopf!«

»Das … das dürfte momentan nicht … sehr ratsam sein«, erklärte der Bürgermeister mühsam und hielt sich wieder die Hand an den Bauch.

»Warum?«, fragte die Zimmerin erstaunt und erhob sich.

»Weil … weil … ach, verdammt noch mal, früher oder später erfahrt Ihr es ja doch! Weil eine Kommission ehrenwerter Bürger unter der Schirmherrschaft von Pfarrer Roddach, der Oberin des Sankt-Spiritus-Ordens aus Sachsenhausen und dem Abt des Barfüßerklosters eine Eingabe gemacht hat mit der Aufforderung, alle liederlichen Weibsbilder wie Bademägde, Schauspielerinnen und die städtischen Hübscherinnen künftig in einem eigens dafür errichteten Magdalenenhaus unterzubringen!«

Die Zimmerin war bei seinen Worten vor Schreck erstarrt. »Ich glaube, jetzt brauche ich doch einen Schnaps«, krächzte sie und stützte sich auf die Stuhllehne.

»Keine Angst, Zimmerin, so schnell wird das nicht passieren. Außerdem hat der Magistrat da auch noch ein Wörtchen mitzureden. Wie Ihr sehr wohl wisst, ist uns an dem Erhalt des Frauenhauses ja durchaus gelegen. Es ist nur … Nun, in einigen deutschen Städten hat es wegen der Geschlechtspest schon die ersten Schließungen gegeben …«

✻

Bernhard von Wanebach wollte gerade aus dem Haus gehen, um sich an der Bäckerschirn auf dem benachbarten Römerplatz ein paar Wecken zu holen, da stieß er mit dem Fuß gegen eine Schriftrolle, die auf der Türschwelle lag. Sie war mit einem schwarzen Stoffband zusammengebunden.

Seltsam, dachte er und hob sie auf. Wenn ihm einer seiner Gelehrtenfreunde ein Schreiben zukommen ließ, wurde für gewöhnlich ein Bote mit der Zustellung betraut.

Er ging wieder ins Haus und ließ sich auf einem der Stühle in der Halle nieder, während er aus der Tasche seiner schwarzen Hemdjacke seine Augengläser hervorholte. Dann öffnete er das schwarze Band. Verblüfft stellte er fest, dass das Schriftstück noch aus dem altertümlichen und sehr kostspieligen Pergament gefertigt war und nicht, wie seit längerem üblich, aus einfachem Papier. Auf dem Bogen stand mit schwarzer Tinte in großen, schwungvollen Buchstaben:

Der fromme Mann, der eine arme Sünderin zur Ehefrau nimmt und sie auf den Pfad der Tugend führt, verdient die Liebe Gottes!

Bernhard schüttelte den Kopf und musste unversehens schmunzeln. Was war denn das wieder für ein Unfug! Er war eigentlich davon ausgegangen, dass es mit solcherlei Depeschen ein Ende gefunden hatte.

Während der Zeit, als es offiziell wurde, dass er mit der Hurenkönigin liiert war, hatte er häufiger anonyme Briefe erhalten, in der Hauptsache Schmähschriften mit wüsten Beschimpfungen. Vor allem die Frankfurter Damenwelt hatte es damals sehr übelgenommen, dass der begehrte Junggeselle eine standesgemäße Partie verschmäht und stattdessen – welch ein Affront! – eine Hübscherin vorgezogen hatte.

Der gutaussehende und wohlhabende Privatgelehrte hatte es lange vermieden, sich fest an eine Frau zu binden. Zu wichtig waren ihm als eigenwilligem Freigeist seine Unabhängigkeit und auch seine zahlreichen Abenteuer mit dem schönen Geschlecht. Auf Reisen und in seiner Heimatstadt Frankfurt war er ein gerngesehener Gast der Frauenhäuser. Als er dann eines Tages Ursel begegnete, war es Liebe auf den ersten Blick gewesen. Und er hatte immer zu dieser Liebe gestanden.

Im Vergleich zu den früheren Pamphleten war diese Nachricht jedoch eher harmloser Natur. Offenbar bekamen Frömmler und Moralapostel im Kielwasser der

Lustseuche wieder Auftrieb und fühlten sich bemüßigt, den belehrenden Zeigefinger zu heben. Er musste an die Hetzpredigt in der Kirche und an die Nachricht an der Tür des Frauenhauses denken und überlegte, ob er Ursel davon erzählen sollte. Unschlüssig legte er das Schriftstück auf eine Eichentruhe und wollte schon gehen, als plötzlich der Türklopfer schlug. Mit wenigen Schritten war er an der Tür, öffnete und blickte in das bestürzte Gesicht der Hurenkönigin.

»Was ist denn passiert, meine Liebe?«, fragte er erschrocken.

»Sie wollen uns in eine Büßerinnen-Anstalt stecken!«, brach es aus Ursel heraus. Aufgeregt berichtete sie ihm von der Eingabe der aufrechten Bürger. Bernhard führte Ursel in seine Wohnstube und ließ sich mit ihr auf einem Diwan nieder.

»Dieser verdammte Roddach!«, fluchte die Hurenkönigin. »Dem kommt diese Geschlechtskrankheit doch gerade recht, dann kann er endlich dafür sorgen, dass das Frauenhaus geschlossen wird. Und die Betschwestern vom Sankt-Spiritus-Orden, die gehen uns doch sowieso schon genug auf die Nerven. Kommen ständig ins Frauenhaus und bieten den Mädels an, sie während der stillen Woche bei sich aufzunehmen, damit sie in dieser Zeit die Sünde meiden und zu einem anständigen Leben zurückfinden.« Die Zimmerin lächelte spöttisch.

»Es ist eine alte christliche Tradition, die Huren zu bekehren«, bemerkte Bernhard von Wanebach. »Schon die Urchristen hatten großes Interesse daran, Prostituierte ihrem verderblichen Leben zu entreißen. Das große Vorbild der reuigen Sünderin war die heilige Maria Magdalena.«

»Gegen die hab ich ja auch gar nichts. Im Gegenteil, sie ist ja unsere Schutzpatronin, und wir stiften am Magdalenentag immer eine Kerze für sie. Aber gegen diese scheinheiligen Frömmler habe ich sehr wohl was. Da halten sie sich ihre Pfaffendirnen und Lustknaben, und gegen uns ziehen sie zu Felde!«, erwiderte Ursel aufgebracht. »Von denen kann mich jedenfalls keiner zur fleischlichen Enthaltsamkeit bekehren!«

»Das wäre auch jammerschade, meine Schöne, und überdies eine nicht mehr gutzumachende Sünde«, spöttelte Bernhard und umarmte sie. Unwillkürlich musste er an den Brief denken. Er mochte Ursel zwar nicht beunruhigen, aber in Anbetracht der Umstände hielt er es nun doch für angemessen, ihr davon zu berichten.

Nachdem sie das Schriftstück in Augenschein genommen hatte, konstatierte die Hurenkönigin erbittert: »Das kommt alles von der Bagage, die uns in dieses Büßerinnenhaus stecken will!«

»Da könntest du recht haben«, stimmte ihr Bernhard zu. »Die Eheschließung mit einer bekehrten Prostituierten wird von den Kirchenvätern als eine fromme Tat bezeichnet. Vorausgesetzt natürlich, dass die Eheleute in völliger Enthaltsamkeit leben und nur noch der geistlichen Buhlschaft frönen«, ergänzte er sarkastisch.

»In solchen Magdalenenhäusern leben die Frauen wie Gefangene«, sagte die Hurenkönigin. »Sie müssen Röcke und Mäntel aus grobem Sackleinen tragen und werden zu schwerer Arbeit angehalten. An der Spitze einer solchen Rettungsanstalt steht meist eine ehrbare fromme Frau, die den Insassinnen das Leben zur Hölle macht, indem sie sie permanent beaufsichtigt und kontrolliert. Das hat mir die Wiener Lisbeth erzählt, die war schon einmal in so einer Besserungsanstalt. Dort herrschen schlimmste Zustände. Bei den kleinsten Verfehlungen werden die Büßerinnen geschlagen und misshandelt. Und die Unglückseligen, die ins Straucheln geraten und bei der Unzucht ertappt werden, die ersäuft man kurzerhand in der Donau. Zum Glück ist es Lisbeth gelungen, aus diesem Zuchthaus zu flüchten, sonst hätte sie wahrscheinlich auch ein solches Ende gefunden. Ich gehe jedenfalls nicht in so ein Büßerinnenhaus!«, stieß sie hervor und verfiel ins Grübeln.

Seit dem frühen Morgen regnete es ununterbrochen, und die Stimmung der Huren war an diesem Dienstagabend ebenso trübe wie das Wetter. Ganze fünf Freier hatten sich im Lauf des Tages im Frauenhaus blicken lassen, und je später es wurde, desto missmutiger wurden die Hübscherinnen. Anstatt Garn zu spinnen oder Wäsche zu flicken, was ihnen seitens der Stadt für unbeschäftigte Stunden auferlegt war, betranken sich die meisten aus Langeweile und Verdruss. Auch der Frauenhausknecht war in Ermangelung von Schankgästen inzwischen sein bester Kunde. Die Hurenkönigin suchte hier und da ein wenig zu zügeln, aber sie hing genau wie die anderen düsteren Gedanken nach.

»Was für ein Sauwetter«, schimpfte die bayrische Agnes und trat ans geöffnete Fenster, hinter dem der Regen strömte. »Kein Wunder, dass die Kundschaft wegbleibt.«

Die anderen Huren schwiegen bedrückt. Sie wussten nur allzu gut, dass das Ausbleiben der Freier nicht allein am Wetter lag.

»Ach, ich glaube, da kommt einer«, verkündete Agnes plötzlich und setzte sich in Positur.

Von der Tür her waren tatsächlich Schritte zu vernehmen, und auch ihre Kolleginnen fingen an, sich die Mieder zu richten, um ihre Reize zur Geltung zu bringen. Die Blicke der Frauen richteten sich erwartungsvoll auf die Tür des Schankraums. Herein trat Obergassenmeister Rack, dessen Kapuzenmantel vor Nässe troff.

»So eine Scheiße!«, entfuhr es der alten Irmelin bei seinem Anblick, und auch andere Huren murrten.

»Ich muss doch sehr bitten«, entgegnete der korpulente Mann und entledigte sich seines nassen Umhangs.

»Haltet die Klappe, Mädchen! Ich will wissen, was mit der Rosi ist«, fuhr die Hurenkönigin dazwischen und bot dem Gassenmeister einen Stuhl an. Auf ihren Wink hin brachte Josef einen Zinnbecher mit Wein und stellte ihn vor Rack auf den Tisch.

»Danke, Zimmerin«, ächzte der Leiter der Sittenpolizei und nahm einen tiefen Schluck. Dann berichtete er.

»Wir haben die ganze Stadt und auch das Viertel der Unehrlichen nach den beiden abgesucht, doch leider ohne Erfolg. Niemand hat die Hure gesehen oder konnte uns etwas über ihren Verbleib sagen. Immerhin haben wir herausgefunden, wie der Hausierer heißt. Es handelt sich um einen gewissen Georg Balzer, einen Landgänger aus der Wetterau. Der kampiert immer, wenn er hier in Frankfurt ist, in der Elendsherberge am Liebfrauenberg. Der Herbergsbetreiber Karl Schuch kennt ihn schon seit vielen Jahren, und er sagte uns, Balzer wäre zwar ein armer Teufel, aber alles in allem nicht verkehrt. Schuch konnte sich daran erinnern, dass Balzer in der Nacht zum Sonntag, also in der Nacht, in der er auch im Frauenhaus war, ziemlich besoffen damit geprahlt hat, er habe bei einer gewissen Rosi aus dem Frauenhaus einen Stein im Brett. Na, sie habe ihm angeblich angeboten, dass er bei ihr umsonst drüberrutschen dürfe …«, erläuterte Rack und senkte betreten den Blick, als die Huren bei dieser Bemerkung in lautes Gelächter ausbrachen.

»Wer's glaubt, wird selig«, mokierte sich die Jennischen Marie. »Der darf sich bei ihr vielleicht kostenlos einen runterholen, aber außer ihrem geliebten Josef würde die Rosi doch keinen für lau ranlassen. Und wieso auch? Wir sind ja schließlich nicht bei den Barmherzigen Schwestern …«

»Halt die Gosche, Jennischen!«, fiel ihr die Zimmerin ins Wort, die Racks Ausführungen mit angespanntem Gesichtsausdruck gelauscht hatte. »Da kann momentan keiner drüber lachen. Immerhin ist eine unserer Gildeschwestern verschwunden. Also, ich frage mich jedenfalls, wie kommt dieser Kerl dazu, so etwas zu behaupten?«

»Aus Angeberei vielleicht?«, murmelte Rack und genehmigte sich noch einen Schluck.

»Da muss mehr dahinterstecken«, widersprach die Zimmerin und dachte nach. »Ich weiß es ja auch nicht, aber vielleicht hat sie ihm ja wirklich so ein Angebot gemacht. Wenn er sie dafür mitnimmt.«

»Aber du hast doch selbst gesagt, dass du dir nicht vorstellen kannst, dass die Rosi mit so einem mitgegangen ist«, unterbrach Ingrid ihren Gedankenfluss und runzelte skeptisch die Stirn.

»Das stimmt. Aber wer weiß, was er ihr versprochen hat. Der muss sie mit irgendwas gelockt haben …«

»Womit sollte denn ein solcher Habenichts eine Hure, die im Frauenhaus mit die besten Verdienste erzielt, locken können?«, gab die schlaue Grid zu bedenken.

»Mit mindestens dem Doppelten von dem, was sie hier verdient«, ertönte die Stimme des Frauenhausknechts vom Tresen her. »Das hat Methode bei diesen Mädchenhändlern. Sie versprechen den Weibern das Blaue vom Himmel, machen ihnen großzügige Geschenke oder stecken ihnen auch mal einen Silbertaler zu, um sie abzuwerben. Und wenn sie die blöden Hühner dann sicher unter ihrer Fuchtel haben, kriegen sie alles wieder abgenommen und noch ein paar auf die Backen.«

»Kann es sein, dass der Landgänger die Rosi vielleicht irgendwo versteckt hält?«, wollte die Hurenkönigin in ernstem Tonfall wissen.

»Das weiß ich nicht«, entgegnete Rack. »Wir haben jedenfalls gründlich nach ihr gesucht und sie nirgendwo entdecken können. Und mehr können wir momentan auch nicht machen. Wir haben sowieso schon genug um die Ohren, jetzt, wo in Frankfurt die Lustseuche ausgebrochen ist. Der Bürgermeister hat angeordnet, dass wir alle heimlichen Huren ausfindig machen und aus der Stadt treiben müssen. – Seid mir nicht böse, Zimmerin, aber der Reichmann hat entschieden, dass wir die Nachforschungen nach der Hübscherin Roswitha einstellen sollen.«

✵

Als Bernhard von Wanebach am Mittwochmorgen aus dem Haus trat, fiel sein Blick unwillkürlich auf die Türschwelle, und zwar auf jene Stelle, wo er vor zwei Tagen die Nachricht vorgefunden hatte. Die seltsame Botschaft ging ihm nicht mehr aus dem Sinn, er zerbrach sich den Kopf darüber, wer wohl dahinterstecken mochte. Er hatte sowohl unter seinen Bediensteten als auch in der Nachbarschaft Erkundigungen eingezogen, ob vielleicht jemand etwas vom Ablegen des Schriftstücks bemerkt hatte, doch niemandem war etwas aufgefallen.

Während er die Steinplatte vor dem Eingangsbereich noch nachdenklich betrachtete, begrüßte ihn mit einem Mal eine helle Knabenstimme: »Guten Morgen, Herr Doktor!«

Bernhard wandte sich um und gewahrte den Gassenjungen Matthias, der in der Nachbarschaft wohnte und sich mit Botengängen und Arbeiten in den Häusern und Gärten der Wohlhabenden ein Zubrot verdiente.

»Guten Morgen, Matthias«, grüßte der Gelehrte den hoch aufgeschossenen Zehnjährigen, der auch für ihn schon tätig gewesen war, und fuhr ihm über den Haarschopf.

»Habt Ihr vielleicht etwas zu tun für mich?«, fragte der Junge und blickte Bernhard treuherzig an.

Der Gelehrte wusste sehr gut, dass die Gelegenheitsarbeiten von Matthias wesentlich dazu beitrugen, dessen Eltern und Geschwister zu ernähren, daher entlohnte er den Jungen stets großzügig und steckte ihm gelegentlich auch etwas zu. Einer spontanen Eingebung folgend, fragte er: »Sag mal, ist dir vielleicht am Montagmorgen jemand aufgefallen, der sich vor meinem Haus aufgehalten hat?«

Der Junge nickte eifrig. »Ja, schon. Ich habe am Montagmorgen nebenan bei den Bachmanns den Hof gefegt. Und da ist so eine Klosterfrau vorbeigekommen. Ich glaub, die hat mich gar nicht gesehen, und ich habe sie auch nicht gegrüßt. Jedenfalls ist sie an mir vorbeigelaufen. Vor Eurem Haus ist sie dann stehen geblieben und hat sich kurz gebückt, so als ob ihr was runtergefallen wär, und ist gleich wieder weitergegangen. Das ging alles ganz schnell, und sie hat's auch ziemlich eilig gehabt. Ich hab mir nichts dabei gedacht, es hat mich nur ein bisschen gewundert, was so eine Nonne bei Euch zu suchen hat – wo Ihr doch mit Klosterfrauen eigentlich nichts zu schaffen habt …« Der Gassenjunge, der Bernhard von Wanebach schon öfters in Begleitung der Hurenkönigin gesehen hatte, grinste verlegen.

Bernhard, der dem Jungen mit wachsender Anspannung zugehört hatte, schluckte. »Da hast du recht, mein Junge …«, murmelte er nachdenklich und drückte dem Knaben eine Münze in die Hand. »Danke, Matthias. Du hast mir sehr geholfen.« In Gedanken versunken, kehrte er in sein Haus zurück.

✵

Die Hurenkönigin und die schlaue Grid beugten sich gemeinsam mit Bernhard von Wanebach über die beiden Schriftstücke, die nebeneinander auf dem Tisch im Zimmer der Gildemeisterin lagen. »Du hast recht, Bernhard«, bemerkte die Lohnsetzerin mit ernstem Gesichtsausdruck, »das ist eindeutig dieselbe Schrift! Jetzt wissen wir also, dass es sich bei demjenigen, der den Schmähbrief am Frauenhaus und das Schriftstück vor deiner Haustür geschrieben hat, um ein und dieselbe Person handelt.«

»Eine Nonne also!«, stieß die Hurenkönigin hervor.

»Moment, Ursel«, unterbrach Grid die Freundin. »Die Person, die die Schmähschrift mit der Katze ans Portal des Frauenhauses genagelt und Bernhard die Nachricht vor die Tür gelegt hat, muss nicht zwingend auch diejenige sein, die die beiden Schreiben verfasst hat.«

»Das mag schon sein«, stimmte die Hurenkönigin zu. »Aber der Verdacht liegt nahe, dass diese Nonnen vom Sankt-Spiritus-Orden dahinterstecken und auch die anderen aufrechten Bürger, die uns in ein Magdalenenhaus sperren wollen!« Die Augen der Zimmerin sprühten Funken.

»Aber bisher ist das nicht mehr als eine Vermutung«, erwiderte die Lohnsetzerin nüchtern. »Beweisen können wir denen nämlich nichts – noch nicht. Und deswegen sollten wir jetzt auch schön stillhalten, bis wir sie festnageln können.«

»Was muss denn noch alles passieren?«, fragte die Zimmerin entrüstet. »Sollen wir denn nichts unternehmen, bis die Falle zuschnappt und wir alle in so ein Büßerinnenhaus gesperrt werden?«

»Ganz so einfach wird das ohnehin nicht, meine Liebe, denn da hat der Rat ja auch noch ein Wörtchen mitzureden«, warf Bernhard ein. »Reichmann hat dir doch deutlich zu verstehen gegeben, dass dem Senat am Erhalt des Frauenhauses sehr gelegen ist. Und wir wissen auch, warum.« Er grinste und bewegte Daumen und Zeigefinger, so als würde er Geld zählen. »Man muss den Feind genau beobachten, ehe man zuschlägt. Sollen sie sich doch ruhig in Sicherheit wiegen. Wir haben ein wachsames Auge auf sie – und irgendwann schnappen wir sie uns und zerren sie vor den Kadi.«

Während sich die Freunde noch die Köpfe heißredeten und in der Angelegenheit zu keiner rechten Einigung gelangen konnten, ertönte von unten plötzlich ein lauter Schlag, dem das Klirren von zerbrochenem Glas folgte. Alle drei stürzten erschrocken ans Fenster und sahen gerade noch, wie eine Horde Halbwüchsiger das Weite suchte.

Die Zimmerin riss wütend das Fenster auf. »Ihr Mistbälger!«, schrie sie den Flüchtenden hinterher.

Einer von ihnen blieb stehen, wandte sich um und rief: »Wer einen Fuß im Hurenhaus hat, steht mit dem andern schon im Grab!«

Während seine Kumpane noch dröhnend lachten, war Josef bereits nach draußen gestürzt und hechtete den Burschen hinterher. Gleich darauf wurde er auch schon des Wortführers habhaft, nahm ihn in den Schwitzkasten und verpasste ihm ein paar schallende Ohrfeigen. Dann entließ er ihn mit einem Tritt ins Hinterteil und der Ermahnung, sich bloß nicht mehr in der Nähe des Frauenhauses blicken zu lassen.

*

Am Donnerstagmorgen erschien um die neunte Stunde der städtische Scharfrichter Jerg Kalbfleisch im Frauenhaus und eröffnete der Hurenkönigin, dass sie für die entlaufene Hübscherin baldigst einen Ersatz zu suchen habe.

Die Zimmerin war noch im Nachtgewand und nicht hergerichtet, denn eigentlich öffnete das Frauenhaus erst um die Mittagszeit. Sie blinzelte den breitschultrigen Mann mit den groben Gesichtszügen, der von der

Stadt mit der Verwaltung des Frauenhauses betraut war, aus verschlafenen Augenschlitzen an.

»Vielleicht hätte sich die Stadt mit der Suche nach Rosi ja auch ein bisschen mehr Mühe geben können«, murmelte sie ärgerlich. »Ich kann mir immer noch nicht vorstellen, dass sie sich einfach so davongeschlichen hat …«

»Damit werdet Ihr Euch wohl abfinden müssen, Zimmerin.« Der Scharfrichter, der mit der Hurenkönigin schon mehrfach aneinandergeraten war, zuckte mit den Schultern und wollte sich schon wieder davonmachen, da zeigte ihm Ursel die zerborstenen Butzenscheiben an der Frontseite des Aufenthaltsraumes und berichtete ihm, was sich am gestrigen Vormittag zugetragen hatte.

Obwohl dem Henker die aufmüpfige Hurenkönigin oftmals gegen den Strich ging, so nötigten ihm ihre Offenheit und Geradlinigkeit doch auch einen gewissen Respekt ab. Der Mann, der aufgrund seiner Profession selber zu den Verachteten zählte, blickte betroffen. »Drecksbankerte«, fluchte er. »Ich schicke Euch gleich jemand vorbei, der das repariert.«

Ursel spürte, dass ihr der Züchtiger heute gewogen war, nutzte die Gunst der Stunde und berichtete von dem Anschlag an der Tür des Frauenhauses. Dann erläuterte sie ihm auch die weiteren Zusammenhänge, die sich in der Angelegenheit abzeichneten.

Der Henker hörte ihr mit ernster Miene zu. »Habt Ihr das schon dem Rat gemeldet?«, fragte er.

»Ja, das habe ich«, seufzte die Zimmerin und winkte ab. »Der Bürgermeister ist der Ansicht, dass es sich dabei um einen dummen Bubenstreich handelt und mehr nicht. Und die Gassenmeister haben momentan keine

Zeit, sich um so was zu kümmern. Jetzt, wo die Lustseuche ausgebrochen ist, sind sie verschärft dazu angehalten, Jagd auf die freien Huren zu machen, die überall in der Stadt auf Kundenfang gehen.« Die Zimmerin blickte den Henker eindringlich an. »Meister Jerg, ich frage mich manchmal, ob nicht diese Frömmler hinter Rosis Verschwinden stecken könnten ...«

»Zuzutrauen wäre es ihnen ...«, erwiderte der Henker. Als er das Erstaunen der Hurenkönigin gewahrte, fügte er hinzu: »Bei diesen Pfaffen ist doch alles möglich! Die machen uns zurzeit viel Arbeit, indem sie zauberische Weiber und Teufelsanbeter bezichtigen. Die müssen wir dann bis aufs Blut quälen, damit sie ihre Freveltaten gestehen – und sie gestehen immer. Auch wenn sie unschuldig sind. Und wenn ich mir dabei die Gesichter dieser Mönche anschaue, wie sehr sie sich daran ergötzen, könnte ich das Grausen kriegen!«

Die Hurenkönigin hätte dem grobschlächtigen Mann so tiefe Einsichten gar nicht zugetraut. »Ihr seid ja ein Menschenkenner, Meister Jerg«, murmelte sie anerkennend.

»Dann haben wir was gemeinsam«, knarzte der Scharfrichter grinsend. »In Eurem wie in meinem Gewerbe zeigt der Mensch sein wahres Gesicht.«

»Wohl wahr«, erwiderte die Zimmerin und empfand zum ersten Mal aufrichtige Sympathie für den Mann des Todes.

Dem Henker schien es ähnlich zu ergehen. »Wenn Ihr tatsächlich einmal so eine Klosterfrau auf frischer Tat ertappt, dann haltet sie fest und ruft mich herbei. Die werde ich mir dann mal vorknöpfen«, erklärte er mit grimmigem Lächeln.

Die Hurenkönigin ergriff spontan die Hand des Scharfrichters und drückte sie. »Ich danke Euch, Meister Jerg«, murmelte sie.

Dieser erwiderte den Händedruck und bemerkte sarkastisch: »Das kommt nicht oft vor, dass uns mal jemand die Hand drückt. – Ach, eh ich es vergesse, Zimmerin, da ist noch etwas, was ich Euch ausrichten soll.« Der Henker zog die zusammengewachsenen Augenbrauen hoch und tippte sich an die Stirn. »Ihr sollt euch für morgen Vormittag bereithalten. Da kommt der Stadtarzt, um euch alle in Augenschein zu nehmen. – Und wascht euch gefälligst vorher eure Büchsen!«, raunzte er derb und empfahl sich mit gutwilligem Lächeln.

An der Tür drehte er sich noch einmal zu der Hurenkönigin um. »Seid auf der Hut, Gildemeisterin«, brummte er mit besorgtem Gesichtsausdruck. »Der Pöbel da draußen ist euch zurzeit nicht wohlgesonnen. Ich habe das Gefühl, da braut sich was zusammen.«

Die Hurenkönigin nickte bekümmert. »Das Gefühl habe ich auch«, murmelte sie und füllte sich mit zittrigen Händen etwas Wasser in einen Becher.

4

Freitag, 22. Juli 1511

Am frühen Morgen des 22. Juli, dem Tag der heiligen Maria Magdalena, fand der Fischer Jockel Blum an der Uferböschung des mainabwärts gelegenen Fischerdorfs Niederrad eine Frauenleiche. Die Tote war in ein härenes Büßergewand gekleidet und trieb bäuchlings im Schilf. Als der Fischer mit Hilfe eines Kollegen die Leiche barg, stießen die Männer angesichts des grauenhaft entstellten Gesichts laute Entsetzensschreie aus.

»Da war'n wohl schon die Fische dran«, keuchte Blum, während sie den toten Körper ins Boot hievten.

»Oder die Wasserratten«, presste sein Helfer hervor und erbrach sich über den Bootsrand.

Die Männer ruderten hinüber zum Frankfurter Mainufer und verständigten die Bürgerpolizei. Gemeinsam mit den beiden Fischern hoben Büttel die Tote auf den Mainkai, um sie in Augenschein zu nehmen.

Selbst den abgebrühten Polizisten drehte sich beim Anblick der Verstümmelungen der Magen um.

»Da ist was auf die Stirn geritzt, sieht aus wie ein Wort«, murmelte einer der Schergen und wies auf eine Reihe von verschorften Linien unterhalb des Haaransatzes. Seine Kollegen nickten zustimmend und beschlossen, da sie allesamt des Lesens nicht mächtig waren, einen der Ihren nach dem Stadtphysicus zu entsenden, der die Tote ohnehin visitieren musste.

»Markus, dann geh doch auf dem Rückweg im Rathaus vorbei und bestelle dem Schultheiß, dass wir eine Wasserleiche gefunden haben«, ordnete der Dienstälteste an und hielt sich ein Tuch vor den Mund.

Ursel Zimmer befand sich mit mehreren Huren in der geräumigen, von der Stadt eigens für die Hübscherinnen errichteten Badestube im Kellergewölbe des Frauenhauses und schrubbte sich gründlich mit Wurzelbürste und Kernseife ab, als die schlaue Grid die Tür aufriss.

»Ursel, du musst sofort hochkommen! Es ist was Schlimmes passiert«, stammelte sie atemlos. Aus ihrem dezent geschminkten Gesicht war jegliche Farbe gewichen.

»Was denn?« Während Ursel sich mit flatternden Händen abtrocknete und das gelbe Gewand überstreifte, wurde sie von schlimmen Ahnungen geplagt. Oben in der Schankstube stieß sie bei den anwesenden Huren und dem Frauenhausknecht auf bestürzte Mienen. Alle hatten sich um Obergassenmeister Rack geschart, dessen Gesicht von teigiger Blässe war. Als Rack der Hurenkönigin ansichtig wurde, räusperte er sich und bemühte sich um einen sachlichen Tonfall.

»Grüß Gott, Zimmerin. Heute Morgen ist eine Frauenleiche im Main gefunden worden, und Ihr müsst mitkommen, um die Tote zu identifizieren. Denn …

möglicherweise handelt es sich bei ihr um die … die vermisste Hure«, fügte er stockend hinzu. »Und … und trinkt vorher vielleicht einen Schluck Branntwein. Es ist nämlich kein schöner Anblick.«

Ursel war der Schreck derart in die Glieder gefahren, dass es ihr für einen Moment schwarz vor Augen wurde. Sie ließ sich auf einen Stuhl sinken und verlangte keuchend nach Wasser.

»Heilige Muttergottes, steh uns bei!«, stammelte sie kurzatmig und nahm einen tiefen Schluck aus dem Trinkbecher. Doch als Josef anschließend mit der Branntweinflasche an den Tisch kam, um ihr einzuschenken, wehrte sie ihn nachdrücklich ab. »Keinen Tropfen, ich brauche einen klaren Kopf!«

Nachdem sie tief ein- und ausgeatmet hatte, erhob sie sich vom Stuhl, und obgleich ihr die Knie zitterten und das Herz bis zum Halse schlug, erklärte sie dem Obergassenmeister gefasst: »Gut, ich bin dann so weit!«

Keiner der Anwesenden beneidete sie um diesen Gang.

»Meistersen, ich komme mit Euch«, entschied Josef spontan, was ihm die Zimmerin nicht abschlagen mochte. Flankiert von den beiden Männern verließ die Hurenkönigin, deren rotes Haar ihr noch ungebändigt über die Schultern fiel, mit schweren Schritten das Frauenhaus. Draußen war alles in das strahlende Licht der Morgensonne getaucht, und das Blau des Himmels wurde durch kein Wölkchen getrübt. Ursels Blick fiel auf die duftenden Kletterrosen, die sich um den Dempelbrunnen rankten. Was für ein herrlicher Tag, dachte sie, und doch fühlte sie sich so elend, als ginge sie zu ihrer eigenen Beerdigung. Bei dem Gedanken daran, dass die Tote, die sie gleich sehen würde, womöglich Rosi war, hätte sie heulen mögen. Doch sie verbot sich jeglichen Gefühlsausbruch und bemühte sich verbissen um Standhaftigkeit, um der bevorstehenden Leichenschau gewachsen zu sein.

»Wo … wo müssen wir denn hin?«, erkundigte sie sich bei dem Leiter der Sittenpolizei, während die feindseligen Blicke der Passanten an ihr abprallten wie an einer Festung.

»Es ist schon noch ein Stück«, erwiderte Rack mit Blick auf ihr bleiches Gesicht. »Wir müssen zum Bahrhaus auf dem Peterskirchhof. Dort haben die Stangenknechte sie hingebracht. Schafft Ihr das denn, Zimmerin?«

Ursels Mund war so trocken, dass sie kaum noch schlucken konnte, und sie hatte einen Kloß im Hals. Mühsam brachte sie heraus, dass alles in Ordnung sei. Als Josef, der vernehmlich schnaufend an ihrer Seite schritt, sie daraufhin unterhakte, ließ sie es geschehen und stützte sich dankbar auf seinen muskulösen Unterarm.

Schweigend liefen sie über die Zeil und bogen in die Schäfergasse ein, die direkt zum Friedhof führte. Während Ursel hinter den beiden Männern durch die Friedhofspforte trat, musste sie an die Beisetzung der Gildeschwester Hildegard Dey denken, die letztes Jahr ermordet worden war. Ein Schauder überlief sie.

Der Stadtphysicus Doktor Schütz öffnete ihnen die Tür zur Leichenhalle. Ein süßlicher Verwesungsgeruch schlug den Besuchern aus dem Innern entgegen, und jeder von ihnen hatte mit plötzlicher Übelkeit zu kämpfen, was den wachsamen Augen des Arztes nicht entging. Er begrüßte die Ankömmlinge, insbesondere die

Hurenkönigin, mit einem festen Händedruck, gehörten doch die Gildemeisterin und die Bewohnerinnen des städtischen Frauenhauses schon seit vielen Jahren zu seinen Patientinnen.

»Bevor wir uns der Leiche zuwenden, nehmt ihr erst ein bisschen Theriak«, beschied der grauhaarige Medicus die Zimmerin in einem Tonfall, der keinen Widerspruch duldete, und holte aus seinem Felleisen eine braune Glasphiole hervor.

Ursel zögerte, sie schien mit sich zu ringen. Ihre dunklen Augen blickten wie gehetzt, doch schließlich willigte sie ein und ließ sich das Medikament verabreichen. Nachdem der Arzt auch dem Frauenhausknecht Josef, dessen Gesicht so wächsern war wie das der Hurenkönigin, ein paar Tropfen des opiumhaltigen Heilmittels eingegeben hatte, folgten sie Doktor Schütz zu der aufgebahrten Frauenleiche, die mit einem weißen Leinentuch bedeckt war.

Der Doktor trat an das Kopfende und richtete mit ernster Miene das Wort an die Zimmerin: »Meines Erachtens könnte es sich bei der Toten durchaus um die vermisste Hübscherin Roswitha handeln, soweit man das in Anbetracht der … der Verstümmelungen überhaupt beurteilen kann. Aber Ihr kanntet sie ja weitaus besser und werdet sie vielleicht anhand von Eigenheiten, die ihr … noch geblieben sind, erkennen können. Wie auch immer, Ihr müsst jetzt sehr stark sein, liebe Zimmerin, denn sie ist übel zugerichtet.«

Doktor Schütz hob das Laken an und legte den Kopf der Leiche frei.

Die Hurenkönigin biss sich auf das untere Gelenk ihres Zeigefingers, um nicht vor Entsetzen laut aufzuschreien. Das, was sie sah, war kaum noch als menschliches Gesicht zu erkennen, anstelle der Nase war nur ein blutiger Knorpel auszumachen, und die Ohren waren ebenfalls abgeschnitten. Der Mund wirkte wie eine klaffende Wunde, und auf der brauenlosen Stirn mit dem ausrasierten Haaransatz prangten vier blutverkrustete Buchstaben. Wie durch einen Nebelschleier hindurch gewahrte Ursel die Grübchen in den eingesunkenen Wangen, die Rosi einmal eigen gewesen waren, und sie konnte nicht mehr länger an sich halten.

»Was hat man dir nur angetan!«, schluchzte sie auf und sank ohnmächtig in sich zusammen.

✱

Als Ursel die Augen aufschlug, fand sie sich auf einer Friedhofsbank wieder, die im Schatten einer mächtigen Linde stand. Doktor Schütz fächelte ihr Luft zu. Neben der Hurenkönigin saß Josef, der aussah wie ein Geist, und schlagartig sah sie es wieder vor sich, das schrecklich entstellte Gesicht von Rosi. Ein Stöhnen entrang sich ihr.

»Ruhig Blut, Zimmerin, und tief durchatmen«, vernahm sie die besänftigende Stimme des Arztes. »Hier, nehmt einen Schluck. Zuweilen kann ein Quäntchen Branntwein eine treffliche Medizin sein.« Er hielt ihr eine kleine Branntweinflasche hin, Ursel führte sie zum Mund und trank. Sofort breitete sich eine wohltuende Wärme in ihrem Bauch aus. Doktor Schütz reichte die Flasche an den Frauenhausknecht weiter.

»Auch wenn ich Euch gern noch ein wenig schonen würde, so muss ich jetzt dennoch die Frage stellen: Gehe ich recht in der Annahme, dass es sich bei der Toten um die vermisste Hure handelt? Ich meine, habt Ihr sie erkannt?« Der Stadtphysicus blickte die Hurenkönigin und den Frauenhausknecht fragend an.

Die Zimmerin ging kurz in sich, sie wollte keine falschen Angaben machen. Als der Doktor das Laken angehoben hatte, hatte sie noch inständig gehofft, dass es sich bei dem bedauernswerten Geschöpf auf der Totenbahre um eine andere Frau handelte. Doch in dem herzförmigen Gesicht mit dem runden Kinn und den Vertiefungen auf den Wangen hatte sie eindeutig Rosi erkannt. Auch wenn es absurd anmutete, so hatte sie doch in diesem schrecklichen Moment vor ihrem geistigen Auge ihr Lächeln gesehen, mit diesen hinreißenden Grübchen, das für Rosi so charakteristisch war. Der Schmerz über das schreckliche Ende der beliebten Hübscherin hatte sie bis ins Mark erschüttert. Die Zimmerin wurde erneut von einer Woge der Traurigkeit erfasst und stammelte unter Tränen: »Ja, ja, das war die Rosi …«

Auch Josef, dessen Antlitz einen grünlichen Farbton angenommen hatte und der schon einige Zeit nur noch schweigend vor sich hin starrte, nickte.

»Ja, das war sie«, sagte er mit rauer Stimme, barg das Gesicht in den Händen und begann haltlos zu schluchzen.

»Den Kerl bring ich um, der wo der Rosi das angetan hat!«, stieß er dann hervor und schlug mit der Faust auf die Bank.

Der Gefühlsausbruch des Hünen rüttelte Ursel wach. »Ich will alles wissen, was mit dem Mord an Rosi zusammenhängt. Jede kleine Einzelheit – und wenn sie noch so schrecklich ist!«, erklärte sie mit fester Stimme. In ihre dunklen Augen war ein fiebriger Glanz getreten.

Dann wollte sie von Doktor Schütz wissen: »Ihr habt sie doch schon visitiert, was ist Euch da alles aufgefallen?«

»Nun, ich habe lediglich eine vorläufige Visitierung vorgenommen«, antwortete der Arzt widerstrebend. »Die offizielle Leichenschau, die im Beisein eines Untersuchungsrichters und zweier Berufskollegen stattfinden wird, ist erst für die Mittagszeit anberaumt.«

»Gut, dann werde ich daran teilnehmen«, erklärte die Zimmerin entschieden.

Der Medicus schluckte und schüttelte entrüstet den Kopf. »Ihr seid doch eben schon ohnmächtig geworden, als Ihr nur den Kopf gesehen habt. Warum wollt Ihr Euch das zumuten?«

»Weil ich es der Rosi schuldig bin!«, schleuderte ihm die Zimmerin ins Gesicht und funkelte ihn mit solcher Entschlossenheit an, dass der Stadtphysicus schließlich klein beigab. Resigniert seufzte er: »Na gut, wenn Ihr unbedingt wieder in Ohnmacht fallen wollt …«

»Ich werde das durchstehen«, erwiderte Ursel knapp, und ihre Gedanken wanderten wieder zu Rosi.

»Was ist das eigentlich für ein Wort auf ihrer Stirn?«, erkundigte sie sich bei dem Medicus, dessen Miene sich sogleich verdüsterte.

»Es handelt sich um das Wort ›Lues‹«, erwiderte er mit belegter Stimme. »Das ist die lateinische Bezeichnung für Lustseuche.«

*

Um sich vor dem Verwesungsgeruch zu schützen, der von der Leiche ausging, öffnete Doktor Schütz einen Tiegel mit Kampfersalbe und tupfte sich etwas davon unter die Nase, ehe er das Gefäß in der Runde weiterreichte. Nachdem die anderen Anwesenden – die beiden Stadtärzte Doktor Goy und Doktor Schwind sowie der städtische Untersuchungsrichter Lederer und die Gildemeisterin Ursel Zimmer – es ihm gleichgetan hatten, erklärte Schütz die Leichenschau für eröffnet.

»Wie sich anhand der Leichenflecken an Torso und Gliedmaßen erkennen lässt, hat der Verwesungsprozess bereits eingesetzt«, erläuterte er und wies auf die bläulichen Verfärbungen, die den Leichnam überzogen. »Woran natürlich auch die Sommerhitze Schuld trägt. Dennoch kann man davon ausgehen, dass der Todeszeitpunkt mindestens zwölf Stunden, keinesfalls jedoch vierundzwanzig Stunden zurückliegt, sonst wäre der Bauch von den Leichengasen schon wesentlich weiter aufgetrieben. Geht Ihr mit meiner Ansicht konform, Kollegae?« Der Medicus blickte die beiden Stadtärzte fragend an.

»Durchaus, mein lieber Schütz«, bemerkte der hakennasige Doktor Goy. »Wenn die Frau vierundzwanzig Stunden im Wasser gelegen hätte, dann wäre sie doch bei diesen Temperaturen schon der reinste Schwamm.«

Nachdem auch Doktor Schwind nichts einzuwenden hatte, streifte Doktor Schütz die Hurenkönigin, die bleich, aber gefasst am Fußende der Bahre stand, mit einem prüfenden Blick und fuhr mit der Visitation fort.

»Gut, fangen wir also mit dem Kopf an.« Er fuhr mit den Fingern durch die angekohlten Haarbüschel der Toten. »Die Haare wurden vermutlich mit einem glühenden Messer oder einer Schere abgesengt.«

Die Hurenkönigin spürte, wie ihr die Knie weich

wurden, doch sie bemühte sich um Beherrschung. Nein, sie würde diesen Doktoren, die sie mit kühlen Blicken musterten, nicht den Gefallen tun und umkippen, beschied sie sich mit aller Strenge und zwang sich dazu, Haltung zu bewahren – was ihr beileibe nicht leichtfiel, denn Doktor Schütz wandte sich nun den beiden roten Kratern zu, wo sich früher einmal Rosis Ohren befunden hatten.

»Die Ohrmuscheln wurden wahrscheinlich mit einem scharfen Messer abgetrennt, wie man an den glatten Schnittflächen am verbliebenen Gewebe erkennen kann. Bei Tierfraß würden die Wundränder zerfledderter aussehen. Das Gleiche gilt auch für den abgetrennten Nasenknorpel.« Doktor Schütz wies auf den noch verbliebenen Nasensattel. »Das geronnene Blut im Bereich der Wunden deutet darauf hin, dass das Massaker noch später geschehen ist. Möglicherweise hat der starke Blutverlust auch zum Tode geführt. Es steht demnach zweifelsfrei fest, dass die Amputationen nicht post mortem durchgeführt wurden, sondern zu Lebzeiten des Opfers. Was in Anbetracht der höllischen Schmerzen, die die Abtrennungen beim Opfer verursacht haben, als eine äußerst bestialische Tat eingestuft werden muss … Außerdem ist davon auszugehen, dass sie an ein Halseisen gekettet war.« Der Arzt deutete auf einen dunkelviolett verfärbten Streifen am Hals der Toten.

Bei aller Selbstbeherrschung konnte es Ursel nicht verhindern, dass ihre Atemzüge immer hektischer wurden. Sie hatte das Gefühl, der Boden würde ihr unter den Füßen weggezogen, sie begann zu schwanken. Erneut richtete sich die Aufmerksamkeit der versammelten Herren auf sie.

»Geht es noch, Zimmerin?«, fragte Doktor Schütz und rückte ihr einen Holzhocker hin, auf dem sich die Hurenkönigin ächzend niederließ.

»Vielen Dank, Herr Doktor«, sagte sie mit schwacher Stimme. Sie bebte am ganzen Körper.

»Muss es denn sein, dass ein Laie bei einer Leichenschau anwesend ist?«, fragte Doktor Goy mit unduldsamer Miene. »Früher oder später kippt sie uns doch um«, murrte er, an Doktor Schütz gewandt. Dieser wollte gerade etwas darauf erwidern, doch die Hurenkönigin kam ihm zuvor.

»Ich danke den Herren Doktoren und dem Herrn Untersuchungsrichter, dass Sie mir erlaubt haben, der Leichenschau beizuwohnen, und ich kann versichern, ich stehe das durch. Auch wenn es mir verständlicherweise sehr nahegeht, dass man einer Frau, die viele Jahre zu meinen Schützlingen gehörte, so etwas Schreckliches angetan hat. Ich möchte die Herren daher um eine gewisse Nachsicht bitten, verspreche aber, keine Umstände zu machen.« Die Zimmerin schien die Doktoren überzeugt zu haben, denn es kamen keine weiteren Einwände mehr.

»Wenn ich etwas anmerken dürfte«, meldete sich plötzlich der hagere Untersuchungsrichter Lederer zu Wort. »Ich meine, was das Abtrennen von Ohren und Nase anbetrifft.« Alle blickten ihn abwartend an. »In vielen deutschen Städten werden verbrecherische Huren nämlich damit bestraft, dass man ihnen die Nase und die Ohren abschneidet. Und die da, das ist ja auch eine Hure.« Er deutete despektierlich auf die Tote.

Die Hurenkönigin gab ein entrüstetes Schnauben von sich. »Wollt Ihr damit etwa zum Ausdruck bringen, dass

›die da‹ nichts Besseres verdient hat?«, zischte sie, und ihre Augen verengten sich zu Schlitzen.

»Wo denkt Ihr hin, Zimmerin! Wie käme ich dazu, es billigend in Kauf zu nehmen, dass man einer freien Tochter unserer Stadt so etwas antut?«, schnappte der Angesprochene empört. »Ich wollte damit lediglich zu bedenken geben, dass der Täter möglicherweise in diesem Sinne gehandelt hat.«

»Das sieht ganz danach aus«, stimmte ihm Doktor Schütz zu. »Das Wort ›Lues‹, das ihr auf die Stirn geritzt wurde, weist auch auf Bestrafung und Rache hin. Es erscheint in diesem Zusammenhang wie ein Stigma ...«

»Ein Hurenstigma«, murmelte die Zimmerin. »Auch das gehört zu den zahlreichen Schandstrafen, die Huren zugefügt werden. Man kettet sie an den Pranger, brennt ihnen ein schandbares Zeichen auf die Stirn oder spannt sie vor den Eselskarren«, sagte sie bitter. »Der menschlichen Niedertracht sind dabei keine Grenzen gesetzt.«

Kurz herrschte betroffenes Schweigen im Bahrhaus.

»In jedem Fall sollte man die Tote daraufhin untersuchen, ob sie tatsächlich an der Lues erkrankt war«, warf der bärtige Doktor Schwind mit einem Blick auf den Kollegen Schütz ein.

»Unbedingt, Herr Kollege. Zumal sich in letzter Zeit derartige Krankheitsfälle ja häufen«, erwiderte dieser gepresst. Dann fügte er eilig hinzu: »Bei der letzten Kontrolluntersuchung, die ich vor zwei Wochen im Frauenhaus durchgeführt habe, wies die Tote allerdings noch keine Symptome auf. Ich hatte ohnehin vorgesehen, diese Untersuchung im Anschluss an die Leichenschau vorzunehmen, und möchte Euch höflich darum bitten, werte Kollegae, mir dabei zu assistieren, denn das dürfte nicht ganz einfach werden. Wir müssen dabei nämlich zwischen zugefügten Verletzungen und Krankheitssymptomen wie Exanthemen und Knötchen unterscheiden. Wenden wir uns zunächst aber dem Corpus zu. Im Brust- und im Lendenbereich befinden sich insgesamt achtundzwanzig Verletzungen. Es handelt sich dabei durchweg um unterschiedlich große Brandwunden, die der Toten mit einem glühenden Gegenstand bei lebendigem Leibe zugefügt wurden. Die bestialische Tat eines Folterknechts«, bemerkte er und sah die Zimmerin, die ein unterdrücktes Wimmern von sich gab, mitfühlend an. »Die Wundmale und Abschürfungen an den Handgelenken der Toten legen die Vermutung nahe, dass man ihr Handfesseln angelegt hat. – Wir werden sie jetzt umdrehen. Könntet Ihr mir bitte behilflich sein?« Doktor Schütz wandte sich an die beiden Ärzte, die sogleich ihre Ärmel hochkrempelten, um gemeinsam den Leichnam anzuheben und auf die andere Seite zu drehen.

Als Ursel die blutigen Striemen und Hautfetzen gewahrte, die sich über Rosis Rücken zogen, stöhnte sie laut auf. »Gott im Himmel, was für eine Bestie!«, murmelte sie entsetzt.

»Da mögt Ihr recht haben, Zimmerin«, stimmte ihr Doktor Schütz zu und seufzte. Seine Miene verriet, dass ihm die Folterspuren am Körper der toten Hübscherin bei aller Routine doch erheblich zusetzten. »Sie wurde ausgepeitscht. Den Hautfetzen nach zu urteilen wahrscheinlich mit einer Geißel, deren Enden mit Metallspitzen versehen waren.«

Dann wandte sich Doktor Schütz wieder an die Umstehenden: »Ich würde vorschlagen, dass wir nun eine kurze Pause einlegen und an die frische Luft gehen, ehe wir die Tote auf die Symptome der *Lues venereus* untersuchen.« Er bedeckte die Leiche wieder mit dem Leinentuch. Die Anwesenden, froh darüber, die Totenkapelle mit dem penetranten Leichengeruch verlassen zu können, erklärten sich mit dem Vorschlag des Arztes einverstanden.

Nach kurzem Zögern ging die Hurenkönigin auf Doktor Schütz zu und bat ihn mit brüchiger Stimme um etwas Theriak. Der Arzt blickte sie erstaunt an, war ihm doch die Abneigung seiner Patientin gegen Medikamente hinlänglich bekannt. Dennoch entnahm er beim Anblick von Ursels fahlem Gesicht seinem Felleisen das Fläschchen. »Bedient Euch ruhig selber, Zimmerin. Ich denke, Ihr könnt es fürwahr gebrauchen«, bemerkte er. »Mehr als zehn Tropfen solltet Ihr allerdings nicht nehmen, sonst schlaft Ihr ein.«

Ursels Hände zitterten, als sie den Theriak entgegennahm.

»Soll ich helfen?«, fragte der Doktor.

»Danke, es geht schon«, erwiderte die Hurenkönigin und träufelte sich etwas davon auf die Zunge. Das Zittern, das ihren Körper erfasst hatte, ließ nach, und sie folgte Doktor Schütz auf wackligen Beinen nach draußen.

Nachdem die Leiche in eine entsprechende Position gebracht worden war, untersuchten die drei Stadtärzte den Schambereich der Toten.

»Kein Befund«, verkündete Doktor Schütz angespannt.

»Das hat nichts zu sagen, werter Herr Kollege«, wandte

Doktor Schwind ein und hob argwöhnisch die Brauen. »Die für die *Lues venereus* typischen verhärteten Geschwüre an der Vulva oder am Penis treten lediglich im Primärstadium auf. Nach vier bis sechs Wochen heilen sie ab, weshalb die Erkrankung auch oft nicht erkannt wird.«

»Dann hätte ich ja bei meinen früheren Untersuchungen einen solchen *Ulcus durum* an der Verstorbenen bemerken müssen«, entgegnete Doktor Schütz mit einem Anflug von Ärger. »Allein, dem war nicht so! Oder wollt Ihr mir etwa unterstellen, ich hätte es an der nötigen Sorgfalt mangeln lassen?«

»Keineswegs, Herr Kollege. Die Seuche lässt sich nur recht schwer diagnostizieren, wenn man von den auffälligen Geschwüren im Primärstadium einmal absieht, und eins darf man nicht vergessen: Wir verfügen nicht gerade über eine reichhaltige Erfahrung, was das Krankheitsbild anbetrifft. Immerhin haben wir in Frankfurt ja erst seit jüngster Zeit den Ausbruch der Geschlechtspest zu verzeichnen. Und die meisten Seuchenopfer, die wir untersucht haben, befanden sich noch im Primärstadium der Lues …«

»Das trifft zwar zu, mein lieber Schwind«, mischte sich nun auch Doktor Goy mit gewichtiger Stimme ein. »Aber auch wenn es der Frankfurter Ärzteschaft – und Euch mit einbegriffen – noch an diesbezüglichen Erfahrungen mangelt, so gibt es doch inzwischen mehrere Abhandlungen verdienter Kollegen über den *Morbus gallicum*, wie die Krankheit in weiten Kreisen der medizinischen Wissenschaft bezeichnet wird. Ich kann Euch nur das herausragende Werk des von mir überaus geschätzten Kollegen Bartholomäus Steber ans Herz legen …«

»Kollegae, ich muss doch sehr bitten! Wir befinden uns hier bei einer Leichenschau und nicht im medizinischen Kolloquium«, unterbrach ihn Doktor Schütz ungehalten. »In Anbetracht der akuten Seuchengefahr, die unsere Heimatstadt bedroht, sollten wir doch inzwischen alle unsere Lektionen gelernt haben. Nach den Geschwüren an den Geschlechtsteilen, die in der Primärphase auftreten, schwellen etwa acht Wochen nach der Ansteckung die Lymphknoten am ganzen Körper an. Nach zehn Wochen erscheint bei den meisten Erkrankten ein Hautausschlag. Am Anfang sind es noch rosa Flecken, die sich aber rasch in kupferfarbene Papeln verwandeln und bevorzugt in Hautfalten auftreten«, dozierte er. »Und genau darauf sollten wir jetzt unser Augenmerk richten.« Mit besorgter Miene strich er über die Innenseite der Oberschenkel, wo hellrote Verfärbungen zu sehen waren. Der Doktor schluckte und murmelte wie zu sich selbst: »Das sieht nicht gut aus …«

Ursel presste sich bestürzt die Hand auf den Mund.

Sorgfältig tastete der Medicus daraufhin den Hals und die Leistengegend der Toten ab. »Geschwollen wie Taubeneier. Kein gutes Zeichen«, grummelte er und begutachtete die Armbeugen der Toten, in denen ebenfalls rosafarbene Male zu sehen waren.

Doktor Schütz richtete sich auf, wischte sich die Schweißperlen von der Stirn und konstatierte in unheilvollem Tonfall: »Wir müssen leider davon ausgehen, dass es sich hier bereits um das Sekundärstadium der Lues handelt …«

✵

Wie von Hunden gehetzt, hatte die Hurenkönigin den Heimweg zum Frauenhaus angetreten und sich dabei die Begleitung von Doktor Schütz verbeten. Als sie den Aufenthaltsraum betrat, waren die Huren allesamt in Tränen aufgelöst. Der Frauenhausknecht Josef hatte ihnen nach der Identifizierung vom Tod ihrer Gildeschwester erzählt. Ihre Stellvertreterin Ingrid wollte ihr gerade schluchzend um den Hals fallen, doch Ursel schleuderte ihr nur entgegen: »Ich will meine Ruhe haben und niemanden mehr sehen!«

Sie wollte sich schon in ihre Kammer zurückziehen, als die schlaue Grid ihr nachging und sie sachte am Arm fasste. »Komm, Ursel, bleib doch bei uns!«, bat sie.

Doch die Hurenkönigin riss sich los und zischte ihr ins Gesicht: »Ich habe gesagt: Niemanden! Hast du kapiert?« Unter den verstörten Blicken der Huren hastete Ursel die Treppe hinauf und verschwand in ihrem Zimmer, wo sie die Tür von innen verriegelte. Hektisch nestelte sie die braune Glasphiole unter ihrem Mieder hervor, die sie unterwegs bei einem Apotheker in der Braubachgasse erstanden hatte, und entkorkte sie.

Nur noch weg!, gellte es in ihrem Kopf, und sie schüttete sich gierig den halben Flascheninhalt in den Rachen. Während ihr die bittere Flüssigkeit die Kehle hinunterrann, fühlte sie sich bereits so eigentümlich erquickt wie damals in jenen düsteren, weit zurückliegenden Tagen, als die Gier nach dem großen Vergessen noch ihr Leben bestimmt hatte.

Mehr als zwei Jahrzehnte lang hatte sie sich regelmäßig die »Himmelsarznei«, wie der Theriak im Volksmund genannt wurde, im Apothekerviertel besorgt, um sich mit der opiumhaltigen Tinktur zu betäuben. Sie brauchte das Gebräu, damit sie ihr schändliches Gewerbe überhaupt ertragen konnte – den widerlichen Geruch der Freier, ihre abstoßende Geilheit, mit der sie ihren Körper und ihr Geschlecht besudelten, bis tief in ihr Innerstes hinein. Ihr Beruf hatte ihr die Seele geraubt, bis sie nicht mehr weinen konnte und auch ihr Lachen nur noch falsch und aufgesetzt war. Sie hatte den Männern ungerührt Leidenschaft vorgespielt, obgleich sie nichts anderes mehr fühlte als Leere und Ekel.

Alle Huren kannten die Abgründe ihres Berufs und zahlten ihren Preis dafür. Viele schrubbten sich nach jedem Freier mit der Wurzelbürste ab, bis sie bluteten, übergossen sich mit Duftwässerchen, um den Geruch des Freiers loszuwerden, oder benebelten sich mit Alkohol. Ursel hatte sich für Theriak entschieden, weil sie sich eingebildet hatte, dadurch bliebe sie klarer und würde sich nicht um den Verstand saufen, so wie viele andere käufliche Frauen. Doch das war ein Trugschluss gewesen.

Schon in jungen Jahren hatte sie das Opiat zu sich genommen, in mehr oder weniger kleinen Dosen, um durch den Tag zu kommen. Und nachts hatte sie es dann nehmen müssen, um überhaupt noch schlafen zu können. Es war ihr in Strömen durch die Kehle geflossen, mehr als die Hälfte ihres Hurenlohns war dafür draufgegangen. Gottlob hatte sie immer gut verdient, und das Allheilmittel war in jeder Apotheke wohlfeil erhältlich. Zwar warfen ihr die Apotheker hämische Blicke zu, wenn sie sich ihren Vorrat holte, aber keiner hatte je etwas gesagt. Schließlich bezahlte sie ja dafür, und nur darauf kam es an. Manchmal, wenn es ihr besonders schlechtging, hatte sie ihre Freundin Grid ins

Apothekerviertel geschickt, damit sie ihr das Suchtmittel besorgte, und daher war Grid die Einzige im Frauenhaus, die von Ursels Theriaksucht wusste.

Und dann natürlich Bernhard. Am Morgen nach der ersten Nacht mit ihm hatte sie all ihre Theriakvorräte in die Latrine gegossen und sich geschworen, keinen Tropfen mehr zu nehmen. Sie war so glücklich gewesen damals, dass sie sich nicht mehr zu betäuben brauchte, im Gegenteil: Das kostbare Geschenk der Liebe wollte sie bewusst genießen. Dennoch hatte es mehrere Monate gedauert, bis das Gift aus ihrem Körper und aus ihren Sinnen war. Und jetzt, nach einer so langen Zeit der Enthaltsamkeit, hatte es sie unversehens wieder am Wickel. Sie wollte nur noch weg sein, so wie früher – und vergessen. Vor allem den Anblick von Rosis gemartertem Körper, der mehr war, als sie verkraften konnte.

»Du hast die Hölle erlebt …«, flüsterte Ursel, während sie zusammengekrümmt auf ihrer Rosshaarmatratze lag, tränenlos und starr, weil alles Leben in ihr zum Stillstand gekommen war. Sie ließ sich in die große Leere sinken.

5

Durch die spitzbogigen Fenster der kleinen Marienkapelle, die mit kunstvollen Bleiglasbildern aus dem Leben der Heiligen Jungfrau versehen waren, drang bereits das erste Morgenlicht und fiel auf den Betenden.

Die ganze Nacht hatte er kniend vor dem Standbild der Himmelskönigin, das von einzigartiger Schönheit war, zugebracht und hatte Zwiesprache mit der Gottesmutter gehalten, wie er es seit Kindertagen zu tun pflegte. Doch sie hatte ihm noch immer nicht geantwortet.

Wahrscheinlich waren seine Vergehen einfach zu schlimm. Doch er würde nicht aufhören, die Jungfrau um Gnade anzuflehen, und wenn er bis zum Jüngsten Gericht hier ausharren musste. Immer häufiger musste er gegen die bleierne Müdigkeit, die ihn zu übermannen drohte, ankämpfen und sich große Mühe geben, nicht in sich zusammenzusacken, sondern eine aufrechte Haltung zu bewahren. Ihm war plötzlich, als stünde sie hinter ihm, seine gestrenge Frau Mutter, und würde den gekrümmten Rücken des Knaben mit dem Rohrstock traktieren. »Halt dich gerade beim Beten, du Jammerlappen!«, vermeinte er ihre hohe, metallische Stimme zu vernehmen und musste unwillkürlich lächeln. »Ja, Mutter«, erwiderte er, straffte seine Schultern, hob den Kopf, der ihm auf die gefalteten Hände gesunken war, öffnete seine schweren Lider und blickte in das erhabene Antlitz der Gottesmutter. Und da sah er es endlich – das milde Lächeln auf den Zügen der Gnadenreichen und die gütigen Augen, die auf ihn herabblickten. Vor Ergriffenheit strömten ihm die Tränen über die Wangen, und er wusste, die Unbefleckte würde ihn jetzt anhören.

»Heilige Jungfrau«, schluchzte er. »Ich habe schwere Schuld auf mich geladen!«

»Du hast nur getan, was dir aufgetragen wurde«, erwiderte die Himmelskönigin nachsichtig.

»Aber ich habe getötet!«

»Du hast die Welt von der Sünde befreit. Zertritt sie unter deinen Stiefeln, die Schlange, in meinem Namen!« Die Stimme der Erhabenen bebte in heiligem Zorn.

»Aber … ich habe es nicht nur für Euch getan«, stammelte der Jüngling. »Es hat mir … Lust bereitet …«

»Das ist in der Tat eine schwere Sünde.« Das Antlitz der Himmelskönigin verfinsterte sich.

»Lasst Gnade mit mir walten, o Mutter aller Schmerzen«, wimmerte der Betende und schlug sich auf die Brust.

»Tu Buße und bring mir ein Opfer!«

»Noch eines?« Er blickte angstvoll zu ihr auf.

»Du weißt, was zu tun ist!«, beschied sie ihn streng und senkte die wächsernen Lider.

»Ja, Herrin«, flüsterte er und bekreuzigte sich vor der Madonnenstatue. Er wusste, dass die Audienz beendet war.

*

Ein heftiges Klopfen ertönte, das einfach nicht enden wollte. »Ursel, mach bitte auf«, vernahm die Hurenkönigin aus weiter Ferne Bernhards Stimme. Unwillig richtete sie sich auf, griff nach dem Theriakfläschchen, das auf dem Holztisch neben dem Bett stand, und führte es zum Mund. Schnell wieder abtauchen!

Doch das Poltern ging weiter. »Ursel, was ist mit dir? Ich mache mir die schlimmsten Sorgen. Mach bitte die Tür auf!«, hallte es von draußen.

»Lass mich in Ruhe!«, stieß die Zimmerin hervor und zog sich die Decke über den Kopf. Sie versank erneut, glitt immer tiefer in den schwarzen, bodenlosen Ozean, der sie mit einer friedvollen Leere erfüllte, abgeschirmt von der Außenwelt wie durch eine meterdicke Eisscholle.

Im nächsten Moment hörte sie ein lautes Krachen, der Panzer zerbarst in tausend Teile, etwas erfasste sie und zog sie unerbittlich nach oben …

»Was machst du denn für Sachen?« Bernhard hatte sie in die Arme genommen und bettete ihren Kopf an seiner Brust. Ursel hob die verquollenen Lider, verdrehte kurz die Augen mit den stechenden Pupillen und stöhnte: »Lass mich schlafen!« Schon sank sie wieder in tiefen Schlaf.

»Es hat keinen Sinn, die wirst du nicht wach kriegen«, bemerkte Ingrid, die ans Bett getreten war, und warf einen finsteren Blick auf den Theriak. »Gerade noch ein Schlückchen hat sie dringelassen … Das reicht aus, um ein Ross einzuschläfern.« Sie runzelte besorgt die Stirn. »Wie in alten Zeiten. Genau, was ich befürchtet habe.«

»Sollten wir nicht den Doktor rufen?«, fragte Bernhard bekümmert. »Nicht, dass sie uns am Ende … gar nicht mehr aufwacht.«

»Den müssen wir nicht rufen, denn der müsste gleich hier sein. Für heute Morgen um die neunte Stunde ist doch die Visitation angesetzt. Alle Huren sollen untersucht werden, weil Rosi an der Geschlechtspest erkrankt war …«

»Ich weiß«, bemerkte Bernhard. »Deswegen bin ich auch gleich hergekommen, nachdem ich vorhin davon gehört habe. Warum hast du mir denn nicht gestern schon Bescheid gegeben? Dann wäre es doch vielleicht gar nicht erst so weit gekommen«, sagte der Gelehrte vorwurfsvoll.

»Weil es mir so elend ging!«, murrte Ingrid. »Allen ging es schlecht, nachdem wir gehört hatten, wie entsetzlich Rosi zugerichtet war. Als die Ursel dann am Nachmittag zurückgekommen war, hab ich den Laden dichtgemacht und mir einen angetrunken, genau wie alle andern.« Die schlaue Grid massierte sich stöhnend die Schläfen. »Und dann auch noch diese verdammte Untersuchung. Ich habe ganz schön Angst davor, und die Hurenkönigin steckt einfach den Kopf in den Sand und pennt!« Die Lohnsetzerin ließ sich auf den Bettrand sinken und weinte. »Ich kann's ja verstehen, dass sie nach dieser Leichenschau die Nase voll hatte, aber sie wollte ja unbedingt dabei sein! Das kann doch niemand verkraften, was man der Rosi angetan hat, und die Ursel musste sich das alles auch noch haarklein angucken! Und jetzt hängt sie wieder an der Theriakflasche …«, presste Ingrid hervor.

»Schrecklich«, murmelte Bernhard und starrte ins Leere, tiefe Sorgenfalten auf der Stirn. Er bettete den Kopf der schlafenden Hurenkönigin auf das Daunenkissen und breitete die Wolldecke über sie.

»Beruhige dich, meine Liebe, es ist jetzt nicht mehr zu ändern«, wandte er sich an die Lohnsetzerin. »Wir müssen nun stark sein und zusammenhalten. Warte, ich hole dir einen Becher Wasser – und das hier nehme ich mit und kippe es in das Spülicht«, sagte er grimmig, ergriff das Theriakfläschchen und verließ die Stube.

Als er den Aufenthaltsraum betrat, blickten ihm die Huren und der Frauenhausknecht, die allesamt um den großen Tisch versammelt waren, mit vergrämten Mienen entgegen. Die meisten trugen noch ihre Nachtgewänder und hatten weder Schminke aufgelegt noch die Haare gekämmt. Trotz der sommerlichen Schwüle, die sich bereits am Morgen bemerkbar machte, waren die Fenster geschlossen und die Vorhänge zugezogen. Auf dem Tisch standen noch die Trinkbecher und Weinkrüge der letzten Nacht, und der säuerliche Geruch von abgestandenem Wein und schalem Bier hing in dem Raum.

»Wie geht es der Meistersen?«, fragte Josef, der blass und übernächtigt aussah.

»Nicht gut«, antwortete Bernhard bedrückt. »Aber das ist ja auch kein Wunder.« Er nahm den Wasserkrug und füllte zwei Becher.

»Kommt sie denn nicht runter, die Hurenkönigin?«, erkundigte sich Irmelin, die plötzlich um Jahre gealtert aussah.

»Ich fürchte nicht«, erwiderte Bernhard ausweichend, »dazu ist sie wohl nicht in der Lage.« Er vermied es, den Huren von Ursels Rückfall zu erzählen, war ihm doch bekannt, wie streng die Hurenkönigin all die Jahre ihr Geheimnis gehütet hatte.

»Was ist denn mit ihr? Hat sie der Schlag getroffen

vor lauter Kummer?«, rief die Jennischen Marie und rang die Hände.

»Das nicht gerade – dem Himmel sei Dank! Aber sie ist in keiner guten Verfassung. Am besten, wir lassen sie schlafen. Das ist gut für ihre Nerven. Aber macht euch keine Sorgen, das wird schon wieder«, suchte er die Huren zu beschwichtigen.

»Hoffentlich«, murmelte die alte Irmelin. »Sonst könnt ihr mich auch bald unter die Erde bringen …«

»Warum lässt sie uns denn jetzt alleine?«, schniefte die bayrische Agnes. »Sie ist doch sonst immer für uns da!«

»Niemand kann immer stark sein«, warf die blonde Isolde ein und musterte ihre Kolleginnen unwirsch. »Rumplärren hilft jetzt auch nichts, der Doktor kann jeden Augenblick kommen …«

»Es können ja nicht alle so ein Fischgemüt haben wie du«, fauchte die bayrische Agnes und wischte sich mit dem Ärmel ihres Nachtgewandes die Tränen ab.

Isolde verzog ungehalten das ebenmäßige Gesicht und schwieg. Von draußen waren jetzt Schritte zu vernehmen.

»Der Doktor!«, murmelte die alte Irmelin und strich sich die schütteren roten Haarsträhnen aus der Stirn. »Es bleibt einem heut aber auch nichts erspart.«

»Die Hurenkönigin fühlt sich nicht wohl, Herr Doktor, sie lässt sich entschuldigen«, erklärte die Lohnsetzerin mit angespannter Miene. »Ich werde sie, so gut ich kann, vertreten. Die Liste mit den Namen der Huren kann ich Euch gleich vorlegen – und seht es uns bitte nach, dass wir alle noch nicht hergerichtet sind, aber der Tod unserer Gildeschwester setzt uns allen sehr zu.«

»Das kann ich gut verstehen, Jungfer Ingrid. Was fehlt denn der Zimmerin? Am besten, ich schaue gleich mal nach ihr. Das war ja auch alles zu viel gestern! Ich hätte es ihr gar nicht erlauben dürfen, dass sie bei der Leichenschau zugegen ist!«, bemerkte der Arzt.

»Das … das wird nicht nötig sein, Herr Doktor.« Ingrid, die wusste, dass Ursel stets darauf bedacht gewesen war, ihre Theriaksucht auch Ärzten gegenüber zu verbergen, suchte ihn eilfertig von seinem Vorhaben abzubringen. »Sie hat die ganze Nacht kein Auge zugetan, und jetzt schläft sie.«

»Ach so. Das ist das Beste, was sie machen kann. Da will ich sie auch nicht aufwecken.«

Doktor Schütz stellte sein Felleisen auf den Tisch. »Gut, dann holt mir die Liste, dann kann ich schon anfangen. Können wir vielleicht einmal lüften?«

Ingrid öffnete die Fenster und wies die Magd an, das Geschirr wegzuräumen.

Doktor Schütz blickte sich in der Runde um. »Wie viele Hübscherinnen leben denn momentan hier?«

»Mit der Zimmerin und mir sind es genau zwanzig«, antwortete die schlaue Grid.

»Und der junge Mann dahinten, das ist doch der Hausknecht, oder? Er war gestern mit dabei, um die Tote zu identifizieren … Wie war doch gleich Euer Name?« Doktor Schütz blickte zu dem Frauenhausknecht hinüber.

»Josef Ott«, murmelte Josef und senkte den Blick.

»Wenn ich mich nicht täusche, hattet Ihr doch mit der Toten eine intime Beziehung?«

»Na und?« Josef zuckte gleichgültig mit den Schultern, war jedoch bei der Frage des Arztes rot geworden.

»Dann werde ich mit Euch den Anfang machen.«

Josef traf die Ankündigung des Doktors wie ein Peitschenhieb. »Wieso denn das?«, knarzte er. »Ich dachte, nur die Weibsleute sollen untersucht werden ...«

»Richtig – und das wird auch bald erfolgen. Aber zuerst werde ich Euch ansehen, weil es naheliegend scheint, dass Ihr Euch bei der Ermordeten angesteckt habt.«

Die Huren blickten Josef betroffen an. Doktor Schütz bat sie, den Aufenthaltsraum zu verlassen und sich in ihre Zimmer zu begeben. Er werde sie benachrichtigen lassen, wenn er mit ihrer Untersuchung beginne. Während die Frauen der Tür zustrebten, schloss Doktor Schütz die Fenster und breitete ein sauberes Leinentuch über den Tisch, auf das er verschiedene Instrumente legte.

Bei ihrem Anblick wurde es Josef ganz flau im Magen. Als er mit dem Doktor allein im Raum war, hüstelte er verlegen und presste schließlich hervor: »Da sind so ein paar Pusteln an meinem ... Ding, aber das kann nix Schlimmes sein, denn es tut überhaupt nicht weh! Hab's wahrscheinlich ein bisschen zu doll getrieben die letzten Tage, und dadurch ist es leicht entzündet an der Spitze, aber das wird schon wieder abheilen ...« Der Frauenhausknecht rang sich ein gequältes Lächeln ab.

»Macht bitte Euren Hosenstall auf und lasst mich einen Blick darauf werfen«, sagte Doktor Schütz mit ernster Miene.

»Muss das denn sein? Gebt mir etwas Wundsalbe mit, dann ist es in ein, zwei Tagen weg …«

»Macht Euch jetzt gefälligst frei und lasst mich nachsehen!«, befahl der Medicus streng.

Josef stieß einen Fluch aus und knöpfte mit bebenden Fingern seinen Hosenlatz auf. Als der Doktor gleich darauf seinen Penis in Augenschein nahm und ihn sogar abtastete, hätte Josef dem Medicus am liebsten eine Backpfeife gegeben.

»Wie lange habt Ihr das denn schon?«, fragte Doktor Schütz, während er die rötlichen Geschwüre besah.

»Was weiß ich! Drei, vier Tage vielleicht«, brummelte Josef.

»Wann hattet Ihr das letzte Mal Verkehr mit der Ermordeten?«

»Das kann ich nicht mehr so genau sagen … Ein paar Tage bevor sie verschwunden ist, glaub ich.«

»Und hattet Ihr regelmäßig Verkehr mit ihr oder eher gelegentlich?«

»Ich weiß nicht, was heißt regelmäßig? So drei-, viermal die Woche vielleicht. Manchmal auch öfter. Wenn's gut mit uns lief …« Josef war blass geworden und schwankte leicht. Der Arzt schob ihm einen Stuhl hin. Seufzend ließ sich der Frauenhausknecht darauf niedersinken. »Hab ich … hab ich …« Er blickte den Doktor mit einem Anflug von Verzweiflung an.

Dieser stieß vernehmlich den Atem aus und nickte. »Ich fürchte, ja!«, sagte er und tastete Josefs Leistengegend ab. »Die Lymphknoten sind noch nicht geschwollen. Das deutet darauf hin, dass die Lues noch im Anfangsstadium ist.«

»Kann man da noch was machen? Ich meine, kann

man das heilen, wenn's noch am Anfang ist?«, fragte Josef alarmiert.

Doktor Schütz legte ihm begütigend die Hand auf die Schulter. »Bedauerlicherweise nicht. Die Lues ist eine unheilbare Erkrankung.«

Josef traten die Tränen in die Augen. »Muss ich … muss ich jetzt sterben?«, brach es aus ihm heraus.

»Keine Angst, mein Guter, so schnell stirbt man nicht. Es soll sogar Leute geben, die mit der Geschlechtspest alt werden. Aber offen gestanden: Rosig ist das nicht. Die Lues ist eine schwere Erkrankung, die bleibende Schäden hinterlässt.«

Josef schlug die Hände vors Gesicht und gab ein unterdrücktes Wimmern von sich.

»Ihr müsst jetzt tapfer sein und Euch genau an meine Weisungen halten, dann können wir die Symptome in den Griff kriegen.«

Josef reckte den Kopf und blickte den Arzt hoffnungsvoll an. »Bitte helft mir, Herr Doktor! Ich mach auch alles, was Ihr mir sagt«, beteuerte er inbrünstig.

»Gut so! Ich will sehen, was ich für Euch tun kann.« Der Doktor öffnete sein Felleisen und entnahm ihm einen großen Glastiegel mit weißer Salbe. »Das ist Quecksilbersalbe, die hilft gegen die Papeln. Ich streiche sie Euch jetzt auf die Geschwüre und mache einen Verband darum, damit sie besser einwirken kann. Ich lasse Euch etwas davon da, dann könnt Ihr es übers Wochenende selbst anwenden. Mindestens dreimal am Tag und vor dem Schlafengehen. Ich stelle Euch ein Rezept aus, damit holt Ihr Euch am Montag Nachschub in der Apotheke. Und seid nicht nachlässig, sorgt dafür, dass die Stellen immer gut bedeckt sind.« Während Doktor

Schütz Josef verarztete, hielt er inne und sah ihn eindringlich an.

»Was ganz wichtig ist, und daran müsst Ihr Euch unbedingt halten: kein Geschlechtsverkehr mehr! Unter gar keinen Umständen, habt Ihr mich verstanden? Auch kein Schäkern oder Küssen. Die Krankheit ist nämlich sehr ansteckend«, erklärte er nachdrücklich.

Josef war wie vor den Kopf gestoßen. »Für wie lange denn?«, fragte er.

Doktor Schütz erwiderte: »Mindestens so lange, bis die Latenzzeit erreicht ist. Das heißt, bis die Krankheit zum Stillstand gekommen ist. Das dauert etwa vier bis sechs Monate.«

»Großer Gott!«, rief Josef bestürzt und schlug sich die Hände an den Kopf.

*

Die Hurenkönigin öffnete die Augen und spürte einen bohrenden Schmerz hinter der Stirn. In den Schläfen pulsierte das Blut so heftig, dass es in den Ohren rauschte. Ihr entrang sich ein Stöhnen, und sie tastete nach dem Theriak, doch ihre Hand griff ins Leere. Ächzend wollte sie sich aufrichten, um genauer nachzusehen, da kauerte Bernhard sich neben sie auf die Matratze und legte den Arm um sie.

»Du brauchst gar nicht weiter zu suchen, das Teufelszeug habe ich weggeschüttet«, erklärte er resolut. »Hier ist Wasser, trink nur, das wird dir guttun.« Bernhard von Wanebach reichte Ursel einen Trinkbecher, den sie in wenigen Zügen leerte. Sie fühlte sich wie gerädert und war noch so benommen, dass es ihr schwerfiel zu sprechen. Ganz allmählich kehrten sie wieder in ihr Gedächtnis zurück, die Dämonen, die der Schlaf daraus verbannt hatte – und sie raubten ihr fast den Verstand.

»Was … was für ein Tag ist heute?«, stieß sie hervor.

»Samstag, mein Herz. Du hast den ganzen Tag geschlafen.«

Ursel richtete sich hektisch auf. »Wie spät ist es?«

»Es hat vorhin zur fünften Stunde geschlagen.« Bernhard musterte sie besorgt und strich ihr die verklebten Haarsträhnen aus der Stirn.

Die Apotheken hatten nur bis sechs geöffnet! Für die Hurenkönigin gab es nun kein Halten mehr. Unter Aufbietung aller Kräfte schwang sie sich aus dem Bett und wankte zum Stuhl, wo ihr zerknittertes gelbes Gewand lag. Während sie sich mit fahrigen Händen ankleidete, murmelte sie in Bernhards Richtung, der sie beunruhigt anblickte: »Ich … muss noch mal weg!«

Der Geliebte sah sie beunruhigt an. »Wo willst du denn hin?«, fragte er, sprang auf und eilte auf sie zu. Ursel konnte in seinen Augen lesen, dass er ahnte, was sie vorhatte. Sie blieb ihm die Antwort schuldig und steckte sich stattdessen nachlässig die Haare hoch. Als sie in die Schuhe geschlüpft war und zur Tür hasten wollte, stellte Bernhard sich ihr in den Weg und hielt sie am Arm fest.

»Du rennst jetzt nicht ins Apothekerviertel!«, befahl er mit einer Schärfe, wie sie Ursel nur selten bei ihm erlebt hatte. Sie suchte sich aus seinem Griff zu winden, doch er umklammerte ihr Handgelenk so heftig, dass es weh tat.

»Lass mich los!«, rief sie aufgebracht. »Ich dreh sonst durch, wenn ich das Zeug nicht bald kriege … Es ist alles so schrecklich!«

»Bitte, Ursel, komm doch wieder zur Vernunft! Natürlich ist das grauenhaft, was der Rosi widerfahren ist. Aber du kannst dich doch jetzt nicht nur noch betäuben! Das ist doch kein Ausweg ...« Bernhards Stimme bebte vor Aufregung. »Bitte bleib bei mir und tu das nicht! Ich helfe dir, gemeinsam stehen wir das durch.« Er hatte seine Arme um sie gelegt und drückte sie fest an sich.

»Das ... das kann man nicht durchstehen! Niemand kann das!«, schrie Ursel ganz außer sich, entwand sich seiner Umarmung und stürzte zur Tür.

»Ursel, wenn du jetzt gehst, sind wir geschiedene Leute!«, rief Bernhard zornig.

Die Hurenkönigin war schon an der Treppe und hielt inne. Nur selten kam es vor, dass der ausgeglichene und in sich gekehrte Gelehrte derart wütend wurde. Daher nahm Ursel seine Drohung auch nicht auf die leichte Schulter. Unversehens strömten ihr die Tränen aus den Augen. Mein Liebster, mir ist nicht mehr zu helfen!, dachte sie und hastete entschlossen die Stufen hinunter. Sie wollte nur noch vergessen, das war das Einzige, was für sie zählte.

»Ursel, warte, ich muss unbedingt mit dir reden!«, vernahm die Hurenkönigin plötzlich die Stimme von Grid, die aus dem Schankraum getreten war und auf sie zukam. Doch ohne ein weiteres Wort riss die Zimmerin die Haustür auf und stürmte davon.

❋

Als Ursel durch das Leonhardstor zum Main ging, ertönte aus der Ferne dumpfes Donnergrollen, und ein immer stärker werdender Wind kräuselte die Oberfläche des Flusses. Am wolkenverhangenen Himmel über der anderen Uferseite blitzte ein Wetterleuchten. Es war drückend schwül, und die Hurenkönigin war schweißnass von der Hitze und dem inneren Aufruhr. Sie spähte den Mainkai entlang. Es waren kaum noch Menschen unterwegs, die meisten hatten sich vor dem drohenden Unwetter in ihre Häuser zurückgezogen. Lediglich ein paar Fischer vertäuten noch ihre Boote und kletterten ans Ufer. Ursel ließ sich ein Stück von ihnen entfernt auf der Kaimauer nieder und blickte auf die bräunlichen Wellen, die unter ihren Füßen gegen die Mauer klatschten. Die Gischt benetzte ihre Beine. Tief sog sie den Geruch des Wassers ein. Sie war gerne hier unten am Fluss, liebte es, am Ufer zu sitzen, aufs Wasser zu schauen und die Gedanken treiben zu lassen. Auch jetzt hatte die Nähe des Gewässers etwas Tröstliches für sie. Sie nahm das Theriakfläschchen aus ihrem ledernen Brustbeutel und entkorkte es. Ein dröhnender Donnerschlag ließ sie zusammenfahren, gleich darauf zerrissen Blitze die dunklen Wolken, die der Wind in immer schnellerem Tempo über den Himmel trieb. Dicke Regentropfen fielen. Die Hurenkönigin starrte auf die geöffnete Glasphiole in ihren Händen und wurde unversehens von einem Schluchzen geschüttelt, das tief aus ihrem Innern kam. Mit einem lauten Aufschrei schleuderte sie das Fläschchen ins Wasser. Während sich über ihr die Elemente entluden, brach sich ihre aufgestaute Verzweiflung Bahn, ihre Schreie vermischten sich mit dem Donner und die Tränen vereinten sich mit den sintflutartigen Regengüssen.

Ursel war nass bis auf die Haut, als sie sich erhob, das gelbe Gewand klebte an ihrem Körper, und bei jedem

Schritt gluckste das Wasser in ihren Schuhen. Der Sturm peitschte ihr den Regen ins Gesicht, die gleißenden Blitze und die krachenden Donnerschläge ließen sie immer wieder zusammenzucken, doch sie vermochten sie nicht aufzuhalten, als sie durch die menschenleeren Gassen zum Haus ihres Geliebten eilte.

❋

»Verzeih mir, mein Liebster!«, flüsterte Ursel, als ihr Bernhard die Tür öffnete und sie eintreten ließ. Er blickte sie nur schweigend an. Ihm war deutlich anzumerken, wie verletzt er war.

»Ich werde das Zeug nie wieder anrühren, das schwöre ich dir!«, beteuerte die Hurenkönigin inbrünstig und klammerte sich wie eine Ertrinkende an ihn. Sie sanken auf den Dielenboden der Eingangshalle und liebten sich so leidenschaftlich wie die Elemente, die sich draußen tosend entluden.

Danach lagen sie einfach nur da und lauschten dem strömenden Regen, bis sie sich schließlich zu Tisch begaben. Sie aßen und tranken roten Wein und sprachen über alles, was sie bewegte. Als der Regen nachgelassen hatte, machten sie sich gemeinsam auf den Weg zum Frauenhaus.

Die Dunstglocke, die den ganzen Tag auf der Stadt gelastet hatte, war wie weggefegt, und die Abendluft roch frisch und erdig. Ein feiner Nieselregen benetzte Ursels Gesicht, und obgleich ihr der Theriak noch in den Gliedern steckte, fühlte sie sich doch wundersam gestärkt.

Es hatte gerade zur achten Stunde geschlagen, als Ursel und Bernhard die Wohnstube des Frauenhauses betraten. Die tiefe Niedergeschlagenheit, die Ursel dort entgegenkam, schnitt ihr ins Herz. Sie öffnete die Fenster, um die kühle Abendluft hereinzulassen, setzte sich an ihren Platz an der Stirnseite des Tisches und erklärte mit bebender Stimme: »Es tut mir leid, dass ich euch in eurem Kummer alleingelassen habe. Bitte verzeiht mir meine Schwäche. Und jetzt seid so gut und holt die anderen herbei. Es gibt einiges zu besprechen …«

»Gut, dass Ihr wieder da seid, Meistersen«, murmelte die bayrische Agnes, die ganz aufgelöst wirkte. »Ich … ich bin nämlich krank und soll hier weg!«

Ursel erhob sich und schloss sie in die Arme. »Agnes, sei unbesorgt. Wir werden dir helfen und für dich sorgen. Die Hurengilde lässt dich nicht fallen, darauf kannst du dich verlassen.« Als Josef und die übrigen Huren, die sich in ihren Zimmern vergraben hatten, ihre Plätze am Tisch eingenommen hatten, berichtete Grid von den Ergebnissen der heutigen Untersuchung. Dann wandte sich Ursel an die beiden Huren und den Frauenhausknecht, die an der Geschlechtspest erkrankt waren.

»Es tut mir sehr leid für euch«, sagte sie mitfühlend. »Bedauerlicherweise müsst ihr das Frauenhaus verlassen, das verlangt die Frauenhausordnung, und dagegen können wir leider nichts machen. Aber die Hurengilde wird euch behilflich sein, eine Unterkunft zu finden, und so lange für euch sorgen, bis ihr wieder ein Auskommen habt. Auch eure Arzt- und Arzneikosten werden aus unserer gemeinsamen Schatulle bestritten. Ihr müsst also keine Not leiden und werdet ein Obdach haben …«

»Ein Obdach vielleicht, aber kein Zuhause«, grummelte Josef mit schwerer Zunge. Er hatte seinen Kummer mit Wein bekämpft. »Ich bin jetzt seit über zehn

Jahren hier, und … auch wenn ihr mir manchmal ganz schön auf die Nerven geht, wüsste ich nicht, wo ich lieber wäre.«

Ursel war ergriffen. »Josef, du kannst jederzeit herkommen. Wir sind immer für dich da. Und ich werde dir auch behilflich sein, eine Arbeit zu finden. Ein starker, kräftiger Kerl wie du, das wär doch gelacht, wenn wir den nicht wieder in Lohn und Brot bringen«, sagte sie tröstend und wandte sich den beiden Huren zu. »Mit eurer Krankheit werdet ihr leben müssen. Das wird nicht leicht sein. Aber wir lassen euch nicht im Stich.«

Die beiden Hübscherinnen und der Frauenhausknecht blickten die Hurenkönigin dankbar an.

»So, und jetzt müssen wir über Rosi reden«, erklärte die Zimmerin und sah Josef ernst an. »Sag mir ehrlich: Wer von Rosis Freiern könnte dem Mädel so etwas Schreckliches angetan haben? Sprich frank und frei, auch wenn es nur ein vager Verdacht ist. Das gilt auch für alle anderen. Sagt es bitte, wenn ihr irgendeine Vermutung habt, jeder Hinweis, egal wie abwegig, kann wichtig sein. Wir müssen alles dransetzen, damit diese Bestie gefasst wird.« Die Miene der Hurenkönigin verfinsterte sich. »Ich habe gesehen, wie er sie zugerichtet hat. Ich … ich kann kaum noch an etwas anderes denken …« Für einen Moment versagte ihr die Stimme.

»Ich … habe mich betäubt, weil ich es nicht mehr ertragen konnte«, murmelte sie nach einer Weile. »Doch dann habe ich mich wieder zusammengerissen und beschlossen, alles dranzusetzen, dass Rosis Mörder gefunden wird. Und dann werde ich ihm höchstpersönlich die Eier abschneiden.« Die Augen der Hurenkönigin funkelten böse.

»Recht so, Meistersen! Ich helfe Euch dabei!«, rief die alte Irmelin und schlug mit der Hand auf die Tischplatte.

»Ich auch!«, erklärte die Hure Isolde entschlossen, was unter den Frauen für Erstaunen sorgte. Die Gräfin, wie sie wegen ihrer hochmütigen Art von allen genannt wurde, war bei ihren Kolleginnen wenig beliebt. Isolde gab sich bevorzugt mit Standespersonen ab, die sich von ihr züchtigen und erniedrigen ließen. Sie erzielte im Frauenhaus mit Abstand die höchsten Einkünfte.

Die Hurenkönigin war ebenfalls verblüfft über Isoldes Bekundung. »Gut so. Wenn wir alle zusammenhalten, dann kriegen wir den Kerl auch«, sagte sie zuversichtlich.

»Aber das ist doch eigentlich die Aufgabe der Stadtpolizei?«, warf die Vogelsberger Änne ein.

Die Hurenkönigin runzelte die Stirn. »Bestimmt wird sich die Polizei darum kümmern – das will ich doch schwer hoffen. Aber die weiß ja vieles nicht, was wir wissen. Und daher sollten wir uns schon einmal austauschen, damit die Suche in die richtige Bahn gelenkt wird.«

Die alte Irmelin raunzte die junge Hure an: »Du hast die Rosi ja auch nicht so gut gekannt wie wir, weil du hier noch neu bist. Und dann hast du nichts Besseres zu tun gehabt, als dir gleich ihren Kerl ins Bett zu holen. Dass es dir dann egal ist, ist doch klar.«

»Das stimmt nicht, mir ist das nicht egal!«, verteidigte sich Änne murrend.

»Es darf dir auch nicht egal sein, wer deine Gildeschwester ermordet hat. Denn schließlich könntest du die Nächste sein«, bemerkte die Zimmerin trocken. Die junge Hübscherin zuckte erschrocken zusammen, und auch einige der anderen blickten angstvoll.

»Ich will euch keine Angst machen, Mädels, aber ihr müsst auf euch achtgeben! So, wie die Rosi zugerichtet war, muss es sich bei dem Mörder um einen grausamen Frauenquäler handeln, der sich möglicherweise bei ihr angesteckt hat, denn in ihre Stirn war das Wort Lues geritzt. Dass Rosi in ein Büßergewand gekleidet war und am Gedenktag von Maria Magdalena aufgefunden wurde, weist für mich darauf hin, dass der Täter die Tat von langer Hand geplant hat.« Die Hurenkönigin warf Ingrid und Bernhard einen nachdenklichen Blick zu. »Irgendwie werde ich den Verdacht nicht los, dass diese Moralapostel, die uns in ein Büßerinnenhaus stecken wollen, etwas mit Rosis Tod zu tun haben …«, sinnierte sie. »Die tote Katze an der Tür und die Botschaft weisen jedenfalls in diese Richtung.«

»Wir müssen diese Leute, allen voran die Nonnen des Sankt-Spiritus-Ordens, unbedingt im Auge behalten«, bemerkte die Lohnsetzerin ernst.

»Das sollten wir tun.« Die Hurenkönigin musterte die Frauen am Tisch mit sorgenvoller Miene. »Wie auch immer …«, seufzte sie. »Unsere Gildeschwester wurde außerhalb des Frauenhauses gefoltert und getötet und dann in den Main geworfen. Also keine Extratouren mehr, wenn euch euer Leben lieb ist! Ich weiß, dass einige von euch auch außerhalb des Frauenhauses anschaffen gehen. Ihr wisst alle, dass euch das seitens der Stadt strengstens verboten ist. Ich habe die ganze Zeit ein Auge zugedrückt, weil ich euch eure Nebenverdienste nicht abspenstig machen wollte, aber in Zukunft läuft da nix mehr, ist das klar? Jede, die bei einer

Extratour erwischt wird, fliegt raus!«, erklärte Ursel mit aller Strenge.

Dann wandte sie sich an den Frauenhausknecht. »An welche Freier hast du Rosi außerhalb des Frauenhauses vermittelt? Und wer von ihnen könnte als ihr Mörder in Frage kommen?« Die Hurenkönigin blickte Josef eindringlich an.

»Muss das denn sein, dass dabei alle zuhören?«, brummelte er unwirsch.

»Ja, das muss sein, weil vielleicht andere ähnliche Erfahrungen gemacht haben und ihnen dazu was einfällt«, beschied ihn die Zimmerin barsch.

»Und wenn das doch der Hausierer war, der sie so verstümmelt hat? Immerhin war er ihr letzter Freier«, gab Josef zu bedenken und erntete damit zustimmendes Gemurmel in der Runde.

»Ich glaube nicht, dass dieser abscheuliche Mord dem Hausierer angelastet werden kann. Er befand sich ja auch mit hoher Wahrscheinlichkeit gar nicht mehr in Frankfurt. Nein, mein Gefühl sagt mir, dass wir uns da anderweitig umschauen müssen. – Wer hasst Frauen so sehr, dass er ihnen das antut? Das frage ich mich schon seit der Leichenschau. Wer so etwas macht, ist eine Bestie, so viel steht fest. Und ich halte es nicht für abwegig, dass der Mörder einer von Rosis Freiern war. Deswegen will ich jetzt von dir hören, Josef: An welche Freier hast du Rosi außerhalb des Frauenhauses verkuppelt?« Die Zimmerin wies ihre Stellvertreterin an, sich Notizen zu machen, und blickte den Frauenhausknecht abwartend an.

Josef überlegte einen Augenblick, ehe er zur Antwort gab: »Das waren in erster Linie Geldsäcke. Wenn die ihre Saufgelage abgehalten haben, wollten sie immer auch ein paar Huren dabeihaben, mit denen sie sich vergnügen konnten. Sie sind zwar manchmal ein bisschen grob geworden, aber gequält hat die Rosi keiner von denen – das hätte ich auch gar nicht zugelassen!« Der Frauenhausknecht blickte stolz in die Runde und fuhr fort: »Und dann waren da noch ein paar Mönche aus dem Barfüßerkloster, zu denen die Rosi ab und zu hin ist. Ihr wisst doch, den Kuttenträgern ist ja der Besuch des Frauenhauses verboten. Was natürlich noch lange nicht heißt, dass die nicht auch der Hafer sticht. Und da hab ich die Rosi dann bei Nacht und Nebel ins Kloster eingeschleust. Sie ist nicht gerne hingegangen, denn es war kein leichtverdientes Geld, diese verstockten Kerle abzufertigen. Aber Frauenquäler waren das auch keine, eher das Gegenteil. Manche von den Brüdern hatten es gern, wenn sie von der Rosi ausgepeitscht wurden …«

»War da auch der Abt dabei?«, unterbrach ihn Ursel empört. »Der hat doch die Eingabe mit unterschrieben, dass das Frauenhaus geschlossen werden soll!«

»Das kann ich nicht genau sagen. Die sehen doch alle gleich aus in ihren braunen Kutten. Aber wundern tät mich das nicht bei diesem Pack«, erwiderte Josef und erklärte abschließend: »Das war's, Meistersen, mehr gibt's nicht zu sagen.«

Ursel hatte das unbestimmte Gefühl, dass Josef etwas zurückhielt, doch ihn darauf festzunageln brächte wenig. Daher ließ sie es einstweilen dabei bewenden und wandte sich an die schlaue Grid.

»Wir sollten uns die nächsten Tage mal zusammensetzen und eine Liste mit Rosis Stammfreiern erstellen.«

»Das dürfte nicht so einfach sein«, entgegnete die Lohnsetzerin. »Rosi war sehr gut im Geschäft und hatte mindestens hundert bis hundertfünfzig Freier im Monat. Und es gab Dutzende, die regelmäßig zu ihr gekommen sind, das weißt du selbst. Na ja, ein paar Namen werden wir schon zusammenkriegen.«

»Das denke ich doch auch. Wir sollten es zumindest versuchen.« Die Zimmerin ließ ihre Blicke über die Runde schweifen und forderte nun die Huren auf, von Freiern mit ausgefallenen Sonderwünschen zu berichten, die sie zu Schäferstündchen außerhalb des Frauenhauses bestellten.

»Ach Gott, Meistersen, was verlangt Ihr denn da von uns! Ihr wisst doch selbst, dass es in unserm Gewerbe nichts gibt, was es nicht gibt.« Die alte Irmelin verdrehte die Augen.

Die Hurenkönigin musste unwillkürlich grinsen. »Ich will ja auch keine tolldreisten Geschichten aus deinem langen Hurenleben hören, sondern nur das, was für uns in Betracht kommt. Es geht mir in erster Linie um Grobiane und Frauenquäler.«

Nach und nach fingen die Frauen an zu berichten. Kaum etwas fehlte in ihren Schilderungen: Sodomiten, die auf den verbotenen Analverkehr fixiert waren, hochstehende Herren, die sich daran ergötzten, Huren zu demütigen und zu erniedrigen.

Als die Reihe an die Gräfin kam, bemerkte sie spöttisch: »Mit solchen Galanen kann ich leider nicht aufwarten! Oder soll ich euch vielleicht von meinen Weiberknechten erzählen? Einer davon ist sogar ein Marienverehrer. Ist ganz keusch und züchtig, der Adelsknabe, und hat nur den Wunsch, von mir gezüchtigt zu werden …«

»Lass gut sein, Gräfin«, unterbrach sie die Hurenkönigin. »Dulder und Schmerzensbrüder sind für uns uninteressant. Ein Büßer wird nicht zum Folterknecht und ein Folterknecht nicht zum Büßer. Zumindest habe ich so was noch nicht erlebt.«

Die Huren stimmten ihr zu. Es war bereits Nacht geworden, als die Hurenkönigin die Runde auflöste. Müde und gähnend begaben sich die Frauen nach oben auf ihre Zimmer.

»Geh schon mal vor, ich komme gleich nach«, sagte Ursel zu Bernhard und ging noch einmal durch die Wohnstube, um die Vorhänge zuzuziehen und die Kerzen zu löschen. Gerade wollte sie mit einem Talglicht in der Hand die Tür hinter sich schließen, als ein Knarren im Halbdunkel sie zusammenschrecken ließ.

»Ich muss Euch noch was sagen, Meistersen«, flüsterte eine Stimme. Im diffusen Licht der Talgkerze konnte Ursel die wuchtige Statur von Josef ausmachen, der im Hausflur auf sie gewartet hatte.

»Ich wollte vorhin bei den anderen nicht darüber sprechen«, begann Josef kleinlaut. Die Hurenkönigin hatte sich mit ihm am Tisch niedergelassen, dem Frauenhausknecht und sich selbst einen Becher Wein eingeschenkt und die Wachskerze angezündet. Obwohl es bereits nach Mitternacht war und sie sich schon auf ihr Bett gefreut hatte, war sie doch froh über Josefs Sinneswandel und gespannt darauf, was er ihr zu berichten hatte.

»Das, was ich Euch jetzt sage, muss unbedingt unter uns bleiben«, raunte der stiernackige Mann und blickte angstvoll zur Tür. »Denn wenn das ruchbar wird, lande ich am Ende noch auf dem Scheiterhaufen …«

Die Zimmerin musterte ihn erstaunt. »Die Tür ist zu,

und mir kannst du vertrauen. Sprich nur, keiner kann uns hören.«

»Also, vor ein paar Monaten, das muss so Ende April gewesen sein, komme ich sonntags abends aus der Leonhardschenke. Es war schon stockdunkel und außerdem sehr windig. Ich wollte schnell heimgehen, als mich plötzlich eine Frau angesprochen hat. Ich bin zusammengezuckt, denn ich hatte sie gar nicht kommen sehen in der dunklen Gasse, so schwarz gewandet, wie die war. Und sie trug einen schwarzen Schleier vorm Gesicht. Ich bin ja kein Angsthase, aber die war mir irgendwie unheimlich. Offenbar hat sie gewusst, wer ich war, und hat auf mich gewartet – in die Schenke hatte sie sich wahrscheinlich nicht getraut. Jedenfalls flüsterte sie mir zu, sie komme im Auftrag ihrer Bruderschaft, um eine Hure bei mir zu bestellen. Ich war ganz verdattert, weil es sonst Kerle sind, die was von mir wollen, jedenfalls hat sie zu mir gesagt, dass sie so ein Frühlingsfest feiern, und dazu hätten sie gerne eine Hübscherin. Das hörte sich harmlos an, trotzdem war's mir nicht ganz geheuer. Ich hab sie gefragt, was das denn für eine Bruderschaft wäre, schließlich muss ich ja wissen, an wen ich meine Mädels vermittle, und da hat sie bloß gesagt: ›Wir frönen dem äffischen Kult‹, und mir einen Silbertaler zugesteckt. Ich konnte mir nichts drunter vorstellen, aber als sie sagte, sie würde mir bei Ablieferung der Hure noch mal zwei Silbertaler zahlen, war ich einverstanden. Das war ja eine ordentliche Stange Geld, wer hätte da schon widerstehen können. Ich sollte eine Hure, die ruhig ein bisschen verderbt aussehen könne, aber sehr üppig und weiblich sein sollte, in der ersten Mainacht zu einem abgelegenen Eichenwäldchen am Klapperfeld bringen. Die Verschleierte sagte, wir sollten eine Stunde vor Mitternacht dort sein, die Feierlichkeit würde sich schon ein paar Stunden hinziehen. Ich könnte ja solange in eine Schenke gehen und die Hure später wieder abholen. Es war sehr windig, und plötzlich wurde ihr Schleier nach oben geweht, und ich konnte ihr Gesicht sehen. Es war sehr liebreizend, sie sah aus wie ein Engel, und da dachte ich mir, was kann daran schon verkehrt sein?«

Josef trank einen Schluck Wein und fuhr mit rauer Stimme fort: »Ich sagte ihr fest zu, und wir verabschiedeten uns. Schon auf dem Heimweg war mir klar, dass ich die Rosi dorthin bringen würde, denn keine meiner Huren war properer als sie. Wie verabredet habe ich sie dann in der Mainacht zum Wäldchen gebracht. Es war Vollmond, und man konnte alles gut erkennen. Wir sahen eine Gruppe finsterer Gestalten, die um ein großes Feuer tanzten. Mir stockte der Atem, so unheimlich waren die. Trugen schwarze Kutten mit weiten Kapuzen und Masken vor den Gesichtern. Rosi bekam es mit der Angst zu tun. ›Josef, lass uns abhauen‹, flüsterte sie und packte mich am Arm. Aber da war es schon zu spät, denn sie hatten uns bemerkt und kamen auf uns zu. ›Da haben wir ja unsere Königin‹, sagte einer von ihnen, der sich als Hohepriester vorstellte und Rosi willkommen hieß. Eine der Gestalten gab sich als die Frau zu erkennen, die damals vor der Schenke auf mich gewartet hatte. Sie reichte mir die zwei Silbertaler. Ich sollte mich am Fischerfeld in eine Schenke setzen, schlug sie vor, und mir ein bisschen die Zeit vertreiben, denn das Bocksfest habe gerade erst angefangen und würde noch ein paar Stunden dauern. Als ich zögerte, weil ich ein ungutes Gefühl hatte, erklärte sie, deshalb habe sie mich so fürstlich entlohnt. Ich zog mich zurück – hinter einen Busch, wo ich das ganze Brimborium gut beobachten konnte. Ich konnte doch die Rosi nicht mit diesen Teufelsanbetern allein lassen. Es war ja meine Pflicht, sie zu beschützen. Na, und dann ging es los. Am Rande des Feuers stand ein großer Tisch mit einer schwarzen Decke, und Rosi musste sich ausziehen und mit gespreizten Beinen darauflegen. An der Stirnseite des Tisches stand ein Thron, auf dem ein schwarzer Ziegenbock saß. Mir fuhr der Schrecken in die Glieder, als ich den sah, denn ich dachte zuerst, das ist der Leibhaftige.« Josef fuhr sich fahrig mit der Hand über die Stirn, auf der Schweißperlen standen.

»Wie schrecklich!«, entfuhr es der Hurenkönigin. »Da wird es einem ja beim Zuhören schon angst und bange. Wie konntest du die Rosi nur solchen Satansjüngern anheimgeben?«

»Ich wusste es doch zuerst nicht, und dann war es zu spät«, grummelte Josef betreten. »Ich weiß, dass es ein Fehler war, und deswegen sage ich es Euch ja jetzt ...«

»Erzähl weiter«, murmelte die Hurenkönigin angespannt und zog ihr Schultertuch enger, weil sie fröstelte.

»Der Anführer hat dann in so einen Kelch gepinkelt, der auf dem Tisch stand, und hat damit Rosi und seine Anhänger besprenkelt. Genauso, wie es der Pfarrer in der Kirche immer mit dem Weihwasser macht. Dann ist er zu dem Bock gegangen, hat ihn am Zipfel und am Arsch geküsst, und seine Jünger haben es genauso gemacht. Dann haben sie sich ihrer Kutten entledigt und der Reihe nach Rosis Brüste und ihren Schoß abgeleckt. Und dann ging's los. Aber fragt nicht, wie! Ich hab ja schon manches gesehen und bin bestimmt nicht zimperlich, aber wie die es miteinander getrieben haben, da ist es mir schon ganz anders geworden! Keine Ausschweifung haben sie ausgelassen. Manche haben sich wie Rasende zerfleischt und sich in ihrem Blut gewälzt, andere haben es sogar mit dem Bock getrieben. Und die arme Rosi war mittendrin. Als der Anführer dann von ihr verlangt hat, dass sie es mit dem Ziegenbock macht, hat die Rosi sich geweigert und laut um Hilfe gerufen. Was gar nicht nötig war, denn ich bin gleich aus meiner Deckung gesprungen und zu ihr gerannt. ›Schluss jetzt, das geht zu weit‹, habe ich gebrüllt und mich vor Rosi hingestellt. Ich hatte die Hand schon am Dolch. Da hat der Anführer wohl Bammel gekriegt, das war ja auch nur so ein dünnes, schmächtiges Bürschchen, und hat klein beigegeben. Die Rosi hatte gehörig den Kanal voll und wollte gehen. Als sie sich angezogen hat, ist der Kerl noch mal gekommen und hat ihr übers Gesicht geleckt. ›Du kannst ruhig wiederkommen, du Hure‹, hat er geblökt. ›So eine wie dich haben wir gerne bei uns. Außerdem ist es ein Akt der Barmherzigkeit, jene, die ohnehin schon ganz unten sind, noch weiter zu knechten und zu demütigen.‹ Das hat er mit so einer Verachtung von sich gegeben, dass ich ihm am liebsten eine runtergehauen hätte. Doch Rosi hat mich mitgezogen, sie wollte nur noch weg und endlich ihre Ruhe haben. Dieser Abartige hat uns noch hinterhergerufen: ›Und behaltet unbedingt für euch, was ihr gesehen habt. Denn seid euch gewiss, wenn ihr uns verratet, geht ihr mit! Schließlich hat die Hure an einer schwarzen Messe teilgenommen, und du hast sie uns zugeführt.‹ – Dann habe ich nix mehr von denen gehört. Dachte mir, die haben wohl die Muffe gekriegt und melden sich nicht mehr. Aber Anfang Juli hat mich die Schleiereule wieder vor der Schenke abgepasst und für die Nacht des 21. Juli die Rosi bei mir bestellt. Ich habe nur gesagt, das läuft nicht, und ihr die kalte Schulter gezeigt. Die hat dann sogar noch mehr geboten als beim letzten Mal, aber ich bin stur geblieben. Die Rosi hat mir nämlich gesagt, dass ich ihr mit so was gar nicht mehr zu kommen brauchte, das würde sie nicht noch mal machen. Und weil die Rosi ja am 22. Juli tot aufgefunden worden ist, hab ich mir gedacht, dass diese Satansjünger vielleicht was damit zu tun haben … Zutrauen würde ich es ihnen.«

»Warum hast du das denn nicht schon längst gesagt!« Die Zimmerin war erregt aufgesprungen und hatte den Frauenhausknecht an den Schultern gepackt. »Hast du der Rosi von dem zweiten Angebot erzählt?«

»Ja«, presste Josef hervor. »Ich habe es ihr gesagt. Und jetzt denke ich, dass sie vielleicht auf eigene Kappe zu denen hin ist, weil sie das viele Geld gelockt hat …«

6

Montag, 25. Juli 1511

Als Bürgermeister Reichmann in Begleitung der Senatsangehörigen Fichard, Neuhaus und Holzhausen um die neunte Stunde das Hurenhaus in der kleinen Mainzergasse betrat, in dem er schon manch lustvolle Stunde verbracht und rauschende Gelage gefeiert hatte, war er, dem Ernst der Lage geschuldet, in eher gesetzter Stimmung. Bei früheren Inspektionen des Frauenhauses hatten die Standespersonen immer ein freundliches Wort für die freien Töchter der Stadt und nicht selten sogar ein Trinkgeld aus der Stadtkasse übrig gehabt, doch an diesem Montagmorgen beließen sie es bei einem kühlen Gruß.

»Darf ich Euch eine Stärkung reichen lassen?«, erkundigte sich die Gildemeisterin und bot den Herren an, Platz zu nehmen.

»Nein danke«, erwiderte der Bürgermeister säuerlich, und seine Begleiter enthielten sich einer Antwort. »Wir haben Euch eine offizielle Mitteilung zu unterbreiten, und im Anschluss daran möchten wir das Haus inspizieren«, knarzte das Stadtoberhaupt. »Und ruft bitte die drei an der Geschlechtsseuche Erkrankten … Wie heißen sie noch mal?« Er wandte sich zerstreut an die Ratsherren.

Senator Holzhausen nahm ein Schriftstück aus einer Ledermappe und legte es seinem Vorgesetzten auf den Tisch. Dieser las ab: »Josef Ott, Agnes Loiperdinger und Anna Däscher – bitte umgehend zu erscheinen!«

Ursel bat ihre Stellvertreterin Ingrid, die drei zu benachrichtigen. Wenig später traten der Frauenhausknecht und die beiden Frauen hinter der Lohnsetzerin in die Stube und grüßten scheu in Richtung der Senatoren. Inzwischen hatte sich der Aufenthaltsraum mit Hübscherinnen gefüllt.

Reichmann richtete seine Schriftstücke und begann mit versteinertem Gesicht zu verlesen: »Die Gildemeisterin und Frauenhauswirtin Ursel Zimmer hat mit der Stadt Frankfurt am Main einen Pachtvertrag geschlossen, der an eine Kündigungsfrist von drei Monaten gebunden ist. Sie hat dem Magistrat der Stadt Frankfurt gegenüber einen Eid abgelegt, in dem sie sich verpflichtet, auf die Gesundheit der Huren zu achten und Dirnen, die mit einer offenbaren Krankheit behaftet sind, umgehend aus dem Frauenhaus zu entfernen und dem Magistrat darüber Meldung zu erstatten. Da dies bedauerlicherweise nicht erfolgte, kündigt die Stadt Frankfurt am Main der Gildemeisterin Ursel Zimmer den Pachtvertrag zum 31. Oktober dieses Jahres …«

Von allen Seiten waren Rufe der Empörung zu vernehmen. Die Hurenkönigin war kreidebleich geworden und ließ sich auf einen Stuhl sinken.

»Ruhe!«, brüllte Reichmann mit Nachdruck. »Wir sind noch nicht am Ende.« In gesetzterem Ton fuhr er fort: »Da aber besagte Zimmerin seit nunmehr vierzehn Jahren ihrem Amte gewissenhaft und verlässlich nachgegangen ist und es sich bei dem genannten Versäumnis um das erste seiner Art handelt, ist der Magistrat zu der Entscheidung gelangt, die Kündigung auszusetzen und es einstweilen bei einer schriftlichen Abmahnung zu belassen. Sollte es jedoch zu weiteren Verfehlungen kommen, tritt die Kündigung unweigerlich in Kraft. – Zimmerin, dieses Schreiben ist für Euch.«

Die Hurenkönigin sah ihn fassungslos an und brachte vor Schreck kein Wort heraus. Wie eine Schlafwandlerin erhob sie sich und nahm das Schriftstück mit dem Frankfurter Siegel aus den Händen des Bürgermeisters entgegen.

»Ich habe doch …«, sagte sie mit brüchiger Stimme.

Der Bürgermeister unterbrach sie barsch. »Ihr habt mir vor einer Woche noch versichert, dass die Frauen unter Eurer Obhut alle gesund sind, Zimmerin. Und jetzt haben wir drei Erkrankungen – sogar vier, wenn man die Ermordete mitrechnet!« Mit hochrotem Kopf wetterte Reichmann: »Seid froh, dass wir das Frauenhaus nicht sofort schließen, wie es zurzeit in zahlreichen Städten geschieht. Allein meiner Gegenrede und der Mehrheit des Senats habt Ihr es zu verdanken, dass dies nicht schon längst geschehen ist! Die Forderung danach wird indessen immer lauter. Verhaltet Euch also mucksmäuschenstill, liebe Zimmerin, und befolgt genau unsere Anweisungen!«

Der Hurenkönigin blieben die Widerworte im Halse stecken, auch unter den Huren herrschte betroffenes Schweigen.

Der Schultheiß maß Ursel mit strengem Blick und schien es auszukosten, dass er Oberwasser erlangt hatte und die sonst so streitbare Gildemeisterin bleich und schweigsam vor ihm saß.

»Nun zu den drei Erkrankten«, fuhr er mit ernster Miene fort und verlas mit sonorer Stimme das nächste Dekret: »Die freien Töchter der Stadt Frankfurt am Main sind laut Frauenhausordnung verpflichtet, jede Erkrankung umgehend der Gildemeisterin zu melden. Da dies seitens der Betroffenen vorsätzlich unterlassen wurde, hat der Magistrat die Verbannung der beiden Dirnen angeordnet. Anna Däscher und Agnes Loiperdinger werden am Dienstag, den 26. Juli, um acht Uhr in der Früh von Gassenmeister Rack und seinen Helfern zum Mainzertor geführt, wo sie die Stadt verlassen müssen. Sie dürfen Frankfurt nicht mehr betreten und sich der Stadt nicht weiter als auf fünf Meilen nähern. Bei Übertretung ist die Stadt Frankfurt berechtigt, ihnen ohne Gerichtsprozess die Augen ausstechen zu lassen. Aus Milde verzichtet die Stadt jedoch darauf, sie an den Pranger zu stellen und sie der öffentlichen Verhöhnung auszusetzen. Sie erklärt sich aufgrund des Siechtums der Frauen außerdem dazu bereit, die Verbannten mit einem Zehrgeld von jeweils zehn Groschen auszustatten …«

»Ich lasse es nicht zu, dass Ihr die Frauen ins Unglück stürzt«, fiel ihm die Zimmerin wütend ins Wort. Sie hatte unversehens ihren Kampfgeist wiedererlangt. »Schließlich habt Ihr eine Fürsorgepflicht gegenüber Euren Hübscherinnen zu erfüllen!«

»Nicht, wenn sie straffällig geworden sind«, erklärte ihr Reichmann in scharfem Ton. »Zimmerin, hütet Eure Zunge, sonst entziehe ich Euch die Konzession! Die Zeiten, wo Ihr große Töne spucken konntet, sind vorbei. Das solltet Ihr doch allmählich kapiert haben …«

Von allen Seiten waren Buhrufe und Flüche zu vernehmen, so dass der Würdenträger kaum noch sein eigenes Wort verstand. Die drei Ratsherren und der Bürgermeister tauschten unbehagliche Blicke, Reichmann war ganz bleich geworden.

»Wenn hier nicht augenblicklich Ruhe herrscht, mache ich den Laden dicht! Dann könnt ihr alle schon morgen wieder als Wanderhuren durch die Lande ziehen«, sagte er eisig. »Dann ist es vorbei mit dem Wohlleben, das wir euch hier ermöglichen.«

»Ihr meint wohl das Wohlleben, das wir Euch mit der Dirnensteuer ermöglichen!«, trumpfte die schlaue Grid auf und lächelte verächtlich.

Reichmann ignorierte die Bemerkung und fuhr trotz des allgemeinen Aufruhrs fort: »Im Falle des Frauenhausknechtes Josef Ott ergeht folgender Beschluss …«

In der Stube des Hurenhauses wurde es leiser.

»Der Hausknecht Ott wird zum 1. August seines Dienstes im Frauenhaus enthoben, kann aber weiterhin in städtischen Diensten bleiben. Wir sind ja schließlich keine Unmenschen.« Mit gönnerhafter Miene erklärte der Schultheiß: »Im Sachsenhäuser Forst werden nämlich noch tüchtige Holzleute gesucht, und Er ist ja ein großes, starkes Mannsbild, das gut zupacken kann. Melde Er sich morgen früh bei Oberförster Staudinger im Forsthaus am Riedhof. Dort kann Er nächste Woche schon anfangen. Bis dahin mag Er noch hierbleiben und den Weinausschank betreiben. Wir müssen ja auch erst einen geeigneten Ersatz finden.«

Josef schien vom Angebot des Bürgermeisters wenig begeistert zu sein und zog ein mürrisches Gesicht.

»Und was gedenkt Ihr wegen unserer ermordeten Gildeschwester zu unternehmen?«, meldete sich die Hurenkönigin zu Wort.

»Darauf komme ich später. – Jetzt aber zu unseren Anordnungen für das Frauenhaus. Die gesunden Hübscherinnen sind zu verschärfter, peinlicher Sauberkeit verpflichtet. Ihnen soll von der Gildemeisterin ausreichend Gelegenheit geboten werden, sich nach jedem Freier gründlich zu waschen ...«

»Das machen wir doch sowieso ...«, grummelte die alte Irmelin kopfschüttelnd.

»Zudem wird die Zimmerin aufgrund der verstärkten Seuchengefahr dazu angehalten, täglich eine gründliche Visite der Hübscherinnen vorzunehmen und dabei genau auf Krankheitsanzeichen zu achten. Zur Unterstützung dieser Maßnahme wird ihr zweimal in der Woche eine erfahrene Siechenmagd zur Seite stehen ...«

»Na, das kann ja heiter werden!«, fiel ihm Irmelin erneut ins Wort. »Kommen wir dann überhaupt noch zum Anschaffen?«

»Selbstverständlich!«, blaffte der Bürgermeister. »Um den Betrieb nicht zu stören, werden dergleichen Untersuchungen auf den Vormittag verlegt, wenn das Frauenhaus noch geschlossen hat.«

»Dann bin ich ja beruhigt«, näselte die Dienstälteste despektierlich.

»Ich muss wohl nicht hinzufügen, dass jede Hure ihrerseits dazu verpflichtet ist, jegliches Anzeichen einer Erkrankung unverzüglich der Gildemeisterin zu melden«, bemerkte Reichmann und richtete seinen Blick wieder auf die Hurenkönigin. »Zimmerin, Ihr müsst dafür Sorge tragen, dass die Stellen der ausgeschiedenen Huren wieder mit anderen, gesunden Frauen besetzt werden. Ich räume Euch für dieses Unterfangen eine Frist von vierzehn Tagen ein. Um die Einstellung eines neuen Hausknechts kümmern wir uns selbst. Wir haben da schon jemanden im Auge … Bis Mittwoch bleibt das Frauenhaus geschlossen. Wir werden seine Wiedereröffnung öffentlich verkünden lassen. So könnt Ihr die freie Zeit nutzen, um für Nachschub zu sorgen. – Nun aber zu dem Mord an unserer freien Tochter Roswitha …«

Reichmann bemühte sich um angemessene Betroffenheit, während er salbungsvoll tönte: »Bei Verwundung und Tötung einer Frauenhausdirne tritt die Stadt selbst als Klägerin auf, liegen uns doch die Geschicke der städtischen Hurenzunft besonders am Herzen.« Der Stadtvater erntete bei den Huren nur abschätzige Mienen. »Daher hat die Stadt entschieden, ein Kopfgeld von nicht weniger als fünf Gulden auf den Hausierer Georg Balzer auszusetzen.«

»Und wenn der es gar nicht war?« Die Zimmerin fixierte den Würdenträger mit einem Blick, der diesem durch Mark und Bein ging.

Er hüstelte und bemerkte schließlich mit aller ihm zur Verfügung stehenden Borniertheit: »Wer soll's denn sonst gewesen sein?«

Damit war die Angelegenheit für ihn erledigt. Er erhob sich von seinem Stuhl, um gemeinsam mit den Ratsherren die Hausinspektion vorzunehmen, und wünschte den freien Töchtern der Stadt noch einen gesegneten Tag.

*

Josef wollte sich gerade in seine Kammer zurückziehen, als er die Stimme der Hurenkönigin vernahm.

»Josef, ich muss mit dir reden!« Atemlos kam die Zimmerin die Treppe heraufgeeilt. Als sie bei ihm stand, raunte sie ihm zu: »Es geht um diese Teufelsanbeter, von denen du mir erzählt hast … Ich wollte dich dazu noch etwas fragen.«

»Wenn's sein muss«, grummelte der Frauenhausknecht übellaunig, öffnete die Zimmertür und ließ Ursel eintreten. »Ich habe Euch doch schon alles gesagt. Was wollt Ihr denn noch wissen?« Er ließ sich auf dem Rand seines ungemachten Bettes nieder und bot der Zimmerin den Holzschemel an.

»Es geht um diese Frau, die vor der Schenke auf dich gewartet hat. Würdest du sie wiedererkennen?« Die Hurenkönigin blickte ihn gespannt an.

Josef dachte eine Weile nach. »Kann sein. Die sah ja sehr gut aus, und so was merk ich mir.« Nachdenklich murmelte er: »Ein Gesicht wie ein Engel – und dabei war sie das genaue Gegenteil.«

»Hast du sie vielleicht schon mal irgendwo gesehen? Ich meine, kam sie dir bekannt vor?«

»Ich weiß nicht«, grummelte Josef. »Darüber zerbreche ich mir ja schon seit Tagen den Kopf!«

»Wo könnte das gewesen sein?«, bohrte die Zimmerin weiter. »Auf dem Markt, in der Schenke, in der Kirche …«

Josef runzelte angestrengt die Stirn. »Verdammt noch mal, ich weiß es einfach nicht! Am ehesten noch in der Kirche. Aber auch da bin ich mir nicht sicher.«

»Das ist doch schon mal ein Anhaltspunkt«, ermutigte ihn die Hurenkönigin. »War es vielleicht in der Leonhardskirche?«

»Nein, ich glaube nicht«, stieß Josef hervor und fuhr sich nervös über den stoppeligen Schädel. »Nur weil sie mir ein bisschen wie eine Betschwester vorkam, muss das nicht unbedingt heißen, dass ich sie in der Kirche gesehen habe …«

»Das ist ja interessant!«, entfuhr es der Zimmerin. »Eine Betschwester? Am Ende gar eine Nonne?«

»Nein, das nicht. Aber irgend so 'ne Frömmlerin halt … Jedenfalls hat sie so ausgesehen, als ob sie kein Wässerchen trüben könnte. Dabei hatte sie's faustdick hinter den Ohren, das scheinheilige Aas …«

Die Hurenkönigin schwieg und dachte nach.

»War sie eine einfache Frau oder eher … eher eine Dame?«, fragte sie schließlich.

»Eher eine feine Dame«, erwiderte Josef prompt. »Oder besser gesagt: ein vornehmes Fräulein, denn sie war ja noch sehr jung.«

»Ein feines Fräulein und irgendwie fromm?« Der Zimmerin kam eine Idee. »Vielleicht ist sie ja ein Stiftsfräulein!«, rief sie aus und knuffte den Frauenhausknecht in die Seite.

Dieser starrte sie mit weit aufgerissenen Augen an. »Das könnte sein! Warum bin ich da nicht selber draufgekommen?«

»Das Weißfrauenstift, in dem die höheren Töchter den letzten Schliff kriegen, ist ja nicht weit entfernt.« Die Wangen der Zimmerin hatten sich vor Aufregung gerötet. Es hielt sie nicht mehr auf dem Hocker, sie eilte ans Fenster, riss es auf und fächelte sich Luft zu. »Man sieht sie doch immer in der Stadt, diese jungen Patriziertöchter in ihren schlichten grauen Stiftsgewändern. – Josef, wir müssen unbedingt in Erfahrung bringen, wann da der Unterricht zu Ende ist. Dann werden wir uns diese Gänschen einmal vorknöpfen!«

*

Es nieselte leicht, als der Frauenhausknecht und die Hurenkönigin kurz vor der dritten Nachmittagsstunde das Frauenhaus verließen und bis zur Münzgasse gingen, die direkt zur Weißfrauengasse führte. Um sich vor dem Regen zu schützen, aber vor allem, um weniger aufzufallen, hatte sich die Zimmerin einen hellgrauen Umhang mit Kapuze übergezogen, der ihre leuchtend roten Haare und das Hurengewand dezent kaschierte.

Ursel und Josef ließen sich unweit des Weißfrauenstiftes an einem Ziehbrunnen nieder, von dem aus sie einen direkten Blick auf das Eingangsportal hatten. Mit einiger Anspannung warteten sie darauf, dass der Unterricht zu Ende war und die Patriziertöchter das Gebäude verließen. Gleich darauf schlug die mechanische Räderuhr am Römerrathaus laut die dritte Stunde. Ursel und Josef schraken zusammen.

Da öffnete sich auch schon das Stiftsportal, und eine Gruppe junger Mädchen in grauen Gewändern strömte nach draußen. Die Hurenkönigin machte sich am Ziehbrunnen zu schaffen und tat so, als wollte sie Wasser schöpfen. Josef gab sich den Anschein, als würde er aus seinen gewölbten Handflächen trinken, ließ aber die jungen Damen nicht aus den Augen. Diese beachteten das Paar am Brunnen nicht und gingen, angeregt miteinander tuschelnd, an ihnen vorüber.

»Ist sie dabei?«, zischte die Hurenkönigin Josef zu, der sich nervös am Kopf kratzte.

»Die mit der braunen Atlashaube könnte es sein, aber ich bin mir nicht sicher«, erwiderte er.

»Auf, hinterher!«, flüsterte die Zimmerin, hastete los und zog Josef mit sich. »Wir haben doch nichts zu verlieren.«

Josef lächelte bitter. »Ich sowieso nicht.«

Während sie der Gruppe folgten, raunte Josef der Hurenkönigin zu: »Ich weiß nicht, ob sie das ist. Ich hätte sie mir genauer angucken müssen. Aber das ist ja alles so schnell gegangen ...« Er warf der Zimmerin einen unsicheren Blick zu.

Ursel überlegte und murmelte: »Dann müssen wir sie halt ansprechen, nach dem Weg fragen oder irgendetwas Unverfängliches. Ich mache das, und dabei kannst du sie dir ansehen.« Die Hurenkönigin beschleunigte ihre Schritte und näherte sich der Mädchengruppe.

»Halt, wartet noch«, flüsterte Josef betreten. »Was ist, wenn sie mich erkennt?«

»Umso besser«, entgegnete Ursel resolut und rief sogleich den Stiftsfräulein zu: »Entschuldigung, könnten die Damen vielleicht so freundlich sein und mir den Weg weisen?«

Jäh wandten sich die Patriziertöchter um und blickten die Frau mit dem hellgrauen Umhang erstaunt an. Ursel richtete ihre Aufmerksamkeit auf das Mädchen mit der braunen Atlashaube und erkundigte sich nach dem Weg zur Bartholomäuskirche. Während ihr die Stiftsfräulein den Weg erklärten, gewahrte sie, dass der Blick der jungen Frau zu Josef wanderte. Daraufhin erbleichte das Mädchen und drehte sich augenblicklich zur Seite.

Ursel bedankte sich für die Auskunft, und die Stiftsfräulein wandten sich zum Gehen.

Josef nickte der Hurenkönigin zu und raunte: »Die ist es!«

Die dunklen Augen der Hurenkönigin verengten sich zu Schlitzen. »Wir bleiben dran!«, befahl sie.

Am Ende der Weißfrauengasse löste sich die Gruppe auf, die Stiftsdamen gingen eilig in verschiedene Richtungen davon. Das Fräulein mit der Atlashaube blickte sich verstohlen nach ihren Verfolgern um und bog linker Hand in die Neue Kräme ein.

Als Ursel und Josef um die Ecke kamen, war die junge Frau jedoch wie vom Erdboden verschwunden.

»Wo kann sie denn nur hin sein?«, murmelte die Zimmerin und ließ ihre Blicke fieberhaft durch die Gasse schweifen, doch die graugewandete Gestalt war nirgendwo auszumachen.

»Das ist ja die reinste Hexerei!«, stieß Josef hervor.

»Nicht ganz«, bemerkte die Hurenkönigin mit einem triumphierenden Lächeln. Sie war stehen geblieben und schaute wie gebannt auf ein imposantes, mit zahlreichen Erkern und Giebeln versehenes Steinhaus. »Die Maus sitzt in der Falle!«

Josef starrte sie begriffsstutzig an.

»Mensch, kapierst du nicht? Die muss da reingegangen sein!«, erklärte Ursel, während sie die bunt verglasten Fenster an der Hausfassade betrachtete und über dem herrschaftlichen Eingangsportal ein in Stein gemeißeltes Familienwappen mit zwei gekreuzten Bartschlüsseln gewahrte.

»Das muss ein Patrizierhaus sein«, stellte sie fest. »Na, das passt ja. – Du bleibst hier stehen, und ich erkundige mich da vorne in der Backstube, wem das Haus gehört.«

Ehe Josef noch etwas erwidern konnte, war Ursel schon mit energischen Schritten davongeeilt.

*

Die sechzehnjährige Susanne Schlosser warf ihre Schulmappe auf die Truhe in der Eingangshalle und stürmte die Treppe hinauf in ihr Zimmer im ersten Stock. Der Hausmagd, die ihr nachrief, ob sie nicht einen Teller Suppe essen wolle, antwortete sie gereizt, sie habe keinen Hunger.

Ihr Herz schlug vor Aufregung bis zum Hals, als sie seitlich ans Fenster trat und vorsichtig hinunterspähte. Sie hatte ihn sofort erkannt, diesen grobschlächtigen Kerl – und er sie offensichtlich auch! Und jetzt stand er unten vor dem Haus und glotzte herauf. Susanne zuckte zusammen und zog sich zurück.

Was soll ich nur machen?, überlegte sie. Er weiß jetzt, wo ich wohne. Es war ein Fehler, gleich nach Hause zu gehen. Ich hätte die beiden erst in die Irre führen und mich dann absetzen sollen. Was führt er nur im Schilde? Wahrscheinlich will er mich erpressen!

Die veilchenblauen Augen der jungen Frau blickten angstvoll. Wenn nun alles ruchbar wird!, dachte sie, und da ertönte auch schon das durchdringende Geräusch des Türklopfers. Wenig später meldete ihr die Magd, der Pedell des Weißfrauenstifts sei unten an der Tür und habe ihr etwas zu bestellen.

»Ist gut, ich komme«, erwiderte Susanne und stakste mit weichen Knien die Treppe hinunter. Zum Glück waren ihre Eltern nicht zu Hause. Wie meist war der Vater in Geschäften unterwegs, und die Mutter befand sich bei irgendwelchen Freundinnen oder beim Gewandmacher …

Als Susanne die Halle durchquerte, standen die beiden auch schon in der geöffneten Tür und starrten sie an.

Fehlt nur noch, dass sie reinkommen!

Energisch drängte die Patriziertochter das Paar nach draußen und schlug die Haustür hinter sich zu.

»Was gibt's?«, fragte sie ungehalten.

»Wenn du nicht auf der Stelle als Satansanbeterin denunziert werden willst, bleibst du jetzt ganz zahm und kommst brav mit uns«, raunzte Josef in ihr Engelsgesicht und packte sie am Arm.

»Fass mich nicht an, du Dreckskerl!«, fauchte Susanne und versuchte sich seinem Griff zu entwinden. »Ich rufe die Stangenknechte und lasse euch festnehmen!«

»Mach nur, du Rotznase! Denen werden die Augen übergehen, wenn wir erzählen, was du so treibst!« Die schwarzen Augen der Hurenkönigin blitzten so zornig, dass das Mädchen unwillkürlich zurückwich.

Sie ließ jeden Widerstand fahren und folgte den beiden.

✳

Johannes Frobenius saß vor einem goldgerahmten Spiegel und kämmte sorgfältig sein langes rotblondes Haar. Dann schob er die wallende Pracht mit geschickten Händen unter ein perlenbesticktes Haarnetz, wie es momentan in der aristokratischen Herrenmode besonders en vogue war, und betrachtete selbstverliebt sein Spiegelbild. Sein blasses, bartloses Gesicht war von androgyner Schönheit, was ihm sehr entgegenkam, denn das, was sich in seinem Äußeren zeigte, entsprach auch seinen Neigungen. Er liebte nun einmal beide Geschlechter. – *Der Satan ist immer bisexuell!* – Und er hatte wie dieser einen Zug nach der Tiefe.

Den heutigen Abend gedachte er mit Rabanus von Grüneburg zu verbringen, und wenn er nur an dessen geschmeidigen, sehnigen Jungenkörper dachte, geriet er schon in Wallung. Lüstern leckte er sich die Lippen, als ihn das Schellen der Türglocke aus seinen Tagträumen riss. Mit einem ungehaltenen Seufzer fuhr er mit der Körperpflege fort.

Gerade als er die rubinrote Glasphiole entkorkt hatte, um sich Patschuliöl an die Schläfen zu tupfen, klopfte es an der Tür, und ein Diener meldete ihm: »Die Jungfer Schlosserin ist unten in der Halle und möchte den jungen Herrn sprechen.«

»Warum bringst du sie denn nicht herauf?«, schnaubte Johannes.

»Sie bittet darum, dass Ihr herunterkommen möget. Es sei sehr dringlich.«

Johannes folgte dem Domestiken nach unten. »Du kannst gehen«, beschied er ihm vor dem Durchgang zur Halle und eilte auf Susanne Schlosser zu, die er schon seit Kindertagen kannte und die eine seiner engsten Freundinnen war.

Flüchtig küsste er ihr die Wangen und musste feststellen, dass sie feucht von Tränen waren. Er blickte sie verwundert an und erkundigte sich, was ihr fehle.

»Es ist was ganz Schlimmes passiert!«, stammelte Susanne aufgelöst.

»Was denn?«, fragte Johannes ärgerlich. »Ich bin mit Rabanus verabredet und muss gleich weg …«

»Natürlich musst du gleich weg. Aber nicht zu Rabanus!«

Erst jetzt bemerkte der Jüngling zu seinem Erstaunen, dass die Haustür nur angelehnt war. In diesem Moment wurde sie aufgestoßen, und der Anblick des Frauenhausknechts, der mit seiner wuchtigen Statur den ganzen Türrahmen ausfüllte, verschlug ihm fast den Atem.

Zielstrebig kam der muskulöse Hüne auf ihn zu und knurrte bedrohlich: »Du kommst jetzt auf der Stelle mit, du Äffchen! Und keinen Muckser, hast du gehört? Sonst dreh ich dir den Hals um!«

Um seiner Drohung Nachdruck zu verleihen, packte Josef Johannes am Kragen seiner Samtjacke und schleifte ihn wie eine Spielzeugpuppe zum Ausgang.

✷

An der Tür des Frauenhauses zischte Johannes seiner Freundin Susanne zu: »Du sagst jetzt kein Wort mehr – Verräterin!« Dann wurden die jungen Leute vom Frauenhausknecht über die Schwelle komplimentiert.

»Mädels, geht bitte auf eure Zimmer. Alles Weitere erkläre ich euch später«, instruierte die Zimmerin die Huren und die schlaue Grid, die den Neuankömmlingen in der Wohnstube verwundert entgegenblickten.

Nachdem die Hübscherinnen den Aufenthaltsraum verlassen hatten, zog die Zimmerin die Vorhänge zu und setzte sich dem jungen Paar gegenüber an den Tisch, damit sie die beiden während des Verhörs im Blick hatte. Ohne Umschweife fragte sie: »Habt ihr unsere Gildeschwester bei eurer Teufelsmesse in der Nacht zum 22. Juli zu Tode gefoltert und sie dann in den Main geworfen?«

Anstelle einer sofortigen Antwort bedachte der junge Mann die Zimmerin mit einem Blick, aus dem abgrundtiefe Verachtung sprach.

»Ich spreche nicht mit einer Hure!«, schnaubte er hochmütig, woraufhin ihm Ursel eine schallende Ohrfeige gab.

»Mir reicht es jetzt, du arroganter Rotzlöffel! – Josef, du gehst jetzt sofort ins Leinwandhaus und meldest der Bürgerpolizei, dass wir hier zwei Teufelsanbeter haben, die hochgradig verdächtig sind, den Mord an Rosi begangen zu haben«, rief sie wütend.

Josef, der schon aufgesprungen war, um Johannes in den Schwitzkasten zu nehmen, hielt inne. »Ich kann Euch doch mit diesen Satansjüngern nicht alleine lassen!«, stieß er hervor.

Die Zimmerin lachte höhnisch. »Meinst du, ich fürchte mich vor diesen zwei Fratzen? Mit denen werde ich schon noch alleine fertig! Sperr die Tür hinter dir ab und verriegle draußen die Läden, damit sie uns nicht stiften gehen. Und dann mach dich auf den Weg!«

Als die jungen Leute merkten, dass es der Hurenkönigin ernst war, brach die Jungfer Schlosserin in Tränen aus und flehte: »Bitte, Herr, bleibt hier! Wir haben sie nicht umgebracht!«

Auch dem jungen Mann schien zu dämmern, dass eine Denunziation als Satanist einem sicheren Todesurteil gleichkam. Seine Hybris wurde merklich geringer. Dennoch suchte er noch einmal Oberwasser zu gewinnen und schnappte auftrumpfend: »Es kann Euch den Hals kosten, wenn Ihr uns anzeigt. Denn schließlich habt Ihr uns ja die Hure zugeführt.«

»Sei's drum!«, konterte Josef trotzig. »Die Rosi ist tot,

und um mich mache ich mir keine Sorgen. Ich konnte ja nicht wissen, dass ihr Teufelsanbeter seid.«

Nun war auch Johannes den Tränen nah. »Bitte, verratet uns nicht!«, stieß er hervor und beteuerte mit Blick auf die Hurenkönigin: »Wir haben mit dem Mord an der Hübscherin nichts zu tun. Bitte glaubt uns das!«

»Wieso sollte ich euch das glauben?«, herrschte sie ihn an und gab Josef das Zeichen, noch zu warten.

»Weil … weil wir es nicht waren! Wir bringen niemanden um. Bei unseren Bocksfesten töten wir vielleicht mal ein Huhn oder eine Katze, aber doch keine Menschen!«, versicherte Johannes mit bebender Stimme.

Die Hurenkönigin fixierte die beiden ungnädig. »Wie alt seid ihr?«, fragte sie.

»Sechzehn«, antwortete der Rädelsführer betreten und fing an, hektisch an den Fingernägeln zu nagen.

»Ein Nägelkauer bist du auch noch, du Großkotz«, bemerkte Ursel hämisch. »Du würdest dir doch vor Angst ins Hemd seichen, wenn tatsächlich der Leibhaftige vor dir stünde!«

»Das stimmt nicht! Der Fürst der Finsternis steht mir sehr nahe …«, suchte Johannes aufzubegehren und errötete. Die Zimmerin gewann zunehmend den Eindruck, dass dieser Satanspriester nichts weiter war als ein verirrtes Schaf, das sich nur zu gerne mit dem Flair des abgrundtief Bösen umgab.

Die Hurenkönigin stützte ihren Kopf auf die Hände und musterte die beiden eindringlich. »Nun, ihr Mistbälger, erzählt mal. Wie seid ihr eigentlich zu eurem teuflischen Kult gekommen?«

»Es handelt sich bei unserer Vereinigung um einen Geheimbund. Von daher ist es mir nicht erlaubt, mit

Außenstehenden darüber zu sprechen«, erklärte Johannes abweisend.

»Ich entbinde dich von deinem ›Schweigegelübde‹«, entgegnete die Zimmerin sarkastisch. »Schließlich geht es hier um einen bestialischen Mord. Da man, wie ich weiß, in euren Kreisen ja die Bestialität schätzt, muss ich schon ein wenig mehr über euch erfahren, um einschätzen zu können, ob ihr wirklich unschuldig seid. Beteuerungen allein reichen da nicht aus.«

Johannes und Susanne wechselten beredte Blicke und schwiegen.

»Wenn ihr nicht gleich loslegt, ist es bald mit meiner Langmut vorbei, und wir übergeben euch der Stadtpolizei. Sollen die sich doch mit euch rumärgern!«, platzte es aus der Hurenkönigin heraus.

»Nein, wartet. Ich sage es Euch ja«, versicherte Johannes zerknirscht. »Namen muss ich ja keine nennen, oder?«

»Die tun momentan nichts zur Sache, und eure Namen kennen wir ja bereits«, entgegnete Ursel.

»Zu unserem Geheimbund gehören insgesamt dreizehn Mitglieder«, begann Johannes zögerlich. »Die meisten von uns kennen sich schon aus Kindertagen, so wie Susanne und ich. Wir sind fast wie Geschwister aufgewachsen, weil unsere Eltern eng befreundet sind.« Der junge Mann stockte und war noch eine Nuance blasser geworden. »Ihr … Ihr sagt doch bitte nichts zu unseren Eltern?«, murmelte er panisch. »Die dürfen auf keinen Fall etwas davon erfahren …«

»Das hättet ihr euch früher überlegen sollen, ehe ihr solche Abscheulichkeiten treibt«, erwiderte Ursel grimmig. Sie war inzwischen sicher, dass die beiden mit dem Mord an Rosi nichts zu tun hatten, war aber entschlossen, sie noch eine Weile schmoren zu lassen. Als sie daraufhin die alarmierten Blicke der Patrizierspösslinge gewahrte, fügte sie hinzu: »Es liegt ganz bei euch. Wenn ihr ehrlich seid und es euch gelingt, mich von eurer Unschuld zu überzeugen – und zwar restlos –, überlege ich es mir vielleicht.«

Johannes nickte und fuhr fort. »Schon bei unseren Kinderspielen ging es zuweilen recht grob zu. Wir hänselten die Bettler und Krüppel, die auf den Gassen um Almosen bettelten, und spielten ihnen Streiche. Es war ein Wettbewerb, die Armeleutekinder zu drangsalieren oder alte Weiber zu erschrecken. Es kam auch mal vor, dass wir, gleichsam als Mutprobe, Katzen ersäuften oder Gassenköter quälten. Jedenfalls wurden diese Streiche mit der Zeit immer zahlreicher, und wir dachten uns immer aberwitzigere aus. Schon früh hatte es sich ergeben, dass ich das Sagen hatte. Mal bestimmte ich, dass einer dem Schundmummel, der die Kloaken reinigte, einen Kübel Fäkalien überschütten musste, mal, dass einer in der Lateinschule auf dem Katheder des Magisters sein Geschäft zu verrichten hatte. Zu Hause war es doch immer so entsetzlich langweilig, da schlugen wir eben über die Stränge. Und dann entdeckte ich eines Tages in der Bibliothek meines Vaters einen alten Folianten. Darin ging es um häretische Sekten des Altertums, die bei ihren dionysischen Festen alles umkehrten und jede Ordnung auf den Kopf stellten. Das faszinierte mich ungemein, und ich las darüber alles, was ich ergattern konnte. Meinen grenzenlosen Wissensdurst konnte ich nur heimlich stillen, denn die meisten der Bücher standen auf dem Index, und meine Eltern durften davon keinesfalls etwas wissen. Auf diese Weise stieß ich auf den ›äffischen Kult‹, welcher in dem Teufel den Affen Gottes sieht, der das Göttliche nachahmt – und ich wusste sofort, dass es das war, wonach ich gesucht hatte. Ich versammelte diejenigen meiner Freunde um mich, denen ich vertrauen konnte, und weihte sie ein. Alle waren wie ich fasziniert von der Macht des Bösen, und bald darauf feierten wir unsere erste schwarze Messe. In einem feierlichen Akt wurden die Mitglieder getauft, erhielten satanische Namen und bekamen das Zeichen der Satanisten in die Haut geritzt. Wir feierten die völlige Entfesselung der Triebe … Diese schwarzen Messen waren für uns wie eine Fortsetzung unserer Mutproben, wir übertrafen uns gegenseitig darin, mannigfaltige Abscheulichkeiten zu begehen …«

»Das kann man wohl sagen«, bemerkte Josef mit finsterer Miene. »Was ihr damals in dem Wäldchen getrieben habt, das war an Abartigkeit kaum noch zu überbieten!«

Die beiden Satansjünger senkten verlegen die Köpfe. Ursel war es, als wäre über Susannes Madonnengesicht der Anflug eines Lächelns gehuscht, was sie unwillkürlich erschaudern ließ.

»Ich frage mich, wie eine Jungfer wie du, die auf der Sonnenseite des Lebens geboren wurde und alles hat, was man sich nur wünschen kann, an derartigen Ausschweifungen Gefallen finden kann«, sinnierte sie und blickte Susanne nachdenklich an. »Aber vielleicht gerade deshalb …« Sie ahnte, dass sie damit ins Schwarze getroffen hatte, denn die Angesprochene rang sichtlich um Fassung.

»Ihr glaubt ja gar nicht, wie langweilig es ist, immer nur

schön zu sein und graziös zu lächeln!«, brach es wütend aus der Patriziertochter heraus. »Mein ganzes Leben verläuft in starren, vorgezeichneten Bahnen. Irgendwann werde ich heiraten, eine glänzende Partie, versteht sich, denn darauf wurde ich ja von klein auf vorbereitet. Ich werde eine Schar Kinder kriegen, an denen mir nichts liegt, von einem Mann, den ich nicht liebe, und unentwegt versuchen, die Leere und Langeweile meines Lebens mit netten Belanglosigkeiten und Schneiderbesuchen auszufüllen. Genauso wie meine Mutter!«

»Du armes reiches Mädchen, du! Mir kommen gleich die Tränen«, erwiderte die Zimmerin scharf. »Und dein Mann kommt dann zu uns ins Frauenhaus, weil er daheim bei seinem gefühlskalten Püppchen keinen hochkriegt!«

»Und wennschon – das wäre mir egal!«, entgegnete das Stiftsfräulein mit einem kalten Glitzern in den Augen. »Ich bin eine Braut Satans. Das ist das Einzige, was mir etwas bedeutet. Ich steige in Abgründe, die anderen für immer fremd bleiben. Diese düsteren Geheimnisse gehören nur mir allein, niemand kann sie mir nehmen. Ich bin anders als die anderen. Mit Leib und Seele habe ich mich dem Fürsten der Finsternis verschrieben. Das ist etwas ganz Einzigartiges und macht mich unsagbar glücklich …« Susanne hatte sich so in Ergriffenheit geredet, dass ihr die Tränen über die Wangen strömten.

Die Zimmerin unterbrach sie in schneidendem Tonfall: »Wenn ihr jämmerlichen Wichte so etwas braucht, um euch einen Kitzel zu verschaffen, tangiert mich das nicht weiter. Aber wenn ihr glaubt, ihr könnt euer Mütchen an einer unserer Gildeschwestern kühlen, dann kriegt ihr es mit mir zu tun!« Die letzten Worte hatte sie ihnen so laut ins Gesicht geschrien, dass die Wände bebten.

Johannes und Susanne drängten sich aneinander wie verschreckte Schafe.

»Wir haben ihr doch nichts getan! Sie war in der besagten Nacht des 21. Juni, dem heidnischen Fest der Sommersonnenwende, auch gar nicht bei uns!«, versicherte Johannes händeringend.

Die Hurenkönigin war jetzt so zornig, dass sie polternd ihren Stuhl umriss und auf die beiden zustürzte. »Wie war das noch mal, was du zu Rosi in der Mainacht gesagt hast?«

»Was meint Ihr denn?«, fragte Johannes heiser und wich panisch vor ihr zurück.

Ursel wandte sich an den Frauenhausknecht. »Sag du es, Josef.«

Der Hüne besann sich einen Augenblick, ehe er zur Antwort gab: »Dass sie es als Barmherzigkeit ansehen, Leuten, die schon am Boden liegen, noch einen Tritt zu verpassen …« Er trat drohend auf Johannes zu und packte ihn an den Schultern. »So was Ähnliches hast du doch zu Rosi gesagt, du kleiner Mistkerl! Oder weißt du das nicht mehr?«

»Doch«, erwiderte Johannes zerknirscht. »Aber deswegen haben wir sie doch nicht gefoltert oder umgebracht! – Bitte, lasst mich doch erklären! So lauten unsere Gebote: Als Werke der Barmherzigkeit werden erachtet, dem Armen Speise und Trank zu verweigern, dem Fremdling kein Obdach zu gewähren, den Schwachen im Stich zu lassen«, deklamierte er hektisch. »Zank und Irrtümer auszusäen und die in Sünde Gefallenen noch tiefer fallen zu lassen! – Das habe ich damals mit meinem Ausspruch gemeint, und nichts anderes. Alle Tugenden gelten den Satanisten als Laster, alle Laster als Tugenden. Das ist die verkehrte Welt. – Ich gebe ja zu, das klingt frevelhaft und blasphemisch …«

»Was du nicht sagst!«, raunzte die Zimmerin verächtlich. »Und jetzt haut endlich ab, ich kann euren Anblick nicht mehr länger ertragen!«

»Ihr … Ihr lasst uns gehen?«, fragte der Jüngling verblüfft.

Die Hurenkönigin schnaubte entnervt. »Soll ich es noch mal sagen?« Sie war erschöpft und hatte endgültig genug von diesen Grünschnäbeln und ihrem haarsträubenden Teufelskult, der nichts anderes war als bloße Staffage.

»Und … was ist mit der Anzeige?«, erkundigte sich Johannes angespannt.

»Das überlege ich mir noch«, erwiderte die Gildemeisterin barsch. »Ich habe ja eure Namen und weiß, wo ihr wohnt. Und seid gewiss: Ich werde weiterhin ein wachsames Auge auf euch haben. Und wenn ich nur einmal mitkriege, dass ihr Leute schikaniert oder Tiere quält, dann seid ihr dran, das verspreche ich euch! So, und jetzt verzieht euch endlich!«

Die jungen Leute erhoben sich und schlichen mit gesenkten Köpfen aus der Stube.

Josef konnte sich ein hämisches Gelächter nicht verkneifen. »Das geschieht ihnen recht, diesen missratenen Gören. Aber dass Ihr sie einfach so laufenlasst?« Der Hüne runzelte skeptisch die Stirn. »Die haben doch genug angerichtet, ein paar Tage Kerker hätte denen nichts geschadet.«

»Das stimmt. Aber dabei würde es nicht bleiben.

Wenn ruchbar wird, was sie treiben, dann landen sie auf dem Scheiterhaufen. Für Teufelsspielchen haben die Inquisitoren wenig Verständnis. Wenn die nur das Wort ›Teufelsanbeter‹ hören, wetzen sie doch schon die Messer. Und auch wenn mir diese Laffen absolut zuwider sind, den Feuertod wünsche ich ihnen nicht. Das sind ja fast noch Kinder.« Die Zimmerin schüttelte unmutig den Kopf.

»Kinder? Bösartige Bälger sind das!«, erwiderte Josef erbost. »Und Ihr glaubt nicht, dass sie etwas mit Rosis Tod zu tun haben?«

»Das kann ich mir nicht vorstellen«, erwiderte Ursel nachdenklich. »Das sind verwöhnte Kinder reicher Leute, die makabre, grausame Spiele treiben. Aber ich glaube nicht, dass sie zu so einer Gräueltat fähig sind, wie sie an Rosi begangen wurde. Diese Satansjünger geben sich doch nur den Anschein, böse zu sein. Und genau das ist der Unterschied: Rosis Mörder *ist* es.«

7

Mittwoch, 27. Juli 1511

Ursel Zimmer öffnete das Gartentor und betrat das kleine Rosengärtchen, das sich auf einem dreieckigen Landstück zwischen Frauenhaus und Stadtmauer befand. Es war ein herrlicher Sommermorgen mit einem tiefblauen, wolkenlosen Himmel. Die von der Hurenkönigin liebevoll gehegten Rosen prangten in leuchtenden Farben und verströmten einen wonnigen Duft, der eine Vielzahl von Bienen und Schmetterlingen anlockte. Ursel liebte den kleinen Garten und genoss es, hier zu verweilen und ihn sorgfältig zu pflegen. Auch an diesem Morgen hatte sie einen Korb und eine Schere dabei, um die verblühten Rosen abzuschneiden, deren Blütenblätter sie gerne auf den Tischen des Schankraums verstreute oder dem Badewasser beifügte.

Nach getaner Arbeit blickte sie sich im Gärtchen um und begann damit, die prachtvollsten Rosen abzuschneiden und sie oben auf den Korb zu legen. Ihr Herz war schwer dabei, denn für die elfte Stunde war Rosis Beerdigung angesetzt, und die Rosen waren für ihr Grab bestimmt. Du sollst die Schönsten kriegen, dachte sie schwermütig. Ich glaube, ich kann erst wieder aufleben, wenn dein Mörder gefasst wird.

Lautes Stimmengewirr, das vom Dempelbrunnen zu ihr herüberdrang, riss Ursel jäh aus ihren Grübeleien. Sie stellte den Korb ab und verließ den Garten, um nachzusehen, was passiert war.

Mehrere Huren hatten sich auf dem Rand des Brunnens niedergelassen und hörten aufmerksam der schlauen Grid, der alten Irmelin und der Jennischen Marie zu, die vor ihnen standen und aufgeregt durcheinanderredeten. Als die Frauen die Hurenkönigin gewahrten, winkten sie ihr hektisch. Beim Näherkommen bemerkte Ursel einen Sack mit Zitrusfrüchten, der neben ihrer Stellvertreterin auf dem Boden stand.

»Wir waren eben auf dem Markt, um Pomeranzen für Rosis Beerdigung zu kaufen«, erläuterte Ingrid. »Und wie man uns da behandelt hat, da fehlen einem die Worte!«

»Wie Aussätzige!«, schimpfte die alte Irmelin.

»Jetzt mal der Reihe nach. Was genau ist denn passiert?«, unterbrach Ursel sie angespannt.

»Wir haben an einem Obststand die Waren begutachtet, weil wir außer den Pomeranzen noch Erdbeeren und anderes Obst kaufen wollten, da schnauzt uns doch dieses Marktweib an, dass man es auf dem ganzen Römerplatz hören konnte: ›Was ihr anfasst, müsst ihr auch kaufen! Die Waren, die ihr durch euer Angrapschen verunreinigt, kann ich anständigen Leuten ja nicht mehr verkaufen!‹«, berichtete Ingrid atemlos.

»Wir waschen uns wahrscheinlich öfter die Hände als andere Leute, hab ich zu der gesagt«, entrüstete sich die alte Irmelin. »Aber sie hat gemeint, das hätte damit nix zu tun. Huren wären an sich schon unrein, und jetzt, wo wir noch die Geschlechtspest übertragen würden, müsste sie als Obsthändlerin halt auf der Hut sein.«

»Die hat doch nur ausgesprochen, was alle denken«, warf die Jennischen Marie ein. »Ich meine, als Hübscherin ist man es ja gewohnt, dass man in der Öffentlichkeit blöd angegafft wird. Aber wie das Pack einen heute angeguckt hat, da hab ich mir gedacht, viel fehlt nicht mehr, und die stellen uns an den Pranger.«

»Das habe ich auch so empfunden«, bestätigte die schlaue Grid. »Wir haben dann schnell unsere Pomeranzen bezahlt und uns davongemacht. Und sogar die alte Irmelin hat ausnahmsweise ihre Klappe gehalten und ist brav mit uns gegangen.«

»Ich hab gedacht, wenn ich jetzt frech werde, dann lynchen die uns noch«, erklärte die Dienstälteste betreten.

»Das war richtig so, altes Mädchen«, bekräftigte die Zimmerin und legte Irmelin den Arm um die Schultern. »Die brauchen immer einen Prügelknaben. Wenn die Pest ausbricht, heißt es, die Juden wären schuld, weil sie die Brunnen vergiftet hätten, und jetzt, wo die Geschlechtspest grassiert, sind halt wir Huren die Sündenböcke. Aber das wird sich schon wieder legen«, suchte die Hurenkönigin die Gildeschwestern zu beruhigen, obgleich sie selbst nicht recht daran glaubte.

*

Die neunzehn gelbgewandeten Frauen der städtischen Hureninnung und ihre Gildemeisterin Ursel Zimmer standen um das offene Grab mit dem zugenähten Leichensack, der die sterblichen Überreste ihrer ermordeten Gildeschwester Roswitha enthielt, und weinten bittere Tränen. Hinter ihnen reihten sich die wenigen Männer, die der Verstorbenen die letzte Ehre erwiesen, Josef Ott, Bernhard von Wanebach und der städtische Henker Jerg Kalbfleisch. Mit Ausnahme des Scharfrichters hielten alle Trauergäste Rosen in den Händen. Viele der Huren trugen außerdem Pomeranzen bei sich, die sie der Verstorbenen nach der Aussegnung ins Grab werfen wollten, um ihr mit den kostspieligen Zitrusfrüchten ihre Wertschätzung zu bekunden. Pfarrer Roddach, der erst vor wenigen Minuten eingetroffen war, stand mit griesgrämiger Miene an der Stirnseite des Grabes. Er verlas in dürren Worten, wie bei Hurenbegräbnissen üblich, das Gleichnis »Jesu Salbung durch die Sünderin« aus dem Lukasevangelium, besprengte die Tote mit Weihwasser, warf die erste Schaufel Erde in das Grab und entfernte sich wieder.

Die Huren bildeten hinter der Hurenkönigin eine Reihe, um von ihrer Gildeschwester Abschied zu nehmen. Während die Zimmerin mit tränenverschleierten Augen auf den Leichensack blickte, gelobte sie Rosi in aller Eindringlichkeit, sie werde ihren Mörder finden. »Friede deiner Seele!«, murmelte sie abschließend und warf eine langstielige rote Rose auf das erdbedeckte Bündel. Dann zog sie sich in den Schatten eines nahe stehenden Baumes zurück und ergab sich ihrer Trauer.

Nachdem auch die übrigen Huren an das Grab getreten waren, versammelten sich alle um die Hurenkönigin, sanken einander in die Arme und ließen ihren Tränen freien Lauf. Auch die drei männlichen Trauergäste gesellten sich zu ihnen. Josef, der sichtlich ergriffen war, wurde von den Huren getröstet, Bernhard von Wanebach legte mitfühlend den Arm um seine Geliebte.

Der Henker stand ein Stück abseits und starrte mit

finsterer Miene vor sich hin. Obgleich er fern davon war, am Grabe einer Hübscherin eine Träne zu vergießen, war es ihm doch anzumerken, dass ihn die Beisetzung betrübte, und als die Hurenkönigin verkündete, man werde nun aufbrechen, um im Frauenhaus Rosis Leichenschmaus abzuhalten, wirkte er erleichtert.

Die Trauergesellschaft hatte schon fast die Friedhofspforte des Peterskirchhofs erreicht, da kam ihnen von dort Gassenmeister Rack entgegen. Der korpulente Mann eilte auf die Hurenkönigin zu und schüttelte ihr die Hand.

»Mein Beileid«, murmelte er atemlos.

»Dank Euch, Gassenmeister«, erwiderte die Zimmerin. »Darf ich Euch vielleicht im Namen der städtischen Hurengilde zu dem Leichenbegängnis einladen, das wir zu Ehren von Rosi im Frauenhaus abhalten?«

»Daran werde ich nicht teilnehmen können, Zimmerin«, erklärte Rack bedauernd. »Und Ihr wahrscheinlich auch nicht.«

Die Hurenkönigin war stehen geblieben und blickte ihn erstaunt an. »Wieso denn das?«

»Weil der Hausierer heute Morgen in der Wetterau festgenommen wurde. Sie haben ihn vorhin ins Leinwandhaus gebracht, und jetzt soll er verhört werden. Ihr sollt kommen und ihn Euch anschauen, ob er auch der ist, der wo der letzte Freier von der Rosi war«, erklärte der Gassenmeister aufgeregt.

Ursel war verstört von der unerwarteten Neuigkeit. »Jetzt gleich?«, fragte sie.

»Ja, wir müssen uns beeilen. Die hohen Herren warten schon. – Ach, und eh ich's vergess: Ich soll Euch vom Herrn Bürgermeister bestellen, dass morgen zur elften

Stunde eine Siechenmagd ins Frauenhaus kommt, um die Huren zu visitieren«, fügte Rack hinzu.

Die Hurenkönigin runzelte die Stirn. »Auch das noch!«, murmelte sie unwirsch und wandte sich an die Huren. »Ich fürchte, ihr müsst den Leichenschmaus ohne mich abhalten«, erklärte sie und folgte dem Gassenmeister durch die Friedhofspforte.

»Gut, dass sie den Kerl jetzt haben! Vielleicht ist das ja Rosis Mörder«, murmelte Josef hinter ihr.

Die Zimmerin wandte sich zu ihm um. »Vielleicht aber auch nicht!«, erwiderte sie.

✳

Der städtische Untersuchungsrichter Lederer, Bürgermeister Reichmann und die drei Ratsherren Fichard, Neuhaus und Holzhausen blickten die Hurenkönigin ungeduldig an.

Die Zimmerin stand noch immer schweigend in der Kerkerzelle und fixierte den in Ketten gelegten Mann, der zusammengesunken auf dem Boden kauerte. Ihr Blick wanderte über seine großen, angstvollen Augen, das ausgemergelte Gesicht mit der wettergegerbten Haut, den eingesunkenen Mund mit den Zahnstummeln. Dem ist nicht viel geschenkt worden in seinem Leben, dachte sie und tat sich schwer damit, zu bekunden, was sie vom ersten Augenblick an gewusst hatte: Das war der Mann, den sie damals noch kurz vor der Sperrstunde zu Rosi geführt hatte. Sie wusste aber auch, dass ein armer Teufel wie er kaum eine Chance haben würde, den Kerker jemals wieder zu verlassen. Und sie würde mit ihrer Aussage dazu beitragen. Sieht so einer aus, der eine Frau bis aufs Blut quält?, fragte sie sich immer wieder skeptisch. Einer wie der hat doch selbst schon genug Prügel bezogen …

Schließlich atmete die Zimmerin tief durch und sagte: »Ja, das ist der Hausierer, der nach Rosi gefragt hat.«

»Na also!«, triumphierte der Untersuchungsrichter. Auch die Herren des Rates schienen erleichtert zu sein.

»Danke, Zimmerin, Ihr könnt dann gehen«, beschied der Schultheiß die Hurenkönigin und wandte sich an den Untersuchungsrichter: »Dann beginnt jetzt mit dem Verhör, Lederer.«

»Mit Verlaub, aber ich möchte bei der Befragung dabei sein«, erklärte Ursel entschlossen. »Schließlich bin ich die Vorsteherin der städtischen Hurenzunft, und es geht um den Mord an unserer Gildeschwester.«

»In Gottes Namen«, knarzte Reichmann ungeduldig. »Aber haltet Euch bitte zurück!«

Nachdem die Zimmerin seitlich des Tisches, hinter dem Lederer und die Herren des Rates saßen, Platz genommen hatte, begann der Untersuchungsrichter mit der Befragung des Verdächtigen.

»Also, Kerl, gibt Er zu, dass Er der Letzte war, der die Hure lebend gesehen hat? Was hat Er mit ihr gemacht?«

»Ich habe ihr nichts getan! Bitte glaubt mir das! Ich war bei ihr, das gebe ich ja zu, aber dann bin ich weg, und da war sie noch putzmunter!«, stammelte der Landgänger.

»Er hat doch von Anfang an was im Schilde geführt! Oder warum hat Er sonst ausdrücklich nach der Hure Roswitha verlangt?« Die Adern an den Schläfen von Lederers kahlem Schädel traten deutlich hervor.

»Ich … ich habe Geld dafür bekommen«, stieß Balzer

hervor und blickte zu dem Untersuchungsrichter auf wie ein Hund, der einen Tritt erwartet.

»Wofür hat Er Geld gekriegt? Dass Er sie bestialisch foltert und dann umbringt?«, blaffte Lederer auf ihn hinab.

»Nein!«, schrie der Hausierer verzweifelt. »Es war alles ganz anders …«

Der Untersuchungsrichter wollte bereits wieder nachsetzen, da raunte der Bürgermeister halblaut: »Lasst ihn doch erzählen. Vielleicht erfahren wir dadurch von etwaigen Komplizen.«

Lederer nickte und fuhr Balzer an: »Auf, erzähl Er! Wie hat es sich genau verhalten? Und tisch Er uns bloß keine Lügen auf, Bursche! Sonst lass ich Ihn gleich der peinlichen Befragung unterziehen.«

Balzer, der aufgrund der Ketten außerstande war, sich über die tropfende Nase zu wischen, schniefte und erklärte stockend: »Ich bin an dem fraglichen Abend vor der Fremdenherberge auf dem Liebfrauenberg von so einem … einem vornehmen Herrn angesprochen worden. Der hat mich gefragt, ob ich mir einen halben Gulden verdienen will, er habe einen Auftrag für mich. Da hab ich nicht lange gefackelt und sofort ja gesagt. Und dann hat mir der Mann befohlen, auf der Stelle zum Frauenhaus am Dempelbrunnen zu gehen und dort eine Hübscherin mit Namen Roswitha aufzusuchen. Der sollte ich einen Gulden geben und ihr ausrichten, sie habe sich um die elfte Stunde am Fahrtor einzufinden, wo sie von einem Freier abgeholt werde. Nach dem Stelldichein werde sie noch einen Gulden kriegen, sollte ich ihr sagen. Der Mann hat sich ausbedungen, dass ich niemandem etwas davon erzähle, und das sollte ich auch unbedingt der Hure bestellen, denn der Freier wär ein vornehmer Herr, der unerkannt bleiben wolle. Außerdem müsse die Hure darauf achten, dass sie sich unbemerkt aus dem Frauenhaus davonstiehlt und ihr niemand folgt. Bevor er weggegangen ist, hat mir der Mann noch gedroht, er werde mich genau im Auge behalten, ich sollte also bloß nicht auf die Idee kommen, mich mit dem Geld davonzumachen. – Na ja, ich hab dann auch alles so gemacht, wie er es mir befohlen hat. Hab die Hure aufgesucht, ihr den Gulden gegeben und ihr gesagt, was sie machen soll. Dann bin ich in eine Wirtschaft gegangen, denn ich hatte ja schon tagelang nichts Gescheites mehr gegessen und Hunger. Und mehr war auch nicht. Das ist die reine Wahrheit!«, beteuerte der Hausierer.

»Der Kerl lügt doch wie gedruckt!«, brüllte der Untersuchungsrichter und lief vor Empörung rot an. »Da haben wir aber von einem gewissen Karl Schuch etwas ganz anderes gehört!«

»Was denn?« Der Hausierer blickte fassungslos.

»Der redliche Karl Schuch, als da ist der Herbergsvater in der Fremdenherberge am Liebfrauenberg, hat den Gassenmeistern gegenüber bezeugt, Er, Balzer, habe in der Nacht zum Sonntag – also in der Nacht, wo Er auch im Frauenhaus war – besoffen damit geprahlt, dass Er bei einer gewissen Rosi aus dem Frauenhaus so oft randürfe, wie Er wolle, und Er brauche auch nichts dafür zu bezahlen. – Wie kann Er uns denn das erklären?«, polterte der Untersuchungsrichter.

Die Hurenkönigin wartete gespannt auf Balzers Antwort.

Der Hausierer wand sich vor Scham und stieß hervor: »Ich … ich weiß nicht mehr so genau, was ich da im Suff alles erzählt habe … Aber die hat sich halt so über den Gulden gefreut, dass sie gemeint hat, ich hätte bei ihr noch was gut.« Er murmelte: »Was soll das denn sonst bei einer Hure heißen?«, und senkte betreten den Blick.

»Was das heißen soll?«, brüllte Lederer so laut, dass Ursel zusammenschreckte. »Das soll heißen, dass Er lügt, wie es Ihm gerade in den Kram passt! Und das heißt nichts anderes, als dass Er die Hübscherin zu diesem Zeitpunkt schon längst irgendwo gefangen gehalten und sie sich mit Gewalt gefügig gemacht hatte!« Er schaute den Bürgermeister und die Ratsherren zustimmungheischend an.

»Nein, so war es nicht!«, erwiderte der Hausierer. »Ich habe sie nicht mitgenommen und ich habe ihr auch kein Haar gekrümmt. Nach dem Frauenhaus bin ich gleich in die nächste Schenke gegangen – ich glaube, es war eine Wirtschaft am Mainzertor – und hab mir den Bauch vollgeschlagen und dazu etliche Krüge Bier getrunken. Ich kann mich noch genau daran erinnern. Der Wirt wollte mir zuerst nichts mehr geben, weil sie bald zumachen wollten. Dann hab ich ihm den halben Gulden gezeigt, und er hat sich anders besonnen und mir noch ein Bier gezapft. Seine Frau hat mir sogar noch eine Suppe warm gemacht. Das war so eine Linsensuppe mit Speck – Ihr könnt ja dort einmal nachfragen. Vielleicht erinnern die sich ja noch an mich und können bezeugen, dass ich allein und die Hübscherin gar nicht dabei war«, erklärte der Hausierer plötzlich mit fester Stimme. »Und gleich am nächsten Tag bin ich aufgebrochen, wie ich es dem hohen Herrn versprochen hatte. Das kann Euch doch bestimmt der Schuch von der Fremdenherberge bestätigen! Bei dem hab ich am Sonntagmorgen in der Früh meine Unterkunft bezahlt und bin losmarschiert. Hat er Euch das denn nicht gesagt?« Der Hausierer versuchte sich aufzurichten und blickte den Untersuchungsrichter fragend an.

»Durchaus, durchaus«, murmelte Lederer unwillig. »Aber das hat ja nicht viel zu sagen, denn Er kann sie ja irgendwo versteckt gehalten haben … Was weiß denn ich? Er hält ja immer noch mit der Wahrheit hinterm Berg und will nicht gestehen!«

»Das klingt doch alles ganz glaubwürdig!«, entfuhr es der Zimmerin mit vorwurfsvollem Blick auf den Untersuchungsrichter, dessen Überzeugung von der Schuld des Hausierers offenbar leicht ins Wanken geraten war.

»Also gut«, schnaubte Lederer unwirsch. »Nehmen wir einmal an, es gab tatsächlich einen ominösen Auftraggeber … Was kann Er uns denn über ihn sagen? Kann Er ihn vielleicht genauer beschreiben?« Der Untersuchungsrichter sah den Häftling mit unverhohlener Skepsis an.

Georg Balzers hohlwangiges Gesicht straffte sich vor Anspannung.

»Viel kann ich nicht sagen«, erklärte er bedauernd. »Ich habe in der Dämmerung sein Gesicht nicht genau erkennen können. Außerdem trug er einen Umhang mit Kapuze, die er tief ins Gesicht gezogen hatte, denn es hat ja an dem Abend auch ziemlich geregnet. Der Mann war schlank und von hoher Statur …«

»Das ist ja mehr als dürftig!«, unterbrach ihn Lederer barsch. »Ich fürchte fast, anhand einer solchen Beschreibung werden wir dieses angeblichen Auftraggebers niemals habhaft werden … Allein schon deswegen, weil es ihn gar nicht gibt!«

Die Ketten rasselten, als Balzer mit dem Mut der Verzweiflung aufbegehrte. »Doch, es gibt ihn!«, schrie er. Dann stieß er hervor: »Und es gibt auch noch etwas, was mir aufgefallen ist … Er trug nämlich so einen merkwürdig geformten Ring am Finger. Das habe ich bemerkt, als er mir das Geld gegeben hat. Der Ring hat sehr kostbar ausgesehen. Er hat die Form eines Herzens gehabt, das von Schwertern durchbohrt war …«

»Ach, meint Er vielleicht das Herz mit den sieben Schwertern?« Lederer brach in Hohngelächter aus, in welches der Bürgermeister und die Ratsherren mit einstimmten.

Die Zimmerin beobachtete das Gebaren der Standespersonen mit versteinerter Miene und konnte nicht mehr länger an sich halten. »Was sind denn das für Possen?«, murmelte sie empört.

»Das frage ich mich auch, Zimmerin!«, blökte Lederer provozierend. »Das Herz mit den sieben Schwertern … Dass ich nicht lache! Jeder Reliquienhändler und Heiligenbildchen-Verkäufer vor den Kirchen hält so etwas feil, wo es doch, wie jeder weiß, ein Symbol der Gottesmutter ist.« Er hielt plötzlich inne und keifte dann cholerisch: »Was will uns dieser Lumpenhund denn noch alles auftischen, um von sich abzulenken! Mir reicht es jetzt mit seinen Lügengeschichten! Ich werde den Halunken noch heute in den Mainzerturm überstellen lassen, um ihn der peinlichen Befragung zu unterziehen.«

Die Stimmung unter den Huren im Frauenhaus am Dempelbrunnen war auf dem Tiefpunkt. Mit missmutigen Gesichtern saßen sie am Tisch und stocherten lustlos in ihrem Abendessen. Den meisten steckte die Beerdigung der Gildeschwester noch in den Knochen, den ganzen Nachmittag über hatte sich kein Freier blicken lassen, und jetzt fing es schon an zu dämmern und sie waren in der Schankstube immer noch unter sich.

»Wo bleiben nur die ganzen Mannsbilder?«, wandte sich die schlaue Grid an Ursel, die trübselig an ihrer Seite saß und vor sich hin brütete. »Ich dachte, die Stadt hat öffentlich verkünden lassen, dass wir seit heute wieder geöffnet haben?«

»Glaub schon …«, brummelte die Hurenkönigin einsilbig. Sie war mit ihren Gedanken ganz woanders.

»Mein Gott, du hast vielleicht eine Laune!«, beklagte sich Grid.

»Deine ist auch nicht viel besser«, erwiderte die Hurenkönigin und schob ihren Teller beiseite.

»Du hast ja noch nicht einmal deinen Pfannkuchen gegessen!«, murrte Ingrid. »Wo ich doch die Blaubeeren extra für dich gekauft habe …«

Die Zimmerin musste unwillkürlich lächeln. Sie wusste nur zu gut, dass die Freundin immerzu auf ihr leibliches Wohl bedacht war. »Ist ja lieb gemeint, aber ich habe wirklich keinen Hunger«, erklärte sie versöhnlich und legte Grid die Hand auf den Arm.

Grid nahm die freundschaftliche Geste zum Anlass, die Hurenkönigin endlich zur Rede zu stellen. »Ursel, was ist denn los? Seit du von dem Verhör gekommen bist, bist du ungenießbar!«

»Das stimmt nicht!«, verteidigte sich die Hurenkönigin. »Ich habe euch gesagt, dass ich glaube, dass der Mann unschuldig ist. Aber das hat euch nicht weiter interessiert – und dann habe ich halt den Mund gehalten …«

»Was heißt, nicht interessiert? Wir haben nur Zweifel daran geäußert. Ich meine, wie kannst du dir denn da so sicher sein? Man kann doch in einen Menschen nicht hineingucken, und erzählen kann der viel …«, ereiferte sich Grid.

»Mit Männern kenn ich mich aus«, unterbrach sie die Hurenkönigin energisch. »Und dieser Hausierer wäre zu so einer Tat gar nicht in der Lage. Das ist ein ganz armer Hund, dem das Leben schon früh das Rückgrat gebrochen hat. Der ist ja schon froh, wenn er selber ungeschoren davonkommt. Aber der Richter hat alle meine Einwände vom Tisch gefegt. Dem hohen Herrn kommt es halt sehr gelegen, in dem Hausierer den Mörder von Rosi zu sehen … Aber dass auch ihr euch so auf den Balzer eingeschossen habt, das enttäuscht mich doch sehr!«

Mit einem Mal wurde die Tür geöffnet, und ein Mann trat in den Schankraum. Wie ein Jäger oder Waldaufseher trug er einen dunkelgrünen Filzhut, den er tief in die Stirn gezogen hatte, und einen gleichfarbigen Umhang. Er blickte sich suchend um.

Schlagartig richtete sich die Aufmerksamkeit der Huren auf ihn. Auch die Hurenkönigin hatte aufgehört zu sprechen und starrte auf den grüngewandeten Mann, der angesichts der derben Lockrufe, die einige der Huren von sich gaben, verlegen den Blick senkte.

»Berthold, ich bin hier!«, rief plötzlich die Gräfin vom anderen Ende des Tisches, erhob sich von ihrem

Stuhl und ging auf den Fremden zu. Bei ihrem Anblick hob er erleichtert die Hand zum Gruße.

»Komm, wir gehen auf mein Zimmer«, raunte ihm die Hübscherin mit den hochgesteckten blonden Haaren zu, hakte sich bei ihm unter und verließ unter den neidvollen Blicken ihrer Kolleginnen den Aufenthaltsraum.

»Das verdammte Aas schleppt aber auch jeden ab!«, fluchte die alte Irmelin. »Ich dachte, die steht nur auf feine Pinkel … Aber in der Not frisst der Teufel Fliegen, und da darf's auch mal ein Holzhacker sein.«

»Grad ist man schon froh, wenn überhaupt mal einer reinkommt, und dann muss er auch gleich mit dieser Gans abschieben, anstatt dass er sich was Handfesteres sucht«, murrte die rote Mäu, eine kräftige junge Hure mit rotblonden Haaren, verdrießlich und schenkte sich noch Wein nach.

»Hört auf zu maulen und seid froh, dass sich endlich mal ein Kerl zu uns verirrt hat«, schaltete sich die Zimmerin ein und aß jetzt doch ein Stück von ihrem Pfannkuchen. Im gleichen Augenblick waren Stimmen und Schritte vor der Tür zu hören, und ein ganzer Trupp Zimmermannsgesellen kam herein.

»Sach ich doch! In der Not darf's auch mal ein Holzhacker sein …«, flachste die alte Irmelin und gurrte kehlig in Richtung der Handwerksburschen: »Kommt nur her, Jungs, die reifsten Pflaumen schmecken am süßesten …«

Im Nu hatten sich die Männer, von allen Seiten umgarnt, an einem der Schanktische niedergelassen und schäkerten eifrig. Josef brachte den Gesellen Krüge mit frisch gezapftem Bier, und die Trübseligkeit der Huren hatte sich in Luft aufgelöst. Bald schon verschwanden die Ersten mit einem Galan in ihren Kammern, und selbst die Zimmerin war bei all ihren düsteren Gedanken doch froh darüber, dass im Frauenhaus wenigstens ein Stück weit wieder der Alltag eingekehrt war.

»Mein Herr schickt mich«, erklärte der Mann im grünen Jagdumhang mit gedämpfter Stimme, als die Gräfin die Tür hinter sich geschlossen hatte und er mit ihr allein war. »Ihr sollt Euch wie immer um die elfte Stunde bereithalten, ich hole Euch dann ab …«

»Ich fürchte, das wird nicht gehen«, unterbrach ihn die junge Frau und zuckte bedauernd die Schultern. »Seit der Ermordung unserer Gildeschwester wacht die Hurenkönigin mit Argusaugen darüber, dass keine von uns allein das Haus verlässt. Und selbst wenn sie es nicht mitkriegen würde, so würde ihr spätestens nach der Sperrstunde auffallen, dass ich fort bin, und es würde Ärger geben.«

»Gut, dann kann man nichts machen«, erwiderte der Mann mürrisch. »Ich werde es dem Freiherrn bestellen. Es wird ihm sicher nicht gefallen, aber wenn das Euer letztes Wort ist, wird er es halt akzeptieren müssen …« Er deutete eine Verbeugung an und wandte sich zum Gehen.

Isolde runzelte unwillig die hohe Stirn mit dem ausrasierten Haaransatz. Es behagte ihr nicht, einem langjährigen Stammfreier, der sie stets ausgesprochen großzügig für ihre Dienste entlohnte, eine Absage zu erteilen. Dann kam ihr eine Idee.

»Wartet«, stieß sie hervor. »Es gibt da vielleicht noch eine andere Möglichkeit ...«

Der Mann mit dem grünen Filzhut blickte sie erwartungsvoll an.

»Wenn es dem Freiherrn recht ist, könnten wir das Stelldichein auf morgen Vormittag verschieben. Da hat das Frauenhaus nämlich geschlossen, und wir können das Haus verlassen, um Besorgungen zu machen oder etwas zu erledigen. Ihr könntet mich zur neunten Stunde am Brückentor abholen. Ich müsste allerdings um elf Uhr wieder zurück sein.« Die Gräfin musterte den Domestiken abwartend.

»Das wird der Herr Freiherr gewiss arrangieren können«, entgegnete der Diener zuversichtlich. »Ihm ist ja sehr an Eurem Besuch gelegen.«

»Ganz meinerseits«, bemerkte Isolde geschmeichelt und geleitete den Besucher zur Tür.

»Bis morgen also«, bekräftigte der Mann in der Jagdkleidung. »Und sollte etwas dazwischenkommen, benachrichtige ich Euch selbstverständlich.«

Als er verschwunden war, ließ sich Isolde zufrieden auf das mit einer Brokatdecke drapierte Bett sinken. Sie konnte sich Zeit lassen, denn morgen würde sie so gut verdienen wie andere Huren in einem ganzen Monat nicht.

Isolde genoss es, endlich für sich zu sein. Schon als kleines Mädchen hatte sie es geliebt, abseits von ihrer lärmenden Geschwisterschar an einem verborgenen Ort unbehelligt vor sich hin zu träumen. Früh hatte sie erkannt, dass sie anders war. Anders als diese dreckigen, verlausten Rotznasen, die sich um jedes Stück Brot balgten und in der Nachbarschaft für ein Almosen die

Höfe fegten oder Holz trugen. Sie hatte das nie getan. Stolz war sie in ihren Lumpen an den Wohlhabenden vorbeigeschritten und hatte sie mit kalter Verachtung gestraft. Niemals hätte sie um irgendetwas gebettelt. Sie nahm sich einfach, was sie brauchte. Bald war sie eine Meisterin im Stehlen, ging früh von zu Hause weg und zog in die Fremde. Es war eine Flucht vor der bitteren Armut, in die sie hineingeboren war.

Auch unterwegs blieb sie für sich, ging in den großen Städten mit ihren Messen und Märkten allein auf Diebestour. Nach kurzer Zeit schon war sie in Samt und Seide gewandet und stieg in den besten Herbergen ab. Und dann entdeckte sie eine neue Quelle des Wohlstands: ihre Schönheit.

Die Männer verzehrten sich nach ihr, viele hätten alles getan, um sie zu halten. Doch sie machte sich nichts aus ihnen, ihr Herz empfand keine Liebe. Sie wollte nur ihr Geld. Und sie fing an, sich zu verkaufen. Vor allem an die, die reich waren. So war sie schließlich hier gelandet, als die schönste und begehrteste Hure von allen.

Im Laufe der Zeit hatte sie sich einen eigenen kleinen Hofstaat von gut betuchten Stammfreiern aufgebaut, die sie mit Geld und kostbaren Geschenken überhäuften. Ihre Kleidertruhe war voll mit prachtvollen Gewändern aus Samt und Atlasseide, die sie trug, wenn einer ihrer Galane sie zu einem Ritterturnier oder zu einem der festlichen Bälle des Adels führte. Sie liebte es, wenn die Aristokratinnen bei ihrem Anblick neidvoll die Nasen rümpften, denn sie war sich gewiss, dass ihr, was Schönheit und Grazie anbetraf, keine von ihnen das Wasser reichen konnte. Sie verströme eine Vornehmheit, wie er sie noch bei keiner seiner Standesgenossinnen erlebt habe, hatte ihr ein verliebter Herr des Hochadels einmal gestanden – und sich gleich darauf von ihr mit Füßen treten lassen. Denn das Züchtigen und Quälen war Isoldes Spezialität geworden.

Vor nunmehr drei Jahren hatte sie bei einer Festivität von Sachsenhäuser Rittern jenen jungen Freiherrn kennengelernt, der immer seinen Diener zu ihr schickte, weil er niemals ein Frauenhaus betreten würde. Der junge Adlige hegte nämlich eine panische Furcht vor Frauen. In Isolde dagegen sah er eine unnahbare gestrenge Herrin, die ihm genau das Martyrium bescherte, das er brauchte.

Inzwischen hatte die Gräfin so viel gespart, dass sie sich bald zur Ruhe setzen konnte. Dann würde sie glänzend leben und andere für sich arbeiten lassen.

Vielleicht würde sie sogar die Liebe erleben, so wie die Hurenkönigin? Einen aufrechten Mann heiraten und Kinder mit ihm haben – denn Geld war ja nicht alles, und im Grunde genommen hasste sie diese reichen Säcke und ihre kranke Lust, gedemütigt zu werden!

Nur noch dieses Jahr, Isolde!

Und so lange würde sie noch mitnehmen, was sie kriegen konnte.

Teil 2
Die Märtyrerin

Afra –
Schutzpatronin der Huren

Sie lebte als Prostituierte in Augsburg und wurde durch Bischof Narcissus, der einmal in ihrer Herberge wohnte, bekehrt. Später starb sie den Märtyrertod.

Ihr Gedenktag ist der 7. August.

8

Donnerstag, 28. Juli 1511

Ursel Zimmer war an diesem Morgen früh aufgestanden, nachdem sie stundenlang wach gelegen und über das, was der Hausierer erzählt hatte, nachgedacht hatte.

Müde und gerädert schlurfte sie in die Küche, um einen Schluck Milch zu trinken, und bat die Köchin mit verquollenen Augen, ihr einen Eimer Wasser aus dem Brunnen zu schöpfen. Etwas kaltes Wasser im Gesicht würde sie schon munter machen.

Nachdem ihr Bertha einen Bottich mit Brunnenwasser in die Badestube im Kellergeschoss gebracht hatte, wusch sie sich ausgiebig das Gesicht und ging prustend dazu über, sich den Körper mit Honigseife einzuschäumen, denn sie hatte in der Nacht geschwitzt und wollte doch nachher, wenn sie zu Bernhard ging, sauber sein und gut riechen. Sie hatte nämlich vor, mit ihm über alles zu reden und seinen Rat einzuholen.

Gerade als sie dabei war, sich abzutrocknen, ging die Tür auf, und Isolde betrat die Badekammer. Beim Anblick der Hurenkönigin zuckte sie leicht zusammen.

»Guten Morgen, Meistersen«, grüßte sie verlegen. »Ihr seid ja früh dran heute.«

»Stimmt. Und gestern ist es wieder ganz schön spät geworden. Aber ich konnte nicht mehr schlafen. – Aber du bist ja auch schon munter …« Die Zimmerin hatte sich ein frisches Gewand übergestreift und fing an, ihr Mieder zu schnüren.

»Ja. Ich will nachher noch ein paar Besorgungen machen«, erklärte die Gräfin knapp.

»Aber vergiss nicht, bis zur elften Stunde wieder hier zu sein«, ermahnte sie die Hurenkönigin. »Da kommt doch diese Siechenmagd, um euch zu untersuchen.«

»Ich weiß. Deswegen bin ich ja auch so früh aufgestanden, damit ich mir beim Einkaufen Zeit lassen kann.«

Gleich darauf kam die Magd mit zwei Eimern Wasser herein, die sie in einen Holzbottich kippte.

Isolde streifte ihr Nachtgewand ab und fing mit der Morgentoilette an. Die Zimmerin betrachtete bewundernd den makellosen Körper.

»Schön biste, mein Kind«, bemerkte sie mit einem anerkennenden Schnalzen.

»Danke, Meistersen«, erwiderte die Gräfin lächelnd. »Ihr habt Euch aber auch gut gehalten.«

»Ach, Mädel, die Schönheit ist vorüber, aber man tut halt, was man kann.« Die Hurenkönigin lachte.

Isolde schüttelte den Kopf. »Das stimmt nicht, Ihr seid immer noch eine schöne Frau … und das wisst Ihr auch.«

Die Zimmerin grinste geschmeichelt. »Schönheit ist vergänglich, genau wie alles andere auch. Und wenn kein Herz dahintersteckt, ist sie nur eine leere Hülle.«

Die Gräfin nickte nachdenklich und fuhr sich mit einem Meeresschwamm über Gesicht und Körper.

»Ach, wie schön«, bemerkte die Zimmerin fasziniert. »Das ist doch ein Seeschwamm! Ich habe solche Schwämme an einem Stand von Kaufleuten aus dem Morgenland gesehen. Sie sind fast so teuer wie Rosenöl …«

»Er ist ein Geschenk von einem Verehrer«, erklärte Isolde zurückhaltend.

»Dafür hast du ja wirklich ein Händchen, Gräfin. Aber ich gönn es dir!« Die Hurenkönigin war fertig angekleidet und wandte sich zur Tür.

»Da seid Ihr aber die Einzige, Meistersen«, entfuhr es Isolde.

»Ach, Mädel, mach dir nix draus. So ist das halt. Wenn du gut im Geschäft bist, sind sie alle neidisch auf dich, und wenn nicht, blicken sie auf dich herab. Und das ist doch erst recht nichts. Nimm mit, was du mitnehmen kannst, und leg dir rechtzeitig was beiseite. Dann musst du auf deine alten Tage nicht mehr anschaffen gehen, das ist nämlich auch kein Vergnügen …«

»Das wird mir schon nicht widerfahren«, entgegnete Isolde zuversichtlich und wünschte der Hurenkönigin einen guten Tag.

Als Isolde in der Badestube allein war, fühlte sie unversehens eine tiefe Wehmut. Vorhin wäre sie der Hurenkönigin am liebsten in die Arme gesunken und hätte sie angefleht, sie festzuhalten und zu beschützen. Vor der Leere und dem Überdruss, die von ihrer Seele Besitz ergriffen hatten. Doch für so etwas war sie einfach zu befangen.

*

»Ich glaube dem Mann«, beendete die Hurenkönigin ihre Ausführungen und blickte Bernhard von Wanebach eindringlich an. »Mein Gefühl und meine Menschenkenntnis sagen mir, dass er unschuldig ist. Doch dieser herzförmige Ring mit den sieben Schwertern, den Balzers Auftraggeber getragen hat, gibt mir sehr zu denken. War der Mörder vielleicht ein Marienverehrer?«

Der Gelehrte stimmte zu. »Davon ist auszugehen. Das Herz mit den sieben Schwertern ist ein Symbol für die Schmerzensmutter und steht für die sieben Schmerzen Mariens. Neben zahlreichen Marienverehrern, die das Symbol als Schmuckstück oder Amulett tragen, gibt es auch eine geheimnisvolle Vereinigung, die sich ›Bruderschaft der sieben Schmerzen Mariens‹ nennt. An die habe ich sofort denken müssen, als du mir von dem Ring erzählt hast. Die Mitglieder dieser Bruderschaft tragen nämlich derartige Ringe an der linken Hand. Es sind durchweg Standespersonen und hohe kirchliche Würdenträger, die der Marienbruderschaft angehören. Du erwähntest doch, dass besagter Ring dem Hausierer so kostbar vorkam?«

Ursel, die angespannt zugehört hatte, bekräftigte das. »Es könnte sich also durchaus um das Emblem der Bruderschaft gehandelt haben …«, grübelte sie.

»Ich halte es zumindest nicht für abwegig«, sagte Bernhard vorsichtig, der nicht wollte, dass sich Ursel wieder in etwas verstieg, und warf der Geliebten einen besorgten Seitenblick zu. »Das mit den Teufelsanbetern hätte auch ganz schön ins Auge gehen können …«, grummelte er. »Wenn ihr da an echte geraten wärt und nicht an solche Kindsköpfe, hätten die euch ohne viel

Federlesen kaltgemacht, weil ihr ihnen auf die Schliche gekommen seid.«

»So leicht lass ich mich nicht außer Gefecht setzen! Und der Josef auch nicht«, begehrte die Zimmerin auf.

»Überschätze dich nicht, meine Liebe! Rosis Mörder ist eine Bestie. Da gebe ich dir völlig recht. Und deswegen solltest du auch sehr vorsichtig sein mit etwaigen Alleingängen. Das Gleiche gilt im Übrigen auch für voreilige Verdächtigungen …«, sagte Bernhard ernst.

»Nur weil ich dieser neuen Spur nachgehe, sind das doch noch lange keine voreiligen Verdächtigungen«, entrüstete sich Ursel. »Ich wollte doch nur mit dir darüber sprechen und deinen Rat hören. Doch das bereue ich inzwischen fast.«

»Nein, das brauchst du nicht! Es ist gut, dass du mit mir darüber sprichst. Ich möchte nur nicht, dass du dich in Gefahr begibst. Das ist alles. Ansonsten kannst du in der Angelegenheit voll mit mir rechnen. Ich werde dich bei deinen Ermittlungen unterstützen, so gut ich kann. Ich weiß doch sowieso, dass du nicht davon ablässt, du stures Luder!« Bernhard lächelte die Hurenkönigin entwaffnend an.

Diese küsste ihn herzhaft auf die Wange. »Du bist ein Schatz!«, sagte sie erfreut. Dann wollte sie wissen: »Gibt es eigentlich auch in Frankfurt Mitglieder dieser Bruderschaft?«

»Soweit mir bekannt ist, ist den hochstehenden Persönlichkeiten sehr daran gelegen, die Namen der Mitglieder geheim zu halten. In Klerikerkreisen wird sogar gemutmaßt, der Papst persönlich gehöre dem erlauchten Zirkel an. Die Statuten der Bruderschaft verlangen von ihren Mitgliedern ein Leben in absoluter Keuschheit und Askese. Mehr weiß ich nicht über diese Marienbruderschaft. Wenn es dir aber so wichtig ist, kann ich mich demnächst einmal umhören.«

»Das wäre ganz lieb von dir. Ich muss jetzt aber gehen, denn um elf Uhr kommt die neue Siechenmagd, um mit mir gemeinsam die Mädels zu visitieren.« Die Hurenkönigin erhob sich und verabschiedete sich von Bernhard, der sie zur Tür begleitete.

»Und halt mich auf dem Laufenden«, raunte sie ihm beim Hinausgehen zu.

Als Ursel den Römerplatz überquerte und an der Nikolaikirche vorbeikam, vor der Reliquienhändler ihre Devotionalien feilboten, trat sie näher, um die Gegenstände in Augenschein zu nehmen. Tatsächlich wurde das Herz mit den sieben Schwertern in sämtlichen Variationen angeboten, auch in Form von Ringen. Sie sah auf den ersten Blick, dass es billiger Tand war, und leichte Zweifel stiegen in ihr auf, ob ein einfacher Mann wie der Hausierer in der Lage war, zwischen billigem Ramsch und kostbaren Kleinodien zu unterscheiden. Beim Weitergehen kam der Hurenkönigin der Gedanke, ob nicht jene honorigen Kirchenleute dahintersteckten, die für die Schließung des Frauenhauses plädiert hatten. Sicher, es war wahnwitzig, die Ordensleute mit einem so grauenhaften Mord in Verbindung zu bringen. Aber konnte nicht das nötige Quäntchen Hass aus einem Moralapostel einen Mörder machen? In aller Deutlichkeit sah sie Pfarrer Roddachs hassverzerrtes Gesicht während seiner Hetzpredigt in der Kirche vor sich, und der Verdacht erschien ihr mit einem Mal gar nicht mehr so abwegig. *Hier wohnt die Sünde*, hatten die Worte an der Tür des Frauenhauses gelautet. Und es war eine Nonne gewesen, die Bernhard das Schriftstück vor die Tür gelegt hatte! Stand nicht in der Heiligen Schrift geschrieben: *Die Sünde muss man ausmerzen?*

Was, wenn der angenagelte Katzenkadaver bereits eine Vorankündigung des Mordes gewesen war? Die Büßerin! Die tote Rosi war in ein Büßergewand gekleidet gewesen, und ihr Leichnam wurde am Jahrestag von Maria Magdalena aufgefunden … *Und dieses Pack wollte uns doch in ein Magdalenenhaus abschieben!*

Ich habe einen Fehler gemacht, fiel es der Zimmerin wie Schuppen von den Augen. Die selbsternannten Teufelsanbeter hatten sich als Schafe im Wolfspelz erwiesen. Rosis Mörder aber war das Gegenteil! *Die Statuten der Bruderschaft verlangen von ihren Mitgliedern ein Leben in absoluter Keuschheit und Askese*, gingen ihr Bernhards Worte durch den Sinn. Das passte doch! Sie war gespannt darauf, was Bernhard über diese Marienbruderschaft herausfinden würde.

✻

Wie alle städtischen Huren musste sich auch Isolde an die Kleiderordnung halten und in der Öffentlichkeit ein gelbes Gewand tragen. Was sie jedoch an Schuhen, Kopfbedeckungen und Accessoires trug, war ihr freigestellt. Und so streifte sie sich an diesem Morgen Stelzenpantoletten aus türkisfarbenem Chagrinleder über die Füße und setzte eine zylinderförmige Haube aus Goldbrokat auf. Zum Abschluss bestäubte sie ihr ebenmäßiges Gesicht mit einem Hauch Mehl, bestrich die Lippen mit purpurfarbenem Balsam und verließ ihre Kammer. Falls sie auf dem Flur jemandem begegnete, würde sie allen sagen, sie mache Besorgungen. Doch Isolde gelangte unbemerkt nach draußen.

Mit ihrer eleganten Aufmachung und der Anmut ihrer Bewegungen war sie für die Bürgersfrauen ein Blickfang und eine Provokation zugleich. Die Gräfin ignorierte die Blicke mit kühler Gelassenheit. Als sie die Mainbrücke erreichte, erwartete sie dort schon der berittene Diener des Freiherrn. Er hatte ein zweites Pferd bei sich und half ihr geschickt beim Aufsteigen. Isolde ließ sich auf dem Damensattel nieder, ergriff die Zügel und trieb ihr Pferd sachte an. In gesetztem Trab ging es über die Brücke, auf der bereits ein reges Treiben herrschte, und in verschärftem Tempo ritten sie durch die Brückengasse zum Affentor hinaus in den Sachsenhäuser Forst, in welchem sich das Jagdschloss des Freiherrn befand. Isolde, die im Umgang mit Pferden geübt war, liebte das Reiten und donnerte in einem derart wilden Galopp über den vom Regen der vergangenen Tage morastigen Waldboden, dass ihr der aufspritzende Schlamm die Schuhe und das Gewand besudelte. Egal, dachte sie übermütig und spornte die Stute noch weiter an, so dass der Diener Mühe hatte, mitzuhalten. Stundenlang hätte sie so weiterreiten mögen, an den hohen Tannen vorbei, und tief den würzigen Geruch des Waldes einatmen. Sie wollte sich unbedingt ein Pferd zulegen, wenn sie sich nächstes Jahr zur Ruhe setzte, dann könnte sie stundenlange Ausritte unternehmen und allein durch die Wälder streifen, und aller Ekel und Verdruss würden von ihr abfallen und sie nicht länger am Leben hindern.

Doch leider war der Ritt bald zu Ende, denn zwischen den Tannen lugte bereits das Jagdschloss hervor.

Der Diener half ihr vom Pferd, vertäute die schweißnassen Tiere unter einem Vordach und führte Isolde ins Schloss.

Der Freiherr kam ihnen schon in der Halle entgegen und küsste galant Isoldes cremefarben behandschuhte Hand, die sie ihm huldvoll entgegenhielt. Dann wandte er sich an seinen Diener. »Du kannst wieder zum Schloss zurückreiten, Berthold. Wir brauchen dich hier nicht mehr.«

Der Mann im jagdgrünen Umhang blinzelte irritiert. »Ich dachte, ich soll die Jungfer nachher wieder zurückbringen?«, fragte er erstaunt.

»Heute ausnahmsweise nicht. Das übernehmen wir selbst«, beschied ihn sein Herr knapp. Als der Diener noch zögerte und ihn verunsichert ansah, fächelte der Freiherr mit der Hand, als wollte er ein lästiges Insekt verscheuchen. Ungehalten knurrte er: »Auf, auf, entferne Er sich schon ...«

Als Isolde mit dem jungen Adligen allein in der mit Jagdtrophäen verzierten Eingangshalle stand, herrschte sie ihn an: »Auf die Knie mit dir, du Hund, und leck mir die Schuhe sauber!«

Doch seltsamerweise machte der Freiherr keinerlei Anstalten, ihrem Befehl mit der üblichen Unterwürfigkeit nachzukommen, sondern streifte sie nur mit einem sonderbaren leeren Blick.

Ach, ihm steht der Sinn nach härterer Strafe, dachte die Gräfin amüsiert und erteilte dem Widerspenstigen für seinen Ungehorsam eine schallende Ohrfeige.

»Auf den Boden mit dir, du Wicht, und tu, was ich dir befohlen habe, sonst ...«, zischte sie erbost.

Unversehens packte er sie an den Armen, fesselte ihr

mit roher Gewalt die Hände auf dem Rücken und stülpte ihr einen Sack über den Kopf.

Isolde war fassungslos vor Schreck. Ihr Körper wurde von einem heftigen Schauder erfasst.

»Was unterstehst du dich! Nimm mir sofort diesen Sack ab und binde mich los!«, schrie sie und trat wild um sich. Doch anstatt ihr zu gehorchen, packte er sie mit festem Griff an den Handgelenken und schleifte sie mit sich. Ihre Chopinen glitten ihr von den Füßen, und sie spürte den kalten Steinboden unter ihren Zehen. Dann vernahm sie ein Knarren, als ob eine Tür geöffnet wurde, und er zerrte sie eine Treppe hinunter. Längst hatte Panik von ihr Besitz ergriffen, und sie schrie verzweifelt um Hilfe.

Ein starker Modergeruch stieg ihr in die Nase, durch das grobgewebte Sackleinen drang ein Lichtschein, und gleich darauf nahm er ihr den Sack ab. Es verschlug ihr den Atem, als sie ihn sah. Er hatte seinen Umhang abgestreift und war ausstaffiert wie ein Folterknecht. Als er sie packte und ihr ein Halseisen anlegte, brüllte sie wie am Spieß. Er verzog keine Miene, durchtrennte mit einem Dolch ihre Fesseln, um ihre Hand- und Fußgelenke in eiserne Manschetten zu schließen, die mit Ketten in der Wand befestigt waren.

Das Halseisen schnürte ihr die Kehle zu, und die scharfen Kanten der Eisenmanschetten schnitten ihr ins Fleisch. *Ein Dulder kann nicht zum Folterknecht werden und ein Folterknecht nicht zum Dulder!*, gellten ihr die Worte der Hurenkönigin durch den Sinn. Sie fing an, um Gnade zu flehen: »Bitte, bitte, tut mir nichts!« Doch ihre Rufe verhallten.

Es trat eine beklemmende Stille ein, die nur von Isoldes keuchenden Atemzügen unterbrochen wurde. Bedrohlich stand er vor ihr, mit dem Dolch in der Hand, und schien auf irgendetwas zu warten. Isolde spürte, dass sie ihr Wasser nicht mehr halten konnte, der Urin lief ihr an den Innenseiten der Schenkel hinab.

»Schlitz sie auf!«, hallte es plötzlich aus den Tiefen des Kellergewölbes. Die Stimme aus der Dunkelheit war hell und böse. Es war die Stimme einer Frau.

Isolde stockte vor Entsetzen das Blut in den Adern, und sie begriff mit eisiger Gewissheit, dass sie in der Hölle war.

✵

Entgeistert sah die Hurenkönigin die hagere Frau im Nonnengewand an, die mit einem Felleisen in der Hand pünktlich zur elften Stunde im Frauenhaus erschien. Ihr fiel die Nonne ein, die Bernhard das bösartige Schriftstück vor die Haustür gelegt hatte, und sie fühlte eine heftige Aversion gegen die Ordensfrau in sich aufsteigen.

»Mir wurde eine Siechenmagd angekündigt«, sagte sie mit unverhohlener Abneigung.

»Ich bin ausgebildete Siechenmagd, wie alle Schwestern des Sankt-Spiritus-Ordens«, belehrte Schwester Theodora die Zimmerin und blinzelte sie mit ihren hellen Wimpern indigniert an. »Unsere Krankenpflege konzentriert sich vor allem auf die Geburtshilfe und die Frauenheilkunde. Und wegen Letzterer bin ich hier. – Können wir anfangen?«

Die Nonne eilte geschäftig zum Tisch, öffnete ihr Felleisen, entnahm ihm eine weiße Schürze und band sie sich um. »Ich benötige mehrere Eimer mit heißer Seifenlauge, für die Spülungen und um die Instrumente zu reinigen«, erklärte sie und legte verschiedene löffelartig gebogene Instrumente sowie eine kugelförmige gegerbte Schweineblase auf ein Leinentuch.

»Ich werde das veranlassen«, erwiderte die Zimmerin und strebte aus der Tür.

»Wie? Ihr habt noch kein heißes Wasser vorbereitet?«, rief ihr die Nonne mit den stechenden hellen Augen konsterniert hinterher. Als ihr die Zimmerin keine Antwort gab, stemmte Schwester Theodora empört die Arme in die Hüften und krähte noch um einige Nuancen vorwurfsvoller: »Das solltet Ihr aber das nächste Mal unbedingt tun!«

»Leck mich!«, fluchte die Hurenkönigin leise und eilte in die Küche. Sie kannte die junge Nonne, die schon häufiger im Frauenhaus gewesen war, um die Huren mit mahnenden Vorträgen auf den Weg der Tugend zu führen. Der Zimmerin war die Schwester derart zuwider, dass sie ihre Anwesenheit kaum ertragen konnte. Auch die Huren mochten Schwester Theodora nicht, sie hatten ihr wegen ihrer langen, hageren Gestalt den Spitznamen »Weberknecht« gegeben.

Nachdem Ursel die Mägde mit der Vorbereitung des Wassers beauftragt hatte, ergriff sie die große Schelle auf dem Fensterbrett und läutete.

»Kommt runter, die Untersuchung fängt an«, rief sie ins Treppenhaus.

Als die Huren im Aufenthaltsraum versammelt waren und die Hausmägde mehrere Bottiche mit heißer Seifenlauge hereingetragen hatten, breitete Schwester Theodora ein Leinentuch über die Stirnseite des Tisches, beugte sich über die Namensliste, die sie neben ihr Felleisen gelegt hatte, klatschte in die Hände und erklärte in scharfem Tonfall: »Ihr werdet jetzt in alphabetischer Reihenfolge aufgerufen. Wer an der Reihe ist, macht sich frei und legt sich mit gespreizten, angezogenen Beinen auf den Tisch. Die anderen halten sich solange im Hintergrund. Wer fertig ist, kann gehen.« Die Nonne band sich ein Tuch vor Mund und Nase, das sie am Hinterkopf verknotete, warf einen Blick auf die Liste und rief: »Elisabeth Allgeier!«

Die Wiener Lisbeth blickte wie gehetzt, als sie in angespannter Haltung an den Tisch trat. Seit ihrem Aufenthalt bei den Magdalenenschwestern in Wien hatte sie panische Angst vor Nonnen.

»Hinlegen und frei machen«, nuschelte Schwester Theodora hinter ihrem Mundschutz, goss den Inhalt einer kleinen Glasphiole in einen der Holzbottiche, was einen scharfen, beißenden Geruch verbreitete, und füllte die gegerbte Schweineblase mit der Flüssigkeit. Dann setzte sie eine silberne Sonde auf die Öffnung der Blase und wies Ursel an, einen Holzeimer an den Unterleib der Frau zu halten. Als Ursel diesen nicht nahe genug heranrückte, fuhr die Nonne sie an: »Dichter und schräg halten! Ich will mir mit dem Dreck ja nicht noch mein Gewand besudeln!« Mit einer ruckartigen Handbewegung schob sie die Sonde in Lisbeths Vagina. »Zähne zusammenbeißen, es brennt ein bisschen«, erklärte sie lapidar und drückte auf die Blase.

Die Wiener Lisbeth schrie vor Schmerz laut auf und presste unwillkürlich die Schenkel zusammen. »Das brennt ja wie Feuer!«

»Mach die Beine breit und sei nicht so zimperlich!«,

keifte die Nonne und drückte erneut auf die Schweineblase. »Das bist du doch sonst auch nicht …«

»Ich verbitte mir einen solchen Ton! Überhaupt: Was macht Ihr da mit dem Mädel?«, platzte es aus der Zimmerin heraus, und sie funkelte Schwester Theodora wütend an.

»Haltet gefälligst den Eimer darunter«, ermahnte die Nonne sie gereizt. »Ich spüle die Scheide mit Seifenlauge, Alaun und Essig, damit der ganze Dreck rauskommt.«

»Genug jetzt!« Die Hurenkönigin packte die Schwester am Arm. »Ich lasse nicht zu, dass Ihr die Frauen mit so einem scharfen Zeug behandelt! Ein Kamillensud, wie wir ihn zur Scheidenspülung immer verwenden, hätte auch gereicht.«

»Fasst mich nicht an!«, schrie die Nonne erzürnt und entwand sich Ursels Griff. »Und hindert mich nicht an meiner Arbeit, sonst werde ich mich beim Bürgermeister über Euch beschweren!«

»Das werde ich auch tun, da könnt Ihr Euch sicher sein!«, blaffte die Hurenkönigin zurück. »Ihr seid keine Siechenmagd, sondern der reinste Folterknecht, so grob, wie Ihr Euch gebärdet! Und dann auch noch das Tuch vor Eurer Nase, man kommt sich ja vor, als hätte man die Pest. Fehlt nur noch, dass Ihr uns ausräuchert!«

Unversehens war Ingrid an sie herangetreten und legte ihr beschwichtigend die Hand auf die Schulter. »Treib es nicht zu weit, Ursel, du handelst dir nur Ärger ein. Denk an deine Abmahnung«, flüsterte sie ihr zu und wandte sich in versöhnlichem Tonfall an die Siechenmagd: »Vielleicht genügt es ja, wenn Ihr die Lauge noch ein wenig verdünnt, damit es nicht mehr so brennt.«

Die Nonne blickte entwaffnet. »Meinetwegen. Aber zu sehr verdünnen kann ich auch nicht, sonst wirkt es nicht mehr.« Sie schüttete etwas heißes Wasser in den Bottich und füllte erneut die Schweineblase. Ehe sie die Sonde wieder einführte, erklärte sie mit Blick auf die Wiener Lisbeth in gemäßigterem Tonfall: »Brennen wird es schon noch. Und das muss es auch, damit es richtig sauber wird. Ihr müsst Euch also etwas zusammenreißen.«

Was die Angesprochene, der vor Bedrängnis der kalte Schweiß ausgebrochen war, schließlich auch tat. Nachdem die Scheide gespült worden war, ergriff die Nonne eines der löffelartigen Instrumente, führte es ein und untersuchte die Vagina der Hübscherin.

»Scheint alles in Ordnung zu sein«, bemerkte sie knapp. »Ihr könnt wieder aufstehen!«

Mit sichtlicher Erleichterung kam die Wiener Lisbeth der Aufforderung nach.

Schwester Theodora ließ sich von der Lohnsetzerin Feder und Tinte bringen und beugte sich wieder über die Namensliste. Nachdem sie hinter Lisbeths Namen einen Haken gemacht hatte, las sie vor: »Isolde Bangert. Bitte frei machen und auf den Tisch legen!«

Im Raum entstand Unruhe. In dem allgemeinen Wirrwarr war Isoldes Abwesenheit bislang gar nicht aufgefallen. Bemerkungen wie »Die ist nicht da« und »Wo kann sie nur sein?« waren zu vernehmen. Auf den Gesichtern der Hübscherinnen zeigte sich Betroffenheit, die Miene der Zimmerin jedoch war höchst besorgt. Der Hurenkönigin schwante Schreckliches. Ohne einen Ton zu sagen, stürzte sie aus der Stube und durchsuchte das ganze Haus nach Isolde. Nachdem sie die Gräfin nirgendwo gefunden hatte, hastete sie sogleich zum Rathaus, um Meldung zu erstatten.

*

Nachdem die Hurenkönigin verschwunden war, beugte sich Schwester Theodora über die Namensliste und machte ein paar Notizen.

Verstohlen beobachtete die schlaue Grid die Ordensfrau. Schwester Theodora war ihr ebenso zuwider wie den anderen Huren. Doch im Gegensatz zu Ursel, die ihr Herz auf der Zunge trug, verstand es die schlaue Grid vortrefflich, sich ihre Gefühle nicht anmerken zu lassen. So konnten ihre Gegner sie nur schwer einschätzen und waren von ihrem Gleichmut häufig verunsichert – was Ingrid durchaus gelegen kam.

Als Schwester Theodora die Lohnsetzerin aufforderte, ihr an Ursels Stelle zu assistieren, verzog Ingrid keine Miene und folgte gewissenhaft ihren Anweisungen.

»Ich kann Euch die Namen auch vorlesen«, bot sie der Ordensfrau an.

Schwester Theodora stimmte zu. »Ihr könnt lesen?«, fragte sie erstaunt.

»Ja«, erwiderte Ingrid, »und auch schreiben. Die Namenslisten wurden von mir angefertigt.«

Die Schwester nickte anerkennend und fuhr mit der Untersuchung fort.

Als die Reihe an die schlaue Grid kam, erklärte sie der Schwester mit aufrichtigem Blick, sie habe ihre stille Woche.

Schwester Theodora notierte dies auf der Liste und

murmelte: »Ist recht. Dann untersuche ich Euch beim nächsten Mal.«

Nachdem die Visitationen abgeschlossen waren, bedankte sich die Nonne bei der Lohnsetzerin für ihre Unterstützung. »Das habt Ihr gut gemacht«, äußerte sie wohlwollend.

Steck dir's sonst wohin!, dachte Ingrid bei sich und schenkte der Ordensfrau ein freundliches Lächeln.

Sobald sich Schwester Theodora mit einem »Gelobt sei Jesus Christus« von den Frauenhausbewohnerinnen verabschiedet hatte, nahm die schlaue Grid die Namenslisten und stürmte die Treppe hinauf in ihre Kammer, wo sie rasch den Zettel mit der Aufschrift *»Hic habitat peccatum«* und das an Bernhard gerichtete Schriftstück aus einer Ledermappe holte. Sorgfältig verglich sie die Schriftzüge der anonymen Botschaften mit den Einträgen auf den Namenslisten. Es bestand kein Zweifel: Die Notiz hinter Isoldes Namen mit dem Wortlaut *»Ist der Untersuchung unentschuldigt ferngeblieben«* und der Eintrag *»Hat sich unerlaubt von der Untersuchung entfernt«*, der sich auf die Hurenkönigin bezog, zeigten eindeutig das gleiche Schriftbild wie die beiden Pamphlete. Schwester Theodora hatte die anonymen Briefe geschrieben!

Ingrid spürte Wut in sich aufsteigen, und ihre Gedanken überschlugen sich. Für geraume Zeit saß sie unbeweglich an ihrem Schreibpult und dachte nach.

Als es wenig später an der Tür klopfte und die Hurenkönigin in ihr Zimmer trat, hatte Grid bereits einen Plan ausgeheckt. Sie forderte Ursel auf, sich hinzusetzen und ihr zuzuhören.

»Was ist denn mit dir?«, entfuhr es der Zimmerin

beim Anblick der Freundin. »Du siehst ja aus, als hättest du einen Geist gesehen!«

»Viel schlimmer«, murmelte Grid mit trockenem Humor. »Ich habe den Leibhaftigen gesehen. Er nennt sich Schwester Theodora und hat uns die freundlichen Briefe geschrieben …« Sie wies auf die Schriftstücke und die Namenslisten auf dem Schreibtisch.

Wie der Blitz war Ursel aufgesprungen und nahm die Bögen in Augenschein.

»Lass liegen, du kannst das doch sowieso nicht lesen«, bemerkte Grid ungeduldig und zog die Hurenkönigin wieder auf den Stuhl an ihrer Seite. »Du darfst mir schon glauben, was ich sage, ich bin mir absolut sicher.«

»Und ob ich dir das glaube!«, stieß Ursel hervor. Vorwurfsvoll fuhr sie fort: »Ich habe diesen Betschwestern ja nie über den Weg getraut, aber da hieß es immer: Halt dich zurück, wir können denen nichts beweisen …«

»Aber jetzt können wir es«, sagte Grid entschieden. »Und deswegen gehe ich jetzt in dieses Kloster und miete mich für ein Weilchen dort ein.«

Die Hurenkönigin fiel aus allen Wolken. »Was, du willst zu denen? Und wenn sie dir etwas antun, Ingrid? Dieser Schwester Theodora traue ich alles zu. Wer eine tote Katze an die Tür nagelt, tut vielleicht auch Schlimmeres!« Ursel dachte angestrengt nach. »Ich gehe jetzt zum Bürgermeister und melde das«, erklärte sie. »Soll sich doch der Rat darum kümmern. Wenn wir den Herren die Schriftstücke präsentieren, können sie nicht mehr länger die Augen verschließen, sie müssen der Sache nachgehen.«

Grid schüttelte den Kopf. »Nein, wir legen unsere Karten noch nicht auf den Tisch. Erst wenn wir mehr über diese Schwestern herausgefunden haben. Und das geht nur mit List und Tücke …«

»Du alte Füchsin …« Die Hurenkönigin musste grinsen. »Was hast du dir denn wieder ausgedacht?«

»Ganz einfach«, erklärte die Lohnsetzerin entschlossen. »Ich habe meine stille Woche und möchte im Kloster Einkehr halten und mich ein wenig besinnen. Das bieten sie uns doch immer an, die Nonnen. Und genau das werde ich dort tun und dabei dieser Schwester Theodora auf den Zahn fühlen …« Die schlaue Grid schmunzelte spitzbübisch.

Die Zimmerin war von der Idee nach wie vor nicht angetan. »Jetzt, wo schon wieder ein Mädel verschwunden ist, willst du auch noch weg …«, murmelte sie bekümmert.

»Ich komme ja wieder«, suchte Grid die Hurenkönigin zu trösten. »Mehr als ein paar Tage halte ich es bei diesen Betschwestern sowieso nicht aus. Also, gib mir schon deinen Segen!« Sie gab Ursel einen freundschaftlichen Schubs.

»Gut, dann geh halt. – Und Gott schütze dich!«, antwortete die Zimmerin mit bangem Blick.

✺

Als Ingrid am Nachmittag auf der Sachsenhäuser Mainseite vor dem Klostergebäude der Schwestern des Sankt-Spiritus-Ordens stand und den Türklopfer an der Pforte betätigte, war ihr doch ein wenig beklommen zumute. Von dem kahlen, schmucklosen Gebäude, das von einer hohen Ziegelsteinmauer umgeben war, ging eine Kälte aus, die sie trotz der Julihitze frösteln ließ.

Nach einer Weile öffnete sich ein Laden im Eingangsportal, und eine junge Nonne fragte nach ihrem Begehr.

»Ich möchte Schwester Theodora sprechen«, erklärte die schlaue Grid, der es nicht entging, dass der Blick der Schwester auf ihrer Hurentracht verweilte.

»Sehr wohl«, erwiderte die Nonne entgegenkommend. »Tretet doch bitte ein, ich öffne Euch das Portal.«

Die Ordensfrau führte Ingrid an einer Reihe von Stallungen vorbei zum Hauptgebäude. Sie schritten einen langen Gang mit weißgekalkten Wänden entlang, von dem eine Vielzahl schmaler Holztüren abging. Die Ordensfrau, die von ähnlich hagerer Gestalt war wie Schwester Theodora, blieb vor einer der Türen stehen und klopfte an.

»Herein«, ertönte von drinnen eine helle Stimme, die Ingrid sofort als die von Schwester Theodora erkannte.

»Hier ist eine Hübscherin, die mit Euch sprechen möchte«, erklärte die Schwester auf der Schwelle, trat ein Stück zur Seite und ließ Ingrid eintreten, ehe sie sich zurückzog.

Schwester Theodora kniete gerade auf dem Steinboden und betete den Rosenkranz. Als sie sich umwandte und Ingrid gewahrte, glitt ein Lächeln über ihre harten Gesichtszüge. »Ich wusste es …«, murmelte sie erfreut.

Die Lohnsetzerin blickte sie verwundert an. »Was wusstet Ihr?«

»Dass Ihr anders seid als die anderen. Weniger verstockt und von großer Bescheidenheit getragen«, erwiderte Schwester Theodora. Sie erhob sich und streckte Ingrid ihre knochigen Hände entgegen. »Seid willkommen, Jungfer Ingrid, im Kloster des Sankt-Spiritus-Ordens! Möge der Heilige Geist Eure Seele erquicken!«

Ingrid schauderte leicht, als sich die kalten Finger um ihre Hände legten.

»Wie Ihr wisst, habe ich ja meine stille Woche«, erklärte sie der Nonne, »und da dachte ich mir, weil Ihr uns ja schon mehrfach dazu aufgefordert habt, folge ich nun dieser Einladung und bleibe ein paar Tage im Kloster.«

»Daran habt Ihr recht getan, meine Liebe, Ihr werdet diese Entscheidung nicht bereuen. Im Gegenteil, Ihr werdet sehen, wie gut es Euch tut, an einem Ort der Zuflucht zu sein, fernab von allen Versuchungen und Sünden«, erwiderte Schwester Theodora und musterte Ingrid mit Wohlwollen. »Solange Ihr bei uns seid, ist es Euch erlaubt, Euer schandbares Gewand abzulegen und ein schlichtes graues Leinenkleid zu tragen. Ich begleite Euch zur Kleiderkammer und zeige Euch anschließend, wo Ihr untergebracht seid. Bei dieser Gelegenheit kann ich Euch auch durch unser Kloster führen. Ihr werdet hier schon bald heimisch werden, da bin ich mir sicher. Eine Bibliothek haben wir im Übrigen auch ... Und wenn wir mit unserem Rundgang fertig sind, stelle ich Euch der Mutter Oberin vor«, sprudelte es aus Schwester Theodora heraus, deren hagere Wangen sich vor Eifer gerötet hatten. Mit freundschaftlicher Geste fasste sie Ingrid am Arm und schob sie eilig aus der Klosterzelle.

Während sie durch die Flure schritten, blieb die Nonne unvermittelt stehen und fragte: »Woher könnt Ihr eigentlich lesen?«

Ingrid war auf diese Frage vorbereitet. »Mein Vater war Lateinlehrer an einer Klosterschule im Westerwald. Er hat mir und meinen Geschwistern das Lesen und Schreiben beigebracht.«

»Ihr seid also aus gutem Hause.« Schwester Theodora

lächelte. »Ich habe mir so etwas schon gedacht, bei Euren guten Manieren und der gewählten Art, Euch auszudrücken. Nur frage ich mich, wie konnte eine Frau wie Ihr, mit Anstand und Bildung, derart auf die schiefe Bahn geraten?« Die Nonne schüttelte verständnislos den Kopf.

»Das ist eine lange Geschichte«, entgegnete Ingrid ausweichend und stellte der Schwester kurzerhand eine Gegenfrage: »Ist ›Theodora‹ Euer richtiger Name?«

Die Schwester verzog die schmalen Lippen zu einem Lächeln. »Es ist mein Ordensname. Gefällt er Euch?«

»Ja, ein wunderbarer Name. Er klingt so … vornehm«, entgegnete Ingrid, die es vorzog, unverfängliche Themen zu erörtern, um die Nonne aus der Reserve zu locken, anstatt sich von ihr über ihr Hurenleben aushorchen zu lassen.

Geschmeichelt erwiderte Schwester Theodora: »Der Name geht zurück auf die römische Kaiserin Theodora. Sie war eine fromme, tugendhafte Frau, die ihren Gemahl, Kaiser Justinian, sehr eifrig bei der Ausrottung der Prostitution im Heiligen Römischen Reich unterstützte. Sie ließ über fünfhundert Huren von Kupplern und Mädchenhändlern freikaufen und brachte sie in einem Kloster am Bosporus unter, wo sie ein frommes, beschauliches Leben führen konnten. – Es ist mir eine große Ehre, diesen Namen zu tragen.« Vor Ergriffenheit waren ihr Tränen in die Augen getreten.

»Das kann ich gut verstehen«, entgegnete Ingrid und bemühte sich um einen neutralen Tonfall, obgleich sie innerlich kochte. Als Kennerin der Altertumsgeschichte war es ihr dank römischer und griechischer Geschichtsschreiber, die nicht im Dienste der Heiligen Kurie standen, bekannt, welch grauenvolles Schicksal die Huren tatsächlich ereilt hatte: Die Bewohnerinnen des ältesten Magdalenenhauses der Weltgeschichte hatten nämlich den Tod einem so eintönig frommen Leben vorgezogen und sich ins Meer gestürzt.

Schwester Theodora indessen nahm die Anekdote zum Anlass, Ingrid eine erste kleine Lektion zu erteilen. »So möchte auch das Kloster des Sankt-Spiritus-Ordens den gefallenen Frauen eine Zuflucht bieten, damit sie vor weiteren Versuchungen sicher sind und die begangenen Sünden durch Buße tilgen können«, skandierte sie salbungsvoll, während ihr stechender Blick Ingrid regelrecht durchbohrte.

9

Freitag, 29. Juli 1511 – Samstag, 30. Juli 1511

Die ganze Nacht hindurch hatte die Freifrau in der hauseigenen Kapelle vor dem aufgebahrten Leichnam ihres Mannes gewacht und dabei unentwegt Gebete gesprochen. Am Morgen um die achte Stunde trafen bereits die ersten Trauergäste ein, um von dem so früh aus dem Leben gerissenen Freiherrn Abschied zu nehmen.

Unmengen von Kerzen brannten in der Kapelle, und es roch nach Bienenwachs und Weihrauch, der in dichten weißen Schwaden um den geöffneten Sarg wogte, um den süßlichen Verwesungsgeruch zu überdecken.

Das wächserne Antlitz des Freiherrn war zum Himmel gerichtet, und er trug ein prachtvolles Totenhemd. Am Ringfinger der linken Hand hatte der Verstorbene einen kostbaren Siegelring mit dem Wappen der Familie. Die Hände des Toten waren über dem kunstvollen Goldgriff seines Ritterschwertes aus edlem Damaszenerstahl gefaltet, das auf seiner Brust lag.

Da setzte feierliches Glockengeläut ein, und Pfarrer Gerold Schildknecht von der Sachsenhäuser Dreikönigskirche betrat, gefolgt von vier Ministranten, die Schlosskapelle. Er segnete den Toten mit Weihwasser und sprach ein Gebet. Im Anschluss daran beteten die Trauernden für das Seelenheil des Verstorbenen. Dann erschienen sechs livrierte Sargträger und trugen den schweren Eichensarg unter dem Geleit des Pfarrers und der Ministranten nach draußen, wo sie den Sarg in einen prunkvollen Leichenwagen schoben, der von sechs Rappen mit schwarzen Federbüschen auf den Köpfen gezogen wurde.

Langsam setzte sich das Gefährt in Bewegung. Der Pfarrer und die Ministranten, mit Weihwasserbecken und Weihrauchfässern in den Händen, bildeten die Spitze des Trauerzugs. Die Witwe und ihr zehnjähriges Töchterlein hielten einander an den Händen und folgten gemessenen Schrittes dem Leichenwagen.

Obgleich die Freifrau bereits sechsundzwanzig Lenze zählte, hatte sie sich doch den grazilen Körperbau eines jungen Mädchens bewahrt. Auch ihr makelloses Gesicht mit den engelhaften Zügen, das in seiner natürlichen Anmut auf jegliche Schminke verzichten konnte, war von kindlichem Liebreiz.

Der weißgekieste Weg führte in sanften Serpentinen durch den Park des weitläufigen Anwesens. Zwischen blühenden Linden und Kastanien ging es vorbei an Springbrunnen und Gartenteichen mit Seerosen und Wasservögeln bis hin zum Rande des Parks, wo sich, eingefasst von einer hohen, meterdicken Steinmauer, das Mausoleum befand.

Unter dumpfem Glockengeläut wurde der Leichnam des Freiherrn von den livrierten Leichenträgern in einen Sarkophag aus weißem carrarischem Marmor gebettet. Der Pfarrer besprengte den Toten ein letztes Mal mit Weihwasser und sprach den Segen. Bevor ihn die schwere Steinplatte für immer verbergen würde, hatten die Trauernden noch einmal Gelegenheit, ein stilles Gebet über dem Verstorbenen zu sprechen.

Der jungen Witwe gebührte dabei der Vortritt. Die Trauergäste wichen zur Seite, um die Freifrau an den Sarkophag treten zu lassen. Sie beugte sich hinab, lüftete ihren Schleier und küsste zärtlich die Stirn ihres Mannes. Während ihr die Tränen über die Wangen strömten, säuselte sie ihm leise ins Ohr: »Ich hasse dich!«

*

»Wir haben die ganze Stadt nach ihr abgesucht, doch sie war nirgendwo zu entdecken«, endete Gassenmeister Rack resigniert. Obwohl es noch nicht einmal Mittag war, ergriff der erschöpfte Mann dankbar das frisch gezapfte Bier, das ihm der Frauenhausknecht auf den Tisch gestellt hatte, und trank in gierigen Schlucken. Dann fuhr er fort: »Ganz erfolglos war unsere Suche aber nicht. Die Torwächter vom Fahrtor haben uns nämlich gesagt, sie hätten gestern Morgen so um die neunte Stunde eine Hübscherin zu Pferde gesehen, die in Begleitung eines Mannes mit grünem Filzhut und Jagdumhang über die Brücke nach Sachsenhausen geritten sei und …«

»Was?«, unterbrach ihn die Zimmerin aufgeregt. »Ein Mann mit grünem Filzhut und Jagdumhang war doch noch am Mittwochabend bei ihr – das muss er gewesen sein!«

»Das stimmt«, bestätigte die alte Irmelin. »Den haben wir alle gesehen. Das war doch der erste Freier an diesem Abend.«

»Sollte nicht schon längst nach diesem Kerl gefahndet werden?«, fragte die Hurenkönigin.

»Damit ist schon der Lederer befasst«, erklärte der Gassenmeister. »Er hat Oberförster Staudinger aus dem Sachsenhäuser Forst und alle Forstgehilfen und Holzleute, die ihm unterstehen, für heute Nachmittag ins Leinwandhaus vorladen lassen. – Aber wenn Ihr den Kerl gesehen habt, umso besser. Dann würdet Ihr ihn wahrscheinlich auch wiedererkennen?« Der übergewichtige Mann blickte die Zimmerin fragend an.

Die Hurenkönigin zögerte und erwiderte unwirsch: »Da bin ich mir nicht sicher. Das ging alles so schnell, und er war auch weit weg. Außerdem hatte sein Hut eine weite Krempe, da hat man vom Gesicht nicht viel gesehen.« Sie wandte sich an die Huren: »Würdet ihr ihn denn wiedererkennen?« Die Frauen schüttelten allesamt die Köpfe.

»Wann ist dieses Verhör?«, erkundigte sich die Zimmerin.

»Heut Nachmittag um drei.« Der Gassenmeister leerte den Bierkrug. »Ich gehe gleich zum Lederer und sag ihm, dass der Kerl, mit dem sie weggeritten ist, vielleicht derselbe ist, der bei ihr im Frauenhaus war. Und falls Ihr ihn doch erkennt, dann hätten wir ihn auch schon so gut wie überführt.«

»Hoffentlich ist es nicht schon zu spät«, murmelte die Zimmerin mit düsteren Vorahnungen. In der Schankstube des Frauenhauses breitete sich beklommenes Schweigen aus.

✳

Oberförster Staudinger, ein breitschädeliger Mann mit rötlichen Haaren und einem struppigen Bart, verkehrte mit den Polizeibütteln in der Wachstube des Leinwandhauses auf Augenhöhe und gab sich leutselig, während sie auf die Hurenkönigin warteten. Es hatte sich zwar rasch als überflüssig erwiesen, der Zeugin gegenüberzutreten, denn Staudinger hatte sich dafür verbürgt, dass alle seine Holzleute an besagtem Donnerstagmorgen unter seiner Aufsicht mit Holzmachen beschäftigt waren, aber um seine Redlichkeit zu bekunden, hatte er einer Gegenüberstellung zugestimmt.

Zum Zeitvertreib ergötzten die Polizeibüttel und die acht Holzleute einander mit derben Geschichten. Die Stimmung war bereits entsprechend fröhlich, als es an der Tür der Wachstube klopfte und die Hurenkönigin eintrat. Beim Anblick von Ursel stießen die Männer anerkennende Pfiffe aus.

Die Hurenkönigin ignorierte die Anzüglichkeiten und wandte sich an den Untersuchungsrichter. »Was habt Ihr herausgefunden?«, erkundigte sie sich knapp.

»Von denen war's keiner«, entgegnete Lederer. »Die waren an besagtem Donnerstagmorgen alle im Sachsenhäuser Forst beim Holzmachen. Dafür hat sich der Herr Oberförster verbürgt.«

»Na dann …«, meinte die Hurenkönigin in spöttischem Tonfall und nahm die verwegenen Gesellen ungerührt in Augenschein. Mit ihren wettergegerbten Gesichtern und den zotteligen Bärten glichen die Männer einander wie ein Ei dem anderen, was durch die einheitliche grüne Lodenkleidung noch verstärkt wurde. Ursel hätte beim besten Willen nicht zu sagen vermocht, ob sich Isoldes Freier unter ihnen befand. So zog sie nur ein mürrisches Gesicht und erkundigte sich bei Lederer: »Und was gedenkt Ihr jetzt zu unternehmen?«

»Was soll ich da noch groß machen?«, schnappte dieser mit säuerlicher Miene. »Ich kann doch jetzt nicht die ganze Stadt nach einem Kerl mit grünem Filzhut und Jagdumhang absuchen lassen! Vielleicht war es ja ein Auswärtiger. Denn von unseren Forstleuten war das keiner.«

»Ihr dürft natürlich eines nicht außer Acht lassen ...«, warf plötzlich der Oberförster ein und grinste vielsagend. Der Blick der Hurenkönigin richtete sich sofort auf ihn. »Mehr als die Hälfte des Sachsenhäuser Waldareals gehört dem ortsansässigen Adel. Und die haben ihre eigenen Jagdaufseher und Holzleute. Mit denen sind wir auch schon ein paarmal aneinandergeraten ... Die bilden sich nämlich ein, sie wären was Besseres, nur weil sie die Handlanger von so einem Landjunker sind.«

Ein Adelsmann? Ursel war hellhörig geworden. Hatte Isolde nicht von einem jungen Adligen gesprochen, einem Dulder und Marienverehrer, der gelegentlich ihre Dienste in Anspruch nahm?

»Danke für diesen Hinweis!«, stieß sie hervor und schlug dem verdutzt dreinblickenden Oberförster jovial auf die Schulter. »Dann wisst Ihr ja jetzt hoffentlich, was Ihr als Nächstes zu tun habt!«, sagte sie zum Untersuchungsrichter, der eine abweisende Miene aufsetzte.

»Ich weiß nicht, was Ihr meint ...«, grummelte er herablassend.

»Na, Euch auf dem schnellsten Weg nach Sachsenhausen machen und Euch die Waldaufseher von diesen Adelsknilchen vorknöpfen! Oder wollt Ihr wieder so lange warten, bis eine von uns tot ist?«

Lederer hüstelte nervös. »Da muss ich erst Rücksprache mit dem Herrn Bürgermeister halten …«

»Das kann ich Euch abnehmen«, erklärte Ursel entschlossen. »Ich gehe gleich rüber ins Rathaus und mache denen Dampf, damit endlich was geschieht!« Zielstrebig eilte die Hurenkönigin aus der Tür.

Der Oberförster verzog staunend die Mundwinkel. »Die hat vielleicht ein Temperament! Ich fürchte, da müssen sich jetzt einige in Sachsenhausen warm anziehen.« Er rieb sich mit einem schadenfrohen Grinsen die Hände.

*

Die Zimmerin bemühte sich um einen ruhigen, höflichen Tonfall, als Bürgermeister Reichmann ihr das Wort erteilte. Leicht fiel ihr das indessen nicht, denn die Dringlichkeit der Lage war ihr nur allzu bewusst.

»Die Spur führt eindeutig nach Sachsenhausen, Herr Bürgermeister. Das hat sich eben im Leinwandhaus erwiesen …«

Reichmann hob erstaunt die Brauen und blickte sie fragend an. In knappen Worten setzte Ursel ihm auseinander, was sich bei der Gegenüberstellung mit dem Oberförster und den Holzleuten ergeben hatte. Als sie von den Sachsenhäuser Adelsgeschlechtern sprach und ihm dringend ans Herz legte, die Jagdaufseher dieser Herrschaften ausfindig zu machen, zuckte der Bürgermeister unmerklich zusammen. Nachdem sie geendet hatte, schwieg Reichmann zu ihrer Verärgerung nur und lächelte blasiert.

Ursel bezwang ihren Unmut und setzte zu einem

weiteren Vorstoß an: »Unlängst hat Isolde von einem Adelsmann gesprochen, der sie zu sich bestellt hat. Sie hat auch erwähnt, dass er ein Marienverehrer sei, was sich mit den Aussagen des Hausierers deckt. Ich bitte Euch darum in aller Eindringlichkeit, die Stadtpolizei zu beauftragen, dieser neuen Spur nachzugehen. Isoldes Leben ist in Gefahr! Oder habt Ihr schon vergessen, was Rosi zugefügt wurde?« Die Hurenkönigin bebte vor Erregung.

»Beruhigt Euch, Zimmerin. Wir tun ja, was wir können«, suchte der Bürgermeister sie zu beschwichtigen und läutete nach dem Amtsdiener, der gleich darauf erschien.

»Bringt der Dame ein stärkendes Getränk! Wie wäre es mit einem heißen Gewürzwein, liebe Zimmerin?«, fragte er galant.

Ursel zuckte nur die Achseln und grummelte: »Von mir aus …«

Unversehens erkundigte sie sich: »Was wird jetzt eigentlich aus dem Hausierer? Für das Verschwinden von Isolde kann er ja wohl kaum verantwortlich gemacht werden, wo er doch zu diesem Zeitpunkt im Kerker saß.«

Der Bürgermeister warf ihr einen missmutigen Blick zu. »Da mag er auch noch ein Weilchen bleiben. Schließlich ist der Fall noch lange nicht abgeschlossen«, erklärte er ihr kühl und erteilte dem immer noch wartenden Dienstmann die Anweisung, zwei Becher Gewürzwein herbeizubringen.

Während der Bürgermeister das Getränk genüsslich schlürfte, versicherte er der Hurenkönigin mit salbungsvollen Worten, er werde sich noch heute mit den Ratsherren und dem Untersuchungsrichter dahingehend beraten, wie in der Angelegenheit weiter vorzugehen sei. »Seid versichert, liebe Zimmerin, wir werden nichts unversucht lassen, um ein weiteres abscheuliches Verbrechen zu verhindern«, schloss der Stadtvater.

Ursel, die ihr Getränk nicht angerührt hatte, lauschte dem Bürgermeister mit unverhohlenem Argwohn. Da sie zunehmend den Eindruck gewann, er versuche sie mit faulen Versprechungen zu vertrösten, konnte sie nun ihren Unmut nicht länger zurückhalten.

»Wäre es möglich, dass es dem Herrn Bürgermeister ungelegen kommt, bei den Sachsenhäuser Adelsfamilien Staub aufzuwirbeln?«, erkundigte sie sich scharf und ließ Reichmann nicht aus den Augen.

»Wie kommt Ihr denn darauf, Gnädigste? Wenn es der gestrengen Hurenkönigin gefällt, verhaften wir sogar den Kaiser«, erwiderte er spöttisch.

Die Zimmerin sprang empört auf. »Dann muss ich das halt allein machen«, erwiderte sie trotzig. »Und vielen Dank für das köstliche Getränk! Es war mir nur etwas zu süß und zu klebrig.« Mit angewiderter Miene drehte sie sich um und strebte dem Ausgang zu.

»Zimmerin, ich warne Euch, macht bloß keinen Unfug! Besinnt Euch lieber auf Eure Pflichten und sorgt endlich dafür, dass für die ausgeschiedenen Hübscherinnen Ersatz beikommt …«, rief Reichmann ihr nach.

Anstelle einer Entgegnung knallte Ursel nur die Tür hinter sich zu.

✷

»Es ist nicht leicht, an diese Leute ranzukommen«, erklärte Bernhard von Wanebach der enttäuschten Hurenkönigin. »Der Marienbruderschaft ist sehr an Exklusivität gelegen, und sie halten die Namen ihrer Mitglieder geheim. In Gelehrtenkreisen wird zwar gemunkelt, dass es auch in Frankfurt angeblich Mitglieder dieser illustren Vereinigung geben soll. Doch das ist nicht mehr als ein Gerücht. Tut mir leid, meine Liebe, dass ich dir dazu nicht mehr sagen kann. Was jedoch die Sachsenhäuser Adelsherren anbetrifft, dazu habe ich eine Idee …«

Bernhard erhob sich und eilte zu seinem Bücherschrank. Gleich darauf kehrte er mit einem Folianten in den Händen zurück, den er der Hurenkönigin präsentierte.

»Das ist eine alte Chronik von Sachsenhausen«, erklärte er, während er das Buch auf seinen Schreibtisch legte und aufschlug.

Die Zimmerin war neben ihn getreten und blickte interessiert auf die mit Schriftzeichen übersäten Seiten, die sie leider nicht entziffern konnte. »Was steht da drin? Lies doch bitte vor!« Sie platzte förmlich vor Ungeduld.

Bernhard blätterte langsam die Seiten um und las konzentriert. »Augenblick«, murmelte er, »ich muss mir erst mal selbst einen Überblick verschaffen …«

Ursel schnaubte gereizt und trat von einem Fuß auf den anderen. Bernhard, der nur zu gut wusste, dass Geduld nicht zu den Stärken seiner Geliebten zählte, grummelte gutmütig: »Halt Ruhe – das haben wir doch gleich …«

Endlich hob er den Kopf und erklärte: »Also, bereits im 13. Jahrhundert lebten mehrere Ritterfamilien in der Gemarkung südlich des Mains. Das waren die Herren von Hagen und Münzenberg, die Herren von Sachsenhausen, die Herren von Praunheim, die Herren von Urberg, die Herren von Schweinsberg und die Herren von Stockheim. Sie alle besaßen prächtige Höfe mit schlossähnlichen Gebäuden und umfangreiche Ländereien. Zu dieser Zeit wurde Sachsenhausen fast ausschließlich von den Ritterfamilien bewohnt. Erst Ende des 13. Jahrhunderts ließen sich zunehmend auch Landarbeiter, Fischer, Gerber und andere Handwerker auf dem südlichen Mainufer nieder. Im 14. Jahrhundert nahm die Bevölkerung stark zu und stieg von etwa 250 auf rund 2700 Menschen an. Dann verlor Sachsenhausen seine gewerbliche Bedeutung, die Mehrzahl der Einwohner verarmte. Es war den feinen Herrschaften wohl nicht genehm, in der Nachbarschaft dieser Hungerleider zu leben, denn daraufhin kehrten immer mehr Adelsfamilien Sachsenhausen den Rücken und zogen auf die Frankfurter Mainseite.«

Er blätterte ein paar Seiten weiter. »Zurzeit leben nur noch die Ritter von Sachsenhausen und Praunheim sowie die Herren von Urberg und Stockheim auf ihren Stammgütern in Sachsenhausen.«

Die Augen der Hurenkönigin leuchteten vor Tatendrang. »Worauf warten wir dann noch?«, rief sie aus.

Bernhard sah sie irritiert an. »Ursel, du willst doch jetzt nicht im Ernst nach Sachsenhausen gehen und bei diesen Herrschaften an die Türen klopfen? Wir wissen ja noch nicht einmal, ob es sich bei dem adeligen Weiberknecht, von dem Isolde gesprochen hat, tatsächlich um einen der Adligen aus Sachsenhausen handelt. In Frankfurt gibt es Dutzende von Adelsleuten, von den zahlreichen Rittern und Landgrafen im Umland einmal ganz zu schweigen …«

»Die Spur führt aber eindeutig nach Sachsenhausen«,

beharrte die Hurenkönigin. »Und die Sache mit dem adeligen Dulder und Marienverehrer geht mir nicht aus dem Sinn. Vielleicht war er es ja, der Isolde zu sich bestellt hat, und der Mann in der Jagdkleidung war sein Diener? Der Auftraggeber des Hausierers trug doch diesen seltsamen Ring. Er war ein hoher Herr, der nicht erkannt werden wollte ... Womöglich sind Rosis Mörder und derjenige, den Isolde am Donnerstagmorgen in Sachsenhausen aufgesucht hat, ein und dieselbe Person!«, sprudelte es aus der Hurenkönigin heraus. »Der Mörder ist ein Marienverehrer – womöglich der gleiche Marienverehrer, von dem Isolde gesprochen hat.«

»Die Gräfin war auf Dulder spezialisiert, das weißt du so gut wie ich«, hielt ihr Bernhard entgegen. »Und auch dieser adelige Marienverehrer, von dem sie gesprochen hat, war ein Dulder. Sagtest du nicht selber, dass Rosis Mörder ein Folterknecht gewesen sein muss? *Ein Dulder kann nie ein Folterknecht sein*, das genau waren deine Worte!« Bernhard blickte die Geliebte vorwurfsvoll an. »Ursel, du verrennst dich wieder in etwas! Und dann dieser neuerliche Verdacht gegen Schwester Theodora, der ja durchaus begründet ist. Aber nicht jeder, der euch übelwill, begeht auch einen Mord. Wenn's danach ginge, müssten wir zurzeit ganz Frankfurt verdächtigen.«

Die Hurenkönigin war während seiner Worte immer nachdenklicher geworden. »Ich weiß, das erscheint alles wie Kraut und Rüben, aber es muss da einen Zusammenhang geben ...«, murmelte sie niedergeschlagen. »Das Kloster des Sankt-Spiritus-Ordens befindet sich ja auch in Sachsenhausen. Vielleicht stecken die ja alle unter einer Decke, die Betschwestern und der Marienverehrer ... und der Mord an Rosi sollte uns so etwas wie eine Warnung sein?« Sie blickte Bernhard mit einem Mal eindringlich an. »Kannst du nicht vielleicht diesen Sachsenhäuser Herrschaften deine Aufwartung machen? Eine wie mich würden die ja gleich vom Hof jagen!«

Bernhard schüttelte fassungslos den Kopf. »Du bist doch nicht mehr ganz gescheit!«, stieß er hervor.

»Wieso denn?«, hielt Ursel dagegen. »Einem vornehmen Herrn wie dir würden sie doch nicht die Tür weisen.«

»Sei dir da mal nicht so sicher, meine Liebe!«, erwiderte Bernhard konsterniert. »Du machst dir ja überhaupt keine Vorstellung, was für einen Standesdünkel diese Leute haben. Bei so mächtigen wie hochmütigen Herrschaften vorstellig zu werden und sich ganz beiläufig nach einem Mann, der einen Ring mit dem Symbol der Schmerzensmutter trägt, zu erkundigen ist selbst für einen Patrizier ein schwieriges Unterfangen.«

»Ein schwieriges vielleicht schon, aber kein unmögliches.« Die Hurenkönigin ging zu Bernhard und schmiegte sich an ihn. »Bitte, mach das doch für mich ...«

»Du weißt genau, dass ich dir kaum etwas abschlagen kann«, murmelte Bernhard wohlwollend. »Aber einfach so mit der Tür ins Haus zu fallen, halte ich für unklug. Wenn wirklich einer von diesen Aristokraten dahintersteckt, dann würde er doch merken, dass man ihn verdächtigt, und wäre gewarnt. Nein, wir müssen behutsamer vorgehen. Ich hab da auch schon eine Idee.«

»Was denn für eine, du Drückeberger?« Ursel musterte den Geliebten mit gutwilligem Spott.

»Der Pfarrer der Sachsenhäuser Dreikönigskirche, Gerold Schildknecht, ist ein alter Studienfreund von mir. Wir sind in jungen Jahren, noch bevor er sich für eine geistliche Laufbahn entschieden hatte, gemeinsam nach Bologna gereist und haben an der dortigen Universität die schönen Künste studiert. Ihn könnte ich in den nächsten Tagen einmal aufsuchen, um mich mit ihm in der Angelegenheit zu beraten. Als Seelsorger kennt er doch in Sachsenhausen alles, was Rang und Namen hat, und kann mir bestimmt nützliche Hinweise zu den ortsansässigen Adelsgeschlechtern geben.«

»Dann geh doch gleich mal zu ihm hin«, sagte die Hurenkönigin nüchtern.

*

Als Bernhard von Wanebach am Freitagabend um die sechste Stunde über die Mainbrücke nach Sachsenhausen ritt, vernahm er fernes Donnergrollen und blickte unwillkürlich zum Himmel, der von einer dunklen Wolkendecke überzogen war. Es war drückend und schwül, eine Abkühlung wäre ihm durchaus gelegen gekommen. Am Ende der Brücke angelangt, wischte er sich den Schweiß von der Stirn und gab seinem Pferd die Sporen. Im Nu erreichte er die Dreikönigsgasse mit der Kirche und dem angrenzenden Pfarrhaus. Er band sein Pferd an einen Holzpfosten und klopfte an die Pforte.

Wenig später öffnete ihm die Hauswirtschafterin des Pfarrers die Tür. Beim Anblick des Mannes im schwarzen Gelehrtenhabit lächelte die grauhaarige Frau erfreut.

»Ach, Herr von Wanebach, das ist ja schön, dass Ihr wieder mal den Weg zu uns findet. Aber zu meinem Bedauern ist Pfarrer Schildknecht nicht da. Er hält im

Schloss eine Trauerfeier ab. Der junge Freiherr ist doch so plötzlich aus dem Leben geschieden, und die arme Freifrau steht jetzt mit ihrem kleinen Töchterlein ganz allein auf der Welt. Der Herr Pfarrer muss ihnen Trost spenden. Von daher kann es heute später werden, bis er heimkommt. Aber Ihr könnt ja trotzdem reinkommen und Euch ein wenig ausruhen. Ihr seht so erschöpft aus. Das ist ja auch wieder eine Hitze heute. Kommt nur und setzt Euch, ich bringe Euch ein kühles Bier.«

Nach kurzem Zögern willigte Bernhard ein, und die Haushälterin trat höflich zur Seite, um den Besucher ins Haus zu lassen. Zu diesem Entschluss bewogen hatte Bernhard weniger das in Aussicht gestellte Bier, sondern vor allem die Redseligkeit der Haushälterin, über die er sich gemeinsam mit seinem Freund Gerold schon manches Mal mokiert hatte. Zudem hatte ihn die Erwähnung des Todesfalles neugierig gemacht, und er erhoffte sich von der Plaudertasche interessante Aufschlüsse darüber und über den Sachsenhäuser Adel im Allgemeinen.

Kaum hatte er das Stichwort »Beerdigung« ausgesprochen, da legte die alte Dame auch schon los: »Ganz Sachsenhausen trauert um den jungen Freiherrn von Urberg. Er war erst achtundzwanzig Jahre alt und hinterlässt eine junge Frau und ein zehnjähriges Töchterchen …« Die Haushälterin wischte sich mit ihrem Schürzenzipfel über die Augenwinkel.

»Woran ist er denn gestorben?«, fragte Bernhard und nahm einen Schluck Bier.

»Ihn hat ein heimtückisches Fieber dahingerafft, das er sich auf einer seiner Reisen ins Heilige Land geholt hat. Es ist uns allen unbegreiflich, wo er doch so ein prachtvolles Mannsbild war. Bei den Turnieren hat er immer die meisten Preise gewonnen. Der Freiherr und seine liebreizende Gemahlin Lioba waren das schönste Paar, das wir jemals in Sachsenhausen hatten«, schwärmte die Wirtschafterin. »Sie waren füreinander geschaffen, und wenn man sie zusammen gesehen hat, ging einem das Herz auf, so sehr waren sie einander zugetan. Das hat auch der Herr Pfarrer immer gesagt, der hat sie ja auch damals getraut. In unserer schönen Dreikönigskirche …« Die Augen der Haushälterin glänzten. »So eine ergreifende Predigt hat er gehalten, der Herr Pfarrer. Ich erinnere mich noch ganz genau …«

»Und die anderen Sachsenhäuser Adelsherrschaften, sind die auch so liebenswert?«, unterbrach der Gelehrte ihren Redefluss.

»Unsere Herrschaften sind alle ganz einmalig!«, rief die Haushälterin aus. »In Sachsenhausen sind wir sehr stolz auf unsere Rittergeschlechter. Das kennt man ja in Frankfurt nicht so. Da geben schließlich von jeher die Patrizier den Ton an.« Auf ihrem runden Gesicht zeigte sich ein gewisser Unwille. »Aber bei uns ist das anders. Da haben noch die Aristokraten das Sagen. Und das gehört sich ja auch so.«

Bernhard wurde klar, dass er von ihr kein schlechtes Wort über den ortsansässigen Adel hören würde. Dennoch machte er einen weiteren Versuch: »Kann es sein, dass es unter den Sachsenhäuser Adelsherren einen besonders eifrigen Marienverehrer gibt? Ich vermeine, so etwas schon gehört zu haben …«

Die alte Magd kräuselte verständnislos die Stirn. »Davon weiß ich nichts«, grummelte sie. »Unsere Herrschaften sind alle fromm und gottesfürchtig.«

»Davon bin ich überzeugt«, beendete Bernhard das Gespräch und beschloss, allmählich aufzubrechen.

Er spähte aus dem geöffneten Fenster. Wind war aufgekommen, und am Himmel über der Frankfurter Mainseite gewahrte er Blitze. »Ich mache mich jetzt auf den Weg, damit ich nicht noch in ein Unwetter komme«, erklärte er und verabschiedete sich von der Haushälterin mit der Bitte, dem Pfarrer zu bestellen, er werde am morgigen Samstag um die Mittagszeit noch einmal vorbeischauen.

✳

Als Bernhard von Wanebach am Abend kurz nach der achten Stunde das Frauenhaus erreichte, fielen die ersten Regentropfen. Kaum war er durch die Tür des Schankraums getreten, entlud sich draußen ein heftiges Gewitter. In der Schankstube befand sich lediglich eine Handvoll Gäste, was für einen Freitagabend wenig war.

Die Zimmerin saß am Fenster und spann. Als sie Bernhard erblickte, eilte sie freudig auf ihn zu und schloss ihn in die Arme. »Gut, dass du da bist, mein Liebster. Ich hab mir schon Sorgen gemacht, dass du in ein Wetter kommst. Komm, wir gehen hoch, dann kannst du mir alles in Ruhe erzählen.« Die Hurenkönigin füllte einen Krug mit Wein, ergriff zwei Trinkbecher und stieg vor Bernhard die Treppe hinauf.

In ihrer Kammer verschloss sie rasch die weit geöffneten Fensterflügel, zog die Vorhänge zu und entzündete ein paar Kerzen, denn durch das Gewitter war es in dem kleinen Raum düster geworden. Ursel kuschelte sich behaglich neben Bernhard unter die Bettdecke. Sie liebte es, im Bett zu liegen, während draußen der Regen gegen die Butzenglasscheiben peitschte.

Während Bernhard ihr von seiner Begegnung mit der Haushälterin erzählte, wurde das Zimmer immer wieder von grellen Blitzen erleuchtet, die von krachenden Donnerschlägen begleitet wurden.

»Merkwürdig«, murmelte die Hurenkönigin, als Bernhard von der Beerdigung des Freiherrn und den Lobeshymnen der Wirtschafterin hinsichtlich des adeligen Paares erzählte, »der Freiherr von Urberg war doch einer von Rosis Stammfreiern. Er hat sich übrigens schon länger nicht mehr bei uns blicken lassen. Auch nicht, als Rosi noch gelebt hat. Sie hat sich sehr darüber gewundert, weil er doch immer so auf sie stand.« Die Zimmerin zog sich fröstelnd die Bettdecke über die Schultern, denn die Luft hatte sich durch das Gewitter merklich abgekühlt. »Die ganz große Liebe kann das mit seiner Freifrau eigentlich nicht gewesen sein«, fuhr sie spöttisch fort, »denn er war ja fast jeden Abend hier, und das über viele Jahre hinweg. Der ›Nobbi‹, wie die Rosi ihn immer nannte, war einer unserer besten Kunden.«

Der Gelehrte lachte verächtlich. »Je glänzender die Fassade, desto mehr Abgründe tun sich oft auf …«

✻

Wie durch einen dicken Kokon drangen die Donnerschläge zu Isolde durch, und es kostete sie unendliche Mühe, die Augen aufzuschlagen. Die Wandfackeln waren alle erloschen. Mit angehaltenem Atem lauschte sie in die Dunkelheit. Waren sie noch da, ihre Peiniger? Hielten sie sich vielleicht irgendwo hier unten verborgen, um gleich erneut über sie herzufallen? Die panische Angst vor weiteren Qualen ließ ihr fast wieder die Sinne schwinden.

Seit sie in dieser Hölle war, war Isolde jedes Zeitgefühl abhandengekommen. Es gab nur noch den Schmerz und die lächerliche Hoffnung, ihm entkommen zu können. Doch in ihr wuchs die grausame Gewissheit, dass erst der Tod sie von ihrem Leiden erlösen würde. Mit jeder Faser ihres Herzens sehnte sie ihn herbei, seit jenem Moment, als sie die Aussichtslosigkeit ihrer Lage erkannt und begriffen hatte, dass sie von ihren Peinigern keine Gnade erwarten konnte.

Es gab keinen Ausweg, kein Entrinnen. Ihre Arme und Beine waren mit Eisenketten an der Wand fixiert. Selbst wenn sie nicht gefesselt gewesen wäre, hätte sie doch längst nicht mehr die Kraft, einen Fluchtversuch zu wagen oder ihrem Leben selbst ein Ende zu setzen. Sie war einfach zu schwach. Die grauenhaften Schmerzen verschlangen ihre ganze Lebenskraft. Alles war wie ein schrecklicher Alptraum, aus dem sie nie wieder erwachen würde. Ihre Fußsohlen und Beine taten höllisch weh. Das Letzte, an das sie sich erinnern konnte, war, dass ihr Folterknecht sie an den Handgelenken mit einer Seilwinde bis dicht unter die Gewölbedecke hinaufgezogen hatte, so dass ihr Körper etwa zwei Mann hoch über dem Kellerboden baumelte. Dann hatte er Holz und Reisig herbeigetragen und unter ihr ein kleines Feuer entzündet.

»Wir lassen diese Gans jetzt so lange braten, bis sie gar ist!«, hatte die Teufelin befohlen. Bei Isoldes Schmerzensschreien war sie in schrilles Gelächter ausgebrochen, das einfach nicht mehr enden wollte.

Irgendwann hatte Isolde das Bewusstsein verloren.

❋

In der Männerfreundschaft zwischen Bernhard von Wanebach und Gerold Schildknecht spielten ausschließlich geistige Belange und gelehrte Disputationen eine Rolle, persönliche Befindlichkeiten wurden weitgehend ausgespart. Die beiden Männer waren trotz aller Verbundenheit in ihrer Lebensführung zu unterschiedlich.

Bernhards enge Bindung an die Hurenkönigin wurde bei ihren Begegnungen selbstredend nie erwähnt. Nur wenn der Pfarrer so tat, als hätte er von dieser Tatsache keinerlei Kenntnis, war es ihm möglich, mit Bernhard von Wanebach weiterhin Umgang zu pflegen.

Daher zeigte sich Pfarrer Schildknecht an diesem Samstagmittag auch ziemlich irritiert, als der Freund ihm den Fall der ermordeten Rosi darlegte und gleich darauf von einer in jüngster Zeit verschwundenen Hübscherin sprach. »Es führt eine Spur nach Sachsenhausen«, endete Bernhard und musterte den Pfarrer ernst. »Deswegen habe ich dich heute aufgesucht, um deinen Rat einzuholen.«

Pfarrer Schildknecht, der etwa im gleichen Alter wie Bernhard war, diesen aber an Leibesfülle deutlich übertraf, murmelte unsicher: »Was könnte ich in dieser Angelegenheit schon raten? Freilich habe ich von dem grausigen Verbrechen an der Hübscherin gehört. Es ist ja auch noch nicht so lange her, dass man sie gefunden hat …« Mit reservierter Miene stellte er fest: »Aber ich muss wohl nicht erwähnen, dass ich weder die eine noch die andere je gekannt habe. Die Hintergründe dieses Verbrechens erschließen sich mir auch in keiner Weise. Und auch wenn angeblich eine Spur nach Sachsenhausen weist, so führt sie doch gewiss nicht zum Pfarrhaus.«

»Das weiß ich doch, mein Guter. Ich würde dich damit auch nicht behelligen, wenn es nicht von solch existentieller Bedeutung wäre. Das Leben eines Menschen steht auf dem Spiel. Daher möchte ich dir, wenn du gestattest, genauer erläutern, was es mit dieser Spur auf sich hat.«

Bernhard bemerkte, dass der Gesichtsausdruck des Pfarrers immer abweisender wurde und die zwischen ihnen übliche freundschaftliche Haltung zunehmend verlorenging. Er mochte sich davon jedoch nicht beirren lassen und setzte, auch wenn das Schweigen des Freundes Bände sprach, zu einer Erläuterung an: »Der inhaftierte Hausierer hat angegeben, sein Auftraggeber habe einen auffälligen Ring in Form eines Herzens mit sieben Schwertern getragen. Das Schmuckstück sei möglicherweise sehr wertvoll gewesen.« Bernhard warf dem Freund, der scheinbar uninteressiert auf den Tisch starrte, einen raschen Blick zu. »Außerdem hat sich die inzwischen vermisste Hure Isolde regelmäßig mit einem Adelsmann getroffen, den sie als Weiberknecht und Marienverehrer beschrieb. Am Morgen ihres Verschwindens haben die Wachen am Fahrtor gesehen, dass sie mit einem Mann in jagdgrünem Gewand über die Brücke nach Sachsenhausen geritten ist. Und seither ist sie verschwunden.« Bernhard sah Pfarrer Schildknecht jetzt prüfend an, doch der hielt seinem Blick mit unbewegter Miene stand. »Daher möchte ich dich jetzt fragen: Ist dir in deiner Pfarrgemeinde vielleicht ein Adelsmann bekannt, der einen solchen Ring trägt?«

»Nein!«, erwiderte der Pfarrer prompt und schüttelte heftig den Kopf.

Bernhard kam es vor, als wäre die Antwort eine Spur zu schnell gekommen, und die Abwehr war deutlicher zu spüren gewesen als die Aufrichtigkeit. Insgesamt gewann er den Eindruck, dass sein Gelehrtenfreund etwas wusste, was er jedoch, aus welchen Gründen auch immer, vor ihm verbarg.

»Warum fühlst du dich eigentlich dazu bemüßigt, diesbezüglich Ermittlungen durchzuführen? Wäre das nicht die Aufgabe der Bürgerpolizei?«, wollte der Pfarrer wissen.

»Weil die Polizei dieser Aufgabe nicht nachkommt«, erklärte Bernhard lapidar.

»Wieso denn das?« Pfarrer Schildknecht zog skeptisch die Brauen in die Höhe.

»Wahrscheinlich, weil sie den feinen Herrschaften nicht auf die Füße treten wollen.« Bernhard machte nun keinen Hehl mehr aus seiner Verärgerung. »Es sind ja auch bloß Huren, die betroffen sind. Da reißt man sich doch kein Bein aus, oder?« Er bedachte den Freund mit einem kühlen Blick und verabschiedete sich.

✷

Ingrid war noch ganz schlaftrunken, als sie an der Seite von Schwester Theodora über den Hof schritt, um gemeinsam mit den Schwestern des Sankt-Spiritus-Ordens in der Kapelle den Nachtgottesdienst zu begehen. Es war gerade einmal eine Stunde nach Mitternacht. Obgleich Ingrid bereits den dritten Tag im Kloster weilte, konnte sie sich einfach nicht daran gewöhnen, zu nachtschlafender Zeit aufzustehen. Bei den Gebeten und Bibellesungen fielen ihr ständig die Augen zu. Doch jedes Mal, wenn Ingrid drauf und dran war, auf der harten Kirchenbank in Schlummer zu versinken, wurde sie von Schwester Theodora unsanft geweckt.

So erging es ihr auch jetzt wieder, und als Grid den Ellenbogen der Nonne in ihrer Seite spürte, musste sie an sich halten. Am liebsten hätte sie der Schwester, die seit ihrem Eintrittstag wie ein Schatten an ihr haftete, eine Backpfeife verpasst.

Nicht zum ersten Mal bereute sie ihre Entscheidung, das Kloster zu besuchen, aus tiefstem Herzen. Sie spielte schon mit dem Gedanken, die Segel zu streichen und wieder ins Frauenhaus zurückzukehren, denn noch immer hatte sie nichts Wesentliches über Schwester Theodora und die Schwestern des Sankt-Spiritus-Ordens herausgefunden. Aber gerade das erfüllte sie auch mit Unzufriedenheit und ließ sie in diesem unwirtlichen Hause ausharren.

Nach dem Gottesdienst marschierte sie hinter der Nonnenschar über den dunklen Innenhof und haderte damit, dass sie sich nicht mehr schlafen legen konnte. Bereits zur dritten Stunde würde die nächste Andacht beginnen.

Plötzlich vernahm sie vom Klostergebäude her gedämpfte Schreie. Obwohl das Wehklagen durch die dicken Steinmauern abgemildert wurde, hörte es sich derart verzweifelt an, dass Grid das Blut in den Adern stockte. Schwester Theodora, die ihr Erschrecken bemerkt hatte, beeilte sich zu erklären: »Das sind unsere

Wöchnerinnen. Ich vergaß ganz, Euch den Krankensaal zu zeigen, der sich an der Gartenseite des Klosters befindet. Wir behandeln dort Frauenleiden und leisten auch Geburtshilfe. Wenn Euch daran gelegen ist, können wir ihn nach den Laudes einmal aufsuchen. Dann ist es auch schon hell.«

»Gerne, das würde mich sehr interessieren«, erwiderte Grid immer noch leicht beklommen und stieß in Anbetracht der gequälten Schreie vernehmlich den Atem aus.

Schwester Theodora blieb stehen, drehte sich zu Grid um und deklamierte: »Gott der Herr aber sprach zu Eva: ›Ich will dir viel Mühsal schaffen, wenn du schwanger wirst; unter Mühen sollst du Kinder gebären.‹ Schwangerschaft und das Gebären können schon eine rechte Qual sein. Damit straft der Herrgott die Frauen für ihren Sündenfall.«

Als Grid am frühen Morgen gemeinsam mit Schwester Theodora den kleinen Krankensaal an der Gartenseite des Klosters betrat, blickten ihnen dort drei junge Wöchnerinnen mit zufriedenen Gesichtern entgegen. Ihrem Leibesumfang nach zu urteilen, standen sie alle kurz vor der Niederkunft. Eine Siechenmagd servierte den Frauen gerade Grießbrei mit Honig, den diese mit gutem Appetit verspeisten.

Schwester Theodora stellte Ingrid die Frauen als Handwerkergattinnen aus Sachsenhausen vor und erkundigte sich nach ihrem Befinden.

»Gut!«, erwiderten die Wöchnerinnen im Chor, und ihre rosigen Gesichter ließen daran auch keinen Zweifel aufkommen. Ingrid konnte sich kaum vorstellen, dass es eine von ihnen gewesen war, die in der Nacht die Klagelaute von sich gegeben hatte. Hier ist etwas faul!, meldete sich ihr Instinkt mit aller Vehemenz zu Wort.

Beim Hinausgehen fiel Schwester Theodora wohl Ingrids argwöhnischer Gesichtsausdruck auf, denn sie fügte hinzu, die Wöchnerinnen hätten immer wieder mit vorzeitigen Wehen zu kämpfen, da bei ihnen die Gefahr einer Frühgeburt bestehe. Das sei auch der Grund, weshalb sie die Zeit vor der Niederkunft liegend im Spital zubringen müssten.

Ingrid nickte verständig, obwohl die einleuchtenden Erklärungen ihre Zweifel nicht vertreiben konnten.

Den ganzen Tag strich sie in der kurzen gebetfreien Zeit – und wenn es ihr tatsächlich einmal gelang, Schwester Theodora zu entrinnen – um das Klostergebäude und lauschte mit angehaltenem Atem, ob von irgendwoher Schreie zu hören waren. Doch hinter den massiven Steinmauern ertönte kein Laut.

Als am späten Nachmittag ein Mann in grüner Jagdkleidung mit einer Holzkarre, auf der zwei erlegte Rehe lagen, durch die Klosterpforte kam und vor den Stallungen damit begann, die Tiere auszuweiden, beendete sie schließlich ihre Exkursionen. Sie hatte das unangenehme Gefühl, dass der Mann mit dem grünen Filzhut sie aus den Augenwinkeln beobachtete. Außerdem ekelte sie der Blutgeruch, der von den Stallgebäuden herüberwehte.

10

Montag, 1. August 1511

Am frühen Montagmorgen halfen Ursel und die Köchin Josef beim Hinuntertragen seiner Habseligkeiten. Die Huren schliefen alle noch, sie hatten sich in der Nacht zuvor von dem Frauenhausknecht gebührend verabschiedet. Dabei war reichlich Wein geflossen und auch die eine oder andere Träne. Auch die Hurenkönigin hatte in der vergangenen Nacht dem Wein gut zugesprochen und war, ebenso wie Josef, müde und verkatert. Dennoch hatte sie es sich nicht nehmen lassen, früh aus den Federn zu kriechen, um Josef zum Sachsenhäuser Forst zu begleiten, wo er heute seinen Dienst als Holzhacker antreten sollte. Außerdem hatte sie noch einen weiteren Grund für die Fahrt nach Sachsenhausen. Sie wollte nämlich auf dem Rückweg einen Abstecher zum Kloster des Sankt-Spiritus-Ordens machen, um nach Ingrid zu sehen.

Als die zusammengerollte Rosshaarmatratze und das Federbett auf der Ladefläche der Pferdekutsche vertäut waren, verabschiedete sich Josef von der Köchin und half der Zimmerin auf den Kutschbock, ehe er sich an ihrer Seite niederließ und die Zügel ergriff.

Die Fahrt durch die erwachende Stadt verlief schweigsam. Ursel, die von Ingrid seit Donnerstag nichts mehr gehört hatte, machte sich allmählich Sorgen um die Freundin. Und Josef war schlecht gelaunt. Ihm behagte es wenig, seine Stellung als Frauenhausknecht gegen die beschwerliche Tätigkeit eines Holzarbeiters eintauschen zu müssen.

Die Sonne war gerade über der östlichen Stadtmauer aufgegangen und tauchte die Gassen der Altstadt in goldenes Licht. Es versprach wieder ein schöner und womöglich auch heißer Tag zu werden. Geblendet kniff die Hurenkönigin die müden Augen gegen die Sonnenstrahlen zusammen. Erst als sie das Fahrtor passiert hatten und auf die steinerne Mainbrücke fuhren, hielt sie sich schützend die Hand an die Stirn, um das malerische Panorama auf der anderen Mainseite mit geschärftem Blick zu betrachten – so als könnten ihr die Gebäude ein Geheimnis preisgeben.

Das Gefährt fuhr die holprige Brückengasse entlang, vorbei an windschiefen, mit schwarzen Schindeln verkleideten Fachwerkhäuschen. Vereinzelt waren ärmlich gekleidete Leute zu sehen, Fischer und Gerber, die ihr Tagwerk begannen, Mägde, die Holz trugen oder Wasser schöpften. Ursel blickte sich immer wieder suchend um, in der vagen Hoffnung, Isolde unter den Passanten zu entdecken. Doch vergeblich.

Die Glocken der benachbarten Dreikönigskirche läuteten zur siebten Stunde.

»Verdammt«, schimpfte Josef, »jetzt komme ich auch noch zu spät! Zur siebten Stunde sollte ich nämlich schon da sein.«

»Na, dann werde ich halt beim Herrn Oberförster ein gutes Wort für dich einlegen«, sagte die Hurenkönigin.

»Hört mir nur mit dem auf …«, knurrte Josef.

Wenig später erreichten sie das Affentor und fuhren auf dem Steg über den Stadtgraben. Sie hielten sich rechts in Richtung der Ortschaft Mörfelden. Entlang der Landstraße erstreckten sich Weinberge, in denen sich Weingärtner und ihre Helfer zu schaffen machten. Die Weinstöcke hingen prallvoll mit hellgrünen, noch unreifen Trauben. Direkt an die Hänge schloss sich dichter Tannenwald an, der den Weg in Schatten tauchte. Zahlreiche Pferdefuhrwerke, beladen mit Fässern, Obst und Gemüse, kamen ihnen entgegen, und bald erreichten sie ein großes Gut, das von einer hohen Steinmauer eingefasst wurde.

»Das muss der Riedhof sein, dann sind wir ja gleich da«, sagte Josef und seufzte.

»Lass es doch erst mal auf dich zukommen. Vielleicht gefällt es dir ja dort«, suchte ihn die Hurenkönigin zu ermutigen.

Dann waren sie am Forsthaus angelangt, wo sie Oberförster Staudinger schon mit vorwurfsvoller Miene erwartete. Ehe er zu einer Beschwerde ansetzen konnte, entschuldigte sich die Zimmerin für die Verspätung und erklärte, es habe an ihr gelegen, sie habe sich noch ein wenig herrichten müssen.

Der Oberförster lächelte nachsichtig und grummelte: »So sind sie halt, die Weibsleute … Ich hatte gar nicht erwartet, dass Ihr überhaupt mitkommt!« Er fuhr sich mit der Hand über das ungekämmte Haar.

»Ich hoffe, es kommt Euch nicht ungelegen«, entgegnete die Hurenkönigin und ergriff dankend seine Hand, um vom Kutschbock zu steigen.

»Keineswegs, ganz im Gegenteil! Wann haben wir

hier draußen schon mal Damenbesuch«, sagte er galant.

Die Hurenkönigin machte die beiden Männer miteinander bekannt. »Der Josef ist fleißig und aufrichtig und hat uns all die Jahre gute Dienste geleistet.«

Staudinger musterte Josef wie einen Zuchtbullen. »Ein baumlanges, starkes Mannsbild ist er ja«, äußerte er anerkennend. »Wenn er auch so zupacken kann, wie er ausschaut, dann bin ich zufrieden. – Gut, dann zeige ich dir mal deine Unterkunft. Die Holzleute schlafen da hinten bei den Stallungen.« Er deutete auf einen langgestreckten Holzschuppen auf der gegenüberliegenden Hofseite. »Ihr fahrt am besten mit der Kutsche vor, dann könnt ihr gut ausladen. Ich komme gleich nach.«

Die schlauchartige Kammer war spartanisch eingerichtet. Auf dem hartgestampften Lehmboden lagen mehrere Strohsäcke mit Decken, vor dem Fenster aus Weidengeflecht stand ein wurmstichiger Holztisch mit zwei grobgezimmerten Bänken. Josef sah sich verdrießlich um. »Noch nicht mal eine eigene Stube …«, murmelte er mürrisch.

»Wir sind hier nicht im Hause Limpurg«, mokierte sich der Oberförster. »Such dir einen Platz für deine Matratze und dein Federbett. Die Kleidertruhe kannst du danebenstellen, und dann machen wir uns an die Arbeit. Die Holzleute sind schon im Morgengrauen losgezogen. Es gibt genug zu tun.«

Josef lud mit finsterer Miene die Sachen vom Wagen und platzierte sie so weit wie möglich von den Schlafstätten der anderen entfernt, während die Zimmerin das Kissen und die Decke mit frisch gestärkten Leinenbezügen versah.

Draußen auf dem Hof verabschiedete sie sich von Josef, indem sie den Hünen, der seine Bewegtheit mit Bärbeißigkeit zu kaschieren suchte, mütterlich umarmte und ihm einen guten Einstieg wünschte.

Ehe sie sich wieder auf den Kutschbock setzte, wandte sie sich unversehens an den Oberförster. »Ihr kennt Euch doch gewiss in Sachsenhausen gut aus und könnt mir sagen, wo sich die verschiedenen Güter der Adelsleute befinden. Ich möchte sie mir nämlich einmal anschauen.«

Staudinger runzelte erstaunt die Stirn. »Anschauen werdet Ihr sie können, aber einlassen werden sie Euch gewiss nicht«, beschied er ihr.

»Davon bin ich auch nicht ausgegangen«, erwiderte die Zimmerin verschnupft. »Aber Gucken wird ja wohl erlaubt sein.«

»Dagegen kann keiner was haben. Ihr werdet nur nicht viel sehen von außen, denn die sind alle von hohen Mauern umgeben, diese Höfe. Das sind die reinsten Trutzburgen. Sie sind auch nicht schwer zu finden. Die Höfe der Ritter von Sachsenhausen und von Praunheim liegen direkt am Main. Von hier aus gesehen rechts neben dem Brückentor. Unten am Schaumaintor liegt der Gutshof der Herren von Urberg, und gleich hier vorne ist der Riedhof. Den habt ihr vorhin bestimmt gesehen. Das ist das größte Gut in der Gemarkung von Sachsenhausen. Es gehört dem Freiherrn von Stockheim, der ist sozusagen unser Nachbar.«

Die Hurenkönigin hatte ihm aufmerksam zugehört. »Und was könnt Ihr so über Euren Nachbarn sagen?«, fragte sie.

»Na, was gibt's über den schon groß zu sagen! Kriegt

kaum das Maul auf, ist sich halt zu fein dafür, unsereinem einen guten Tag zu wünschen«, erwiderte der Oberförster verächtlich. »Bei uns heißt er nur der ›Stockfisch‹. Ist ein arger Frömmler und Duckmäuser, man kriegt ihn nur selten zu Gesicht. Das ist aber auch nicht weiter schade.«

Ist das am Ende der Weiberknecht?, ging es der Hurenkönigin durch den Sinn.

»Ist er noch jung?«, erkundigte sie sich angespannt.

»Na, älter als zwanzig wird das Bürschchen nicht sein. Hat noch das reinste Milchgesicht. Aber Kerlen wie dem wächst wahrscheinlich gar kein Bart.« Staudinger lachte gehässig. Ursel hatte es plötzlich eilig, aufzubrechen.

»Gott mit Euch, Zimmerin!«, krähte ihr der Oberförster hinterher. »Und beehrt uns bald wieder!«

✻

Eine ganze Weile schon hatte Ursel, unschlüssig auf und ab gehend, vor dem Riedhof zugebracht und auf die hohen Mauern und die geschlossene Eingangspforte geschaut, als sich unversehens die Tür öffnete und eine alte Frau hinaustrat. Ihrer einfachen Kleidung nach musste es eine Magd sein. Sie trug einen Korb in den Händen. Als sie die Hurenkönigin bemerkte, schrak sie zusammen und bekreuzigte sich. Ihre abweisenden Züge und der verächtliche Blick sprachen Bände, und Ursel vermied es, sie anzusprechen. Als sie gleich darauf auf den Kutschbock stieg und das Pferd antrieb, verfluchte sie ihr gelbes Hurengewand und die flammend roten Haare.

Während das Fuhrwerk in gemächlichem Tempo das

Affentor passierte und durch die vielen kleinen Gässchen ruckelte, musste Ursel die ganze Zeit an Ingrid denken, und die Sorge um sie verstärkte sich noch.

Vor dem hoch aufragenden Stadtturm mit der Brückenpforte zügelte Ursel das Pferd und ließ ihre Blicke über die mächtige Mauer an der rechten Seite schweifen, die, unterbrochen von Türmen und Häuserfassaden, das Anwesen der Ritter von Sachsenhausen vor der Öffentlichkeit abschirmte. Sie hielt sich rechts und gelangte bald zum Deutschherrenhaus, in dessen unmittelbarer Nachbarschaft sich das Kloster des Sankt-Spiritus-Ordens befand.

Nachdem sie an die Klosterpforte geklopft und ihr Anliegen mitgeteilt hatte, öffnete ihr eine junge Nonne das Tor und ließ sie eintreten. Sie bedeutete ihr, sich einstweilen auf der Gartenbank unter einer Linde niederzulassen, sie werde die Jungfer benachrichtigen.

Es verstrichen einige Minuten, ehe Ingrid in Begleitung von Schwester Theodora erschien und Ursel freudig begrüßte. Die Nonne nickte Ursel nur knapp zu und hielt sich mit versteinerter Miene im Hintergrund, während sich die schlaue Grid neben der Freundin niederließ.

»Wie geht es dir, Ingrid?«, erkundigte sich Ursel besorgt. Die Gegenwart von Schwester Theodora war ihr unangenehm. »Wann kommst du denn zurück?«

Ehe Ingrid zu einer Antwort ansetzen konnte, ertönte aus dem Hintergrund die Stimme von Schwester Theodora. »Bitte setzt Eure Freundin nicht so unter Druck«, zeterte sie. »Gönnt ihr doch die Ruhe und die fromme Versenkung, die sie bei uns findet. Wir sehen es auch nicht gerne, wenn unsere Laienschwestern während ihres Aufenthalts bei uns durch Besuche in ihrem inneren Frieden gestört werden …«

Ursel verlor augenblicklich die Fassung. »Und ich sehe es nicht gerne, wenn jemand einfach ungefragt dazwischenplappert und meine Freundin gar nicht zu Wort kommen lässt!«, schnaubte sie. »Verzieht Euch gefälligst, ich möchte mit meiner Freundin alleine sein und ungestört mit ihr reden.«

Schwester Theodoras verhärmtes Gesicht bebte vor Zorn. »Verzieh du dich, du ordinäres Hurenstück, und störe nicht unseren Klosterfrieden!«, geiferte sie hasserfüllt, und wenn Grid sich nicht beschwichtigend zwischen die beiden gestellt hätte, wären Ursel und die Nonne aufeinander losgegangen.

Schwester Theodora war kreidebleich geworden, sie spürte sehr wohl, dass sie mit ihrer Äußerung zu weit gegangen war. »Es tut mir leid, ich wollte Euch nicht so unflätig beschimpfen«, stieß sie hervor. »Das war sehr unchristlich von mir. Ich weiß auch nicht, was über mich gekommen ist … Es ist sonst nicht meine Art, so aus der Haut zu fahren«, murmelte sie zerknirscht.

»Schon recht«, grummelte die Hurenkönigin, die die Hasstiraden der Nonne sehr verletzt hatten, einsilbig und wandte sich abrupt zum Gehen.

Grid eilte ihr nach und legte den Arm um sie. »Ursel, bleib doch noch …«

Die Hurenkönigin schüttelte unmutig den Kopf. »Sei mir nicht böse, Ingrid«, murmelte sie, »aber ich halte es hier keinen Moment länger aus!« Sie blickte die Freundin beklommen an. »Ich habe mir bloß Sorgen um dich gemacht, deswegen bin ich gekommen. Aber ich sehe ja jetzt, dass es dir gutgeht und du dich hier offensichtlich ganz wohl fühlst bei diesen Betschwestern.« Sie grinste spöttisch und wandte sich zum Ausgang.

»Ursel, du tust mir unrecht«, flüsterte Grid und wandte sich verstohlen nach der Nonne um, die nur ein Stück weit entfernt stand und mit stechendem Blick zu ihnen herüberstarrte. »Ich habe den Eindruck, hier tun sich seltsame Dinge«, raunte sie Ursel zu. »Aber ich muss noch ein bisschen dranbleiben …«

Ursel war stehen geblieben und blickte Grid beunruhigt an. »Willst du nicht doch besser mitkommen?«, fragte sie.

»Lass mir noch ein bisschen Zeit«, flüsterte Ingrid.

»Das Tor ist verschlossen«, vernahmen sie plötzlich hinter sich die metallische Stimme von Schwester Theodora und schreckten zusammen. »Ich lasse Euch raus, Gildemeisterin.« Mit einem Schlüsselbund in der Hand kam die hagere Nonne auf die Freundinnen zu.

Nachdem Schwester Theodora die Tür aufgesperrt und der Hurenkönigin mit kalten Augen einen gesegneten Tag gewünscht hatte, drückte Ursel die Freundin noch einmal an sich. »Gib gut auf dich acht!«, flüsterte sie ihr zu.

Auf dem Rückweg überlegte Ursel fieberhaft, was Grid wohl herausgefunden hatte, und beschloss dann, sich noch ein wenig an den Main zu setzen. Sie lenkte die Kutsche nach links zur Schaumainpforte, vorbei an der Dreikönigskirche, und erreichte kurze Zeit später auch schon den am Main liegenden Urberger Hof, an dessen Fassade schwarze Fahnen gehisst waren. Ursel erinnerte sich, dass der Freiherr erst vor wenigen Tagen beigesetzt worden war. Sie fuhr durch die Schaumainpforte, hinter der sich das freie, unbebaute Flussufer erstreckte, stellte den Wagen ab und setzte sich an die Uferböschung.

Es war herrliches Wetter, und sie genoss es, ihre Blicke über den Main schweifen zu lassen. Plötzlich nahm sie aus den Augenwinkeln eine Bewegung wahr. Eine kleine, schwarzgewandete Gestalt huschte auf einen Steg, der nur einen Steinwurf von der Hurenkönigin entfernt war, und fütterte die Schwäne. Der Holzsteg lag direkt vor der Steinmauer des herrschaftlichen Anwesens und war mit ihm durch eine Gartenpforte verbunden. Ursel betrachtete das Mädchen. Es war feingliedrig und grazil, die goldblonden Haare reichten ihm bis zu den Hüften, und es hatte ein liebreizendes Gesicht. Mit einem Mal wandte sich die Kleine zu der Hurenkönigin um, sie schien bemerkt zu haben, dass sie beobachtet wurde. Die Zimmerin lächelte das Mädchen an und winkte ihm zu, zaghaft hob es den Arm und grüßte zurück. Die Lippen kräuselten sich zu einem Lächeln, doch die Augen des Mädchens blickten kalt und starr wie Glasmurmeln. Trotz der sommerlichen Temperatur bekam Ursel unversehens eine Gänsehaut.

✳

Als die Zimmerin am Vormittag wieder das Frauenhaus betreten wollte, kam ein junger Mann mit einem Tornister auf dem Rücken auf sie zu und stellte sich als Martin Stückrath vor.

»Ich bin Euer neuer Frauenhausknecht«, erklärte er forsch.

Ursel, die den Mann wenig sympathisch fand, grüßte knapp und führte ihn in die Schankstube, um ihn den Huren vorzustellen. Der Bursche hatte etwas Verschlagenes an sich, und seine abschätzenden Blicke, mit denen er sie und die Frauen begutachtete, gefielen ihr nicht.

Auch die Jennischen Marie schien eine Abneigung gegen ihn zu hegen. Als Ursel seinen Namen nannte, stutzte Marie und fragte: »Wart Ihr nicht der städtische Weinausschenker im Römerkeller?«

Der Mann zuckte zusammen und versuchte seine Verunsicherung mit Keckheit zu kaschieren. »Da liegt Ihr richtig, gute Frau«, sagte er mit breitem Grinsen.

»Die gute Frau kannst du steckenlassen«, beschied ihn Marie barsch. »Da hat uns ja der Rat ein schönes Kuckucksei ins Nest gelegt!«

»Wie meinst du das?«, fragte Ursel verwundert.

»Wenn ich mich nicht täusche, ist dieser Bursche dabei ertappt worden, wie er im Römerkeller den Wein gepantscht hat. Soweit ich weiß, ist er dafür auch ins Kittchen gewandert. Das hat mir zumindest ein Freier erzählt, der ein vereidigter Weinhändler ist und den Römerkeller immer beliefert hat. Dem wollten sie nämlich schon an den Karren fahren, weil sich immer mehr Gäste darüber beschwert haben, dass der Wein so wässrig war. Und dann hat sich der Weinhändler auf die Lauer gelegt und dem Kerl ein bisschen auf die Finger geguckt. Da hat er gesehen, wie sich dieser Kerl von den Flaschen etwas abgefüllt und den restlichen Wein mit Wasser gestreckt hat. Den gestohlenen Wein hat er unter der Hand an diverse Schankwirte weiterverkauft. Daraufhin hat der Rat dem Burschen den Prozess gemacht und ihn in den Kerker gesteckt. Mehr weiß ich nicht … Und jetzt steht dieser Kerl hier und verkündet frech, dass er unser neuer Frauenhausknecht ist.« Die Jennischen Marie warf Stückrath einen entrüsteten Blick zu.

Auch die Zimmerin war empört. »Stimmt das?«, wandte sie sich an den Mann.

Dieser verschränkte die Arme vor der Brust und grinste unverschämt. »Kann schon sein«, erwiderte er. »Aber dann bin ich ja hier im Hurenhaus in bester Gesellschaft.«

»Was unterstehst du dich, du Halunke!«, fuhr ihn die Hurenkönigin an. »Du kannst gleich wieder gehen. Einen wie dich wollen wir hier nicht haben. Es ist eine Unverschämtheit vom Magistrat, dass man dich überhaupt zu uns geschickt hat! Ich werde mich noch heute beim Bürgermeister darüber beschweren.«

Stückraths Augen blitzten hämisch. »Der wird Euch schön was husten. Die hohen Herren haben mich nämlich dazu verdonnert, dass ich bei Euch Dienst schieben muss. Nicht dass ich mich darum gerissen hätte, kapiert? Aber das war verdammt noch mal mein Strafurteil. Ich könnte mir auch was Besseres vorstellen, als für Euch den Hanswurst zu machen. Aber so, wie's aussieht, werden wir uns wohl zusammenraufen müssen.«

✳

Bürgermeister Reichmann, der schon damit gerechnet hatte, dass ihn eine wütende Hurenkönigin aufsuchen und wegen des neuen Frauenhausknechts zur Rede stellen würde, hatte entsprechende Vorsorge getroffen und war an diesem Montagnachmittag »in Amtsgeschäften unterwegs«. Seinen Stellvertreter Fichard hatte er entsprechend instruiert, und als die Zimmerin in seine

Amtsstube trat, lächelte sie der gewiefte Jurist an, als könnte er kein Wässerchen trüben, und erkundigte sich zuvorkommend, was sie auf dem Herzen habe.

»Es ist eine bodenlose Frechheit, uns diesen Schelm vor die Nase zu setzen!«, begann Ursel übergangslos. »Dass man so einen zu uns abkommandiert, zeigt deutlich, welche Wertschätzung uns der Senat entgegenbringt.«

»Ich verstehe ja Euren Unmut, werte Zimmerin. Aber seid versichert, es handelt sich hierbei lediglich um eine Notlösung. Wir mussten halt schnell einen Ersatz finden, und so kurzfristig gab es niemand anders. Ich soll Euch aber vom Herrn Bürgermeister bestellen, dass er sich bemüht, so rasch wie möglich Abhilfe zu schaffen und einen geeigneten, vertrauenswürdigen Hausknecht für das Frauenhaus zu rekrutieren. So lange muss ich Euch noch um ein wenig Geduld bitten. Ihr müsst Euch halt, so gut es geht, mit dem Stückrath arrangieren …«

»Was für eine Zumutung!«, stieß Ursel hervor und zog verärgert die Stirn in Falten. »Noch eine Zumutung mehr«, murmelte sie erbittert.

»Von welcher Zumutung sprecht Ihr, werte Zimmerin?«, erkundigte sich Fichard ölig.

»Na, von dieser Siechenmagd, die uns neuerdings zweimal in der Woche im Frauenhaus heimsucht«, entgegnete Ursel mit hochgezogenen Brauen.

Der Ratsherr, der auf diese neuerliche Beschwerde nicht eingestellt war, verzog ärgerlich den Mund und verkündete mit sonorer Stimme: »Schwester Theodora ist eine sehr erfahrene und verdienstvolle Siechenmagd, die, ebenso wie ihre frommen Mitschwestern, seit vielen

Jahren die Stadt Frankfurt in der mildtätigen Krankenpflege unterstützt.«

»Vor allem ›mildtätig‹«, bemerkte die Hurenkönigin sarkastisch.

Fichard blickte sie verständnislos an.

»Bei Schwester Theodora von ›mildtätig‹ zu sprechen ist ungefähr so, als würde man einen Metzgerhund als Lämmchen bezeichnen …« Die Zimmerin erhob sich. »Vielen Dank, dass Ihr mir Eure wertvolle Zeit geopfert habt«, verabschiedete sie sich kühl und verließ die Amtsstube.

✷

Bereits am Tag ihrer Ankunft hatte Ingrid bemerkt, dass sie im Besuchertrakt des Sankt-Spiritus-Ordens nicht die einzige Laienschwester war. Direkt neben ihrer eigenen Dachkammer logierten noch zwei junge Frauen, über die sie lediglich in Erfahrung gebracht hatte, dass es ehemalige Bademägde aus der inzwischen geschlossenen Badestube am Knäbleinsborn waren. Zu ihrem Verdruss war es ihr bislang jedoch noch nicht gelungen, mit den Frauen ungestört ein paar Worte zu wechseln. Zum einen, weil die Laienschwestern eng in das klösterliche Leben einbezogen waren und allen Gottesdiensten, die von früh bis spät in der Klosterkapelle abgehalten wurden, beizuwohnen hatten, zum anderen, weil Schwester Theodora es sich nicht nehmen ließ, sie in den Zeiten, die dazwischenlagen, in fromme Gespräche zu verstricken.

Als die schlaue Grid an diesem Abend um die zehnte Stunde in ihre Kammer kam, beschloss sie kurzerhand, einen Vorstoß zu wagen. Sie schlich hinaus auf den Flur, um sachte an die Tür ihrer Zimmernachbarin zu klopfen.

»Wer ist denn da?«, ertönte eine gedämpfte Stimme von drinnen.

Ingrid öffnete die Tür einen Spaltbreit und steckte ihren Kopf hinein. »Ich bin's, die Grid aus dem Frauenhaus«, wisperte sie. »Darf ich kurz reinkommen?«

»Kommt rein und macht die Tür zu«, raunte die junge Frau und erhob sich von ihrer Holzpritsche. Sie hatte kastanienbraunes Haar und ein hübsches Gesicht. »Es hat Euch doch hoffentlich niemand gesehen? Es ist uns nämlich verboten, einander in den Zimmern zu besuchen, das hat man Euch doch sicher gesagt …«

»Ja«, erwiderte Grid trotzig, »aber ich halte mich nicht daran.«

»Wenn das rauskommt, werden sie uns bestrafen. Ihr seid erst ein paar Tage da und wisst noch nicht, wie streng es hier zugeht«, murmelte die Frau gepresst. »Außerdem bin ich müde«, fügte sie hinzu und gähnte. »Wie ihr ja schon mitbekommen habt, sind die Nächte im Kloster kurz.«

»Wem sagt Ihr das«, seufzte Grid gequält. »Eine Stunde nach Mitternacht beginnt schon wieder der Nachtgottesdienst. Ich glaube, ich halte das hier nicht lange aus …«

»Das habe ich am Anfang auch gesagt, und jetzt bin ich schon zwei Wochen hier … Was wollt Ihr eigentlich?«

»Ein bisschen reden, mehr nicht. Darf ich mich zu Euch setzen?«

»Von mir aus«, erwiderte die ehemalige Bademagd und rückte ein Stück zur Seite. Grid ließ sich neben ihr auf der harten Holzpritsche nieder. Im diffusen Mondlicht, das durch die Dachluke fiel, sah sie das Gesicht der jungen Frau mit den großen dunklen Augen nur schemenhaft.

Täuschte sie sich, oder lag in ihrem Blick etwas Verzweifeltes?

»Es scheint Euch hier ja gut zu gefallen, wenn Ihr schon zwei Wochen da seid …«

»Es geht so«, grummelte die Frau ausweichend. »Wo sollte ich denn auch sonst hin?«

»Habt Ihr denn niemanden in Frankfurt, der Euch aufnehmen kann?«, fragte Grid.

»Nein«, erwiderte die Angesprochene betrübt. »Mein Bursche, ein Müllersknecht aus Sachsenhausen, hat mich sitzenlassen, als er erfahren hat, dass ich guter Hoffnung bin. Und in der Badestube konnte ich ja nicht mehr bleiben. Meine Leute wohnen weit weg von hier im Schwäbischen. Aber da brauche ich mich nicht mehr blicken zu lassen, jetzt, wo ich in anderen Umständen bin und keinen Mann habe …« Sie wischte sich verstohlen über die Augenwinkel.

Ingrid tat die junge Frau leid. Sie tätschelte ihr mitfühlend den Unterarm. »Glaubt Ihr denn, dass Ihr hier gut aufgehoben seid?«, fragte sie ernst. »Ich meine, als ehemalige Reiberin aus der Badestube und dann auch noch als angehende ledige Mutter – da ist das doch hier bei diesen Nonnen bestimmt kein Zuckerschlecken für Euch.«

Die Frau schniefte. »Ich habe ein Dach überm Kopf und muss keinen Hunger leiden – und für mein Kind wird auch gesorgt«, stieß sie hervor und brach unversehens in Tränen aus.

Die schlaue Grid rückte an sie heran und legte den Arm um sie.

»Wenn ich doch nur zu meiner Mutter könnte ...«, murmelte die ehemalige Bademagd.

»Warum solltet Ihr das nicht können, meine Liebe?«, suchte Grid sie zu trösten. »Sicher, Ihr seid schwanger und habt keinen Mann, aber wenn Euch Eure Mutter liebt, wird sie Euch trotzdem aufnehmen. – Ich würde es jedenfalls machen, wenn ich eine Tochter hätte wie Euch ...«

»Ihr seid aber auch eine Hure, und meine Mutter ist eine fromme Bäuerin von der Schwäbischen Alb. Da ist es eine Schande, wenn man so eine Tochter hat wie mich«, presste sie hervor. »Außerdem wird da eh nix draus.«

Ingrid strich ihr tröstend über den Kopf. »Wenn ich Euch irgendwie helfen kann, Kind, dann sagt es. Ich kann Euch auch ein bisschen Geld geben für die Reise ...«

Die junge Frau ergriff Ingrids Hand und drückte sie. »Danke Euch, Hübscherin, Ihr habt ein gutes Herz, aber ich glaube, Ihr versteht nicht ganz, was ich meine.«

Ingrid erstarrte. »Was meint Ihr denn?«, fragte sie mit tonloser Stimme.

»Die lassen einen hier nicht mehr weg!«, stammelte die frühere Reiberin und schluchzte verzweifelt auf.

Die Lohnsetzerin war fassungslos. »Das kann doch nicht sein!«, stieß sie hervor. »Das ist doch kein Gefängnis hier!«

»Pssst, nicht so laut«, mahnte die junge Frau und umklammerte panisch Ingrids Hand. »Wenn die uns hier erwischen, droht uns beiden der Karzer. Einmal hatte ich schon das Vergnügen«, schnaubte sie bitter. »Und das nur, weil ich drüben bei der Gertrud war. – Das ist so ein enges schwarzes Loch im Keller, wo man noch nicht mal aufrecht stehen kann. Es war die Hölle, sage ich Euch … Und Ihr geht jetzt auch besser wieder«, sie blickte sich gehetzt um. »Ich möchte nämlich nicht noch mal da runter.«

Ingrid sträubten sich die Nackenhaare. »Erklärt mir bitte«, flüsterte sie atemlos. »Wie kommt Ihr darauf, dass die Nonnen einen hier nicht mehr weglassen?«

Die junge Frau lauschte angespannt in die Dunkelheit. »Wir waren ursprünglich zu dritt«, flüsterte sie. »Die Elsbeth, die Gertrud und ich. Als die Badestube geschlossen wurde, sind wir hierhergekommen, weil wir nicht wussten, wo wir sonst hinsollten. Wir wollten nur so lange bleiben, bis wir woanders wieder eine Stellung und eine Unterkunft gefunden hätten. Schon nach ein paar Tagen haben wir gemerkt, dass das hier nicht das Richtige für uns ist. Den ganzen Tag nur beten und dann noch Schwester Theodoras ständige Ermahnungen … Jedenfalls hatte die Elsbeth die Nase voll und hat klipp und klar gesagt, dass sie gehen will. Und dann haben sie sie weggebracht.« Die junge Frau schluchzte auf. »Wir haben sie nicht mehr gesehen und haben gedacht, dass sie weg ist. Doch als sie uns im Keller in diese Verschläge gesperrt haben, habe ich da unten aus einem entfernten Winkel immer wieder Hilferufe gehört – die sind mir durch Mark und Bein gegangen. Ich glaube, es waren Elsbeths Schreie.«

Ingrid blieb vor Entsetzen das Herz stehen. »Die

Schreie, die ich nachts auf dem Weg zur Kapelle gehört habe, das waren keine Wöchnerinnen! Das müssen Elsbeths Schreie gewesen sein«, murmelte sie und glaubte fast, die verzweifelten Klagen erneut zu hören. »Wir müssen unbedingt dafür sorgen, dass sie da rauskommt, ehe sie da unten krepiert ...« Sie war erregt aufgesprungen.

Just in diesem Moment war vom Flur her Schwester Theodoras Stimme zu vernehmen. »Was geht hier vor?«, hallte es durch die Tür, die gleich darauf aufgerissen wurde.

Grid stürzte auf die Nonne zu und schrie ihr ins Gesicht: »Ihr lasst jetzt auf der Stelle die Frau frei, die Ihr im Keller gefangen haltet!«

Die hagere Nonne fixierte Ingrid mit einem Blick, der ihr das Blut in den Adern gefrieren ließ, und zischte der Lohnsetzerin zu: »Ihr werdet ihr schon bald Gesellschaft leisten!« Dann entfernte sie sich mit hektischen Schritten.

11

Dienstag, 2. August 1511

Am Dienstagmorgen traf Schwester Theodora zur elften Stunde im Frauenhaus ein, wo sie von der Gildemeisterin und den Huren schon erwartet wurde. Mehrere Bottiche mit heißem Wasser standen auf dem Tisch des Aufenthaltsraums bereit, und neben der Namensliste lagen die Schreibutensilien.

Nach einem knappen Gruß bereitete die Nonne alles für die Untersuchung vor, band sich Schürze und Mundschutz um und wandte sich an die Hurenkönigin: »Ich muss Euch auffordern, Euch frei zu machen und auf den Tisch zu legen. Da ich Euch das letzte Mal nicht untersuchen konnte, weil Ihr einfach davongelaufen seid, werdet Ihr heute den Anfang machen.«

Ursel blickte die Ordensschwester entrüstet an. »Ich bin nicht einfach davongelaufen, sondern habe dem Magistrat das Verschwinden unserer Gildeschwester Isolde gemeldet, die seit letztem Donnerstag vermisst wird«, sagte sie empört.

»Vielleicht hatte sie ja genug von der Liederlichkeit und wollte ein rechtschaffenes Leben führen«, bemerkte Schwester Theodora spitz. »Wie auch immer – kommt bitte her, damit ich Euch untersuchen kann.«

»Das kommt ja gar nicht in Frage, dass ich mich von Euch visitieren lasse!«, rief die Hurenkönigin aufgebracht. »Seit über zwölf Jahren gebe ich mich nicht mehr mit Freiern ab. Wieso also sollte ich kontrolliert werden?«

Schwester Theodoras blonde Wimpern flatterten nervös. »Weil Ihr weiterhin der Unzucht frönt!«, murmelte sie verächtlich.

»Das ist ja wohl meine Sache«, entgegnete Ursel. »Schließlich habe ich ja kein Keuschheitsgelübde abgelegt, so wie andere Leute«, fügte sie sarkastisch hinzu.

»Ihr lasst Euch jetzt untersuchen, oder ich melde das dem Bürgermeister! Ihr seid immerhin die Vorsteherin des Hurenhauses, und wenn Ihr an der Geschlechtspest erkrankt seid, könnt Ihr auch die anderen Huren anstecken. Außerdem solltet Ihr den Frauen ein Vorbild sein und sie nicht noch mit Eurer Impertinenz zur Widerspenstigkeit anstacheln.«

Ursel, die es nicht zum Eklat kommen lassen wollte, lüftete schließlich ihre Röcke und legte sich auf den Tisch.

Mit bebenden Händen füllte Schwester Theodora die Schweineblase, befestigte die Sonde und rammte sie der Hurenkönigin derart grob in den Unterleib, dass diese laut aufschrie.

Ursel hatte der Schwester unwillkürlich einen Stoß versetzt und richtete sich wütend auf. »Genug jetzt!«, schrie sie außer sich. »So ein brutales Weibsstück wie Euch lasse ich nicht mehr auf meine Mädels los! Ich frage mich, warum Ihr überhaupt so etwas wie Frauenheilkunde betreibt? Ihr mögt doch Frauen gar nicht. Ihr scheint sie sogar zu verabscheuen …«

»Das stimmt nicht! Ich verehre unsere Heilige Jungfrau und jede fromme und anständige Frau, die das heilige Sakrament der Ehe eingeht und Kinder gebiert. Aber ich verabscheue die Unzucht und das, was sie aus euch macht, ihr Metzen!«, kreischte die Nonne hysterisch und schmetterte die gefüllte Schweineblase so zornig auf den Boden, dass das Wasser nach allen Seiten spritzte.

Der Hurenkönigin stieg die Zornesröte ins Gesicht. »Hinaus!«, schrie sie mit sich überschlagender Stimme. »Lass dich hier nicht mehr blicken, du bösartiges Weib. Und ich werde auch dafür sorgen, dass unsere Gildeschwester Ingrid keinen Tag länger bei euch bleibt.«

Schwester Theodora, die hastig ihr Felleisen ergriffen hatte und ihre Utensilien einsammelte, fuhr zusammen, als hätte sie der Blitz getroffen. Ihre hellen Augen mit den stechenden Pupillen funkelten fanatisch. »Schwester Ingrid wird nie wieder einen Fuß in dieses Haus der Sünde setzen!«, schrie sie hasserfüllt. »Sie hat sich entschlossen, bei uns zu bleiben und eine Büßerin zu werden …«

Die Hurenkönigin lachte höhnisch und brüllte der Nonne, die fluchtartig den Aufenthaltsraum verließ, hinterher: »Nie und nimmer würde Grid so etwas tun! Ich lasse sie noch heute aus Eurem Magdalenenhaus herausholen, das schwöre ich!«

Die Zimmerin zitterte am ganzen Körper. »Wir müssen sofort etwas unternehmen«, stieß sie hervor und blickte die Huren eindringlich an. »Jennischen, du machst dich auf in die Neue Kräme und holst Bernhard.« Sie sah sich suchend um. »Wo zum Teufel ist denn der Stückrath?«, fragte sie gereizt.

»Wahrscheinlich noch in seinem Zimmer und pennt«, krächzte die alte Irmelin und wandte sich zur Tür. »Ich geh ihn mal holen.«

Wenig später erschien der verschlafen dreinblickende Frauenhausknecht in der Schankstube. »Was wollt Ihr denn von mir?«, fragte er die Gildemeisterin mürrisch.

»Du gehst jetzt auf der Stelle ins Galgenviertel und holst den Henker!«, sagte sie herrisch zu ihm.

✳

Kurze Zeit nachdem Bernhard und der Henker im Frauenhaus eingetroffen waren, drang von draußen das laute Scheppern des Türklopfers in den Aufenthaltsraum. Verärgert über die Störung, bat Ursel eine der Huren, die Tür zu öffnen.

Als gleich darauf der Stadtherold in der Tür des Aufenthaltsraums erschien, blickten ihn die Anwesenden erstaunt an.

Der Kurier stellte sich vor der Hurenkönigin in Position, entrollte ein Schriftstück mit dem Frankfurter Siegel und las es in routiniertem Tonfall vor.

»Ursel Zimmerin, als da ist Frauenhauswirtin des städtischen Frauenhauses am Dempelbrunnen und Vorsteherin der städtischen Hurenzunft, wird durch den höchst ehrenwerten Herrn Stadtschultheiß Reichmann und den hochlöblichen Senat der freien Reichsstadt zu Frankfurt am Main mit einer wie im Pachtvertrag vereinbarten vierteljährlichen Frist ihr Amt aufgekündigt. – Obgleich ihr seitens des Magistrats bereits eine Abmahnung zukam, hat sie sich wiederholt eines schweren Vergehens schuldig gemacht, indem sie nicht nur die Arbeit einer von der Stadt bestellten Siechenmagd durch ihr impertinentes Gebaren verhinderte, sondern gegen die Ordensfrau auch noch tätlich geworden ist und sie mit unflätigen Beschimpfungen aus dem Hause gejagt hat. – Die Unterzeichneten bedingen sich aus, dass die Gekündigte bis zu ihrem Ausscheiden am zweiten November im Jahre des Herrn 1511 ihrem Amt mit der notwendigen Sorgfalt und Gewissenhaftigkeit weiterhin nachzugehen und dafür Sorge zu tragen hat, dem Rat mit der Rekrutierung neuer Dirnen für die nunmehr ausgeschiedenen vier Frauen baldigen Ersatz zu schaffen. – Kund und zu wissen gegeben durch den vortrefflichen Herrn Bürgermeister Nikolaus Reichmann am 2. August im Jahre des Herrn 1511.«

Der Herold nestelte einen zweiten Bogen hervor und reichte ihn der Zimmerin mit der Bemerkung: »Diese Abschrift ist für Euch.«

Die Hurenkönigin war wie vom Donner gerührt und starrte regungslos vor sich hin. Erst als sich der Herold mit einem förmlichen Gruß aus dem Aufenthaltsraum entfernen wollte, kam wieder Leben in sie. Mit energischen Schritten ging sie auf den verdutzten Boten zu, baute sich stolz vor ihm auf und verkündete in eisigem Tonfall: »Ihr könnt Eurem Herrn Bürgermeister ausrichten, dass ich ihm den Bettel jetzt schon vor die Füße werfe!«

Der Bote schluckte und murmelte verstört: »Der Magistrat hat aber bestimmt, dass Ihr noch bis November im Dienst zu bleiben habt …«

Sie fuhr ihn an: »Der Magistrat hat mir gekündigt, daher hat er mir gar nichts mehr zu sagen! Ich entscheide, wann ich gehe oder bleibe!«

»Zimmerin, macht Euch da mal keine Sorgen, das klären wir schon auf …«, suchte der Henker Ursel zu beschwichtigen.

Diese machte eine abwehrende Handbewegung. »Die Sache mit Ingrid ist momentan wichtiger. Das mit der Kündigung steht auf einem ganz anderen Blatt«, erwiderte sie und rang sichtlich um Fassung. »Wir sollten uns jetzt jedenfalls nicht von unserem Vorhaben abbringen lassen, den Bürgermeister über alles in Kenntnis zu setzen.« Sie wandte sich an ihren Geliebten: »Bernhard, hast du die Schriftstücke alle beisammen?«

Bernhard von Wanebach, dem der Schreck noch in den Gliedern steckte, nickte bekümmert, während er fahrig die Dokumente ordnete.

»Worauf warten wir dann noch?« Die Hurenkönigin hatte sich erhoben und blickte Bernhard und den Henker ungeduldig an.

Auf dem Weg zum Römerrathaus schnitt Ursel den beiden Männern jedes Mal das Wort ab, wenn sie die Kündigung ansprachen. »Ich will nichts mehr davon hören!«

»Es tut mir leid, Zimmerin, aber das habt Ihr Euch selber zuzuschreiben«, erklärte der Bürgermeister, als die Hurenkönigin in Begleitung von Bernhard von Wanebach und dem Henker in sein Amtszimmer trat, und senkte betreten den Blick.

»Deswegen sind wir nicht hier«, unterbrach ihn die Zimmerin schroff. Ohne weitere Umschweife unterrichtete sie den Schultheiß davon, dass Schwester Theodora sowohl den Schmähbrief an der Tür des Frauenhauses als auch die anonyme Botschaft an Bernhard von Wanebach verfasst hatte. Anschließend erklärte sie ihm, ihre Stellvertreterin Ingrid, die das alles aufgedeckt habe, halte sich seit nunmehr fünf Tagen im Kloster der Sankt-Spiritus-Schwestern auf, um mehr über die Nonne herauszufinden.

»Und als ich Schwester Theodora vorhin auf Ingrid angesprochen habe, hat sie mir weismachen wollen, sie habe sich entschlossen, bei den Nonnen zu bleiben und eine Büßerin zu werden. Das würde Ingrid niemals tun, da bin ich mir sicher. Deswegen mache ich mir auch solche Sorgen um sie«, betonte die Zimmerin nachdrücklich.

Der Bürgermeister hatte ihr schweigend zugehört und begutachtete die Schriftstücke, die ihm Bernhard von Wanebach vorlegte. Nachdem er zugeben musste, dass sie eindeutig dieselbe Handschrift trugen, murmelte er: »Wenig schön, das ... Und ich muss sagen, das hätte ich Schwester Theodora gar nicht zugetraut. Da ist sie wohl in ihrem frommen Eifer, die Huren auf den Pfad der Tugend zu führen, etwas zu weit gegangen. Ich werde ihr dafür einen Verweis aussprechen, liebe Zimmerin, aber Eure Kündigung zurücknehmen, das kann ich leider nicht.«

»Das ist auch nicht nötig«, sagte die Hurenkönigin schneidend. »Und es ist gleichfalls nicht nötig, darüber auch nur ein Wort zu verlieren. Was indessen Schwester Theodora anbetrifft, so möchte ich Euch darüber in Kenntnis setzen, dass die Art und Weise, wie sie sich bei den Untersuchungen gebärdet, untragbar ist! Und ich verwehre mich ganz entschieden dagegen, dass diese Furie weiter auf meine Gildeschwestern losgelassen wird! Habt Ihr mich verstanden?« Die Zimmerin stemmte beide Arme auf Reichmanns Schreibtisch und bedachte den Würdenträger mit einem vernichtenden Blick.

»Ja, ja«, entgegnete Reichmann betreten. »Ich werde eine andere Siechenmagd damit betrauen. War's das? Ich habe nämlich noch wichtige Amtsgeschäfte zu erledigen!«

»Nein, das war's noch nicht!«, erklang plötzlich die tiefe Stimme des Henkers, der sich, ebenso wie Bernhard von Wanebach, während des Disputs zwischen der Hurenkönigin und dem Bürgermeister zurückgehalten hatte. Erstaunt richteten sich die Blicke der Anwesenden auf den Züchtiger, der für seine Wortkargheit bekannt war.

Der Scharfrichter räusperte sich, ehe er in amtlichem Tonfall von sich gab: »In meiner Eigenschaft als Verwalter des Frauenhauses am Dempelbrunnen möchte ich gegen die vom Magistrat vorgenommene Kündigung der Frauenhauswirtin meinen entschiedenen Protest einlegen. Ich halte sie weder für gerecht noch für gerechtfertigt!«

»Dem kann ich mich nur anschließen!«, stimmte ihm Bernhard von Wanebach mit grimmiger Miene zu. »Herr Bürgermeister, ich ersuche Euch nicht nur, die ausgesprochene Kündigung auf der Stelle zurückzunehmen, sondern auch, Euch dafür bei der Gildemeisterin in aller Form zu entschuldigen.«

»Na ja, nun, ich werde sehen, was ich tun kann ... Wie sich ja inzwischen erwiesen hat, ist Schwester Theodora ja auch kein Unschuldslamm – und ich kann den Groll der Zimmerin sogar ein Stück weit verstehen«, erwiderte Reichmann mit säuerlichem Lächeln. Er warf der Hurenkönigin einen entschuldigenden Blick zu, doch diese machte seine Beschwichtigungsversuche sogleich zunichte.

»Was glaubt Ihr eigentlich, wer Ihr seid?«, platzte es mit einer Heftigkeit aus ihr heraus, dass nicht nur der Angesprochene, sondern auch ihre Verbündeten die Luft anhielten. »Erst jagt Ihr mich vom Hof und dann wollt Ihr mich wieder herbeiholen! So lasse ich nicht mit mir umspringen! Mich seid Ihr los, und das ab sofort. Und ich bin auch nicht hierhergekommen, um Abbitte zu leisten. Ich will nur, dass Ihr dafür Sorge tragt, dass unsere Gildeschwester Ingrid aus diesem Büßerinnenhaus befreit wird.«

Der Henker und Bernhard von Wanebach sahen sprachlos zu, wie die Hurenkönigin, anstatt den Versöhnungsversuch des Bürgermeisters anzunehmen, nun auch noch das letzte Stückchen Geschirr zerdepperte.

Reserviert sagte Reichmann: »Immerhin ist sie freiwillig ins Kloster gegangen, und ich gehe davon aus, dass sie es auch wieder aus freien Stücken verlassen kann. Ich sehe also keine Notwendigkeit, deswegen jetzt einen solchen Wirbel zu veranstalten. Und wer weiß? Vielleicht ist sie ja tatsächlich einsichtig geworden und will den Schleier nehmen«, fügte er mit spöttischem Lächeln hinzu.

»Das glaube ich erst, wenn ich es aus ihrem eigenen Munde höre!«, rief die Zimmerin empört.

»Das bleibt Euch unbenommen. Was hält Euch also davon ab, sie im Kloster aufzusuchen und sie danach zu fragen?« Der Würdenträger musterte die Hurenkönigin mit unbewegter Miene.

»Ich hatte gehofft, dass uns ein paar Stangenknechte unterstützen könnten …«, murmelte die Zimmerin unwillig.

»Unterstützung habt Ihr Euch doch schon geholt, wie ich sehe«, bemerkte der Bürgermeister süffisant und sah auf den Henker und Bernhard von Wanebach. »Versucht erst mal selber Euer Glück, Zimmerin. Und wenn die Nonnen Eure Gildeschwester tatsächlich in Ketten gelegt haben, können wir immer noch die Stangenknechte ins Kloster schicken.«

✷

Als die junge Nonne den Laden an der Klosterpforte öffnete und die gelbgewandete Hurenkönigin mit ihren beiden Begleitern gewahrte, verhärteten sich ihre Gesichtszüge. Abweisend erklärte sie: »Es tut mir leid, aber ich kann Euch nicht einlassen.«

Die Zimmerin funkelte die Nonne an. »Das braucht Ihr auch gar nicht«, erwiderte sie. »Ich möchte Euch jedoch mit allem Nachdruck dazu auffordern, unsere Lohnsetzerin herzuholen – und zwar flugs.«

Die Schwester zog den Kopf ein. Während sie schon dabei war, den Laden zu schließen, murmelte sie: »Das wird nicht möglich sein, unsere Laienschwester befindet sich in Klausur und darf nicht gestört werden.«

Unversehens schnellte die mächtige Pranke des Henkers vor und donnerte so heftig gegen den Holzladen, dass er gegen die Tür schlug.

»Hilfe!«, schrie die Nonne und flüchtete hektisch über den Innenhof ins Hauptgebäude.

»Holt sofort die Hübscherin her, sonst breche ich das Tor auf!«, brüllte der Henker ihr nach und trat, um seiner Drohung Nachdruck zu verleihen, gegen das Portal. Durch den geöffneten Laden war zu erkennen, dass im

Wohnhaus bereits mehrere Fenster aufgerissen wurden, aus denen verschreckte Nonnen herausspähten. Gleich darauf traten zwei Klosterfrauen aus der Haustür und eilten der Pförtnerin entgegen. Nach kurzer Zwiesprache, bei der die junge Nonne heftig gestikulierte und in Richtung des Portals wies, verschwand sie im Hauptgebäude, während die beiden anderen zielstrebig zum Eingang gingen.

Schon von weitem konnte Ursel erkennen, dass eine von ihnen Schwester Theodora war. »Da ist ja das Miststück!«, fluchte sie. »Es ist die große Dürre mit dem bleichen Gesicht«, erläuterte sie Bernhard und dem Henker.

In der Ladenöffnung zeigte sich das faltige Antlitz einer betagten Nonne, die sie aus alterstrüben Augen anblickte. »Was geht hier vor?«, schnaubte sie aufgebracht. »Was untersteht Ihr Euch, hier einen solchen Lärm zu machen? Wir sind hier nicht im Hurenhaus! Ich muss doch sehr bitten, sich zu mäßigen, sonst werde ich die Stangenknechte rufen lassen.«

»Macht nur, das ist ganz in unserem Sinne!«, erwiderte die Zimmerin resolut.

Die alte Nonne presste verärgert die Lippen zusammen. »Ich bin Schwester Adalbertis, die Oberin des Sankt-Spiritus-Ordens«, sagte sie dann ein kleines bisschen freundlicher. »Und ich kann Euch versichern, dass die Laienschwester bei uns in guten Händen ist. Um ihre Seele von den Sünden zu reinigen, befindet sie sich momentan in strenger Klausur. Bitte habt Verständnis dafür, dass es leider unmöglich ist, sie in ihrer Versenkung zu stören. – Es geht immerhin um ihr Seelenheil«, fügte sie mit frommem Augenaufschlag hinzu.

»Um das Seelenheil unserer Gildeschwester mache ich

mir die geringsten Sorgen«, entgegnete die Zimmerin beißend. »Ich möchte sie jetzt aber auf der Stelle leibhaftig vor mir sehen – und wenn sie wirklich eine Büßerin geworden ist, dann soll sie mir das selber sagen.«

Die schmalen Lippen der alten Nonne verengten sich zu einem dünnen Strich. »Das wird sie zu einem späteren Zeitpunkt gewiss auch tun, wenn ihre Seele erst geläutert ist. Bis dahin bitte ich Euch um Geduld und Gottvertrauen. Ich bin mir sicher, dass Eure Schwester Euch in ihre Gebete mit einbeziehen wird«, erklärte sie salbungsvoll.

»Langsam reicht es mir mit Eurem scheinheiligen Getue!«, entrüstete sich Bernhard von Wanebach. »Es wird Zeit, dass wir offen sprechen. Eure Mitschwester Theodora ist dabei beobachtet worden, wie sie mir ein gewisses Schriftstück vor die Tür gelegt hat, und sie ist außerdem die Verfasserin eines böswilligen Pamphlets, das mitsamt einer toten Katze an die Tür des Frauenhauses genagelt wurde. – Wir waren gerade im Rathaus und haben den Bürgermeister darüber informiert. Er wird Schwester Theodora auch deswegen zur Rede stellen. Aber wenn Ihr unserem Ansinnen nicht sogleich Folge leistet und uns mit der Lohnsetzerin sprechen lasst, wird der Bürgermeister die Stadtbüttel herschicken!«

Die Oberin war während seiner drohenden Worte aschfahl geworden. »Wir ... wir tun doch nichts Unrechtes!«, murmelte sie und blickte angstvoll zur Seite, wo offenbar, für die drei Besucher nicht zu sehen, Schwester Theodora stand.

»Weiß Gott nicht, Mutter Oberin!«, entgegnete diese im Brustton der Überzeugung und reckte ihr hageres Gesicht in die Luke. »Im Gegenteil!« Sie warf einen verächtlichen Blick auf die Hurenkönigin. »Wir helfen den Gestrauchelten, in sich zu gehen und ihre Sünden zu bereuen.«

»Genug!«, unterbrach sie Meister Jerg und richtete sich bedrohlich vor dem Laden auf. »Als von der Stadt Frankfurt bestellter Verwalter des Frauenhauses muss ich darauf bestehen, dass mir die Hübscherin umgehend vorgeführt wird. Genauso wie die Gildemeisterin bin auch ich dafür verantwortlich, dass den Frauen kein Schaden zugefügt wird. Wenn Ihr uns jetzt nicht sofort das Tor öffnet und uns eintreten lasst, werde ich meine Schergen holen und es notfalls mit dem Rammbock aufsprengen lassen!« Die tiefe Stimme des Henkers dröhnte so laut durch die Deutschherrengasse, dass schon die ersten Passanten stehen blieben und neugierig die Köpfe reckten.

Hinter der Klosterpforte gab es einen hektischen Disput, dann knirschte der Schlüssel im Schloss, und die Mutter Oberin öffnete das Portal, um die Besucher einzulassen. Die alte Nonne bebte am ganzen Körper, als sie der Hurenkönigin und ihren Begleitern gegenüberstand. Schwester Theodora indessen schien es plötzlich sehr eilig zu haben und hastete zum Klostergebäude, als wäre der Leibhaftige hinter ihr her. Ursel, Bernhard und der Henker, denen allesamt nichts Gutes schwante, folgten ihr mit schnellen Schritten.

»Wo ist unsere Lohnsetzerin denn?«, fragte die Zimmerin sorgenvoll die Oberin, die keuchend neben ihnen herlief und Mühe hatte, mit ihnen Schritt zu halten.

»Ich glaube, sie ist im Keller …«, stieß Schwester Adalbertis hervor und lehnte sich erschöpft gegen den Türrahmen des Hauptgebäudes.

»Im Keller?«, schrie die Hurenkönigin, und sie packte die alte Nonne am Arm. »Was habt Ihr mit Ingrid gemacht?«

»Ich habe damit nichts zu tun!«, stammelte die Oberin und hielt sich die Hände vors Gesicht. »Die Betreuung der gestrauchelten Frauen obliegt ausschließlich Schwester Theodora …«

Auch Bernhard von Wanebach und der Henker hatten den Ernst der Lage erfasst.

»Führt uns in den Keller, aber schnell!«, befahl Meister Jerg und stürmte durch die Eingangshalle.

»Ich kann nicht mehr!«, stöhnte die alte Nonne und wankte entkräftet zur Treppe, die in den ersten Stock führte. Atemlos klammerte sie sich am Geländer fest und murmelte: »Hinter der Treppe ist der Zugang zum Keller … Da ist eine Tür … Schwester Theodora hat den Schlüssel …«

Mit fliegenden Schritten stürzten Bernhard und der Henker, gefolgt von der Hurenkönigin, nach hinten. Nachdem sie eine Steintreppe hinuntergeeilt waren, standen sie vor einer Holztür, die verschlossen war. Ohne viel Aufhebens warf sich Meister Jerg mit seinem ganzen Gewicht dagegen, die Tür gab nach und sprang mit einem Krachen auf. Vor ihren Augen erstreckte sich ein weitläufiges Kellergewölbe, das von einer einzigen Wandfackel nur notdürftig beleuchtet wurde.

Modergeruch stieg Ursel in die Nase, und mit einem Mal gewahrte sie in dem flackernden Lichtschein einen Schatten, der in einiger Entfernung an der Wand entlanghuschte. Unwillkürlich entrang sich ihr ein Aufschrei. »Schwester Theodora! Dahinten ist sie …«

Auch die beiden Männer hatten die Gestalt bemerkt und stürzten auf die Nonne zu.

Von ihren Verfolgern eingekreist, stand Schwester Theodora an die Wand gedrängt da und wirkte wie erstarrt. Für einen Moment herrschte Stille, man vernahm nur ihre keuchenden Atemzüge. Mit einem Mal ergriff die Nonne das silberne Kreuz, das sie an einer Kette über ihrer Nonnentracht trug, und reckte es mit hocherhobenem Arm der Hurenkönigin entgegen. »Weiche von mir, Satan!«, schrie sie mehrmals wie von Sinnen.

Erst als der Henker ihr mit der flachen Hand ins Gesicht schlug, ebbten ihre Schreie ab. Schwester Theodoras Körper versteifte sich, und in ihren verhärteten Gesichtszügen zeigte sich überbordender Starrsinn.

Die Zimmerin trat einen Schritt auf sie zu und fragte mit eisiger Ruhe: »Wo ist meine Freundin?«

Die Nonne reagierte nicht, sie starrte ins Leere.

Ursel packte sie an den Schultern und schüttelte sie so heftig, dass Schwester Theodoras Haube verrutschte und ihr blondes Stoppelhaar zum Vorschein kam.

»Sag mir sofort, wo Ingrid ist, oder ich mache dich kalt!«, schrie die Zimmerin außer sich.

»Lieber sterbe ich, als dass ich dir eine unserer Büßerinnen preisgebe, du verfluchtes Hurenstück!«, zischte die Nonne und spie Ursel mitten ins Gesicht. Reflexartig ballte Ursel die Hand zur Faust und schlug mit voller Wucht zu. Durch den Hieb prallte Schwester Theodoras Kopf gegen die Steinmauer. Ein dumpfes Geräusch war zu vernehmen, und die Nonne sank ohnmächtig zu Boden.

Ursel war erschrocken über sich selbst. Es war das erste Mal, dass sie jemanden bewusstlos geschlagen hatte.

Doch der Henker, der ihr Erschrecken bemerkt hatte, sagte nur: »Macht Euch nichts draus, Zimmerin, die wird schon wieder. Jetzt müssen wir halt alleine rausfinden, wo sie die Lohnsetzerin eingesperrt hat.« Er sah sich um. An der Wandseite befanden sich mehrere Türen. Mit der Fackel aus der Wandhalterung ging er auf eine der Türen zu. Bernhard von Wanebach und Ursel folgten ihm.

»Ingrid! Wo bist du?«, rief die Hurenkönigin, so laut sie konnte, und lauschte, nachdem ihre Rufe in der Weite des Kellergewölbes verklungen waren, angespannt in die Dunkelheit.

Meister Jerg nahm gerade Anlauf, um die verschlossene Tür aufzubrechen, als Ursel plötzlich einen Laut vernahm. »Ruhig«, flüsterte sie und gebot dem Henker Einhalt. »Da ist etwas …«

Alle horchten mit angehaltenem Atem, und da war es wieder, das Geräusch. Es hörte sich an wie Schreie, die von weit her zu kommen schienen.

»Es kommt von dahinten«, murmelte Bernhard und eilte auf die vorletzte Tür in der Gewölbewand zu. Er drückte die Klinke, doch die Tür war verschlossen. Als der Henker daraufhin wieder in Stellung ging und mit seiner wuchtigen Schulter die Tür aufbrechen wollte, hielt Bernhard ihn zurück.

»Moment, das haben wir gleich«, erklärte er und eilte zu Schwester Theodora, die noch immer ohnmächtig auf dem Kellerboden lag. Er beugte sich zu ihr hinab und fand den Schlüsselbund an ihrem Gürtel. Mit einem kurzen, kräftigen Ruck riss er ihn ab und hastete zurück zu Ursel und dem Scharfrichter, die vor der Tür auf ihn warteten.

Der dritte Schlüssel passte schließlich, und die Tür öffnete sich knarrend nach innen. Die Schreie waren nun deutlicher zu vernehmen, es waren Hilferufe, die von unten kamen. Der Henker leuchtete über den Boden. An der Seite war eine hölzerne Falltür zu erkennen, die mit Eisenstreben versehen war. Unweit davon lehnte eine Leiter an der Wand. In den Lukendeckel war ein Eisenring eingelassen, Meister Jerg packte ihn und riss die Falltür auf.

Die Hurenkönigin und Bernhard traten neben ihn an den Rand des Loches und spähten hinab in das höhlenartige Verlies, aus dem ein verzweifeltes Wimmern zu vernehmen war. »Ingrid?«, rief Ursel alarmiert, doch es kam keine Antwort. Der Gestank von menschlichen Exkrementen und Erbrochenem verschlug ihr fast den Atem. Im Fackelschein gewahrte sie unter sich drei Frauen, die ihnen flehend die Arme entgegenstreckten und augenscheinlich in einem jämmerlichen Zustand waren. Der Hurenkönigin stiegen bei ihrem Anblick die Tränen in die Augen.

»Wir holen euch hier raus«, stieß sie hervor und trat ein Stück zur Seite, während Bernhard und der Henker die Leiter hinabließen und nach unten kletterten. Ursel folgte ihnen auf wackligen Beinen. Schluchzend sanken die Frauen ihren Befreiern in die Arme. Ihre kurzen Haare waren verfilzt und wirkten wie abgesengt. Sie trugen härene Büßergewänder.

Genau wie Rosi, ging es der Hurenkönigin durch den Sinn, und ihr blieb fast das Herz stehen. »Wo … wo ist Ingrid?«, murmelte sie mit bebender Stimme, während sie den Frauen beruhigend über den Kopf strich.

»Sie ist wahrscheinlich noch im Karzer«, presste eine der Frauen mit tränenerstickter Stimme hervor, während sie sich wie eine Ertrinkende an die Hurenkönigin klammerte. »Wer renitent ist, wird in den Karzer gesperrt. Wir waren alle schon mal da drin. Es ist schrecklich! Man fühlt sich wie lebendig begraben.« Nachdenklich fuhr sie fort: »Am Anfang hat man sie noch schreien hören, doch inzwischen ist es ruhiger geworden. Vielleicht ist sie ja doch schon wieder draußen?«

Der Zimmerin stockte der Atem. »Wo ist dieser Kerker?«, fragte sie beklommen. »Wir müssen sie unbedingt daraus befreien.«

»Ich weiß nicht so genau«, stammelte die Frau. »Irgendwo hier unten ...«

Bernhard richtete sich auf. »Wir benötigen Verstärkung. Ich hole die Stangenknechte«, erklärte er entschlossen und blickte sich suchend in dem Gewölbe um. »Wir brauchen noch ein zusätzliches Licht, ich kann euch ja nicht hier im Dunkeln zurücklassen.«

»Hier ist eine weitere Fackel«, sagte der Henker, nahm eine erloschene Teerfackel aus der Wandhalterung, entzündete sie und reichte sie Bernhard.

»Beeil dich bitte!«, ermahnte ihn Ursel eindringlich, als er die Leiter hochkletterte. »Jede Minute zählt ...«

»Ich gehe nach oben und helfe den Frauen beim Hinaufsteigen«, schlug der Henker vor.

Die Hurenkönigin nickte. »Und ich bleibe hier unten und kann euch stützen, dann müsste es schon gehen.« Sie half den Frauen, sich aufzurichten. Eine von ihnen war besonders schwach, sie konnte sich kaum auf den Beinen halten.

»Wie lange hält man euch hier schon gefangen?«, fragte die Zimmerin die junge Frau.

Diese lachte bitter und murmelte: »Wenn ich das nur wüsste! Hier unten im Dunkeln verliert man doch jedes Zeitgefühl. Jedenfalls bin ich von uns allen schon am längsten hier. Die Gertrud und die Marie sind erst kürzlich dazugekommen. – Was für einen Tag haben wir heute?«

»Wir haben heute Dienstag, den zweiten August 1511«, erwiderte die Zimmerin.

Die junge Frau schüttelte fassungslos den Kopf mit den versengten Haarbüscheln. »Was?«, murmelte sie. »Dann bin ich ja erst gute zwei Wochen hier unten. Es kommt mir viel länger vor. Fast wie eine Ewigkeit …« Ihr strömten die Tränen über die schmutzigen Wangen. »Ich kann es noch gar nicht fassen, dass ich endlich hier rauskomme! Dem Himmel sei Dank«, flüsterte sie.

Die Zimmerin stützte die Frau unter den Achseln, als diese mühevoll die ersten Sprossen der Leiter erklomm, und hielt sie mit ihrem Körper, damit sie nicht abrutschte. Gleich darauf wurde die Gefangene vom Henker gepackt und nach oben gezogen.

Als Ursel der nächsten Frau beim Hinaufklettern helfen wollte, stieß sie mit dem Fuß gegen etwas Hartes. Sie schrie auf, als sie gewahrte, dass es sich um einen Totenschädel handelte, der sie aus dem Stroh angrinste. Daneben lag ein schwarzes Holzkreuz. »Was ist denn das?«, fragte sie verstört.

»Von diesem Kram gibt es noch mehr«, erklärte ihr eine der Frauen und deutete auf verschiedene Gegenstände, die im fauligen Stroh verstreut lagen. Ursel erkannte eine hölzerne Christusstatue, ein Buch, eine Engelsbüste aus Bronze sowie einen Steinguttiegel mit einer weißlichen Paste darin. Dazwischen lagen die langen, abgesengten Haare der Frauen.

Ursel schluckte. »Was soll das alles?

»Das sind die Attribute der heiligen Maria Magdalena«, entgegnete die rundliche junge Frau mit den dunklen Haarbüscheln. »Genau wie sie sollen wir hier unten für unsere Sünden büßen, sagt Schwester Theodora.«

»Seid ihr etwa auch Huren?«, fragte die Zimmerin erstaunt.

»Wir sind Reiberinnen aus der Badestube. Das ist auch ein sündiges Gewerbe, zumindest in den Augen von Schwester Theodora. – Ach, wäre ich doch bloß nie hierhergekommen«, stöhnte sie und machte sich bereit, die Leiter zu erklimmen.

✻

Die zehn Stangenknechte unter Leitung von Untersuchungsrichter Lederer hatten auf Bernhard von Wanebachs Empfehlung hin allesamt Fackeln dabei, und so war der Gewölbekeller des Klosters hell erleuchtet. Lederer gab einem seiner Polizeibüttel den Auftrag, Schwester Theodora zu bewachen, die immer noch bewusstlos auf dem Boden lag. Außerdem hatte er die Oberin, Schwester Adalbertis, aufgefordert, ihnen zu zeigen, wo sich der unterirdische Karzer befand.

Gramgebeugt schritt die alte Nonne den Schergen voran und murmelte immer wieder vor sich hin: »Davon habe ich nichts gewusst, wirklich nicht!«

»Von Euch könnte selbst ein Pontius Pilatus noch etwas lernen«, konnte sich Bernhard von Wanebach nicht verkneifen zu sagen.

Bernhard, Ursel und der Henker hielten sich dicht hinter der Nonne, als diese vor einer niedrigen Holztür stehen blieb, die mit einem Schloss verriegelt war. »Hier ist es«, erklärte sie mit brüchiger Stimme.

Ursel musste sich auf Bernhard stützen, weil ihr vor Aufregung die Knie schlotterten. In der Tür, die so niedrig war, dass man nur kriechend hindurchgelangen konnte, befand sich ein schmaler Sehschlitz, hinter dem tiefe Schwärze gähnte. Kein Laut war von drinnen zu vernehmen. Das Herz der Hurenkönigin pochte ihr bis zum Hals, als die Schergen mit Hilfe eines Schlüssels von Schwester Theodoras Schlüsselbund das Schloss entriegelten. »Ingrid …«, flüsterte sie und umklammerte krampfhaft Bernhards Arm.

Die Schergen öffneten die Luke und leuchteten in den engen Raum. Eine reglos kauernde Gestalt war auszumachen. Der Lichtkegel fiel auf das Gesicht der Kauernden, und Ursel erkannte sogleich die vertrauten Gesichtszüge der Freundin.

Die Hurenkönigin war nun nicht mehr zu halten, sie drängte die Büttel zur Seite. »Ingrid, was ist mit dir?«, schrie sie entsetzt. Auf den Knien liegend, streckte sie die Arme nach Ingrid aus, ergriff ihre Fußgelenke und zog sie behutsam aus dem Kerkerloch. Sie fühlt sich so kalt an!, dachte Ursel voller Panik. Ein Stoffknebel ragte weit aus Ingrids Mund, und als die Hurenkönigin die leblosen, weit aufgerissenen Augen gewahrte, die von unsäglicher Pein kündeten, und das schmerzverzerrte bläuliche Gesicht, in dem kein Leben mehr war, stieß sie einen gellenden Schrei aus. Schluchzend brach sie über dem Körper der toten Freundin zusammen.

✳

Als Ursel einige Stunden später in einem Krankenbett des Heiliggeistspitals zu sich kam, fühlte sie sich schwach und kraftlos. Teilnahmslos ließ sie es über sich ergehen, dass Bernhard ihr über die Wange streichelte und sie zu trösten suchte. Doch weder seine Zärtlichkeit noch seine Worte drangen wirklich zu ihr durch, sie war untröstlich über Ingrids Tod, und das Leben war ihr eine einzige Last – selbst das Atmen fiel ihr schwer.

Auch als später der Bürgermeister an Ursels Krankenlager erschien und ihr seine Anteilnahme aussprach, prallten seine Worte an ihr ab. Es war ihr gleichgültig, als er sie darüber informierte, dass die Stangenknechte Schwester Theodora in den Brückenturm überstellt hatten, wo sie noch am selben Tag einer peinlichen Befragung unterzogen werden sollte. Bevor der Schultheiß wieder aufbrach, hüstelte er verlegen und entschuldigte sich bei der Hurenkönigin für die voreilige Kündigung, die selbstverständlich, wie er betonte, zurückgezogen worden sei. Ursel hatte gar nicht richtig zugehört, sie blickte ihn nur unbeteiligt an.

Gegen Abend richtete sie sich von ihrem Krankenlager auf und sagte zu Bernhard: »Bring mich nach Hause.«

Der Gelehrte, den der Tod der Lohnsetzerin gleichermaßen mitgenommen hatte, erwiderte besorgt: »Kannst du denn überhaupt laufen?«

»Wird schon gehen«, murmelte Ursel. Sie richtete sich unsicher auf, aber ihre Beine waren so wackelig, als würden sie gar nicht zu ihr gehören. Auf Bernhard gestützt, verließ sie den Krankensaal wie eine gebrechliche alte Frau.

Schließlich kamen sie vor dem Frauenhaus an, wo

sich mehrere Huren um den Dempelbrunnen versammelt hatten. Beim Anblick der geschwächten Hurenkönigin fragten sie erschrocken, was denn passiert sei, und die Zimmerin entgegnete mit brüchiger Stimme: »Ingrid ist tot …«

Ohne auf die Aufschreie und das Wehklagen der Huren zu achten, schleppte sich Ursel mit hängenden Schultern bis zur Tür, wo sie stehen blieb und zu Bernhard sagte: »Bitte lass mich jetzt allein.«

Während sie mühsam die Treppe hinaufstieg, sah ihr Bernhard fassungslos hinterher. Dann ließ er sich auf die Stufen vor dem Eingangsportal sinken, barg sein Gesicht in den Händen und schluchzte haltlos.

12

Mittwoch, 3. August 1511

Die junge Köhlerfrau, die in den frühen Morgenstunden im Sachsenhäuser Forst Blaubeeren und Eierschwämme sammelte, sah sich immer wieder verstohlen um. Sie fürchtete, einer von den Forstarbeitern oder gar der Waldaufseher selbst könnte in der Nähe sein, um ihr die Ausbeute streitig zu machen. Ihre beiden Körbe waren nämlich schon fast randvoll mit Pfifferlingen und tiefblauen Beeren. Damit würde sie ihrem Mann herrliche Gerichte zubereiten! Blaubeerkompott mit Mehlklößen, Pfannkuchen mit Pfifferlingen, die ganze Woche könnten sie sich satt essen und brauchten nicht zu hungern. Beim Gedanken an solche Köstlichkeiten überkam die junge Frau, die im achten Monat schwanger war, ein solcher Heißhunger, dass sie sich auf einem liegenden Baumstamm niederließ und sich händeweise Blaubeeren in den Mund schaufelte. Der Saft rann ihr übers Kinn, sie wischte ihn ab und seufzte genussvoll. Mit einem glücklichen Lächeln strich sie über ihren gewölbten Leib, in dem sich ihr Kind regte. Sie freute sich unsagbar darauf, es bald in den Armen zu halten. Es war ihr erstes, sie war ja auch noch nicht mal ein Jahr verheiratet. Sie lächelte versonnen und erhob sich.

Schwer atmend ging sie weiter. Es war wieder sehr heiß, und das um diese frühe Stunde. Sie hielt zwischen den Baumstämmen hindurch nach Blaubeerbüschen Ausschau, denn der Korb mit den Beeren war merklich leerer geworden, und sie würde noch ein paar pflücken müssen. Doch es war wie verhext, sie konnte keine mehr entdecken. Sie wollte auch nicht zu weit in den Wald hinein, denn dort war die Gefahr, auf den Oberförster oder die Holzleute zu treffen, viel größer. Außerdem fühlte sie sich plötzlich so erschöpft, und ihr wurde ein wenig schwindlig. Sie sah sich unschlüssig um. Dahinten waren die Fischteiche, von da war sie gekommen. Also musste sie sich in diese Richtung halten, um zurück zur Hütte zu gelangen. Kurzerhand beschloss sie jedoch, nicht den Trampelpfad zu den Teichen einzuschlagen, und bahnte sich stattdessen den Weg durchs Tannendickicht.

Da flatterte ganz in der Nähe geräuschvoll ein Schwarm Vögel auf, und sie fuhr zusammen. Hatte sie selbst die Tiere aufgeschreckt? Sie ließ ihre Blicke über den weichen, moosigen Waldboden schweifen und entdeckte nur einen Steinwurf entfernt eine Vielzahl leuchtend gelber Eierschwämme. Die Pilze standen dicht an dicht, und schon nach kurzer Zeit war der Korb übervoll.

Als die Schwangere sich wieder aufrichtete und noch tiefer in den Tannenwald vordrang, stieg ihr ein fauliger Geruch in die Nase. Vermutlich Stinkmorcheln, dachte sie naserümpfend und hielt weiterhin nach Blaubeeren Ausschau. Doch auf einmal war sie von einer Unmenge dicker schwarzer Fliegen umgeben, die ihr ins Gesicht flogen und sich auf sie setzten. Die junge Frau stellte einen der Körbe ab, um die Insekten zu vertreiben. Aber ihr Summen wurde lauter, und sie wurden immer zudringlicher. Die Köhlerin bereute schon, dass sie nicht den Pfad genommen hatte, und unversehens wurde ihr bange. Sie wollte nur noch weg von dem Gestank und den ekelhaften Fliegen. Womöglich ein Stück Aas?, dachte sie und überlegte angespannt, wohin sie sich nun wenden sollte. Und dann sah sie es! – Der Anblick der an den Baumstamm gefesselten Leiche war so entsetzlich, dass sie vor Schreck die Körbe fallen ließ und gellend aufschrie. In wilder Panik flüchtete sie durch das Unterholz und rief lauthals um Hilfe. Im nächsten Augenblick rebellierte ihr Magen, sie musste stehen bleiben und sich erbrechen. Schlagartig verspürte sie heftige Schmerzen im Unterleib, und während sie sich noch beide Hände auf den Bauch presste, bemerkte sie alarmiert, wie ihr eine warme Flüssigkeit an den Innenseiten der Schenkel hinablief. Ihre Schreie wurden lauter und verzweifelter.

✵

Der frühere Frauenhausknecht Josef Ott und zwei seiner Kollegen waren gerade damit beschäftigt, die alten, morsch gewordenen Pfosten einer Waldweide zu entfernen und durch neue zu ersetzen, als sie aus dem Wald Hilferufe vernahmen.

»Das muss hinten bei den Fischteichen sein«, bemerkte einer der Arbeiter, und die Männer ließen ihre Werkzeuge fallen und eilten dorthin.

Während sie sich der Stelle näherten, wurden die Schreie immer durchdringender.

»Eine Frau«, murmelte Josef hektisch. »Mensch, die brüllt ja wie am Spieß …«

Gleich darauf sahen sie eine junge Frau, die mit angezogenen Beinen und hochgerutschten Röcken auf dem Waldboden lag und sich die Hände auf den gewölbten Leib presste. Erschrocken beugten sich die Männer über sie, da stieß sie erneut einen lauten Schrei aus. Zwischen ihren Schenkeln war bereits der Kopf des Säuglings zu erkennen.

Obgleich die groben Gesellen über keinerlei Erfahrungen mit Kindsgeburten verfügten, taten sie instinktiv genau das Richtige. Sie betteten den Kopf der Gebärenden auf eine zusammengerollte Arbeitsjacke, und einer der Holzleute, der schon mehreren Tiergeburten beigewohnt hatte, breitete seinen Lodenumhang unter ihr aus und sprach begütigend auf die Frau ein. Im nächsten Augenblick zeigten sich auch schon die Schultern des Kindes, und mit einem letzten heftigen Schub gelangte schließlich auch der blutige, schleimüberzogene Säuglingskörper ans Licht der Welt. Der Forstgehilfe, der unversehens zum Geburtshelfer geworden war, barg ihn bebend in seinen Händen, und als das Neugeborene seinen ersten Schrei von sich gab, traten den Holzleuten vor Ergriffenheit die Tränen in die Augen. Mit seinem scharfen Jagdmesser durchtrennte der Mann die Nabelschnur, wickelte das Neugeborene in seinen Umhang und legte es der erschöpften Mutter auf die Brust. Mit seligem Lächeln schloss sie es in die Arme.

Für geraume Zeit standen die Männer nur schweigend da und waren überwältigt.

»Wir bringen Euch am besten nach Hause«, schlug

der Geburtshelfer vor, »denn hier draußen könnt ihr ja nicht bleiben.«

Die junge Frau nickte und gab den Männern ein Zeichen, sich zu ihr hinunterzubeugen, weil ihre Stimme noch zu schwach war. »Dahinten am Baum ist etwas ganz Schreckliches!«, flüsterte sie erschöpft und wies mit bangen Augen auf das Tannendickicht. »Eine tote Frau. Schaut nach, und dann bringt uns bitte schnell hier weg …«

Jetzt nahmen die drei Männer den fauligen Geruch wahr. Sie hasteten durch das Unterholz, und der immer stärker werdende Verwesungsgestank verschlug ihnen fast den Atem.

Obgleich ihr Antlitz deutliche Spuren des Todes trug, erkannte Josef auf den ersten Blick, dass es sich bei der Frau in der Kutte aus grobem Sackleinen, die mit dem Rücken an den Baumstamm einer Fichte gefesselt war, um Isolde handelte. Er spürte, wie sich ihm der Magen umdrehte, und erbrach sich unweit der Leiche. Seinen Kameraden erging es ebenso, und es bedurfte einiger Zeit, bis sie sich wieder gefasst hatten und in der Lage waren, mit dem Neugeborenen und seiner Mutter den Heimweg zur Köhlerhütte anzutreten.

Das freudige Ereignis der Kindsgeburt wurde von dem schauerlichen Leichenfund erheblich überschattet, und so marschierten die Männer schweigsam und beklommen den Waldweg entlang. Josef, als der stattlichste von ihnen, trug die junge Mutter, während sein Kollege, der die Geburtshilfe geleistet hatte, den winzigen Säugling behutsam in den Armen wiegte.

Nach den aufwühlenden Erlebnissen, die ihnen der Morgen beschert hatte, stand den drei Männern allesamt der Sinn nach einem kräftigen Schoppen Branntwein.

*

Um die neunte Stunde hielt es Bernhard von Wanebach nicht mehr länger zu Hause aus, er machte sich auf den Weg zum Frauenhaus, um nach Ursel zu sehen. Noch niemals hatte er die Geliebte in einer so desolaten Verfassung erlebt, und die Sorge um sie raubte ihm fast den Verstand.

Mit bösen Ahnungen betätigte Bernhard den Türklopfer. Hoffentlich hat sie sich nichts angetan, so verzweifelt, wie sie war!, sinnierte er düster und bereute es einmal mehr, dass er sich ihrem Wunsch gebeugt und sie allein gelassen hatte.

Es dauerte eine Weile, bis sich der Schlüssel im Schloss drehte und der neue Frauenhausknecht, von dem Ursel immer nur abfällig als »der Weinpanscher« sprach, Bernhard eintreten ließ.

»Ist die Gildemeisterin schon aufgestanden?«, erkundigte sich Bernhard bei ihm.

»Muss wohl«, knarzte der ungehobelte Bursche. »Sie hat mich doch schon in aller Früh in die Apotheke geschickt. Wollt eine große Flasche Himmelsarznei haben, weil's ihr so dreckig ging. Und so, wie sie aussah, hab ich ihr das auch geglaubt!«

Bei der Erwähnung des Wortes »Himmelsarznei« war Bernhard erbleicht. Er ließ den Frauenhausknecht einfach stehen und stürmte die Treppe hinauf. Auf der Galerie kam ihm die alte Irmelin entgegen. Sie trug noch ihr Nachtgewand und wirkte übernächtigt und gebrechlich. Von ihrem Humor und dem frechen Mundwerk war nichts zu spüren, stattdessen hatte sie rotgeweinte Augen, und ihr Gesicht war von tiefen Kummerfalten zerfurcht.

»Die Meistersen hat die ganze Nacht geheult wie ein Schlosshund, das hat man auf dem ganzen Stockwerk gehört«, murmelte sie. »Das ist ja auch nicht mehr zum Aushalten! Erst die Rosi und jetzt auch noch die Grid – und wer weiß, was mit der Isolde passiert ist. Da möchte man sich doch am liebsten einen Strick nehmen.« Als sie Bernhards kummervolle Miene gewahrte, drückte sie ihn an sich und strich ihm über den Kopf. »Komm, mein Junge, mach dir keine Sorgen. Die Meistersen lässt sich schon nicht unterkriegen …«

»Wenn Ihr da nur recht habt!«, murmelte der Gelehrte niedergeschlagen und strebte auf Ursels Zimmertür zu.

Als Bernhard an die Tür klopfte, spürte er bei aller Besorgnis um die Geliebte auch Wut in sich aufsteigen. Vor gar nicht langer Zeit hatte ihm Ursel noch geschworen, sie werde die Finger vom Theriak lassen, und er hatte ihr damals in aller Entschiedenheit erklärt, dass er sich von ihr trennen würde, wenn sie sich nicht daran halte. Und nun hatte sie wieder damit angefangen!

Was mache ich eigentlich noch hier?, dachte er aufgebracht. Soll sie sich doch mit dem Dreckszeug den Verstand umnebeln, wenn ihr das wichtiger ist als unsere Liebe! Sie nimmt es doch billigend in Kauf, mich zu verlieren … Doch er fühlte, wie sich ihm vor Schmerz die Kehle zuschnürte. Als sich drinnen nichts rührte, drückte Bernhard die Klinke. Die Tür war verschlossen.

»Ursel, ich bin's, mach bitte auf!«, rief er und schlug mit der Handfläche gegen das Holz.

Die Hurenkönigin stellte seine Geduld erheblich auf die Probe. Er vernahm ein Knarren, dann schlurfende Schritte, ehe endlich das Türschloss knackte und die Tür einen Spaltbreit geöffnet wurde. Aus glasigen Augen mit geröteten Lidern sah Ursel ihn an, sie schien große Mühe zu haben, sie offen zu halten. Ihr rotes Haar stand wild vom Kopf ab, und ihr Gesicht war bleich und aufgedunsen.

»Mir geht es miserabel, ich glaube, es ist besser, wenn du wieder gehst …«, lallte sie mit schwerer Zunge. Schon wollte sie die Tür wieder schließen, da stemmte sich Bernhard wütend dagegen. Er hätte Ursel fast umgerissen, als er in das abgedunkelte Zimmer stürzte.

»Keine Angst, du bist mich gleich wieder los«, stieß der Gelehrte hervor. »Ich möchte nur etwas klarstellen …«

Die Hurenkönigin wankte zum Bett zurück und verkroch sich unter der Decke. Bernhard riss zornig die zugezogenen Vorhänge auf und öffnete die Fensterflügel, um den stickigen Geruch zu vertreiben. Auf dem Holztischchen neben dem Bett bemerkte er die braune Theriakflasche, die fast zur Hälfte geleert war.

Ursel, der das grelle Tageslicht unangenehm war, murrte und zog sich die Decke über den Kopf.

»Hättest du vielleicht die Güte, mich anzuschauen, ich habe dir nämlich etwas zu sagen«, sagte Bernhard aufgebracht und zog Ursel die Decke vom Gesicht.

»Lass mich, ich will schlafen«, murmelte sie und blinzelte Bernhard müde an.

»Du hörst mir jetzt gefälligst zu, Hurenkönigin!«, herrschte Bernhard sie an. Er setzte sich auf den Bettrand und packte sie an den Schultern, während er sie zornig und unsagbar verletzt anblickte. »Ich weiß, dass es dir schlechtgeht, aber damit bist du weiß Gott nicht alleine!«, brach es aus ihm heraus. »Du hast mir versprochen, dieses Teufelszeug nicht mehr anzurühren, aber daran hast du dich nicht gehalten.« Bernhard schluchzte auf. »Ich liebe dich …«, sagte er leise. »Aber mit einer Frau, die sich so aufgibt, will ich nichts mehr zu schaffen haben. Du hast mich unsagbar enttäuscht.« Bernhard erhob sich und ging zur Tür, wo er sich noch einmal zu Ursel umwandte. »Ich wäre mit dir bis ans Ende der Welt gegangen«, stieß er hervor und drückte die Türklinke.

»Bleib bei mir!«, krächzte Ursel, doch Bernhard ließ sich nicht zurückhalten. Einen flüchtigen Moment lang wollte sie aufstehen und ihm nacheilen, doch sie hatte nicht die Kraft, gegen das Opiat anzukämpfen, das sie nach unten zog.

❋

Um die Mittagszeit wurde der Henker im Frauenhaus vorstellig. Er teilte den Huren mit ernster Miene mit, der Bürgermeister erachte es in Anbetracht der Umstände für angemessen, das Frauenhaus für eine gewisse Zeit zu schließen. Vergeblich blickte er sich im Schankraum nach der Hurenkönigin um und erkundigte sich nach ihrem Verbleib.

»Sie ist auf ihrem Zimmer. Ihr geht es nicht gut«, erwiderte die Jennischen Marie.

»Ich habe nämlich noch eine traurige Nachricht für euch«, erklärte der Scharfrichter mit belegter Stimme. »Die Leiche von Isolde wurde heute Morgen gefunden. Man hatte sie im Sachsenhäuser Forst an einen Baum gefesselt. Sie … sie war übel zugerichtet …« Der Henker senkte betreten den Blick. »Man hat sie zum Peterskirchhof gebracht. Um drei Uhr nachmittags soll die Leichenschau stattfinden.«

Mehrere Huren schrien entsetzt auf.

Der Henker begab sich zur Tür. »Ich muss es der Zimmerin selbst sagen«, bemerkte er finster und stieg die Treppe hoch.

Als es an der Tür klopfte und Ursel erneut aus dem Schlaf gerissen wurde, hoffte sie, dass es Bernhard war, und ihr Herz schlug höher. Sie bedauerte zutiefst, dass sie den Geliebten so verletzt hatte, und hatte es seit seinem Weggang strikt vermieden, nach dem Theriak zu greifen.

»Herein«, rief sie mit schwacher Stimme, richtete sich mühsam auf der Rosshaarmatratze auf und strich sich durch die ungekämmten Haare. Als sie jedoch anstelle von Bernhard den Henker gewahrte, überwältigte sie wieder die bleierne Niedergeschlagenheit, die selbst die Himmelsarznei nicht gänzlich vertreiben konnte. Der Gesichtsausdruck von Meister Jerg verhieß nichts Gutes, und Ursels gepeinigte Seele flehte darum, von weiteren Schicksalsschlägen verschont zu bleiben.

»Darf … darf ich mich vielleicht setzen?«, erkundigte sich der Henker scheu. Die Hurenkönigin bot ihm an, sich einen Schemel ans Bett zu rücken, während sie ihn mit dunkel umflorten Augen anblickte, aus denen eine abgrundtiefe Traurigkeit sprach.

Selbst der abgestumpfte Scharfrichter empfand Mitleid mit der sonst so kämpferischen Gildemeisterin, die in ihrem Unglück kaum mehr wiederzuerkennen war.

»Ich habe eine schlimme Nachricht für Euch, Zimmerin«, setzte er mit tonloser Stimme an und musste sich zwingen, weiterzusprechen. »Heute Morgen wurde Isoldes Leiche im Sachsenhäuser Forst entdeckt. Wie's der Zufall wollte, hat Euer früherer Frauenhausknecht Josef sie gefunden und wohl gleich erkannt. Ich musste sie mir eben auch angucken, um zu bestätigen, dass es wirklich eine unserer Hübscherinnen ist – der Bürgermeister wollte Euch nicht damit behelligen, wo ihr doch sowieso schon genug gebeutelt seid. Und so leid es mir tut, sie ist es …«

Die Zimmerin war auf ihr Lager zurückgesunken, vergrub ihr Gesicht im Kopfkissen und gab ein verzweifeltes Wimmern von sich.

Obgleich der Henker an Wehklagen jeglicher Art gewöhnt war, schnitt ihm die bodenlose Verzweiflung der Hurenkönigin doch mehr ins Herz, als sein Gemüt es eigentlich zuließ, und er griff unversehens nach ihrer Hand und drückte sie.

»Tut mir leid, Zimmerin. Momentan lädt das Unglück seinen Sack über Euch aus«, murmelte er rau. Sein Blick fiel auf die Theriakflasche. »Nehmt einen Schluck von der Himmelsarznei, das wird Euch guttun.«

Ursel reagierte nicht, sie war wie gefangen in ihrer Trauer. »Wo … wo ist sie?«, presste sie nach geraumer Zeit hervor.

»In der Leichenhalle auf dem Peterskirchhof. Für drei Uhr ist die Leichenschau angesetzt. Aber ich kann Euch nur raten: Erspart Euch den Anblick …«

»Was hat man ihr angetan? Wurde sie gefoltert?«, brach es aus Ursel heraus.

Der Henker zögerte mit seiner Antwort und stieß vernehmlich die Luft aus. »Ähnlich wie die Rosi«, grummelte er ausweichend. »Man hat wohl versucht, sie anzuzünden, die Beine waren angekohlt. – Die Stadtoberen mutmaßen, dass die Nonne dahintersteckt, weil die Leiche wie die anderen Frauen in so einem Büßergewand steckte und die Haare abgesengt waren. Ich soll heute Nachmittag das peinliche Verhör durchführen, und dann wollen wir mal sehen … Ich für meinen Teil trau der alles zu.« Dann fuhr er in beruhigendem Tonfall fort: »Ich weiß nicht, ob das ein Trost für Euch ist, aber das Frauenzimmer wird in jedem Fall für seine Schandtaten büßen. Der Bürgermeister hat heute zu mir gesagt, dass die Nonne schon deshalb, weil sie den Tod der Lohnsetzerin verschuldet hat, mit der Todesstrafe rechnen muss. Und das ist ja auch nicht mehr als gerecht, oder?«

»Schon«, murmelte die Zimmerin leise, »aber dadurch werden meine Mädchen auch nicht wieder lebendig! Und das bricht mir das Herz …« Sie verfiel erneut in gequältes Wimmern.

»Ihr solltet momentan nicht so viel alleine sein, Gildemeisterin. Gibt es denn niemand, der sich ein bisschen um Euch kümmern kann? Wo ist eigentlich Euer Galan? Der ist doch sonst immer da …«

»Den habe ich vergrault«, erwiderte die Hurenkönigin traurig.

»Das renkt sich schon wieder ein, Zimmerin, ganz bestimmt«, sagte der Henker aufmunternd und wandte sich zum Gehen. »Und … wenn Ihr jemanden braucht, ich bin immer für Euch da.« Er errötete und verließ schnell das Zimmer.

✳

Es hatte sich rasch abgezeichnet, dass die Oberin des Sankt-Spiritus-Ordens, Schwester Adalbertis, keineswegs bereit war, Schwester Theodora in Schutz zu nehmen. Von Anfang an bemüht, den eigenen Kopf aus der Schlinge zu ziehen, beteuerte sie dem Bürgermeister gegenüber, von Schwester Theodoras Machenschaften nichts gewusst zu haben. Selbstredend werde Theodora nach diesem schrecklichen Vorfall mit sofortiger Wirkung aus dem Orden ausgeschlossen, betonte Schwester Adalbertis. Theodora habe sich schon bald nach ihrem Eintritt in den Sankt-Spiritus-Orden ausschließlich um gestrauchelte Frauen gekümmert, weil sie vor ihrer Ordensweihe selbst ein höchst liederliches Leben als Wanderhure geführt habe. Sie selbst habe der Schwester stets freie Hand gelassen – was sich im Nachhinein, wie die Oberin zerknirscht eingestehen musste, als großer Fehler erwiesen habe.

Die Tatsache, dass Theodora in ihrem früheren Leben selbst eine Hure gewesen war, sowie die Schwere ihres Vergehens, durch das eine städtische Hübscherin ums Leben gekommen war, hatten es ratsam erscheinen lassen, der Angeklagten bei der peinlichen Befragung keine Schonung zukommen zu lassen.

Zwei Gefängnisbüttel führten die ehemalige Nonne, die seit ihrer Gefangennahme im Brückenturm ihr Ordensgewand gegen eine braune Kutte aus grobem Sacktuch getauscht hatte, in Ketten in den gewölbeartigen Verhörraum, der voller Folterwerkzeuge war. An einem langen Tisch saßen der Untersuchungsrichter, der Bürgermeister und drei Ratsherren sowie eine Abordnung des Frankfurter Klerus, der auch Pfarrer Roddach angehörte. Im Hintergrund war Meister Jerg damit beschäftigt, die entsprechenden Folterinstrumente bereitzustellen.

Gleich darauf trat der Henker auf die Gefangene zu und legte ihr lederne Daumenschlingen an, die er an einem Seil befestigte. Mit einem Ruck an der Seilwinde, die an der Gewölbedecke befestigt war, zog er Theodora so weit nach oben, dass sich ihre Füße eine Handbreit über dem Boden befanden. Die hagere Frau mit den dunklen Schatten unter den Augen stieß einen lauten Schmerzensschrei aus.

Mit gebieterischer Geste befahl ihr der Untersuchungsrichter zu schweigen und erklärte in amtlichem Tonfall: »Die Kriminaluntersuchung im Falle der Angeklagten Walburga Dietrich aus der niederrheinischen Ortschaft Wesel wird eröffnet. Die Angeklagte Dietrich, Tochter des Müllers Stephan Dietrich und seiner Ehefrau Irmgard, geborene Schimmel, wird vom ehrwürdigen Rate der freien Reichsstadt zu Frankfurt am Main der folgenden Verbrechen beschuldigt: Sie hat drei ehemalige Bademägde im Keller des Sankt-Spiritus-Klosters wochenlang gefangen gehalten und gefoltert. Desgleichen hat sie die städtische Hübscherin und Lohnsetzerin des Frauenhauses am Dempelbrunnen, Ingrid Messer, in einen Verschlag gesperrt und sie qualvoll ersticken lassen. Für diesen Mord an einer freien Tochter des Rates muss aus der Obrigkeit heraus über das Blut gerichtet werden. Um das Recht der Wiedervergeltung auszuüben, verurteilt der Frankfurter Magistrat, vertreten durch den hochlöblichen Herrn Stadtschultheiß Reichmann und die ehrenwerten Senatsangehörigen Fichard und Neuhaus, die Beklagte zum Tode durch Ertränken.«

Die ehemalige Nonne gab ein verzweifeltes Wimmern von sich, was die anwesenden Herren mit finsteren Mienen quittierten.

»Ich frage nun die Beschuldigte Walburga Dietrich, ob Sie sich der vorgeworfenen Vergehen für schuldig bekennt?«, hallte die Stimme Lederers durch das Gewölbe.

Schwester Theodora, der die Tortur augenscheinlich große Qual bereitete, stammelte keuchend: »Ich habe doch nur gewollt ... dass die Sünderinnen sich von ihrem schandbaren Gewerbe abwenden ... und durch Buße geläutert werden ... wie die heilige Maria Magdalena ...«

»Oder wie Sie selbst, die, wie wir inzwischen wissen, jahrelang der Unzucht gefrönt hat! Sie ist eine Schande für Ihren Orden!«, keifte Pfarrer Roddach aufgebracht, was die übrigen Geistlichen durch eifriges Kopfnicken bekräftigten.

»Ich büße für meine Sünden!«, schrie Schwester Theodora. »Seit meiner Läuterung trage ich einen Bußgürtel, und es ist kein Tag vergangen, an dem ich mir nicht mit der neunschwänzigen Katze den Rücken gepeitscht habe. Ich bin immer tugendhaft geblieben und habe nie wieder der Unzucht gefrönt!«

»So tugendhaft, dass Sie sich dazu berufen fühlt, Hübscherinnen zu ermorden!«, schnitt ihr der Bürgermeister hämisch das Wort ab.

»Ich ... ich habe sie doch nicht umbringen wollen!«, erwiderte Theodora schuldbewusst. »Ich habe ihr nur einen Knebel in den Mund gesteckt, weil sie mich so unflätig beschimpft hat und damit man ihre Schreie nicht so hört ... Aber ich habe sie nicht töten wollen. Bitte glaubt mir das!«

»Wir glauben Ihr ja«, entgegnete der Untersuchungsrichter höhnisch und wechselte einen verschwörerischen Blick mit dem Bürgermeister. »Und Sie hat auch bestimmt die anderen Huren nicht töten wollen, oder?«, fragte er mit tückischem Lächeln.

Trotz ihrer Qualen schien Schwester Theodora plötzlich hellwach zu sein. »Welche anderen Huren?«, murmelte sie mit vor Schreck geweiteten Augen.

Das gesamte Straftribunal fixierte Theodora mit derart unbarmherzigen Blicken, dass die ehemalige Nonne in Panik geriet. »Ich habe den Tod einer Laienschwester verschuldet«, stammelte sie völlig außer sich. »Und dafür werde ich auch vor meinen göttlichen Richter treten.« Mit sich überschlagender Stimme schrie sie: »Aber ich habe keine anderen Huren ermordet! Das schwöre ich bei allem, was mir heilig ist!« Sie warf sich an den Daumenschlingen wild hin und her.

»Schweig Sie still, Sie liederliches Frauenzimmer, und versündige Sie sich nicht noch mehr!«, herrschte Pfarrer Roddach die Delinquentin an. Er schien erfüllt von heiligem Zorn.

Der Untersuchungsrichter wetterte: »Wenn Sie glaubt, Sie kann uns jetzt auch noch Lügen auftischen, werden wir Ihr schon beikommen! Wir lassen Sie noch ein Weilchen zappeln. Und dann wird Ihr der Züchtiger Daumenschrauben anlegen. Vielleicht wird Sie uns ja dann mit der Wahrheit aufwarten!« Er wandte sich an den Henker. »Angstmann, mach Er alles bereit. Wir machen solange eine Pause und vertreten uns die Beine. In einer guten Stunde sind wir wieder zurück, und dann machen wir mit der verschärften Fragestellung weiter.«

»Sie muss einen Helfer gehabt haben«, sagte Melchior Lederer zum Bürgermeister, als sie die Wendeltreppe des Brückenturms hinabstiegen. »Alleine hätte so ein dürres, klappriges Frauenzimmer das alles ja gar nicht bewerkstelligen können – die Frauen wegschaffen und an einen Baum binden oder in den Main werfen, wie bei der ersten Hübscherin.«

Reichmann stimmte ihm nachdenklich zu. »Da muss noch ein Mann mit im Spiel gewesen sein«, murmelte er und hielt inne. »Die Torwächter vom Brückentor haben doch gesehen, dass die Hübscherin in Begleitung eines Mannes über die Brücke nach Sachsenhausen geritten ist. Er soll grüne Jagdkleidung getragen haben. Und der Hausierer hat ja auch von einem Mann gesprochen …«

Der Untersuchungsrichter nickte. »Ich werde sie nachher im Verhör darauf festnageln.«

»Sollten wir dazu nicht auch die Oberin befragen?«, fragte der Bürgermeister und runzelte die Stirn. »Mich ärgert es sowieso, dass sie so viel Schonung erfährt. Steckt ihren Kopf in den Sand und will dann von allem nichts gewusst haben! Wenn die Dietrich wirklich einen Helfer hatte, muss das doch auch der Oberin aufgefallen sein. Ein Mann unter all diesen Betschwestern, der sticht doch förmlich ins Auge!«

»Dann zitieren wir sie her«, schlug Lederer vor. »Das Kloster ist ja ganz in der Nähe. Ich schicke einen von den Gefängnisbütteln hinüber und lass sie holen.«

Als sie unten angekommen waren, wo sich auch die Wachstube der Gewaltaufseher befand, beorderte der Untersuchungsrichter einen der Büttel zum Sankt-Spiritus-Kloster. Anschließend besprachen sich die Herren des Straftribunals noch einmal und warteten auf das Eintreffen der Oberin.

Eine halbe Stunde später führte der Gefängnisbüttel Schwester Adalbertis in die Wachstube des Brückenturms. Die alte Nonne keuchte vernehmlich und erbat sich von den Aufsehern einen Becher Wasser. Nachdem ihr der Bürgermeister einen Sitzplatz angeboten und sie ihren Durst gestillt hatte, bekundete sie den hohen Herren gegenüber mit Leidensmiene, wie sehr ihr die Angelegenheit zusetze.

Doch der Untersuchungsrichter schnitt ihr das Wort ab, indem er ihr übergangslos eine Frage stellte: »Gibt es vielleicht einen Mann, der der Mörderin bei ihren Gräueltaten geholfen hat?«

Schwester Adalbertis schüttelte irritiert den Kopf. »Theodora und ein Mann? Das kann ich mir beim besten Willen nicht vorstellen. Außerdem sind wir ein reines Nonnenkloster, und Männer haben bei uns keinen Zutritt«, murmelte sie und sah beistandheischend zu den geistlichen Herren hinüber, die allesamt reserviert die Blicke senkten.

»Das versteht sich von selbst«, bemerkte Pfarrer Roddach kühl. »Doch ebenso, wie es in einem Mönchskloster eine Küchenmagd geben kann und ein Priester eine Hauswirtschafterin beschäftigt, so wäre es denkbar, dass selbst Euer vorbildliches Kloster eine Art Hausknecht unterhält, einen Mann fürs Grobe, der das Vieh schlachtet und mal einen Zaun repariert.« Der Pfarrer bedachte die Oberin mit einem despektierlichen Blick. In Frankfurter Klerikerkreisen begann man bereits, sich vom Sankt-Spiritus-Orden abzuwenden, und es wurde sogar in Erwägung gezogen, das Kloster aufzulösen.

Schwester Adalbertis bemühte sich um Haltung. »Nun«, bemerkte sie vorsichtig, »es gibt da einen Jäger mit Namen Engelbert, der uns ab und zu behilflich ist. Er steht in Diensten der Ritter von Praunheim, die unsere Nachbarn und dem Sankt-Spiritus-Orden sehr gewogen sind.« Mit triumphierender Miene erläuterte sie: »Der Großherzigkeit von Ritter Sigismund von Praunheim und seiner werten Gemahlin Karolina verdankt unser Kloster sehr viel. Sie überschütten uns mit Gaben und Geschenken aus ihren Wäldern und Ländereien. Immer wieder bringt uns der Jäger im Auftrag seiner Herrschaften Feldfrüchte, Forellen oder edles Wildbret. Wir sind der Adelsfamilie zu großem Dank verpflichtet und schließen sie in unsere Gebete ein. Ich vermag mir wirklich kaum vorzustellen, dass besagter Engelbert – ein frommer und fleißiger Gesell – Theodora bei ihren Freveltaten geholfen haben soll«, schloss die Mutter Oberin und streifte den Bürgermeister mit einem vielsagenden Blick.

Reichmann, der bei ihren Ausführungen immer angespannter geworden war, erwiderte gepresst: »Ich eigentlich auch nicht …«

Auch die anderen Herren schwiegen betroffen. Ihnen war hinlänglich bekannt, dass die von Praunheims zu den mächtigsten und einflussreichsten Frankfurter Adelsgeschlechtern zählten. Lediglich der Untersuchungsrichter schien dies in seinem Übereifer nicht recht zu bedenken, denn er wandte sich an den Stadtschultheiß und fragte unterwürfig: »Soll ich diesen Jäger vorladen lassen?«

Sein Dienstherr musterte ihn unwirsch. »Das wird nicht nötig sein, Lederer«, beschied er ihn abweisend.

»Ich treffe Ritter Sigismund am Wochenende auf einem Turnier. Wenn es sich ergibt, werde ich ihn bei dieser Gelegenheit einmal auf seinen Jäger ansprechen.«

Damit schien der Sache fürs Erste Genüge getan. Der Bürgermeister entließ die Oberin mit einem knappen Abschiedsgruß und schlug den Anwesenden vor, sich doch wieder dem Tagesgeschäft zuzuwenden.

»Dann hat sie es wohl doch alleine getan«, raunte der Untersuchungsrichter dem Bürgermeister vor der Tür der großen Folterkammer zu und blickte ihn unsicher an.

Reichmann nickte und grummelte nur: »Sieht ganz danach aus …«

✳

Als der Henker die Seilwinde so weit gelockert hatte, dass die Angeklagte mit den Füßen wieder den Boden berührte, war die ehemalige Nonne nicht in der Lage, sich auf den Beinen zu halten, und sank entkräftet in sich zusammen.

Schon die sogenannte »leichte Befragung«, bei der vorschriftsmäßig noch kein Blut fließen durfte, hatte Theodora derart mitgenommen. Schmerzhaft pochte das Blut in ihren geschwollenen, bläulich verfärbten Daumen, und als der Züchtiger an sie herantrat und ihr die ledernen Daumenschlingen abnahm, schrie sie laut vor Schmerzen.

Die panische Angst vor weiteren Qualen raubte ihr fast den Verstand, ihr ausgezehrter Körper hatte der Folter nichts entgegenzusetzen, und die Furcht, sie könnte schon bei der nächsten Marter ihr Leben aushauchen, ließ sie schlottern wie eine Fiebernde.

Fast ein Jahrzehnt lang hatte sie ihren sündigen Leib gezüchtigt und war nicht müde geworden, sich selbst alle erdenklichen Qualen zuzufügen, um für ihr schändliches Leben zu büßen. Mit großer Selbstverständlichkeit war sie davon ausgegangen, das hätte sie gegen jedweden Schmerz unempfindlich gemacht. Ein Trugschluss, wie sie sich inzwischen eingestehen musste. Es war nämlich ein Unterschied, ob man sich selbst der Qual aussetzte oder ob sie einem von anderen, denen man hilflos ausgeliefert war, angetan wurde.

Früher hatte sie die Pein sogar regelrecht genossen. Sie hatte sich dadurch in einen Rausch versetzt, dem eine seltsame, düstere Lust innewohnte, die sie süchtig werden ließ nach mehr. Nur um die alte Lasterhaftigkeit im Keim zu ersticken, hatte sie sich eingeredet, um der Wahrheit nicht ins Auge blicken zu müssen.

Doch irgendwann hatte sie erkannt, dass auch die Selbstquälerei nur ein weiteres Laster war, und sie war maßvoller geworden. Hatte sich nur noch vor dem Schlafengehen gegeißelt und den Bußgürtel lediglich in der Nacht angelegt. Und ihr Geist war dadurch freier und klarer geworden, so dass sie mit einem Mal die Stimme der Heiligen hören konnte, die ihr sagte, sie solle fortan in ihrem Sinne handeln. Sie hatte die Mutter Oberin gefragt, ob sie sich um die Sünderinnen kümmern dürfe, und hatte ihr ganzes Dasein diesem Dienst untergeordnet: die Gestrauchelten auf den rechten Weg zu führen.

Doch auch hierin hatte sie gefehlt und schwere Schuld auf sich geladen, für die sie nun Sühne leisten musste. Und sie würde dafür büßen und bald schon vor ihren Richter treten! Wie sie es verdient hatte.

Obgleich sie sich zwang, diese Überlegungen gebetsmühlenartig vor sich hin zu murmeln, konnte sie doch nicht umhin, ein gequältes Winseln von sich zu geben, als der Züchtiger sie auf eine Folterbank legte, wo er ihr die Hand- und Fußgelenke mit Ledermanschetten fixierte.

Die Herren des Straftribunals, die kurz zuvor eingetroffen waren und wieder ihre Plätze eingenommen hatten, schien dies wenig zu bekümmern.

»Wir beginnen nun mit der verschärften Fragestellung«, erklärte der Untersuchungsrichter sachlich. Mit ungeduldigem Blick auf die Folterbank befahl er dem Henker: »Auf, auf, Scharfrichter, leg Er ihr die Daumeneisen an!«

Als Meister Jerg seinem Befehl Folge leistete und Theodora die Schraubeisen um die Daumenkuppen legte, schrie sie wie von Sinnen.

»Ich hab die Schrauben ja noch nicht mal angezogen, und da kreischt die schon wie am Spieß!«, schimpfte der Henker und zischte der Delinquentin zu: »Halt die Klappe, sonst verpass ich dir einen Knebel, wie du's mit der Lohnsetzerin gemacht hast!«

Theodoras Schreie verstummten augenblicklich, nur ein leises Wimmern war noch zu vernehmen.

Der Untersuchungsrichter gab dem Züchtiger den Wink, die Schrauben anzuziehen. Die Delinquentin gab ein durchdringendes Heulen von sich.

»Walburga Dietrich, ich frage Sie jetzt zum letzten Mal: Hat Sie die Hure Roswitha ins Kloster gelockt, im Keller gefangen gehalten und grausam zu Tode gefoltert?«, gellte die Stimme Lederers durch das Turmgewölbe.

»Jaaaah!«, schrie Theodora, der das Blut unter den

Fingernägeln hervorquoll, und flehte außer sich: »Bitte, bitte, hört auf! Ich gestehe alles …«

Mit einer herrischen Handbewegung gebot der Untersuchungsrichter dem Henker Einhalt. Der Züchtiger lockerte die Schrauben.

Theodora war am Ende ihrer Kräfte, sie hätte alles getan, damit die grausame Marter endlich ein Ende hatte. Selbst die Furcht vor dem Tode verblasste vor den Schrecken der Folter – und mit einem Mal sehnte sie ihn sogar herbei.

»Ich gestehe alles, was Ihr hören wollt … Nur verschont mich mit der Pein und tötet mich recht bald, damit mein Elend vorüber ist!«, flehte sie.

Der Untersuchungsrichter blickte zufrieden. »Gut, dass Sie endlich einsichtig wird«, bemerkte er. »Wir werden Ihrem Wunsche auch nachkommen und das Todesurteil so schnell wie möglich an Ihr vollstrecken.« Er sah den Bürgermeister fragend an.

Reichmann nickte und erklärte: »Das sollte schon zu machen sein.«

»Ehe wir ein angemessenes Urteil über Sie fällen werden, muss Sie uns aber noch ein vollständiges Geständnis abliefern«, wandte sich Lederer wieder an die Angeklagte, die völlig entkräftet auf der Folterbank lag und augenscheinlich zu schwach war zum Sprechen. Dies war ein Zustand, den der erfahrene Amtmann im Laufe vieler Dienstjahre häufiger kennengelernt hatte, und so war der Untersuchungsrichter der Delinquentin behilflich und legte ihr die Vergehen sozusagen in den Mund, so dass die Beklagte nur noch ihre Zustimmung bekunden musste – was sie auch tat.

Am späten Nachmittag fällten die Herren das Urteil

und verurteilten Walburga Dietrich für die grausamen Foltermorde an den drei Huren Roswitha, Ingrid und Isolde zum Tode durch Ertränken, was schon am Folgetag, am Donnerstag, dem 4. August 1511, um 12 Uhr mittags an ihr vollstreckt werden sollte.

*

Es war finstere Nacht, als Ursel über den Steg hastete. Er war unendlich lang und erstreckte sich bis ans andere Ufer des Flusses. Der dahinfließende Strom war so tiefschwarz wie der sternenlose Nachthimmel. Kein Laut war zu vernehmen, und sie spürte nicht den leisesten Windhauch auf ihren Wangen. Eine Totenstille! Mit schwankenden Schritten ging sie voran. Das morsche Holz ächzte unter ihren Füßen, und sie hatte auf einmal panische Angst, einzubrechen. Dann wäre sie rettungslos verloren. Sie würde in den schwarzen Fluten untergehen.

Am Ende des Stegs gewahrte sie plötzlich eine Gestalt. Ursel hatte sie erst nicht bemerkt, weil sie ein langes schwarzes Gewand trug. Sie war noch weit von ihr entfernt und kehrte ihr den Rücken zu. Das Holz unter Ursels Füßen wurde immer schadhafter und löchriger, es fehlten ganze Stücke. Fast wäre sie ins Leere getreten. Sie bewegte sich wie eine Traumtänzerin, die nicht wusste, ob nicht schon der nächste Schritt in den gähnenden Abgrund führte. Doch sie musste weiter, die Gestalt am Ende des Stegs zog sie magisch an. Der Abstand zwischen ihnen wurde immer geringer. Längst achtete Ursel nicht mehr auf ihre Schritte, und mit einem Mal hatte sie das Gefühl zu schweben. Was von der Gestalt ausging, war wie ein Sog, und Ursel strebte unaufhaltsam auf sie zu. Sah schon die schwarzen Falten ihres Gewandes. Ein Nonnengewand! Schwester Theodora, hallte es in ihrem Inneren, und sie fühlte einen unbändi-

gen Hass in sich. Grob packte Ursel die Nonne am Arm und drehte sie zu sich um. – Doch es war gar nicht Theodora! Sie blickte in ein feenhaft schönes Gesicht mit kalten Augen. Das ist keine gute Fee!, durchfuhr es sie, und sie hatte plötzlich das beklemmende Gefühl, ihr bliebe das Herz stehen …

»Hilfe!«, schrie Ursel mit sich überschlagender Stimme. Schweißgebadet lag sie auf der Rosshaarmatratze. Eine panische Angst hatte von ihr Besitz ergriffen. In ihrer Verzweiflung fing sie unversehens an zu beten.

»Heilige Maria Magdalena, steh mir bei und halte schützend deine Hand über mich!«, flehte sie die Schutzpatronin an, und es schien tatsächlich ein wenig zu helfen. Sie atmete tief durch, und ganz langsam verflüchtigte sich die Panik.

Noch ganz benommen, richtete sie sich auf und tastete im Halbdunkel nach der Theriakflasche, die neben dem Bett auf dem Boden stand. Als sie sie mit bebenden Fingern entkorkt hatte, stellte sie fest, dass sie leer war. Ursel öffnete sie dennoch und hielt sie sich über den offenen Mund, ehe sie das Gefäß fluchend von sich schleuderte. Klirrend zerbarst es auf dem Dielenboden.

Ächzend schwang die Hurenkönigin die Beine aus dem Bett. Sie würde sich Nachschub holen müssen. Wie spät es wohl sein mochte? Ihr war jegliches Zeitgefühl abhandengekommen. Sie blinzelte mit zusammengekniffenen Augen hinüber zu dem Lichtspalt am Fenster, der sich zwischen den zugezogenen Vorhängen abzeichnete. Es war jedenfalls noch nicht dunkel, also hatten die Apotheken noch geöffnet. Hoffentlich, dachte sie und kleidete sich mit fahrigen Händen an. Notdürftig fuhr sie sich mit dem Kamm durch die strähnigen Haare, schlang sie zum Knoten und steckte sie hoch. Nach einem flüchtigen Blick in den Spiegel beschloss sie, auf weitere Verschönerungsversuche zu verzichten. So schrecklich, wie sie aussah, wären die sowieso vergeblich. Außerdem hatte sie weder Lust noch Zeit, sich mit solchen Lappalien aufzuhalten.

Dennoch schämte sie sich, als sie gleich darauf auf den Flur hinaustrat. Wenn die Mädels sie in so einem Zustand sahen! Von der stolzen Hurenkönigin war nur noch ein Wrack übrig geblieben, das war ihr nur allzu bewusst, und für einen flüchtigen Moment hätte sie am liebsten losgeheult. Sie fühlte sich unsagbar einsam und verlassen. Als kurz darauf eine der Türen aufging und die alte Irmelin heraustrat, konnte Ursel nicht mehr an sich halten und fing hemmungslos an zu weinen.

Die alte Hure ging auf sie zu und umarmte sie. Obgleich ihr selber die Tränen über die Wangen liefen, suchte sie die Hurenkönigin zu trösten.

»Arme Meistersen«, murmelte Irmelin. »Wie kann ich Euch nur helfen?«

Ursel war außerstande, etwas zu entgegnen, sie ergab sich ihren Tränen, die einfach nicht mehr abebben wollten. Es war ihr, als wäre plötzlich der Kokon geborsten, den das Leid und die Droge um ihre Seele gesponnen hatten, und die dumpfe Trauer, die sie die ganze Zeit gelähmt hatte, brach sich Bahn und sprengte alle Dämme.

Immer mehr Huren kamen aus ihren Zimmern herbeigeeilt und scharten sich um die Gildemeisterin. Von allen Seiten spendeten ihr die Frauen Trost und Anteilnahme. Für die Huren war es selbstverständlich, der Frau, die all die Jahre für sie da gewesen war, nun ihrerseits beizustehen, und Ursel kehrte langsam wieder ins Leben zurück.

»Dass ihr mich so sehen müsst …«, murmelte sie schniefend und schlug vor, gemeinsam nach unten in den Schankraum zu gehen.

Die alte Irmelin hakte sich bei der Hurenkönigin unter. »Dort esst Ihr erst mal einen Teller Suppe, damit Ihr wieder zu Kräften kommt – so dürr, wie Ihr geworden seid!«

Ursel, die gar nicht mehr wusste, wann sie zum letzten Mal etwas gegessen hatte, verspürte tatsächlich ein bohrendes Hungergefühl – aber auch ein unbändiges Verlangen nach Theriak. »Ich … ich brauche meine Himmelsarznei«, sagte sie hektisch.

»Habt Ihr noch was in Eurem Zimmer? Soll ich es holen?«, erkundigte sich die alte Irmelin.

»Nein, das Fläschchen ist leer«, sagte Ursel zerknirscht. »Ich brauche ein neues.«

»Dann schicken wir den Hausknecht los, dass er Euch was holt. Seit wir geschlossen haben, liegt der doch sowieso den ganzen Tag auf der faulen Haut«, erwiderte die Dienstälteste mit grimmiger Miene und blickte sich suchend nach Stückrath um. Sie entdeckte ihn hinter dem Schanktisch, wo er gerade dabei war, drei Bier zu zapfen.

»Stückrath, komm mal her!«, röhrte Irmelin durch den Schankraum.

Der Frauenhausknecht tat so, als hätte er nichts gehört, und fuhr unbeirrt mit dem Bierzapfen fort.

Ursel, die sich ebenso wie Irmelin über seine Sturheit ärgerte, fuhr ihn an: »Für wen zapfst du denn überhaupt das Bier? Ich sehe nicht, dass wir Gäste haben.«

»Das wird wohl auch schwerlich möglich sein«, grummelte der Hausknecht aufsässig. »Denn wie Ihr vielleicht wisst, haben wir auf absehbare Zeit geschlossen. Oder ist Euch das in Eurem Tran vielleicht entgangen …« Er bedachte die Hurenkönigin mit einem hämischen Grinsen.

Obgleich Ursel noch sehr angeschlagen war, obsiegte in diesem Moment doch ihr alter Schneid. Sie stemmte sich am Tisch hoch und eilte auf unsicheren Beinen zum Tresen. Ihre schwarzen Augen funkelten vor Zorn, als sie Stückrath ins Gesicht schrie: »So sprichst du nicht mit mir, du Tropf! Pack sofort deine Sachen und verschwinde. Ich will dich hier nicht mehr sehen!«

Stückraths feistes Gesicht war vor Zorn gerötet. »Du hast mir gar nix zu sagen, du alte Schabracke!«, raunzte er und verschränkte trotzig die Arme vor der Brust. »Mein Dienstherr ist der Bürgermeister, und der sagt mir, was ich zu tun und zu lassen habe …«

»Was geht hier vor?«, war plötzlich die tiefe Stimme des Henkers zu vernehmen, der gerade eingetreten war und Stückraths letzte Äußerungen gehört hatte.

Nach einer kurzen Klärung des Sachverhalts, bei der unter anderem zutage trat, dass der Frauenhausknecht oben in seiner Kammer mit zwei Kumpanen beim Kartenspiel war, packte Meister Jerg Stückrath kurzerhand am Kragen und schob ihn mit dem Befehl, auf der Stelle seine Sachen zu packen und sodann mit seinen Spießgesellen das Weite zu suchen, aus dem Aufenthaltsraum hinaus.

Keine fünf Minuten später war zu hören, wie Stückrath, der aus Angst vor dem Henker keinen Muckser mehr von sich gegeben hatte, mit seinen Kameraden das Frauenhaus verließ.

Ursel blickte den Scharfrichter dankbar an und stellte einen der Bierkrüge vor ihn auf den Tisch. Meister Jerg leerte ihn in wenigen Zügen. Anschließend wischte er sich den Schaum vom Mund und sagte: »Ich habe Euch etwas mitzuteilen, Zimmerin. Und das betrifft auch die anderen Hübscherinnen …«

Die Hurenkönigin stellte ihm noch einen Bierkrug hin und ließ sich an seiner Seite nieder. »Dann legt mal los, Meister Jerg«, forderte sie ihn auf und nahm einen tiefen Schluck aus dem dritten Krug, während sich die Hübscherinnen rings um den Tisch platzierten.

»Ich soll Euch vom Bürgermeister bestellen, dass am Montagmorgen um die neunte Stunde auf dem Peterskirchhof die Beerdigung der zwei Hübscherinnen stattfinden wird. Es soll eine feierliche Beisetzung geben, bei der auch der Bürgermeister und der Senat anwesend sein werden. Und am kommenden Sonntag, dem 7. August, der ja der Gedenktag eurer Schutzpatronin Afra ist, wird in der Leonhardskirche eine Totenmesse für die drei Verstorbenen gelesen …«

Die Huren wischten sich beim Gedanken an ihre ermordeten Gildeschwestern Tränen aus den Augenwinkeln.

Meister Jerg, dem es angesichts der Gefühlsäußerungen unbehaglich zumute wurde, räusperte sich und erklärte in derbem Tonfall: »Und damit ihr untenrum nicht einrostet, ist das Frauenhaus ab Montag wieder geöffnet!«

»Das wird auch Zeit«, bemerkte die Jennischen Marie. »Denn langsam geht einem ja das Geld aus.«

»Und es gibt auch noch eine gute Nachricht«, verkündete der Henker mit triumphierendem Grinsen. »Diese Betschwester hat heute ein umfangreiches Geständnis abgelegt. Die hat nicht nur unsere Lohnsetzerin auf dem Gewissen, sondern hat auch die Rosi und die Isolde abgemurkst! Und dafür werde ich sie morgen in einen Sack stopfen, ein paar Steine drauflegen und sie ersäufen wie eine Katze. Um zwölf Uhr mittags findet am Gickelkreuz auf der Mainbrücke die Hinrichtung statt, und ihr seid alle herzlich dazu eingeladen«, erklärte Meister Jerg zynisch, während die Huren johlend applaudierten.

Die Zimmerin jedoch starrte nur mit unbewegter Miene vor sich hin, offenbar in Gedanken versunken.

»Freut Ihr Euch denn nicht, dass die Bestie überführt ist und morgen zur Hölle fährt?«, wandte sich der Scharfrichter an die Hurenkönigin.

»Schon …«, erwiderte Ursel geistesabwesend. »Aber … das hat sie alles alleine gemacht? Ich meine, da gehört doch ganz schön was dazu, jemandem eine solche Gewalt anzutun und die Leichen wegzubringen …«

»Wahnsinnige entwickeln oft unglaubliche Kräfte. Das habe ich schon mehrfach erlebt«, erläuterte der Henker fachmännisch. »Und dass die nicht ganz bei Trost ist, steht ja außer Zweifel.«

Ursel nickte zustimmend und nippte an ihrem Bierkrug.

»Auf, Meistersen, lasst uns alle darauf anstoßen, dass das Aas morgen verrecken wird!«, rief die alte Irmelin übermütig und hob ihren Trinkbecher. Von allen Seiten des Tisches kamen laute Zustimmungsrufe. Die Hurenkönigin, die plötzlich wieder eine tiefe Niedergeschlagenheit fühlte, hob mechanisch den Bierkrug und prostete den Huren zu.

Beim Anblick von Ursels bedrückter Miene bemerkte Irmelin: »Ach, Meistersen, wenn's Euch nicht gut ist und Ihr noch Himmelsarznei braucht, kann ich Euch welche bringen. Ich habe oben in meiner Kammer noch eine angebrochene Flasche, die kann ich Euch holen …«

»Ach ja, mach das nur, das kann ich jetzt gut gebrauchen«, erwiderte Ursel.

Während Irmelin aus dem Aufenthaltsraum eilte, um den Theriak zu holen, richtete der Henker erneut das Wort an die Hurenkönigin: »Zimmerin, Ihr werdet es kaum glauben – aber wisst Ihr, was ihr letzter Wunsch ist?«

Die Hurenkönigin sah den Scharfrichter zerstreut an und murmelte: »Was denn für ein letzter Wunsch?«

»Na, die Todeskandidaten haben doch am Abend vor ihrer Hinrichtung immer einen Wunsch frei, und es ist alte Henkerstradition, dass ich sie danach frage«, erklärte Meister Jerg. »Und wisst Ihr, was sich die Schwester gewünscht hat? – Darauf kommt Ihr nie, Zimmerin!«

Die Hurenkönigin blickte ungeduldig zur Tür. Wo nur Irmelin mit dem Theriak blieb?

Gerade, als die alte Hure mit dem Theriakfläschchen zurückkehrte, erklärte der Henker laut: »Sie will Euch sehen, Zimmerin! Das hat sie sich ausdrücklich erbeten, auch wenn sie von der Folter mehr tot als lebendig ist. Ich habe mir gedacht, ich sag es Euch halt, weil das ja auch meine Pflicht ist. Ob Ihr diesem Wunsche Folge leistet, ist natürlich Eure Sache, Zimmerin …«

Die Hurenkönigin, die Irmelin das Arzneifläschchen aus der Hand gerissen und sogleich einen tiefen Schluck genommen hatte, starrte Meister Jerg aus glasigen Augen an. »Sie will mich sehen?«, fragte sie fassungslos. »Was … was will sie denn von mir?«

»Das kann ich Euch nicht sagen, Zimmerin. Ich vermute, sie will mit Euch reden und Euch um Verzeihung bitten. Sie gibt sich ganz reumütig. Vorhin hat sie nach einem Priester verlangt, um ihre Sünden zu beichten. Was weiß ich, was in ihrem verrückten Kopf so alles rumspukt. Ich für meinen Teil, Zimmerin, würde jedenfalls nicht im Traum daran denken, das Aas aufzusuchen!« Der Scharfrichter schmetterte voller Empörung seine Faust auf die Tischplatte.

Die alte Irmelin pflichtete ihm bei: »Geht bloß nicht zu der, Meistersen! Wer weiß, was dieses Weibsstück vorhat. Am Ende verflucht sie Euch noch!« Sie musterte Ursel kummervoll. »Bleibt lieber hier bei uns und nehmt brav Eure Medizin. Es wird ja auch schon dunkel.« Sie spähte aus dem Fenster. »Und regnen tut es auch noch! Da bleibt Ihr schön mit Euerm Arsch daheim, Meistersen. Glaubt mir, das ist in Eurem Zustand das Beste …«

Ursel rang schwer mit sich. Einerseits fühlte sie sich noch sehr schwach und sehnte sich nach ihrem Bett und der einschläfernden Wirkung des Theriaks. Andererseits drängten sie Pflichtgefühl und Neugier, Theodora aufzusuchen, obgleich ihr die Nonne zutiefst zuwider war.

Entschlossen erhob sich die Hurenkönigin von ihrem Stuhl. »Ich gehe jetzt dahin«, sagte sie mit gepresster Stimme zu der Dienstältesten.

Nachdem sie ihren hellgrauen Kapuzenumhang vom Haken an der Wand genommen, ihn umgelegt und das Theriakfläschchen sorgsam in einer der Seitentaschen verstaut hatte, hob sie noch einmal betreten den Kopf. »Seid mir bitte nicht böse, Mädels, aber ich muss es tun.«

Als Ursel schon an der Tür war, vernahm sie die Stimme des Henkers, der bärbeißig anbot, sie zum Brückenturm zu begleiten.

*

Ursel fröstelte es, als sie hinter dem Henker den alten Gefängnisturm auf der Sachsenhäuser Seite der Mainbrücke betrat. Noch nie hatte sie ein Gefängnis von innen gesehen, und schon der Gestank von fauligem Stroh und Blut, vor allem aber das laute Wehklagen, das beim Erklimmen der Wendeltreppe immer durchdringender wurde, bereiteten ihr großes Unbehagen. Als sie den Gefangenenraum erreicht hatten und an den in Ketten gelegten Gestalten vorbei zu den separaten Kerkern der Todeskandidaten eilten, verschlug es Ursel förmlich den Atem. Sie sah Männer und Frauen, die mit leeren Augen vor sich hin starrten oder verzweifelte Schreie von sich gaben, die ihr durch Mark und Bein gingen.

Der Henker, der Ursels erschrockene Blicke gewahrte, erklärte ihr, dass man auch Kranke, die von Sinnen waren und von ihren Angehörigen zu Hause nicht mehr betreut werden konnten, hier aufbewahrte – mitunter sogar ungeratene Kinder. Ursel schüttelte entsetzt den Kopf und betete im Stillen für die armen Kreaturen, während sie das Theriakfläschchen in der Seitentasche ihres Gewandes mit schweißnasser Hand fest umklammert hielt.

Meister Jerg nahm eine Fackel aus der Wandhalterung und bog in gebückter Haltung in einen niedrigen Gang ein. In den Mauernischen befanden sich mehrere Kerker, deren Türen mit Eisenstangen vergittert waren. Der Henker trat an eine der Türen heran und öffnete sie.

»Wenn Ihr wollt, Zimmerin, kann ich bei Euch bleiben«, raunte er der Hurenkönigin zu, »aber ich glaube, von der kann keine Gefahr mehr ausgehen …«

Die Kerkerzelle war in das flackernde Licht einer Talgkerze getaucht, die auf einem Tisch stand. Daneben befanden sich außerdem noch ein Holzteller mit Speisen, ein Kanten Brot sowie ein Weinkrug mit einem Trinkbecher. Vor den Tisch war ein Stuhl gerückt.

»Die Henkersmahlzeit«, erläuterte Meister Jerg. »Die Todeskandidaten erhalten vor ihrer Hinrichtung gewisse Vergünstigungen. Auch das Licht gehört dazu. Sie dürfen beichten, Besuch empfangen oder andere Wünsche äußern. Schwester Theodora wollte nur ihren Rosenkranz – und die Hurenkönigin sprechen. – Hier ist sie, die Zimmerin!«, rief er vernehmlich, weil sich die auf dem Boden kauernde Gestalt bislang nicht gerührt hatte.

Theodora schien geschlafen zu haben, der Ausruf des Henkers ließ sie jäh zusammenfahren. Mühevoll richtete sie den Oberkörper auf und lehnte sich erschöpft an die Steinmauer. Mit großen verzweifelten Augen sah sie die Hurenkönigin an und stieß keuchend aus: »Ich … danke Euch, dass … Ihr gekommen seid, Zimmerin!« Mit kraftloser Geste wies sie auf den Stuhl und murmelte: »Nehmt doch bitte Platz …«

Der Geruch der Speisen, der sich mit dem Gestank

von Blut und menschlichen Ausdünstungen mischte, hätte der Hurenkönigin beinahe den Magen umgedreht. Ermattet ließ sie sich auf den Stuhl sinken und sagte zum Henker, der breitbeinig an ihrer Seite stand: »Ihr könnt gehen, Meister Jerg. Ruht Euch doch ein wenig aus, das wird hier schon nicht so lange dauern.«

»Ich setz mich raus auf den Flur, da hab ich einen Hocker. Ruft mich, wenn was ist«, erwiderte der Scharfrichter und verließ die Zelle.

Als Ursel mit der Gefangenen allein war, herrschte zunächst Stille. Theodora starrte ihre Besucherin müde an. Die glasigen Augäpfel mit den geweiteten Pupillen hatten nichts Stechendes mehr, es waren die Augen einer Sterbenden. Ursel war der Blick unangenehm, aber sie konnte bei aller Abneigung nicht umhin, die Unglückselige zu bedauern.

Da durchbrach die Stimme der ehemaligen Nonne das Schweigen. »Ich möchte Euch um Verzeihung bitten, Gildemeisterin«, wisperte sie.

Ursel sah Theodora an und enthielt sich einer Entgegnung. Dieses Häufchen Elend soll drei Frauen gefoltert und ermordet haben?, fragte sie sich beim Anblick der hohlwangigen Gefangenen, und sie erinnerte sich daran, dass sie der Ordensfrau bis vor kurzem noch jede Gräueltat zugetraut hatte. Als sie vor gerade einmal zwei Tagen die tote Freundin in dem Kellerverschlag des Klosters gefunden hatte, waren Hass und Verzweiflung in ihr so mächtig gewesen, dass sie ohne weiteres in der Lage gewesen wäre, die Mörderin zu erwürgen. Und nun empfand sie Auge in Auge mit ihr nichts als dumpfen Schmerz und gähnende Leere.

»Wie soll ich Euch das jemals verzeihen?«, murmelte

sie schließlich wie zu sich selbst und zuckte verzagt mit den Schultern.

»Ich meine nicht, dass ich den Tod Eurer Lohnsetzerin verschuldet habe«, sagte Theodora nun mit festerer Stimme. »Das ist unverzeihlich, und dafür werde ich auch bis ans Ende aller Tage in der Hölle büßen. Ich fange ja jetzt schon damit an …« Die ehemalige Nonne gab ein bitteres Lachen von sich und fuhr fort: »Nein, ich möchte Euch um Verzeihung bitten, weil ich Euch so schlecht behandelt und beleidigt habe.«

Die Zimmerin blickte verwundert auf und erwiderte mit schiefem Lächeln: »Wir Huren sind es gewohnt, beleidigt zu werden.« Sie musterte die einstige Nonne abschätzig, ehe sie sich erkundigte: »War es das? Dann kann ich ja wieder gehen.«

Zu ihrer Verblüffung erklärte Theodora nachdrücklich: »Ich habe Euch noch etwas Wichtiges zu sagen.« Sie holte tief Luft und stieß hervor: »Ich habe die anderen beiden Huren nicht umgebracht! – Ich habe ein falsches Geständnis abgelegt, weil ich die Folter nicht mehr ertragen konnte. Alle halten mich für schuldig, und mein Leben ist verwirkt. Aber Ihr sollt wissen, dass ich es nicht getan habe. Ich bin daran schuld, dass Eure Freundin zu Tode gekommen ist. Doch ich wollte sie nicht töten, glaubt mir! Wie konnte ich denn ahnen, dass sie an dem Knebel ersticken würde …« Theodora barg ihr Gesicht in den Händen und schluchzte. »Aber ich schwöre Euch bei der heiligen Maria Magdalena, die ich verehre und anbete: Ich habe die zwei anderen Hübscherinnen nicht getötet! Bitte glaubt mir das! Und ich sage Euch das auch nicht, weil ich mich reinwaschen will, sondern weil der grausame Mensch, der den Frauen das angetan hat, auch nach meinem Tode weiterhin sein Unwesen treiben kann.« Theodora bebte am ganzen Körper.

Die Zimmerin, die sich entsetzt die Haare raufte, zitterte nicht minder. »Ich habe es geahnt! Dieser Unhold läuft noch immer frei herum …«, murmelte sie völlig außer sich.

»Ihr werdet ihn finden und unschädlich machen, Zimmerin! Das hat mir die Heilige gesagt, sie spricht endlich wieder mit mir. Sie hat mir auch gesagt, dass sie schützend ihre Hand über Euch halten wird. Denn Ihr seid in großer Gefahr …« In Theodoras Augen spiegelte sich der blanke Wahnsinn. Die Zimmerin war sich mit einem Mal gar nicht mehr sicher, ob sie den Beteuerungen der Mörderin Glauben schenken konnte.

»Ich denke, es ist besser, wenn ich jetzt gehe«, murmelte sie und erhob sich vom Stuhl.

Theodora war verstummt. Der Blick, mit dem sie die Zimmerin musterte, wirkte wie verklärt. »Ihr seid fürwahr eine beeindruckende Frau, Hurenkönigin«, bemerkte sie mit verzücktem Lächeln. »In einem anderen Leben hättet Ihr eine wunderbare Märtyrerin abgegeben. Ihr seid eine Lichtgestalt … Gott schütze Euch!«

»Danke«, erwiderte die Zimmerin gepresst und strebte zur Kerkertür.

Als sie die Tür hinter sich geschlossen hatte und draußen auf dem Gang stand, lehnte sie sich an die kalte Steinwand und nestelte mit bebenden Händen den Theriak aus der Manteltasche.

❋

»Nur schnell raus hier!«, stieß Ursel hervor, als der Henker sie fragte, ob alles in Ordnung sei. Obwohl sie gerade einen Schluck Theriak zu sich genommen hatte, der ihre strapazierten Nerven wenigstens ein bisschen besänftigte, hastete die Zimmerin wie von Wölfen gehetzt vor dem Scharfrichter die Treppe hinunter. Unten angekommen, hielt sie ihr Gesicht in den Nieselregen und atmete tief die kühle Nachtluft ein.

Meister Jerg beobachtete sie aus den Augenwinkeln und druckste ein wenig herum, ehe er fragte: »Wie ist es, Zimmerin, wollen wir in Sachsenhausen noch einen Schoppen trinken?«

Ursel schaute ihn verwundert an und hatte plötzlich den Eindruck, in seinen Augen so etwas wie Zuneigung zu entdecken. Sie schluckte und schüttelte betreten den Kopf. »Tut mir leid, Meister Jerg, aber ich möchte auf dem Heimweg noch bei Bernhard vorbeischauen«, erwiderte sie.

»Da … kann ich Euch ja dorthin begleiten. Ich geh dann die Sandgasse lang und mach mich heim«, schlug der Henker vor.

»Das könnt Ihr gerne machen«, entgegnete Ursel und schritt neben dem Scharfrichter über die Brücke.

»Und, was hat sie Euch gesagt?«

»Sie hat Stein und Bein geschworen, dass sie Rosi und Isolde nicht umgebracht hat.«

Meister Jerg schien wenig überrascht zu sein. »Und, glaubt Ihr das?«

Die Zimmerin warf dem Henker einen nachdenklichen Seitenblick zu und murmelte: »Ich weiß nicht so recht … Sie hat gesagt, dass sie alles nur gestanden hat, weil sie die Folter nicht mehr ertragen konnte. Dass sie den Tod von Ingrid verschuldet hat, hat sie jedoch zugegeben.«

»Da blieb ihr auch nix anderes übrig«, bemerkte der Scharfrichter hämisch.

Ursel schwieg und hing ihren Gedanken nach, die unentwegt um Theodoras Worte kreisten. Sie musste unbedingt mit Bernhard darüber sprechen. Unversehens spürte sie eine brennende Sehnsucht nach dem Geliebten.

Mürrisch schritt Meister Jerg neben ihr her und vermied es, das Wort an sie zu richten.

An der Schnurgasse trennten sie sich. »Gott mit Euch, Zimmerin«, verabschiedete sich der Henker und bog in die Sandgasse ein, während Ursel den Weg in die Neue Kräme einschlug.

Das Herz schlug ihr bis zum Hals, als sie an Bernhards Tür klopfte. Sie sehnte sich unsagbar danach, in seinen Armen zu liegen. Hoffentlich würde er ihr verzeihen! In diesen schweren Zeiten brauchte sie einfach ihre Medizin – und sie würde den Theriak von nun an nur noch als solche einnehmen, das zumindest hatte sie sich fest vorgenommen.

Gleich darauf öffnete ihr Bernhards alter Leibdiener die Tür. Als er die Hurenkönigin erkannte, sagte er bedauernd: »Tut mit leid, Zimmerin. Der Herr Doktor ist heute Morgen mit dem Marktschiff nach Mainz gefahren. Er hat gesagt, er glaubt nicht, dass er vor dem Wochenende zurück ist.«

Die Mitteilung traf Ursel wie ein Schlag ins Gesicht. »Dann habe ich wohl Pech gehabt«, murmelte sie enttäuscht und wandte sich mit einem knappen Gruß zum Gehen.

In der Hoffnung, den Henker noch einzuholen, bog sie in die Sandgasse ein. Es gab da nämlich noch eine Frage, die ihr auf der Seele brannte, und in dem allgemeinen Aufruhr hatte sie versäumt, sie ihm zu stellen.

Doch in der langen Gasse konnte sie ihn nirgendwo entdecken. Wahrscheinlich war er in eine der Schenken gegangen, die es hier zahlreich gab. Doch als sie in die Galgengasse abbog, konnte sie ein Stück entfernt seine wuchtige Gestalt ausmachen. »Meister Jerg«, rief sie, »wartet bitte auf mich!«

Der Henker blieb sofort stehen und drehte sich zu Ursel um.

»Ich dachte, Ihr wolltet Euren Galan besuchen«, bemerkte er spitz, als die Hurenkönigin zu ihm trat.

»Der war nicht zu Hause«, entgegnete Ursel und blickte den Henker offen an. »Ich bin froh, dass ich Euch noch getroffen habe, Meister Jerg. Ich möchte Euch nämlich etwas fragen.«

»Fragt nur«, murmelte der Henker beim Weitergehen verdrießlich. »Aber fragt bitte schnell, ich bin nämlich durstig und will in der Galgenschenke noch einen trinken gehen.« Er streifte die Hurenkönigin mit einem taxierenden Blick und fügte hinzu: »Oder wollt Ihr doch mitkommen?«

»Warum nicht?«, willigte Ursel, die ihm nicht schon wieder einen Korb geben wollte, ein und folgte dem Scharfrichter zur Schenke.

Als der Henker und die Hurenkönigin den gutbesuchten Schankraum betraten, verstummten plötzlich alle Gespräche. Sofort eilte der Wirt auf die beiden zu und rückte ihnen einen kleinen Tisch an die Tür, stellte einen dreibeinigen Hocker dazu und holte von einem der anderen Tische noch einen Stuhl, den er der Hurenkönigin anbot. Während der Henker auf dem Hocker Platz nahm, nahm der Wirt mit gesenktem Blick die Bestellung entgegen. Er war peinlich darauf bedacht, Abstand zu Meister Jerg zu halten – der Henker wurde von gewöhnlichen Leuten stets fast wie ein Aussätziger behandelt.

Als der Henker Ursels verärgerten Gesichtsausdruck bemerkte, grinste er und erklärte zynisch: »Keiner von denen würde jemals mit mir zechen, Zimmerin. Deswegen freut es mich auch so, dass Ihr mir heute Gesellschaft leistet und ich nicht alleine saufen muss wie sonst immer.«

»Die Verachtung ist unser Los, Meister Jerg. Aber seid versichert: Ich zeche gerne mit Euch«, antwortete Ursel und klopfte dem Henker aufmunternd auf die Schulter.

Nachdem der Wirt das Bier gebracht und sie miteinander angestoßen hatten, blickte die Zimmerin den Henker mit ernster Miene an und fragte: »Meister Jerg, bitte sagt mir ganz ehrlich – glaubt Ihr, dass Schwester Theodora die Morde an Rosi und Isolde begangen hat?«

Der Scharfrichter zögerte mit der Antwort und sah betreten vor sich auf den Tisch.

Ursel setzte nach: »Ich meine, Ihr habt doch Erfahrung mit Delinquenten und könnt einschätzen, ob sie die Wahrheit sagen oder lügen …«

»Was wisst Ihr denn schon von der Folter«, murmelte der Henker abwinkend. »Ich habe noch keinen erlebt, der unter der Folter nicht alles gestanden hätte, was der Untersuchungsrichter oder ein Inquisitor von ihm hören wollte. Da ist es letztendlich egal, ob einer wirklich Dreck am Stecken hat oder unschuldig ist. Sterben müssen sie alle, die armen Schweine. Und manch einer verreckt schon bei der Folter. Was diese Nonne anbetrifft, kann ich Euch nur eins sagen: Die ist nicht ganz bei Trost – und das sind oft die Gefährlichsten. Solche morden nicht aus Habgier oder Wut, sondern weil sie besessen sind. Da bringt einer kleine Kinder um, weil er in seinem Wahn glaubt, dass es Teufelsbälger sind, und diese Nonne meuchelt Huren, weil käufliche Frauen für sie das Böse verkörpern.«

Die Hurenkönigin hörte ihm nachdenklich zu. Sie erinnerte sich noch deutlich daran, wie hasserfüllt Theodora über käufliche Frauen gewettert hatte. Dennoch hatte die Eindringlichkeit, mit der sie ihre Unschuld am Tode von Rosi und Isolde beteuert hatte, Ursel zutiefst verstört.

»Und warum schwört sie dann mir gegenüber bei allem, was ihr heilig ist, dass sie die beiden Morde nicht begangen hat?«, murmelte sie unsicher.

»Vielleicht will sie Euch noch einen Schabernack spielen, bevor sie ins Gras beißt?«, erwiderte Meister Jerg brüsk und leerte in einem Zug seinen Bierkrug.

Teil 3
Die Geläuterte

Maria von Ägypten –
Schutzpatronin der Huren

Beim Betreten in den Tempel zu Jerusalem von einer unsichtbaren Gewalt zurückgehalten, änderte die Prostituierte Maria ihr Leben. Sie sagte über sich selbst:
»Alles, was schändlich ist, habe ich getan.«
Von da an lebte sie in tiefer Buße einsam in der Wüste.

Ihr Gedenktag ist der 9. April.

13

Donnerstag, 4. August 1511

Um die neunte Stunde überquerte die Hurenkönigin den weiten Platz vor dem Römerrathaus und steuerte auf einen kleinen Straßenmarkt zu. Außer Brot, Backwaren, Eiern, Würsten, Obst und Gemüse wurden dort auch Haushaltsutensilien, Schürzen, Hauben und Arbeitskleider für Mägde und Wäscherinnen feilgeboten.

Ursel, die am Morgen gebadet und sich sorgfältig frisiert hatte, ging zielstrebig zu einem Verkaufsstand mit Textilien. Der bärtige Händler trug Augengläser, durch die er der Hurenkönigin freundlich entgegenblickte.

»Tretet näher, Hübscherin, und schaut, was ich alles habe!«, forderte er sie auf. Ursel bemerkte, dass ihn ein gelber Flicken am Ärmel seines schwarzen Kaftans als Juden kenntlich machte. Sie erstand einen aus grobem Leinen gefertigten blauen Leibrock mit langen Ärmeln und ein schlichtes, armfreies graues Oberkleid mit einem kleinen ovalen Ausschnitt, das unterhalb des Gürtels in reiche Falten fiel. Außerdem kaufte sie noch eine gestärkte weiße Leinenhaube mit Kinnband und ein Paar rehbraune Kuhmaulschuhe.

Der Jude bediente sie zuvorkommend und stellte keine lästigen Fragen. Zum Schluss schenkte er ihr sogar noch ein kleines Stück Honigseife und wünschte ihr einen guten Tag.

Auch Ursel entbot ihm einen respektvollen Gruß. Obgleich es sehr unterschiedliche Gründe waren, weswegen man sie verachtete, so herrschte doch zwischen der Hurenkönigin und dem jüdischen Händler eine stillschweigende Übereinkunft. Beide wurden von der Obrigkeit dazu gezwungen, die Farbe der Schändlichkeit zu tragen.

Ursel verstaute die Sachen in ihrem Korb und kehrte zum Frauenhaus zurück, wo sie sich gleich in ihr Zimmer begab.

Obwohl sie sich noch schwach und zittrig fühlte und es sie sehr nach einem Schluck Theriak gelüstete, verbot sich die Hurenkönigin streng, von der Himmelsarznei zu nehmen. Für das, was sie vorhatte, musste sie unbedingt einen klaren Kopf bewahren.

Ursel ließ sich auf dem Bettrand nieder, schnürte ihr Mieder auf und streifte es sich mitsamt dem tief ausgeschnittenen gelben Hurengewand über den Kopf. Nachdem sie sich noch des seidenen Unterkleids entledigt hatte, schlüpfte sie in den blauen Leibrock und zog das schlichte graue Oberkleid über. Dann begutachtete sie sich im Spiegel. Bei dem Anblick musste sie unwillkürlich grinsen, in dem weiten Gewand sah sie aus wie eine Vogelscheuche. Auch der kleine, züchtige Ausschnitt belustigte sie. Da werde ich auf meine alten Tage noch sittsam, mokierte sie sich in Gedanken. Sie kämmte sich die langen roten Haare und flocht sie zu zwei kräftigen Zöpfen, die sie sich um den Kopf legte und mit Hornkämmen befestigte. Kurzerhand stülpte sie sich noch die weiße Leinenhaube auf den Kopf, schnürte das Kinnband und schlüpfte in die rehbraunen Kuhmaulschuhe.

Anschließend packte sie ihren alten Nähbeutel, mit dem sie seinerzeit als junges Mädchen nach Frankfurt gekommen war, in ein abgewetztes Felleisen. Als Tochter eines Schneiders konnte sie gut nähen und hatte damals gehofft, in der großen Stadt am Main eine Stelle als Näherin zu finden. Das hatte sich indessen als aussichtslos erwiesen. – Vielleicht kann mir der Beutel ja doch noch von Nutzen sein, dachte sie jetzt grimmig und verstaute auch den Theriak, den Kamm und die Honigseife in dem Ranzen. Nachdem Ursel noch ein Nachtgewand und ein Schultertuch dazugepackt und ihren grauen Kapuzenumhang über den Arm gelegt hatte, holte sie noch einmal tief Luft, trat aus der Tür und eilte die Treppe hinab.

Als die Hurenkönigin den Aufenthaltsraum betrat, rissen die Huren vor Staunen die Augen auf. Sie erblickten eine schlicht gekleidete Magd mit ungeschminktem Gesicht unter einer weißen Haube. Lediglich die eindringlichen schwarzen Augen der Hurenkönigin kündeten von der außergewöhnlichen Lebenserfahrung einer Frau, der nichts Menschliches fremd war.

»Ja, schaut mich nur an«, sagte die Zimmerin lachend. »So ähnlich hab ich ausgesehen, als ich vor vierzig Jahren nach Frankfurt kam. Nur war ich damals noch ein junges Ding, und jetzt bin ich eine alte Krähe!«

»Ihr seht aus, als ob Ihr kein Wässerchen trüben könnt, Meistersen«, kicherte die Jennischen Marie.

»Dabei hat sie's faustdick hinter den Ohren! – Meistersen, was zum Teufel führt Ihr denn wieder im Schilde?«, platzte es aus der alten Irmelin heraus.

»Das sage ich euch gleich«, erwiderte die Hurenkönigin und bedeutete den Huren, sich an den Tisch zu setzen. In dem Schankraum war es mucksmäuschenstill geworden. Die Zimmerin musste sich ein wenig überwinden, die Huren in ihr Vorhaben einzuweihen, denn sie fürchtete harschen Widerspruch.

»Ich habe Euch doch gestern Nacht von Schwester Theodoras Beteuerung erzählt, sie habe die Morde an Rosi und Isolde nicht begangen …«, begann sie angespannt. In der Tischrunde setzte sogleich Murren ein, und die Hurenkönigin blickte in skeptische Gesichter.

»Ich glaube dem Aas kein Wort«, grummelte die alte Irmelin. »Die war es, und damit fertig. Ihr habt doch selbst oft gesagt, dass Ihr der jede Schlechtigkeit zutraut. Ich für mein Teil tue das auch, und deswegen denk ich, Ihr solltet das Geschwafel nicht so ernst nehmen. In knapp zwei Stunden ist die Hinrichtung, und die sollten wir uns nicht entgehen lassen – das sind wir auch unseren ermordeten Gildeschwestern schuldig.« Irmelin sah die Gildemeisterin vorwurfsvoll an.

Ursel stieß einen Seufzer aus und erwiderte ernst: »Eben deswegen werde ich mich jetzt auch nach Sachsenhausen aufmachen, um den wahren Mörder zu suchen!«

Die Jennischen Marie schüttelte entrüstet den Kopf. »Meistersen, Ihr verrennt Euch da in was! Warum lasst Ihr Euch nur von dieser Betschwester kirre machen?«

»Weil ich ihr glaube!«, entgegnete die Hurenkönigin mit fester Stimme. »Und das ist mir nicht leichtgefallen, das kann ich euch versichern. Die halbe Nacht habe ich wach gelegen und darüber nachgegrübelt … Aber ich spüre es auch hier drinnen, dass sie es nicht war.« Die Zimmerin drückte die Hand an den Busen. »Und das hab ich im Grunde genommen auch gestern Abend schon gespürt. Die Bestie, die den Mädels das angetan hat, läuft noch immer frei herum.«

In den Mienen der Huren mischten sich Angst und Zweifel. Die Hurenkönigin setzte nach: »Ihr erinnert Euch doch vielleicht noch, dass Isolde von einem adeligen Weiberknecht gesprochen hat, der sie immer zu sich bestellt hat? Und dieser grüngekleidete Mann im Jagdumhang, der letzten Mittwoch bei ihr war und mit dem sie am Donnerstagmorgen über die Brücke nach Sachsenhausen geritten ist, könnte durchaus dessen Jagdaufseher gewesen sein. Dann ist da auch noch dieser ominöse Auftraggeber mit dem herzförmigen Ring mit den sieben Schwertern, dem bekannten Mariensymbol also, von dem der Hausierer berichtet hat. Hat Isolde nicht damals gesagt, dass ihr Freier ein Marienverehrer war?«

Einige der Huren schienen sich zu erinnern und nickten verhalten.

»Deswegen habe ich mich entschieden, diesen Spuren zu folgen und nach Sachsenhausen zu gehen«, erklärte die Zimmerin entschlossen.

»Das sind doch alles nur Mutmaßungen!«, stieß die alte Irmelin hervor.

»Besser im Trüben fischen, als gar nichts zu unternehmen«, hielt die Hurenkönigin dagegen.

»Aber – falls Ihr recht habt, ist es sogar noch viel schlimmer!« Irmelin musterte die Gildemeisterin bekümmert. »Ihr alleine in Sachsenhausen auf Mördersuche … Wenn Ihr dort tatsächlich den Mörder ausfindig macht, begebt Ihr Euch doch in allergrößte Gefahr! – Weiß eigentlich Euer Liebster, was Ihr vorhabt?«

Ursel schüttelte den Kopf und erklärte zerknirscht: »Nein, der ist gestern Morgen nach Mainz gefahren. Er kommt wahrscheinlich erst am Wochenende zurück.« Sie blickte Irmelin und die anderen Huren, die alle sehr besorgt wirkten, begütigend an. »Jetzt kommt, ich bin doch nicht aus der Welt. Ich mache mich jetzt auf nach Sachsenhausen und such mir in aller Ruhe eine Unterkunft. Es gibt dort jede Menge Fremdenherbergen und Wirtschaften. Und dann wollen wir mal sehen, was ich da so über die Sachsenhäuser Adelsherren in Erfahrung bringe. Sobald ich interessante Einzelheiten herausgefunden habe, melde ich mich wieder bei euch. Und so lange hältst du hier die Stellung.« Ursel wandte sich an die alte Irmelin, die sie verdutzt anschaute. »Wenn man mal von deinem Schandmaul absieht, gibst du als Dienstälteste doch eine würdige Gildemeisterin ab!« Die Hurenkönigin tätschelte der alten Hure ermutigend die Schulter. »Und kein Wort zu irgendwem, habt Ihr gehört? Mit Ausnahme von Bernhard und dem Henker braucht weder die Obrigkeit noch sonst wer zu wissen, was ich vorhabe … Wenn euch nachher bei der Hinrichtung jemand dumm fragt, wo ich bin, dann wisst ihr von nichts, habt ihr verstanden?« Die Zimmerin maß ihre Schäfchen noch einmal mit strengem Blick, ehe sie sich erhob und mit Tränen in den Augen erst ihre frischgebackene Stellvertreterin und danach der Reihe nach alle Huren umarmte. Dann schlüpfte sie in den Umhang, schnallte sich den Ranzen auf den Rücken, winkte den Frauen an der Eingangstür noch einmal zu und stapfte nach draußen.

Als die Hurenkönigin mit dem prall gefüllten Felleisen auf dem Rücken die Alte Mainzergasse entlanglief, würdigten die Passanten die einfache Frau mit der weißen Haube und dem graublauen Gewand kaum eines Blickes.

Wenngleich sie auch noch etwas schwach auf den Beinen war und die Ahnung sie begleitete, dass ihre Mission keineswegs leicht sein würde, fühlte sich die Hurenkönigin in diesem Moment doch wundersam gestärkt. Sie hatte das Gefühl, das Richtige zu tun.

✷

Um die elfte Stunde betrat Ursel Zimmer die Schankstube der Gastwirtschaft und Fremdenherberge »Zum kleinen Paradies« in der Sachsenhäuser Paradiesgasse und erkundigte sich bei den Wirtsleuten, ob sie bei ihnen eine einfache Kammer mieten könne.

»Eine Dachkammer ist noch frei«, erwiderte die Frau mit dem breiten rotwangigen Gesicht, die etwa in Ursels Alter war, und wollte wissen, wie lange sie zu bleiben gedenke.

»Ein paar Tage werden es schon sein«, sagte die Hurenkönigin, »genau weiß ich es noch nicht. Ich bin aus Offenbach und suche hier in Sachsenhausen eine Anstellung als Näherin.«

Die Wirtin nickte verständnisvoll. »Gut, dann kommt mit, ich zeige Euch Eure Kammer«, forderte sie Ursel auf und ging voran. Ursel schulterte ihr Felleisen und folgte ihr eine steile Treppe hinauf, deren wurmstichige, abgetretene Stufen scheinbar endlos nach oben führten. Irgendwann blieb die Wirtin stehen, sperrte eine schmale Brettertür auf und ließ Ursel eintreten.

In der winzigen Dachkammer, an deren Schrägseite sich eine kleine Fensterluke befand, gab es außer einem Tisch mit einem Hocker und einem Strohsack auf dem Boden, über den eine braune Wolldecke gebreitet war, kein Mobiliar.

»Die Kammer ist einfach, aber billig. Für fünf Groschen am Tag könnt Ihr sie mieten. Wenn Ihr länger als drei Tage bleibt, berechne ich Euch nur noch drei Groschen«, erklärte die Wirtin lächelnd. Die Hurenkönigin erklärte sich sogleich einverstanden.

»Das ist mir recht so«, sagte sie. »Ich bin nämlich verwitwet und muss mein Geld zusammenhalten. Große Ansprüche stelle ich ohnehin nicht.« Sie nestelte ein paar Münzen aus ihrem Brustbeutel und reichte sie der Gastwirtin mit der Bemerkung, dass sie das Zimmer zunächst für drei Tage nehme. »Falls ich bis dahin eine Stellung gefunden habe«, fügte sie hinzu und runzelte die Stirn.

»Da wird sich schon was finden«, ermunterte sie die Wirtin. »Und wenn Ihr Hunger habt und einen Schoppen Wein trinken wollt, dann kommt runter in die Gaststube. Sauren Hering mit Rahm und Bohnen mit Speck haben wir immer da«, erklärte sie und wandte sich zum Gehen.

Nachdem sie ihr Felleisen in der Ecke verstaut hatte, öffnete Ursel die Dachluke, um frische Luft hereinzulassen. In der Kammer war es so stickig, dass der Zimmerin die Schweißperlen auf die Stirn getreten waren. Sie ließ sich auf den Hocker sinken, lockerte das Kinnband der Haube und starrte für geraume Zeit einfach nur gedankenversunken auf das kleine Stückchen Himmel, das hinter der Luke zu sehen war.

Einmal mehr musste sie an die Worte des Oberförsters denken, der seinen Nachbarn als verstockten Frömmler beschrieben hatte: *Der betet lieber den Rosenkranz, als dass er sich mit Weibsleuten abgibt!*

Schon damals hatte sie bei seinen abschätzigen Bemerkungen an den adeligen Weiberknecht denken müssen, den Isolde erwähnt hatte. Darum beschloss sie jetzt kurzerhand, einen Spaziergang zum Riedhof zu machen. Vor ihrem geistigen Auge sah sie wieder die alte Hausmagd, die sich bei ihrem Anblick bekreuzigt hatte. In meinem neuen taubenblauen Arbeitsgewand werde ich vor ihren strengen Blicken vielleicht eher Gnade finden, überlegte die Zimmerin und sann bereits darüber nach, unter welchem Vorwand sie sich Zugang zum Gutshof des Freiherrn von Stockheim verschaffen könnte. Auch dem Oberförster würde sie gerne noch ein paar Fragen stellen …

Entschlossen band Ursel die gelockerten Bänder ihrer Haube zu einer Schleife zusammen und erhob sich. Sie verschloss die Stubentür und stieg vorsichtig die steile Treppe hinunter. Auf dem Weg durch die Gaststube winkte sie den Wirtsleuten zu und erklärte, sie wolle einen kleinen Rundgang unternehmen.

»Ach, Ihr wollt bestimmt die Hinrichtung nicht versäumen«, antwortete die Wirtin munter. »Da müsst Ihr Euch aber beeilen, dass Ihr noch einen Platz kriegt, von dem Ihr halbwegs was sehen könnt. Die ganze Brücke ist voller Leute. Vorne am Gickelkreuz, wo die Mörderin ersäuft werden soll, ist schon kein Durchkommen mehr.« Als sie Ursels befremdeten Blick gewahrte, sagte die Matrone erstaunt: »Ach, das wisst Ihr gar nicht, dass wir um zwölf eine Hinrichtung haben …«

»Doch, doch«, erwiderte die Zimmerin und bemühte sich um einen beiläufigen Tonfall. »Ich werde mal gucken gehen, was sich da so tut …«

»Wir wären ja auch gerne hingegangen«, erklärte die Wirtsfrau mit Bedauern. »Aber wir müssen hierbleiben und unsere Arbeit machen. Wir rechnen nämlich mit gutem Zulauf, wenn die Hinrichtung vorbei ist. Nach so einer Gaudi sind die Leute immer hungrig und durstig. – Gott mit Euch, Offenbächerin, und viel Vergnügen!«

Ursel hatte es eilig, nach draußen zu gelangen.

Auf dem Weg zum Affentor kamen der Hurenkönigin immer wieder Menschen entgegen, die, ihren gehetzten Gesichtern nach zu urteilen, die anstehende Hinrichtung nicht verpassen wollten. Inmitten des Gedränges fiel Ursels Blick unversehens auf einen Mann mit grünem Lodenumhang und Filzhut, der in dem Menschenpulk an ihr vorüberzog. Sie blieb wie angewurzelt stehen und blickte angespannt hinter ihm her. Für kurze Zeit zog sie es sogar in Erwägung, ihm zu folgen, was sie jedoch rasch wieder verwarf. Die Menge hatte ihn längst wieder verschluckt. Außerdem war sie sich nicht sicher, ob sie den grüngewandeten Mann, der am Abend vor Isoldes Verschwinden im Frauenhaus gewesen war, überhaupt wiedererkennen würde. Nur für einen flüchtigen Augenblick hatte sie sein Gesicht gesehen, das überdies noch von der Hutkrempe, die er sich tief in die Stirn gezogen hatte, überschattet gewesen war.

Verstört ging sie weiter. Zu ihrer Erleichterung ebbten

die Menschenströme allmählich ab, und sie konnte freier ausschreiten.

Als Ursel wenig später das Affentor passierte, vernahm sie aus der Ferne die Sturmglocke der Bartholomäuskirche, die die Vollstreckung des Todesurteils ankündigte. Der Hurenkönigin waren Hinrichtungen zutiefst zuwider, und die Gewissheit, dass die unglückselige Nonne in diesem Moment auf grausige Weise das Zeitliche segnete, vermochte es nicht, die Trauer über den Tod der Freundin abzumildern.

❋

Der Weg vom Affentor bis zum Anwesen des Freiherrn von Stockheim war weitaus länger, als Ursel es in Erinnerung hatte. Das letzte Mal war sie mit der Kutsche gefahren, was sich mühelos in einer halben Stunde bewerkstelligen ließ, und so hatte sie die Entfernung unterschätzt. Die hochstehende Sonne brannte unbarmherzig auf sie herunter, Ursel war schweißgebadet und ihre Kehle ausgetrocknet – was zu ihrem Plan durchaus passte.

Nach einer guten Stunde Fußmarsch konnte die Hurenkönigin linker Hand endlich die hohe Steinmauer ausmachen, die den Riedhof umgrenzte. Sie war jedoch unerwartet lang, und als Ursel endlich vor dem Hoftor stand, hatte sie vor Anspannung und Erschöpfung weiche Knie. Mit bebenden Händen betätigte sie den Türklopfer und wartete mit angehaltenem Atem.

Es verstrichen endlose Minuten, bis die Tür geöffnet wurde und die alte Magd sich mürrisch nach ihrem Begehr erkundigte.

»Darf ich Euch um einen Becher Wasser bitten?«, erwiderte Ursel kurzatmig und wischte sich den Schweiß von der Stirn. »Ich komme aus Mörfelden und will in Sachsenhausen meine Schwester besuchen«, fügte sie mit erschöpftem Lächeln hinzu.

Die Alte musterte sie griesgrämig und raunzte: »Na, für so einen weiten Marsch nimmt man sich doch Wasser mit! Erst recht bei dieser Hitze ...« Unwillig erklärte sie: »Wartet meinethalben vor der Tür, ich bringe Euch welches raus.«

Sie wollte Ursel schon wieder die Tür vor der Nase zuschlagen, als diese noch eine Bitte äußerte: »Darf ich mich vielleicht auf Eurem Hof ein bisschen in den Schatten setzen? Mir wird schon ganz schwarz vor Augen, und man ist ja auch nicht mehr die Jüngste ...«

Die alte Magd streifte sie mit argwöhnischem Blick. »Eigentlich darf ich keine Fremden hereinlassen. Aber ich will auch nicht, dass Ihr mir vor unserer Tür noch ohnmächtig werdet. Also kommt rein und setzt euch solange unter die Kastanie. Ich bin gleich wieder da.«

Ermattet ließ sich die Hurenkönigin auf eine Holzbank unter der schattigen Krone einer mächtigen Kastanie sinken und blickte der Alten nach, die über den weiten gepflasterten Hof zu einem schlossähnlichen Gebäude eilte.

Ursel ließ ihre Augen angespannt über die schmucke Frontseite mit den unzähligen bleiverglasten Fensterflügeln schweifen, die mit bunten Ornamenten und Wappen verziert waren. Das prächtige Gebäude wirkte wie ausgestorben. Auch rechts bei den Stallgebäuden war nichts und niemand zu entdecken. Weder ein Hofhund noch die übliche Schar von Katzen, die sich gerne vor den Ställen tummelte, und auch kein Federvieh, das im Stroh scharrte – alles wirkte seltsam leblos und unbewohnt.

Ursel lief es kalt über den Nacken. Mit einem Mal hatte sie das ungute Gefühl, beobachtet zu werden, und wandte sich schnell um.

Hinter ihr stand die alte Magd mit dem Wassergefäß und beäugte sie misstrauisch. »Ihr seid aber neugierig!«, knarzte sie spöttisch und hielt Ursel den Becher hin.

Die Hurenkönigin nahm ihn mit zittrigen Händen entgegen und murmelte: »Ich hab mich nur mal umgeschaut. Was für ein prächtiges Anwesen.« Sie führte den Becher an die Lippen und trank. »Dank Euch«, sagte sie zu der Magd, die sie nicht aus den Augen ließ.

»Dann habe ich ja meine Christenpflicht erfüllt. Ich will Euch nicht länger aufhalten«, erklärte die Alte barsch und blickte Ursel, die noch immer auf der Bank saß, ungeduldig an. »Auf, auf, kommt in die Gänge! Bis nach Sachsenhausen ist es noch ein ordentlicher Marsch.«

»Ich möchte Euch noch gerne etwas fragen …«, begann die Hurenkönigin und begegnete den Argusaugen der Magd mit festem Blick.

»Was denn? Wollt Ihr jetzt auch noch eine warme Mahlzeit?«, fragte die Frau und verzog höhnisch das runzlige Gesicht.

»Ich bin keine Bettlerin!«, erwiderte Ursel scharf und drückte der Alten grob den Becher in die Hand. Hier habe ich ohnehin nichts mehr verloren, dachte sie, murmelte ein »Vergelts Gott!« und strebte zur Hoftür.

Die alte Magd eilte mit einem Schlüssel in der Hand hinter ihr her.

In einer Mauernische rechts vom Portal gewahrte Ursel eine steinerne Marienstatue, vor der eine Vase mit einem Strauß Rosen stand. Eilig bekreuzigte sie sich vor dem Standbild. Die Hausmagd tat es ihr gleich.

»Was wolltet Ihr mich denn fragen?«, erkundigte sie sich unversehens bei der Hurenkönigin. Diese blickte sie verwundert an. Die abweisenden Züge der Alten waren deutlich milder geworden.

»Ich suche eine Stellung als Näherin und Zugehfrau«, erklärte Ursel und zwang sich zu einem verbindlichen Lächeln. »Und da wollte ich Euch fragen, ob es nicht hier auf dem Riedhof eine Anstellung für mich gibt? Ich war jahrelang in Stellung bei einer wohlhabenden alten Dame, die überdies sehr fromm war. Meine Herrschaft ist leider verstorben, und da hatte ich gehofft, hier vielleicht unterzukommen ... Zumal mir zu Ohren gekommen ist, dass der junge Freiherr sehr gottesfürchtig sei.« Die Hurenkönigin, der nicht entgangen war, dass sie einzig über die Frömmigkeit Zugang zu der Alten finden konnte, senkte demütig den Blick.

Die Magd war nun zugänglicher. »Das trifft zwar zu, trotzdem muss ich Euch enttäuschen. Wir stellen niemanden ein. Der junge Herr ist sehr menschenscheu, müsst Ihr wissen, und seit dem Tod seiner lieben Mutter, der Freifrau Agathe, lebt er hier ganz alleine und zurückgezogen. Der alte Diener Berthold und ich sind die einzigen Bediensteten, die er noch hat, sonst duldet er niemanden um sich.«

Ursel schluckte. »Das ist bedauerlich«, bemerkte sie mit einem betrübten Achselzucken. »Ich hatte mir solche Hoffnungen gemacht. Erst recht, weil Ihr ja vielleicht froh darüber wärt, wenn Euch jemand im Haushalt ein wenig unter die Arme greift.«

»Durchaus«, murmelte die Alte. »Ich werde nächstes Jahr siebzig, und da fällt einem die Arbeit nicht leichter. Aber ich will nicht klagen. Ich danke unserem Herrgott, dass ich noch arbeiten kann.«

»Gott mit Euch und danke für Eure Gastfreundschaft!« Ursel neigte höflich den Kopf und wandte sich zur Tür.

»Gottes Segen, Näherin – und nehmt es mir nicht übel, dass ich so schroff zu Euch war«, sagte die alte Frau begütigend. »Aber in letzter Zeit treibt sich hier draußen übles Gesindel herum. Vor ein paar Tagen erst stand so ein liederliches Frauenzimmer im gelben Hurengewand vor unserem Hof und hat mich ganz frech angeguckt, als ich rausgegangen bin. Deswegen bin ich momentan auch etwas auf der Hut …«

Ursel zog entrüstet die Brauen in die Höhe. »So was!«, äußerte sie empört. »Was hatte die denn hier draußen zu suchen?«

»Wer weiß? Geht vielleicht hier im Forst auf Kundenfang. Nebenan ist ja das Forsthaus, und da wohnen die ganzen Waldarbeiter«, erwiderte die Alte. »Ich bin nur froh, dass der junge Herr sie nicht gesehen hat! Den hätte der Schlag getroffen!«, ereiferte sich die Magd und fügte vertraulich hinzu: »Ihr müsst wissen, er führt ein Leben wie ein Mönch, und ihn graust es vor sündigen Weibern. Als ich ihm nur davon erzählt habe, war er schon ganz von Sinnen …«

Ursel war mehr als hellhörig geworden. »Verständlich«, presste sie zwischen den Zähnen hervor. »Einen jeden Christenmenschen graust es vor dem Laster.«

Die Alte nickte eifrig. »Wie recht Ihr habt!« Sie tätschelte der Hurenkönigin wohlwollend die Schulter.

»Und verzagt nicht gleich«, murmelte sie tröstend. »Eine tugendhafte und rechtschaffene Jungfer wie Ihr findet auch woanders eine Anstellung. Versucht es doch einmal bei den anderen Sachsenhäuser Herrschaften! Das sind alles vortreffliche fromme Leute.«

»Das werde ich machen. Und danke für Euren Rat!«, sagte die Zimmerin artig und trat über die Türschwelle.

*

Als Ursel durch das Gartentor des Forsthauses ging und sich rufend zu erkennen gab, war Oberförster Staudinger gerade damit beschäftigt, Forellen in den Räucherofen zu hängen. Erfreut über den unerwarteten Besuch der Hurenkönigin wandte er sich zu Ursel um und mochte seinen Augen kaum trauen.

»Wie seht Ihr denn aus?«, brummelte er irritiert und musterte die Zimmerin mit abschätzigen Blicken. »Man könnte ja glauben, Ihr wärt eine Gesindemagd, so brav und bieder, wie Ihr daherkommt. Da habt Ihr mir früher mit dem … dem feschen Mieder aber besser gefallen!«

»Ihr meint wohl, mit dem tiefen Ausschnitt«, verbesserte ihn Ursel und lächelte belustigt.

Oberförster Staudinger runzelte verständnislos die Stirn. »Seid Ihr denn jetzt keine Hübscherin mehr? Ich meine, weil Ihr keine Hurentracht mehr tragt.«

»Eine Hübscherin bin ich schon seit vierzehn Jahren nicht mehr – das heißt, ich bin nicht mehr für Geld zu haben, wenn es das ist, was Ihr meint. Und die Hurenkönigin hat sich einfach eine kleine Auszeit genommen«, erklärte sie verschmitzt.

»Könnt Ihr das denn so einfach?«, fragte Staudinger skeptisch. »Ihr untersteht doch dem Magistrat …«

»Ich kann es, wie Ihr seht«, schnitt ihm Ursel das Wort ab. »Und das ist allein meine Sache.« Sie blickte sich suchend nach dem ehemaligen Frauenhausknecht um. »Wo ist denn Josef?«, fragte sie.

»Der ist draußen bei den Fischteichen – und dort hat er auch noch eine ganze Weile zu tun. Leider müsst Ihr mit mir vorliebnehmen«, erwiderte der Oberförster brummig.

Ursel meinte versöhnlich: »Das ist mir recht so. Ich unterhalte mich doch gerne mit Euch.«

Der rotbärtige Mann mit dem gebräunten Gesicht grinste geschmeichelt und bot der Hurenkönigin einen Platz auf der Gartenbank an. »Wartet, ich bringe Euch gleich was zur Stärkung. So abgekämpft, wie Ihr ausseht, könnt Ihr das sicher gebrauchen.«

Gleich darauf kehrte Staudinger mit zwei frisch gezapften Bieren zurück und mit einem Holzbrett, auf dem sich Brotscheiben und geräucherte Forellenstücke befanden. Er stellte alles neben Ursel auf die Bank und ließ sich auf der anderen Seite nieder.

»Zum Wohl, Zimmerin, und lasst Euch die Brotzeit schmecken!«, sagte er aufgeräumt und prostete der Hurenkönigin zu.

Ursel nahm einen tiefen Zug von dem kühlen Bier und sprach auch den Speisen mit gutem Appetit zu. Schließlich fasste sie den Entschluss, den Oberförster in ihre Pläne einzuweihen.

Nachdem Ursel ihm von ihren Mutmaßungen berichtet und ihm mitgeteilt hatte, sie erachte es für durchaus wahrscheinlich, dass der Mörder von Rosi und Isolde aus Sachsenhäuser Adelskreisen stamme, konnte sie zu ihrer Erleichterung feststellen, dass sie beim Oberförster auf offene Ohren traf. Das lag sicherlich auch daran, dass sich Staudinger mit den Sachsenhäuser Landjunkern in einer Dauerfehde befand.

Als ihm die Hurenkönigin von ihrem Besuch auf dem Riedhof und der Begegnung mit der Haushälterin berichtete, schlug sich Staudinger prustend auf die Schenkel.

»Trotzdem hege ich nach wie vor Argwohn gegen den Freiherrn und werde den Verdacht nicht los, dass möglicherweise er der junge Adelsmann ist, von dem Isolde gesprochen hat«, unterbrach Ursel seinen Heiterkeitsausbruch.

Der Oberförster schüttelte vehement den Kopf. »Seid mir nicht böse, Zimmerin, aber bei dem Duckmäuser kann ich mir beim besten Willen nicht vorstellen, dass er sich mit einer Hure abgibt!«, grölte er derb. »Der Stockfisch wüsste doch gar nicht, was er mit einem Weibsbild anstellen sollte. Und wenn er wirklich ein Dulder ist, wie Isolde gesagt hat, dann ist es doch sehr unwahrscheinlich, dass er gleichzeitig auch Frauen quält. Das ist wie bei den Viechern, die einen sind die Jäger und die anderen die Beutetiere. Oder habt Ihr schon mal gehört, dass ein Lamm einen Wolf reißt oder ein Rehkitz einen Fuchs jagt?«

Die Hurenkönigin, die sich noch gut an ihre eigenen Worte Isolde gegenüber erinnern konnte, schwieg betroffen und verfiel ins Grübeln.

»Es soll aber auch schon vorgekommen sein, dass der Jäger zum Gejagten wird!«, stieß sie mit einem Mal hervor, trank ihr Bier aus und verabschiedete sich von Staudinger. In ihre dunklen Augen war ein eigentümlicher Glanz getreten, der dem Oberförster nicht verborgen geblieben war.

»Seht Euch vor, Zimmerin, dass Ihr nicht selbst zur Gejagten werdet«, murmelte er besorgt und begleitete die Hurenkönigin zum Gartentor.

*

Um die achte Stunde betrat Ursel die Gastwirtschaft »Zum kleinen Paradies« und entbot den Gästen, die in der Schankstube ihren Feierabendschoppen tranken, einen höflichen Gruß. Während sie noch zögerlich vor der Theke stand und ihre Blicke schweifen ließ, kam die Wirtin auf sie zu, packte sie herzhaft am Arm und zog sie mit zu einem der größeren Tische, um den sich ein Dutzend Männer und Frauen versammelt hatten. »Ziert Euch nicht, Offenbächerin, und gesellt Euch zu der fröhlichen Gesellschaft hier. Das macht man so bei uns in Sachsenhausen, da setzt man sich einfach dahin, wo Platz ist, und schwätzt, wie einem der Schnabel gewachsen ist«, erklärte die Matrone lachend und rückte ihrem Gast einen freien Stuhl hin. »Ihr macht euch miteinander bekannt«, sagte sie zu der Gruppe am Tisch und fragte die Zimmerin, was sie ihr bringen dürfe.

Ursel, die sah, dass die meisten Leute Wein tranken, bestellte sich einen Schoppen Wein und einen sauren Hering mit Brot. Als sie den Becher vor sich stehen hatte, hob sie ihn und prostete der Tischgesellschaft zu.

»Ich bin die Zimmers Marie aus Offenbach«, erklärte Ursel. »Bin seit vier Jahren verwitwet und suche in Sachsenhausen eine Anstellung als Näherin.«

»Ach, e Offenbächern!«, knarzte ein älterer Mann mit gutwilligem Spott und stellte sich als der Fischer Georg Möckel vor. Nach und nach machten sich auch die restlichen Gäste mit der Hurenkönigin bekannt. Es waren zwei Winzer, ein Schneider und zwei Lohgerber mit ihren Frauen und zwei ledige Wäscherinnen mit einer befreundeten Scheuermagd, die alle aus Sachsenhausen stammten und sich untereinander kannten.

»Da werdet Ihr es als Näherin nicht so leicht haben, eine Stelle zu finden«, richtete der schmächtige Schneider das Wort an Ursel. »Die paar Schneider, die's hier gibt, sind alle zu arm, um noch jemanden einstellen zu können. Und wenn's Arbeit gibt, die schnell erledigt werden muss, muss die ganze Familie mithelfen. Bei uns daheim können schon die kleinen Kinder mit Nadel und Faden umgehen.«

»Das kenne ich«, entgegnete Ursel. »Ich komme aus dem Vogelsberg, und mein Vater war auch Schneider. Wir waren daheim acht Kinder und haben alle schon nähen gelernt, ehe wir laufen konnten.«

»Na, dann wisst Ihr ja Bescheid«, sagte der Schneider. »Die Sachsenhäuser sind alles arme Leute, genauso wie die Offenbächer. Nur unseren Rittersleuten geht's gut.«

»Das kann ich mir denken!«, erwiderte Ursel und trank ihren Becher leer. Als sie sich noch einen weiteren bestellen wollte, hielt sie die Scheuermagd, die an ihrer Seite saß, zurück und schenkte ihr Wein aus dem großen Krug nach, der in der Mitte des Tisches stand. »Nehmt erst mal hiervon«, erklärte die junge Frau mit den vorstehenden Zähnen freundlich. »Wir legen immer zusammen und bestellen uns gleich einen Großen, dann kostet es nicht so viel.«

Ursel bedankte sich. »Gute Idee«, bemerkte sie. »Dann kann ich mich ja gleich beteiligen.« Sie entnahm ihrem Brustbeutel ein paar Kupfermünzen und legte sie auf die Tischplatte.

»Dank Euch, Offenbächerin, aber das ist viel zu viel«, erklärte der Schneider mit Blick auf die Münzen. »Für das, was Ihr hier auf den Tisch legt, könnten wir ja zwei Krüge kriegen …«

Die Zimmerin winkte lächelnd ab. »Das ist schon recht so.« Sie bestellte einen Krug auf ihre Rechnung.

»Wie sind sie denn so, eure Sachsenhäuser Ritterfamilien?«, wollte die Hurenkönigin nun wissen. »Denn ehrlich gesagt hatte ich gehofft, an einem der herrschaftlichen Höfe eine Anstellung zu finden.«

»Das könnt Ihr schon versuchen, die Herrschaften brauchen immer mal eine Näherin«, meldete sich eine der Wäscherinnen zu Wort. Sie war noch sehr jung und hatte ein hübsches sommersprossiges Gesicht. »Die Lena und ich sind bei den Rittern von Praunheim in Diensten.« Dabei wies sie auf die dunkelhaarige Frau an ihrer Seite.

»Viele Einheimische sind auf den Gutshöfen in Stellung oder auf sonst eine Weise für die Herrschaften tätig«, bemerkte der Fischer. »Das gilt auch für mich. Die meisten meiner Fische liefere ich bei den Adelshöfen ab, und darüber bin ich auch ganz froh, sonst würden meine Leute daheim noch öfter am Hungertuch nagen. Die Herrschaften haben zwar alle ihre eigenen Fischteiche im Sachsenhäuser Forst, aber sie wollen auch mal ein bisschen Abwechslung und nicht das ganze Jahr über Karpfen und Forellen essen.« Mit hochgezogenen Augenbrauen fuhr er fort: »Die können sich das leisten und müssen sich nicht mit grätigen Rotaugen begnügen, so wie wir. Und auch die sind manchmal knapp bemessen, denn nur wenn's ein guter Fang war, bleibt noch was für die eigenen Leute übrig. Alles andere muss verkauft werden, damit man halbwegs über die Runden kommt.«

Ursel, die noch immer an ihren Besuch auf dem Riedhof denken musste, beschloss, die Einheimischen ein wenig über den Freiherrn auszuhorchen. Sie berichtete von ihrem erfolglosen Stellengesuch. »Kennt eigentlich jemand von euch den jungen Freiherrn von Stockheim?«, wollte sie anschließend wissen.

Die meisten wussten darauf nichts zu erwidern und schüttelten nur den Kopf.

»Man kennt ihn in Sachsenhausen eigentlich kaum. Er geht selten aus und lebt sehr zurückgezogen«, sagte die junge Scheuermagd. »Es heißt allgemein, dass er sehr fromm ist …«

»Fromm? Gegen den ist doch jeder Klosterbruder noch ein lockerer Gesell«, entrüstete sich der Schneider. »Und obwohl er noch keine zwanzig ist, ist er schon so verstockt und sauer wie eine alte Betschwester.«

Sogleich richteten sich die Augen der Anwesenden neugierig auf ihn. Die Zimmerin jedoch konnte nicht mehr an sich halten und schoss ins Blaue hinein: »Kann es sein, dass er ein Marienverehrer ist und einen Ring mit dem Symbol der sieben Schmerzen Mariens am Finger trägt? Ich meine, ich hätte so was schon mal über ihn gehört …«

Der Schneider überlegte. »Von so einem Ring weiß ich nichts. Ich habe einen solchen jedenfalls nicht an ihm gesehen«, äußerte er gewichtig und genoss es augenscheinlich, im Mittelpunkt zu stehen. »Aber vor Jahren hatte ich dort mal zu tun, da draußen auf dem Riedhof. Das muss kurz nach dem Ableben der Freifrau gewesen sein, denn ich habe bei dem jungen Herrn Maß für ein Trauergewand nehmen müssen. Dabei ist mir aufgefallen, dass die Wände des Kaminzimmers übersät waren mit prunkvollen Mariengemälden.«

Die Zimmerin hing förmlich an seinen Lippen. »Was Ihr nicht sagt!«, entfuhr es ihr erregt. »Und sonst? Ich meine, wie ist er sonst so?«

»Na ja, ein arroganter Laffe halt. Blickt durch einen hindurch, als ob man Luft wäre«, grummelte der Schneider erbost. »Aber so sind sie halt nun mal, unsere Adelsherren. Mit gemeinen Leuten unterhält man sich nicht und die würdigt man auch keines Blickes …«

Von allen Seiten des Tisches kam zustimmendes Gemurmel. Es folgten die üblichen Klagen, mit denen sich der Unmut armer Leute über die mannigfaltigen Demütigungen ihrer Herrschaften Bahn brach.

»Nun ja, letztendlich ist er doch ein armer Teufel, der junge Freiherr«, richtete der Schneider das Wort wieder an die Hurenkönigin. »Er ist früh verwaist und lebt als letzter Nachkomme seines Geschlechts ganz einsam und verlassen auf seinem Landgut im Sachsenhäuser Forst. Soweit mir bekannt ist, hat er lediglich einen Diener und eine alte Köchin, die ihm auch den Haushalt führt.«

»Ich habe vor einem Jahr auch mal am Riedhof wegen einer Anstellung vorgesprochen«, meldete sich die junge Wäscherin zu Wort. »Da hat mich die alte Magd am Tor nur angefahren: ›Mach dich fort, wir brauchen niemanden‹, und hat mir die Tür vor der Nase zugeschlagen.«

»Ich war früher, bevor ich geheiratet habe, mal in

Diensten bei der Freifrau von Urberg«, erklärte die junge Frau eines Winzers. »Der Freiherr von Stockheim ist doch ihr Cousin. Den habe ich dort auch ein paarmal gesehen. Und ich kann euch sagen, wie der die angehimmelt hat, das war nicht mehr normal!« Die junge Frau verdrehte die Augen.

Ursel war hellhörig geworden. »Das wundert mich jetzt aber«, bemerkte sie stirnrunzelnd. »Nach allem, was ich so über ihn gehört habe, macht er sich nicht viel aus Frauen.«

»Das mag ja sein«, erwiderte die junge Frau. »Ich will ja auch nicht behaupten, dass der mit der Freifrau was hatte. Nein, es war etwas anderes … Der hat die Freifrau regelrecht angebetet. So als ob sie eine Heilige wäre. – Und das ist sie weiß Gott nicht!«, fügte die Weinbauersgattin bissig hinzu.

Am Tisch war hämisches Gelächter zu vernehmen.

Ursel war hochgradig alarmiert. »Wieso, wie ist sie denn?«, wandte sie sich an die Erzählerin.

»Lioba von Urberg ist ein wahrer Ausbund an Bosheit«, erklärte die Angesprochene. »Zumindest ihren Untergebenen gegenüber. Sie hat zwar das reinste Engelsgesicht, aber so gemein und zänkisch habe ich noch nie jemanden erlebt. Ich war nur ein halbes Jahr in ihren Diensten, aber im Nachhinein frage ich mich, wie ich es überhaupt so lange ausgehalten habe.«

Der Hurenkönigin stockte der Atem, sie musste unwillkürlich an das Mädchen auf dem Steg denken. Das schöne Gesicht mit den kalten Augen … *Aber das kann sie nicht gewesen sein, das war doch noch ein Kind!*

»Bei der hält es niemand länger aus«, mischte sich die junge Scheuermagd ein. »Meine Schwester hat mal eine

Zeitlang auf dem urbergschen Landsitz als Küchenmagd gearbeitet. Wenn sie uns an ihren freien Nachmittagen besucht hat, hat sie immer ganz verheulte Augen gehabt. Wir waren alle froh, als sie ihren Bräutigam kennengelernt hat und endlich dort aufhören konnte. Die muss ein ganz gemeines Aas sein, die Freifrau. Ich hätte mich auch dort verdingen können, aber nach allem, was ich von der gehört habe, hatte ich keine Lust dazu.«

»Meint Ihr, die sucht vielleicht eine Näherin?«, kam es Ursel unversehens über die Lippen.

Die Scheuermagd fuhr zusammen. »Das meint Ihr doch nicht im Ernst?«, rief sie entgeistert. »Davon kann ich Euch nur abraten! Versucht es doch bei den Rittern von Sachsenhausen oder auch bei den Herren von Praunheim, aber bloß nicht bei der …«

Ursel nickte einsichtig. »Ich denke, ich werde Euren Rat beherzigen. Morgen früh will ich mal bei den Rittern von Sachsenhausen und bei den Praunheims um eine Stelle vorsprechen«, erklärte sie gähnend und verabschiedete sich von ihren Trinkkumpanen.

Müde, und von dem reichlich genossenen Wein auch entsprechend angetrunken, verkroch sich die Hurenkönigin in dem kleinen Mansardenzimmer auch sogleich auf ihren Strohsack. Bevor ihr endgültig die Augen zufielen, warf sie noch einen Blick auf den nächtlichen Sternenhimmel, der sich über der geöffneten Dachluke abzeichnete. Während sie tief die frische Nachtluft einsog, sandte sie ein Stoßgebet an ihre Schutzheiligen, Bernhard und all die anderen, die sie liebte, zu schützen. Zum Schluss erflehte sie noch den Schutz der Himmelskönigin für ihre morgige Mission und schlief ein.

14

Freitag, 5. August 1511

Die Glocken der benachbarten Dreikönigskirche hatten gerade zur sechsten Stunde geschlagen. Ursel rieb sich verschlafen die Augen und kroch schwerfällig von ihrem Strohsack. Als sie auf den Beinen stand, fühlte sie einen dumpfen Kopfschmerz, und das Blut pulsierte dröhnend hinter ihren Schläfen. Sie wusste nur zu gut, woran das lag, und fluchte, dass sie sich gestern Abend in der Schenke mit dem Wein nicht zurückgehalten hatte. Ein offensichtlicher Kater war ihrem Vorhaben, sich bei der Freifrau von Urberg um eine Stelle als Näherin zu bewerben, bestimmt nicht sehr zuträglich.

Die Luft in der Dachkammer war, obgleich es noch früh am Morgen war und die Dachluke weit offen stand, derart stickig, dass der Zimmerin schwarz vor Augen wurde. Sie wankte zum Tisch, auf dem ein Wasserkrug stand, ließ sich auf den Holzhocker sinken und füllte den irdenen Trinkbecher. In großen Zügen trank sie den Becher leer, auch wenn das Wasser schal und abgestanden schmeckte und keinerlei Erfrischung brachte. Sie blinzelte hinauf zum wolkenverhangenen Himmel. Was für ein drückend schwüler Tag! Da fiel einem ja das Atmen schwer. Egal!, ermahnte sich die Hurenkönigin streng und streifte sich das taubenblaue Untergewand über den verschwitzten Körper. Und wenn ich auf allen vieren kriechen muss, ich geh jetzt dahin! – Es gab wohl keine andere Möglichkeit, um den Freiherrn von Stockheim auszuforschen. Sicher, der Verdacht gegen ihn war eher nebulös, er brannte ihr jedoch auf der Seele.

Ursel fuhr sich über die langen roten Haare, die strähnig über ihre Schultern hingen, und beschloss, sich am Hofbrunnen erst einmal gründlich zu waschen. Sie wollte ja adrett aussehen, wenn sie später bei der Freifrau vorsprach.

Während sie auf leisen Sohlen die morschen Stiegen der Holztreppe hinabstieg, um das noch schlafende Haus nicht zu wecken, musste sie mit tiefer Wehmut an Bernhard denken, und die Zuneigung, die sie für ihn empfand, bereitete ihr fast Schmerzen. Sie jagte hier in Sachsenhausen einem Phantom hinterher, und mit ihrer Liebe ging es den Bach runter ... Ob er ihr den Rückfall jemals verzeihen würde? Sie wusste, wie geduldig und langmütig der Geliebte war – und wie innig er sie liebte. Hatte sie etwa den Bogen überspannt? Er hatte sie gewarnt, und sie war trotzdem wieder schwach geworden. »Wir sind geschiedene Leute!«, hatte er zuletzt gesagt und sich von ihr abgewandt. Niemals, da war sie sich sicher, würde er solche Worte leichtfertig gebrauchen.

Ursel versuchte tapfer, ihre Traurigkeit, die ihr wie ein Kloß im Halse steckte, hinunterzuschlucken. Unversehens verlangte es sie nach der Himmelsarznei, derer sie sich seit Mittwochabend so standhaft enthalten hatte. Nach kurzem Zaudern murmelte sie jedoch »Nein!« und setzte ihren Weg fort.

Das kühle Brunnenwasser tat ihr gut und machte sie

munter. Alles zu seiner Zeit. Ich werde ihn schon wieder zurückerobern, dachte sie hoffnungsvoll.

Zurück in ihrer Kammer, kleidete sie sich an, frisierte sich sorgfältig, setzte die weiße Leinenhaube auf und überlegte kurz, ob sie ihren Tornister umschnallen sollte. Sie entschied sich jedoch, ihn dazulassen und nur den Leinensack mit den Nähutensilien mitzunehmen. Noch wusste sie ja gar nicht, ob die Freifrau sie tatsächlich einstellen würde. Sollte dies der Fall sein, konnte sie den Rucksack mit ihren Habseligkeiten auch später noch holen. Leise trat sie auf den Flur hinaus und verschloss die Mansardentür. Im Treppenhaus war immer noch alles ruhig – was ihr sehr gelegen kam, denn so musste sie keine neugierigen Fragen beantworten.

Als sich Ursel um die siebte Stunde auf den Weg zum Hofe der Herren von Urberg machte und durch die Brückengasse Richtung Main lief, öffneten die Torwächter gerade das Brückentor, durch welches sogleich Fuhrwerke und Passanten strömten. Nach der gestrigen Hinrichtung auf der Mainbrücke ging heute alles wieder seinen gewohnten Gang.

Die Hurenkönigin, die es als wohltuend empfand, in ihrer unauffälligen Kleidertracht wenig Beachtung zu finden, schlenderte gedankenversunken die Dreikönigsgasse entlang, bis sie unweit des Schaumaintors vor dem weiten Flügelportal stand, über dem das in Stein gemeißelte Wappen der Herren von Urberg prangte. Angesichts des mächtigen Portals, das breit genug war, zwei hochbeladene Pferdefuhrwerke passieren zu lassen, fühlte sich Ursel geradezu klein und unbedeutend. Dennoch griff sie beherzt nach der Messingschelle und läutete.

Gleich darauf öffnete ihr ein livrierter Diener das Tor und erkundigte sich mit kühler Herablassung nach ihrem Begehr.

»Ich möchte nachfragen, ob die Freifrau eine Näherin benötigt«, erklärte die Hurenkönigin mit fester Stimme und bedachte den hochnäsigen Domestiken mit einem Blick, der alles andere als devot war.

Der Diener erwiderte borniert: »Da wird Sie sich noch ein wenig gedulden müssen. Die Herrin ist eben erst aufgestanden und möchte bei ihrer Morgentoilette nicht gestört werden. Trete Sie meinethalben ein und setz Sie sich solange auf die Treppe. Ich werde Ihr dann Bescheid geben.«

Der Diener ließ Ursel eintreten, verschloss hinter ihr das Tor und rauschte davon.

Ursel ließ ihre Blicke über den gepflasterten Hof und das langgestreckte, schlossähnliche Gebäude wandern. Die Fensterfront war noch immer mit schwarzen Trauerfahnen versehen. Langsam ging die Hurenkönigin zum Eingangsportal mit der imposanten Freitreppe. Sie hatte sich gerade auf einer der Marmorstufen niedergelassen, als unversehens ein kleiner Stoffball vor ihren Füßen landete. Gleich darauf hetzten vier possierliche Hundewelpen heran und balgten sich darum. Ursel musste beim Anblick der Tiere unwillkürlich lächeln. Sie streichelte den Hündchen übers Fell, da ertönte aus dem Hintergrund ein durchdringender Pfeifton. Die Tiere purzelten übereinander und rangen übermütig und waren so in ihr Spiel vertieft, dass sie auf den Ruf nicht reagierten. Ursel hob den Kopf und gewahrte eine kleine, schwarzgewandete Gestalt mit einer silbernen Pfeife, die mit raschen Schritten auf die Welpen zuging.

Das liebreizende Gesicht des Mädchens bebte vor Wut, mit einer Reitgerte schlug es aufgebracht auf die Hundewelpen ein.

Das Jaulen der Tiere ging der Hurenkönigin durch Mark und Bein. *Dir müsste man selbst eins mit der Gerte überziehen!* Empört sprang die Hurenkönigin auf und war schon drauf und dran, der Göre die Reitgerte zu entwenden, als von oben eine Frauenstimme ertönte: »Recht so, Gunilla, Hunde müssen erzogen werden!«

Ursel reckte sich und sah auf der Marmorbalustrade über dem Eingangsportal eine junge Frau mit engelhaften Gesichtszügen und wallenden blonden Haaren, der das Mädchen mit der Reitgerte wie aus dem Gesicht geschnitten war.

»Auch Kinder müssen erzogen werden! Man quält keine Tiere«, stieß Ursel hervor und blickte die Dame auf dem Balkon erzürnt an. In ihrer Empörung nahm sie billigend in Kauf, durch das Aufbegehren jegliche Möglichkeit einer Anstellung zunichtezumachen. Für einen flüchtigen Moment erstarrten die Augen der Frau zu Eiskristallen.

Ursel stockte der Atem. *Das Mädchen auf dem Steg!* Ihr Herz schlug so heftig, dass es in ihren Ohren dröhnte, und obgleich sie in ihrem Leben nie einem Kampf ausgewichen war, hätte sie am liebsten die Beine in die Hand genommen und wäre davongelaufen.

»Wir sind eigentlich davon ausgegangen, dass Sie eine Näherin ist und keine Gouvernante«, säuselte die Adelsdame spöttisch. Ursel mochte ihren Ohren nicht trauen, als die Freifrau sie gleich darauf mit der Bemerkung, sie wäre dann so weit, ins Haus beorderte.

Mit weichen Knien und trockener Kehle betrat Ursel

die holzgetäfelte Eingangshalle, deren Wände von der langen Ahnengalerie der Herren von Urberg geziert wurden. Beim Vorbeigehen erhaschte sie einen Blick auf das Konterfei des verstorbenen Norbert von Urberg, den Letzten in der Reihe, und sie musste unwillkürlich an das unflätige Betragen denken, das er im Frauenhaus zuweilen an den Tag gelegt hatte, wenn er einen über den Durst getrunken hatte. Mehrfach war er deswegen vom Frauenhausknecht gemaßregelt worden, und wenn das nicht geholfen hatte, war sie selbst eingeschritten. Was den Freiherrn meistens dazu bewogen hatte, seine Zeche zu begleichen, ein fürstliches Trinkgeld zu hinterlassen und sich auf den Heimweg zu begeben. Nicht selten hatte er seinen Rausch auch in Rosis Zimmer ausgeschlafen.

»Kannte Sie etwa meinen Gatten?«, wurde Ursel jäh von der metallischen Stimme der Freifrau aus ihren Gedanken gerissen und fuhr zusammen. Lioba von Urberg stand bewegungslos am Ende der Halle und beobachtete sie.

»Nein, nein«, murmelte die Hurenkönigin betreten und fügte hinzu: »Ich habe nur gehört, dass er kürzlich verstorben ist. Äh … mein aufrichtiges Beileid, Euer Hoheit.« Ursel deutete einen Knicks an und neigte den Kopf vor der Freifrau.

Diese hob dankend die kleine, schwarz behandschuhte Hand und erwiderte huldvoll: »Freifrau genügt.« Dann forderte sie Ursel auf, ihr nach drinnen zu folgen.

Ursel steckte der Schreck noch immer in den Gliedern. Beklommen ging sie hinter Lioba von Urberg her, aber irgendwie hatte sie das Gefühl, in eine Falle zu tappen. Du wolltest eine Anstellung, und jetzt kriegst du sie!, suchte sie ihr Unbehagen resolut zum Schweigen zu bringen.

Als sie den Raum betrat, der sich an die Halle anschloss, riss sie vor Staunen die Augen auf. Solchen Prunk hatte sie noch nie zuvor gesehen. Der Kamin aus milchweißem Marmor war mannshoch, an der hohen holzgetäfelten Decke hingen massive, kunstvoll geschmiedete Kerzenleuchter, die ohne weiteres den Durchmesser ihrer Dachkammer hatten. Der Boden war bedeckt mit Teppichen, deren dichter Flor die Schritte angenehm dämpfte, die Wände drapiert mit golddurchwirkten Gobelins, auf denen Szenen des höfischen Lebens zu sehen waren.

Lioba von Urberg nahm auf einem thronähnlichen Lehnstuhl am Kamin Platz und bedeutete Ursel mit befehlsgewohnter Geste, näher zu treten.

Höflich stellte Ursel sich der Freifrau als die Näherin Marie Zimmer vor, die auf der Suche nach einer Anstellung war.

»Hat Sie flinke, geschickte Finger?«, fragte Lioba von Urberg und besah prüfend Ursels Hände.

»Die Nadel fliegt mir nur so durch die Finger, und ein Saum, den ich geheftet habe, hält«, erklärte die Hurenkönigin selbstbewusst, denn da sie als Schneidertochter so gut nähen konnte, besserte sie den Huren immer die Kleider aus und flickte ihre Wäsche.

Um die Mundwinkel der Freifrau spielte ein feines Lächeln. »Famos«, erwiderte sie mit leichtem Spott. »Dann folge Sie mir doch gleich ins Nähzimmer …«

Die zierliche Adelsdame, die den grazilen Körperbau eines Mädchens hatte und der stattlichen Hurenkönigin gerade bis zur Brust reichte, war aufgestanden und sah

Ursel, die wie vom Donner gerührt vor ihr stand, abwartend an.

»Heißt das, Ihr nehmt mich?«, fragte die Hurenkönigin überrascht und rang sich ein schiefes Lächeln ab.

»Das heißt es! Vorausgesetzt natürlich, Sie sieht sich in der Lage, meinen Ansprüchen zu genügen«, entgegnete die Freifrau und runzelte ungeduldig die Stirn.

Die Hurenkönigin zuckte unsicher mit den Schultern. »Schon«, murmelte sie zögerlich und wusste selbst nicht, was plötzlich über sie gekommen war. »Ich … ich muss nur noch schnell meine Sachen holen. Das ist hier ganz in der Nähe, in einer Fremdenherberge in der Paradiesgasse …«, stieß sie hervor und machte unwillkürlich einen Schritt zur Tür.

»Das kann Sie auch noch machen, wenn Sie mit ihrer Arbeit fertig ist!«, sagte die Freifrau in scharfem Ton. »Wenn Ihr das indessen nicht passt, kann Sie auch gehen und braucht nicht mehr wiederzukommen.« Die himmelblauen Augen verströmten wieder eine Kälte, dass der Hurenkönigin förmlich das Blut gefror. Das ist keine gute Fee!, hallte die schreckliche Erkenntnis aus dem Traum durch ihre Sinne, doch sie war unfähig, sich von der Stelle zu rühren.

»Es ist nämlich Eile geboten. Morgen Abend, wenn mein Cousin kommt, soll das Kleid fertig sein«, erläuterte die Adelsdame versöhnlicher. Offenbar war ihr daran gelegen, Ursel zu halten. Sie blickte fragend.

Die Hurenkönigin stieß vernehmlich den Atem aus und stimmte zu, nicht zuletzt, weil die Erwähnung des Cousins sie an ihre eigentliche Mission gemahnt hatte. Ihr war, als hätte sie in den Augen der Freifrau soeben ein triumphierendes Aufblitzen wahrgenommen.

»Gut, dann begeben wir uns doch ins Nähzimmer, damit Sie gleich mit Ihrer Arbeit anfangen kann«, sagte Lioba von Urberg mit zufriedenem Lächeln und ging voran.

Sie führte Ursel über eine steile Wendeltreppe in ein Turmzimmer. Darin stand eine hölzerne Schneiderpuppe, über die ein kostbares Gewand aus schiefergrauem Samt mit ellenlanger Schleppe drapiert war.

»Ein Trauergewand für festliche Anlässe. Es ist noch nicht ganz fertig«, erklärte Lioba. »Die Säume sind erst gereiht und müssen noch vernäht werden. Ihre Vorgängerin war damit befasst. Aber sie hatte plötzlich keine Lust mehr, weil sie es vorzog, mit einem Bäckergesellen davonzulaufen.« Sie schüttelte indigniert den Kopf mit dem langen seidigen Goldhaar.

Oder weil sie es bei dir nicht mehr ausgehalten hat, dachte Ursel bei sich und griente verständnisvoll, während sie die Wandregale betrachtete, in denen sich Garnrollen, Stickrahmen und verschiedene Stoffballen befanden.

»Für unsere Wandteppiche«, erläuterte die Freifrau. »An den langen Winterabenden pflegen meine Tochter und ich uns nämlich damit zu ergötzen.« Stolz fügte sie hinzu: »Die Gobelins im Kaminzimmer stammen von uns.«

»Beeindruckend«, murmelte Ursel voller Anerkennung.

»Sie kann sich gerne hinsetzen, wenn Sie möchte.« Die Freifrau wies auf einen der Stühle, die an einem runden Holztisch vor dem Fenster standen. »Da hat man das beste Licht.« Sie ging zu einem Wandbord, nahm eine kleine Holztruhe und stellte sie auf den Tisch. Dann öffnete sie die Kiste mit einem kleinen Schlüssel, den sie an einem Schlüsselbund am Gürtel trug. Lioba von Urberg entnahm der Truhe ein sorgsam verschnürtes rosafarbenes Seidensäckchen und öffnete es. Es enthielt eine Vielzahl silbergrau glänzender Perlen. Ursel blickte sie bewundernd an.

»Ein Geschenk meines Cousins Jakob von Stockheim. Sie stammen aus dem Westindischen Ozean, der die Neue Welt umgibt«, erklärte die Freifrau lächelnd und geriet unversehens ins Plaudern. »Er hat sie mir zu meinem letzten Geburtstag geschenkt. Es sind genau 111 Perlen, da ich an einem 11. Januar geboren bin. Ist das nicht spaßig? Er hat immer so originelle Einfälle. Und auf dieses Kleid soll Sie mir die Perlen sticken. Dafür nimmt Sie am besten das Garn aus Goldbrokat, das ist am stabilsten …« Die Freifrau zog eine goldene Garnrolle aus dem Regal, legte sie auf den Tisch und ließ sich auf dem Stuhl gegenüber nieder. »Nähutensilien findet Sie hier in dem Kästchen.« Lioba deutete auf ein hölzernes Behältnis auf dem Tisch.

Ursel wischte sich den Schweiß von der Stirn, denn in dem Turmzimmer war es genauso stickig wie in der Dachmansarde der Fremdenherberge. Mit feuchten Händen legte sie ihren Nähbeutel, den sie die ganze Zeit umklammert hatte, auf den Tisch und erklärte: »Danke, aber mein Handwerkszeug habe ich schon selber dabei.«

»Wie sich das für eine gute Näherin ja auch gehört«, bemerkte die Baronin, auf deren Alabasterteint nicht der kleinste Schweißtropfen zu sehen war, mit unergründlichem Lächeln. »Ich hoffe, es irritiert Sie nicht allzu sehr, wenn ich Ihr ein wenig Gesellschaft leiste.

Aber ich möchte sehen, wie Sie sich so anstellt. Und dabei kann Sie mir ein bisschen was über sich erzählen, denn schließlich möchte man ja wissen, wen man sich da ins Haus nimmt …« Das sagte sie leichthin, während ihre Augen Ursel unablässig fixierten.

Mit verschwitzten Fingern nestelte Ursel eine Nähnadel aus der Nadeldose, fädelte den Goldfaden durch das Nadelöhr, entnahm dem Säckchen ein paar Perlen und wollte sich ans Werk machen.

Doch die Freifrau bedeutete ihr: »Rücke Sie doch die Schneiderpuppe ans Fenster, da hat Sie besseres Licht.«

Ursel tat, wie ihr geheißen, wischte sich verstohlen den Schweiß aus den Augenwinkeln und fing mit bebenden Händen an zu nähen.

»Dass Sie mir bloß keine Perle ›versehentlich‹ auf den Boden fallen lässt«, sagte Lioba hämisch. »Denn ich kann Ihr versichern, dass ich genau nachzählen werde, wenn Sie mit Ihrer Arbeit fertig ist.«

Ursel schaute die Freifrau verärgert an. »Ich bin keine Diebin«, erklärte sie empört, »ich habe so etwas nicht nötig!«

»Ist ja gut«, wiegelte Lioba ab. »Ich will Ihr ja nicht unterstellen, dass Sie lange Finger macht … Aber ich habe diesbezüglich mit Hausangestellten schon schlimme Erfahrungen machen müssen.« Ihr Madonnengesicht verdüsterte sich. »Wem kann man denn heute noch trauen?« Sie seufzte und maß Ursel mit einem taxierenden Blick. »Wo kommt Sie denn eigentlich her? Erzähl Sie mir doch ein wenig von sich …«

»Ich stamme aus Offenbach und bin seit vier Jahren verwitwet. Mein verstorbener Mann war Gewandmacher«, erwiderte Ursel, ohne ihr emsiges Nähen zu unterbrechen.

»Was Sie nicht sagt!«, bemerkte Lioba erstaunt. »Ich war des Glaubens, Sie sei aus Sachsenhausen. Sie kommt mir nämlich irgendwie bekannt vor. Ich dachte, ich hätte Sie hier schon einmal gesehen.«

Der Hurenkönigin wurde es siedend heiß. *Vielleicht war es ja doch sie, die ich damals auf dem Steg gesehen habe, und nicht ihre Tochter. Die beiden gleichen sich ja sehr … Und an diesem Tag hatte ich doch mein gelbes Hurengewand an!*

»Das kann nicht sein«, presste die Zimmerin hervor. »Ich bin erst gestern aus Offenbach hergekommen. – Könnt Ihr vielleicht bitte das Fenster öffnen, ich bin ganz schön am Schwitzen.«

»Das ist schwerlich zu übersehen«, bemerkte Lioba und rümpfte die filigrane Nase. »Und riechen tut man es auch.« Sie erhob sich und öffnete knarrend das kleine Fenster mit den bleiverglasten Scheiben. Schwüle Luft drang herein, die keinerlei Abkühlung brachte.

»Ich predige meinen Mägden immer, sie sollen bloß die Fenster zulassen, wenn es heiß ist, sonst kommt nur die Hitze ins Haus. Aber gut, wenn Sie es halt so will …« Sie musterte Ursel mit einem seltsamen Blick. »Soso, aus Offenbach ist Sie. Dann hat Sie doch gewiss für die Herren von Heusenstamm gearbeitet oder auch für die Ritter von Rumpenheim, wenn Ihr Mann Gewandschneider war?« Sie brach unversehens in Kichern aus. »Ach Gott, da hat Ihr armer Gatte ja Unmengen von Stoff gebraucht, wo doch die Freifrau von Heusenstamm so rund ist wie ein Hefekloß!«

Ursel, die das Gefühl hatte, die Freifrau versuchte ihr eine Falle zu stellen, runzelte die Stirn und erwiderte zurückhaltend: »Daran kann ich mich nicht erinnern, mein Mann ist meistens alleine zu den Herrschaften gegangen.«

»Und warum ist Sie nicht in Offenbach geblieben und hat das Gewerbe Ihres Gatten weitergeführt?«, fragte Lioba.

Der Zimmerin wurde es langsam zu bunt mit der Ausfragerei. »Ich bin gebürtige Frankfurterin«, entgegnete sie. »Und jetzt, wo mein Mann tot ist und die Kinder aus dem Hause sind, zieht es mich in die alte Heimat. – Als echte Frankfurterin bin ich in Offenbach sowieso nie ganz heimisch geworden. Das könnt Ihr doch vielleicht verstehen? Ich meine, Ihr habt doch bestimmt schon gehört, dass sich die Offenbacher und die Frankfurter nicht so grün sind?«

»Ich verstehe nicht ganz, was Sie meint«, erwiderte die Freifrau und kräuselte hochmütig die Lippen. »Ich bin eine geborene Baronesse von Heusenstamm, und dergleichen Animositäten entziehen sich meiner Kenntnis. Ich jedenfalls fühle mich als Offenbacherin in Frankfurt ausgesprochen wohl.« Sie erhob sich vom Stuhl und schlenderte zu Ursel. »Ach, da ist noch was«, fügte sie mit süffisantem Lächeln hinzu. »Meine Frau Mutter, Mathilde von Heusenstamm, hat, obgleich sie mindestens so alt ist wie Sie, immer noch eine so schlanke Taille, dass man sie mit zwei Händen umspannen kann.«

»Ich habe nie das Gegenteil behauptet«, erwiderte Ursel und setzte unbeirrt ihre Arbeit fort, was Lioba zu ärgern schien.

»Sie hat auch nichts zu behaupten«, zischte sie und war vor unterdrückter Wut ganz blass geworden.

Im nächsten Moment wandte sie sich von der Hurenkönigin ab und flüsterte etwas vor sich hin, was Ursel nicht genau verstehen konnte. Dennoch traf sie der verächtliche Ton, mit dem die Freifrau die Worte ausstieß, bis ins Mark.

»Was habt Ihr da gesagt?«, fragte Ursel verstört.

Die Freifrau drehte sich zu ihr um und war wieder die Liebenswürdigkeit in Person. »Ich habe doch gar nichts gesagt«, erwiderte sie lächelnd und ging zur Tür, wo sie sich noch einmal zu Ursel umdrehte. »Dann will ich Sie nicht länger von der Arbeit abhalten. Je eher Sie mit dem Kleid fertig ist, desto besser. Ich werde mir heute Abend Ihre Arbeit anschauen. Da fällt mir noch ein: Wenn Sie sich zwischendurch einmal erleichtern muss – links unter dem Wandregal steht ein Nachttopf. Ach, und nimm Sie es mir bitte nicht übel, dass ich Sie jetzt einschließen muss. Aber solange Sie mit dergleichen Preziosen zu tun hat, muss das leider sein. Denn, wie gesagt, wem kann man schon noch trauen …«, erklärte die Freifrau, schlüpfte flink aus der Tür hinaus und drehte von außen den Schlüssel im Schloss um.

Ursel konnte es nicht fassen. Alles war so schnell gegangen, dass ihr keine Zeit zum Widerspruch geblieben war. *Dieses hinterhältige Weib hat mich eingesperrt!* Sie fühlte eine unbändige Wut in sich aufsteigen, stürzte zur Tür und drückte immer wieder vergeblich die Klinke. Am liebsten hätte sie ihrem Zorn freie Bahn gelassen und mit den Fäusten dagegengeschlagen. Doch sie zwang sich zur Mäßigung, obgleich ihre Atemzüge immer keuchender wurden. Sie kam sich vor wie ein Tier im Käfig.

Gebt acht, Zimmerin, dass Ihr nicht selber zur Gejagten werdet!, gellte ihr die Warnung des Oberförsters in den Ohren, und eine lähmende Beklemmung schnürte ihr die Kehle zu. Die Luft in dem Turmzimmer war zum Schneiden. Schweißgebadet und nach Atem ringend hastete Ursel zum Fenster. Sie blickte hinab in einen gähnenden Abgrund. Schlagartig wurde ihr bewusst, wie isoliert sie war. Niemand wusste, wo sie sich befand. Wie konnte ich nur so unvorsichtig sein!, verfluchte sie sich selbst. Immer wieder ging ihr die Frage durch den Sinn, ob die Freifrau erkannt hatte, dass sie die Frau im gelben Hurengewand war, die ihr damals am Mainufer zugewunken hatte. *Was, wenn sie es weiß und es ihrem Cousin sagt? Vielleicht hat sie mich ja deswegen eingesperrt … Wenn er wirklich der Mörder ist, dann bin ich in großer Gefahr!*

Ursel sog tief die Luft durch die Nase und versuchte sich zu beruhigen. *Sie wird mich schon nicht erkannt haben. Ich war viel zu weit weg von ihr, und es war ja auch nur für einen kurzen Moment. Sie hat mich wahrscheinlich wirklich nur wegen der Perlen hier eingeschlossen …*

Entschlossen ergriff Ursel die Nähnadel und wandte sich wieder ihrer Stickarbeit zu. Die Panik begann zwar langsam zu verebben, dennoch kreisten ihre Gedanken weiterhin um die Freifrau. Sie war auf jeden Fall ein bösartiges Geschöpf.

Die Hurenkönigin vermochte nicht einzuschätzen, wie lange sie schon am Fenster stand und eine Perle nach der anderen auf die Ärmel und das Oberteil des schiefergrauen Samtkleides nähte, als sie plötzlich draußen auf der Treppe Schritte hörte. Sie schaute angespannt zur Tür. Als sie jedoch anstelle der Freifrau eine junge Dienstmagd im Türrahmen gewahrte, die ein Tablett in den Händen hielt und Ursel entwaffnend anlächelte, atmete sie erleichtert auf.

»Die Freifrau lässt Euch etwas zur Stärkung bringen«, erklärte die junge Frau freundlich und stellte das Tablett mit dem Wasserkrug und den Speisen auf dem Tisch ab.

Ursel, deren Kehle ausgetrocknet war, schenkte sich Wasser in einen Trinkbecher und trank ihn in großen Zügen leer. Dann sah sie die Brotscheiben an, die mit kaltem Braten belegt waren, und sie verspürte unversehens Hunger.

Während sie sich auf einem der Stühle niederließ und eines der Brote ergriff, bat sie die junge Dienstmagd, sich doch zu ihr zu setzen. Vielleicht konnte ihr das Mädchen einiges über die Freifrau erzählen.

Die dunkelhaarige Magd, die fast noch ein Kind war, senkte den Blick und erklärte schüchtern: »Die Freifrau sieht es nicht gerne, wenn die Bediensteten miteinander reden.«

»Wieso denn das?«, wollte Ursel wissen.

Die Dienstmagd, die sich schon wieder zurückziehen wollte, erwiderte: »Sie sagt immer, wir sollen lieber unsere Arbeit machen, als zu klatschen und dummes Zeug zu reden … Ach, ich soll Euch noch bestellen, Ihr sollt Euch mit dem Nähen ranhalten. Die Freifrau hat gesagt, Ihr sollt bis zum Abend fertig sein mit den Perlen. Sie will dann Eure Arbeit begutachten.«

Als Ursel sah, dass die Dienstmagd aus ihrer Schürzentasche den Schlüssel zog, um die Tür abzuschließen, rief sie energisch: »Halt! Wartet bitte einen Augenblick …«

Die Magd zuckte zusammen. »Was denn?«, fragte sie widerstrebend.

»Ich mag es nicht, wenn man mich einsperrt«, stieß Ursel hervor und konnte ihren Unmut kaum zügeln.

»Ich muss es aber machen. Das hat die Freifrau so

angeordnet …«, murmelte die Dienerin. »Das wird immer so gemacht, wenn jemand neu ist und mit teuren Sachen zu tun hat. Wenn Euch das stört, müsst Ihr mit der Freifrau sprechen.«

»Ist schon gut«, bemerkte Ursel zerknirscht. »Ihr könnt ja nichts dafür.«

✷

Die Hurenkönigin hatte gerade die letzte Perle festgenäht, räumte die Nähutensilien fort und trat ans Fenster. Der Himmel hatte sich verdüstert, und aus der Ferne vernahm sie Donnergrollen. Obgleich es bereits auf den Abend zuging, war es immer noch unerträglich heiß, und kein Lüftchen wehte. Ursel hoffte auf ein Gewitter, das die lang ersehnte Abkühlung bringen würde. Tief unter ihr floss der Main, auf der anderen Uferseite sah sie die Frankfurter Stadtmauer, über deren Zinnen sich zahllose Dächer und Häusergiebel erhoben. Sie kniff die Augen zusammen und versuchte gerade, das Dach des Frauenhauses auszumachen, als draußen auf der Wendeltreppe Schritte zu hören waren. *Die Freifrau!* Ursel war auf ihren Besuch eingestellt.

Wieder war es die junge Magd, die mit einem Tablett in das Nähzimmer trat, doch dicht hinter ihr erkannte Ursel Lioba von Urberg, die zielstrebig auf die Schneiderpuppe zuging.

»Da wollen wir doch mal sehen, ob Sie sich Ihr Abendessen auch verdient hat«, bemerkte die Freifrau mit spöttischem Unterton und nahm das Gewand in Augenschein. Akribisch überprüfte sie jede Perle, indem sie daran zupfte und sich die sachgerechte Fixierung auf dem Stoff besah. Der Hurenkönigin kam es vor wie eine Ewigkeit.

»Scheint so weit in Ordnung zu sein …«, erklärte Lioba schließlich und bedachte die Zimmerin mit einem anerkennenden Blick. »Es ist nämlich von größter Wichtigkeit, dass die Perlen auf dem Stoff ordentlich vernäht sind, immerhin kostet jede ein kleines Vermögen …« Unversehens ließ sich die Freifrau sogar dazu herab, Ursel zu loben und sie erstmals mit dem Namen anzusprechen: »Gute Arbeit, Marie! Das hätte ich Ihr, ehrlich gesagt, gar nicht zugetraut, dass Sie so akkurat ist. Nun denn, dafür will ich Ihr auch eine kleine Anerkennung zukommen lassen und Ihr zum Abendessen einen Krug Wein spendieren.«

Lioba von Urberg schritt zur Tür, öffnete sie und rief ins Treppenhaus: »Anna, bring eine Karaffe Burgunderwein und zwei Becher!« Anschließend ließ sie sich auf einem der Stühle nieder und fragte die erstaunte Hurenkönigin mit leichtem Sarkasmus: »Sie hat doch hoffentlich nichts dagegen, wenn ich Ihr ein wenig Gesellschaft leiste und einen Becher mit Ihr trinke?«

»Keineswegs«, erwiderte Ursel, die beschlossen hatte, gute Miene zum bösen Spiel zu machen, und setzte sich auf den Stuhl an der anderen Seite des Tisches. Vor ihr stand ein Teller mit einem gebratenen Hühnerschenkel und verlockend aussehenden Trauben. Mit dem Essen scheint sie sich ja nicht lumpen zu lassen, dachte sie und spürte gleichzeitig, wie ihr der Appetit verging.

Die Freifrau, die Ursels Blick bemerkt hatte, forderte sie auf: »Tu Sie sich keinen Zwang an und esse Sie ruhig.«

Obwohl ihr Magen wie zugeschnürt war, ergriff Ursel

den Hähnchenschenkel und biss hinein. Das Fleisch schmeckte köstlich, doch sie kaute darauf herum, als hätte sie Sägespäne im Mund. Es fiel ihr schwer, es hinunterzuwürgen, die Gegenwart der Freifrau schlug ihr auf den Magen. In der Hoffnung, dass der Bissen dann besser rutschte, schob sie noch eine Weintraube hinterher, aber dann war sie eigentlich schon satt.

Die Freifrau, die Ursel die ganze Zeit beobachtet hatte, erkundigte sich konsterniert: »Schmeckt es Ihr etwa nicht?«

»Doch, doch«, beeilte sich die Hurenkönigin zu erwidern und angelte nach einer weiteren Traube. Die Kau- und Schluckgeräusche in der Stille des Nähzimmers, in dem man, wie man so sagte, jede Nadel fallen hören konnte, waren ihr unangenehm – zumal Liobas Aufmerksamkeit auch nicht das Geringste entging.

Währenddessen kehrte die Magd mit dem Wein und zwei Zinnbechern zurück, schenkte ein und wollte sich mit einem Knicks wieder entfernen, doch Lioba befahl ihr, der Näherin im Turmzimmer ein Nachtlager herzurichten.

Kurz danach eilte die Dienerin mit einer zusammengerollten Matratze und Leintüchern unterm Arm herbei, bereitete vor den Wandregalen die Schlafstelle und empfahl sich wieder.

Das Donnergrollen war lauter geworden, als Lioba von Urberg den Zinnbecher hob und Ursel zuprostete. Die Hurenkönigin, die seltsam aufgewühlt war, nahm einen Schluck Rotwein, der ihr wie Pech in der Kehle stockte.

Nach wie vor herrschte ein beklemmendes Schweigen in dem Nähzimmer. Lediglich das Grollen des Donners durchbrach die Stille. Ursel wagte es kaum, erneut von dem Wein zu trinken, und konnte sich des Gefühls nicht erwehren, dass die Freifrau ihr Unbehagen auskostete. Um ihre Mundwinkel spielte ein boshaftes Lächeln. Bei aller Grazie, die ihren Zügen innewohnte, verströmte Lioba auch etwas Lauerndes, was die Hurenkönigin mit Bangigkeit erfüllte.

»Ich hoffe, Ihr verzeiht mir, dass ich Euch eingeschlossen habe«, richtete Lioba mit einem Mal das Wort an die Hurenkönigin und verzichtete zu Ursels Verblüffung darauf, sie, die von einem niedrigen Stande war, in der dritten Person anzureden. »Das ist nicht gegen Euch gerichtet. Ich bin nur so misstrauisch geworden, weil ich schon so häufig betrogen wurde …«

Unvermittelt verstummte die Freifrau, und Ursel war es, als hätte sich ein Tränenschleier über ihre Augen gebreitet. »Am schlimmsten von allen war mein Gemahl!«, stieß Lioba hervor, während ihre Glasmurmelaugen die Hurenkönigin förmlich durchbohrten. »Er hat mich aufs schmählichste belogen und betrogen. Ständig ist er ins Hurenhaus gegangen und hat sich dort mit den schlimmsten Metzen eingelassen!«

Die Zimmerin war wie vom Donner gerührt und fragte sich panisch, ob diese Worte an sie, an die Frankfurter Hurenkönigin, gerichtet waren. Sie hatte Mühe, die Fassung zu wahren.

Lioba, der Ursels Ringen um Beherrschung nicht entgangen war, lächelte amüsiert und rief aus: »Das braucht Euch doch nicht peinlich zu sein! Es ist ein offenes Geheimnis, dass mein Gatte – Gott hab ihn selig – ein schlimmer Schürzenjäger war. Nun gut, ob diese Gerüchte auch bis zu Euch nach Offenbach gedrungen sind, ist eine andere Frage …« Sie blickte die Hurenkönigin forschend an.

Die Zimmerin erwiderte zurückhaltend: »Davon habe ich nichts gehört, und, ehrlich gesagt, es interessiert mich auch nicht besonders, was die Leute so daherreden.«

»Tatsächlich?«, bemerkte die Freifrau. »Dann seid Ihr aber die erste Bedienstete, die mir jemals unter die Augen gekommen ist, die nicht gerne tratscht und die Leute aushorcht …« Liobas Blick schien genau das Gegenteil zu behaupten. Wieder fühlte sich Ursel auf unbestimmte Art ertappt.

Die Freifrau nippte an ihrem Becher, während die ersten Blitze über den Himmel zuckten und das dämmrige Zimmer in flackerndes Licht tauchten.

»Es wird bestimmt bald ein Unwetter geben«, murmelte Ursel.

»Mag sein«, entgegnete die Freifrau, »aber noch nicht heute …«

Ursel musterte verstohlen Liobas Profil. Ihr schien, als hätte die Freifrau eine eigentümliche Bedeutsamkeit in ihre Worte gelegt – aber sie konnte sich auch getäuscht haben.

»Dann habt Ihr auch bestimmt nichts von der Hinrichtung mitbekommen, die gestern Mittag auf der Mainbrücke stattgefunden hat?«, fragte Lioba mit unverhohlenem Spott.

Die Hurenkönigin, die spürte, dass die Freifrau sie erneut aufs Glatteis führen wollte, lachte auf und erwiderte: »Wie hätte mir das entgehen können, wo doch alle Welt dorthin geströmt ist … Ich war allerdings nicht da.«

»Weshalb?«, fragte die Freifrau verwundert.

»Weil ich Hinrichtungen verabscheue.«

»Ich bin der Hinrichtung ebenfalls ferngeblieben.« Lioba schien erst abschätzen zu wollen, wie die Aussage auf Ursel wirkte, ehe sie hinzufügte: »Aber keineswegs deshalb, weil ich Hinrichtungen verabscheue. Im Gegenteil, ich liebe derartige Spektakel. Es verschafft mir immer eine tiefe Befriedigung, zu sehen, dass es wieder einen Lumpenhund weniger auf der Erde gibt.« Wieder legte die Freifrau eine Kunstpause ein, während sie die Hurenkönigin keine Sekunde lang aus den Augen ließ. »Im Falle der bedauernswerten Nonne jedoch lag die Sache ganz anders. Nach meinem Dafürhalten hätte sie eine Auszeichnung verdient, dass sie diese Huren abgeschlachtet hat, die sowieso nur Unglück, Sünde und Krankheit über die Menschheit bringen!«

Ursel stockte der Atem, ihr sträubten sich sämtliche Nackenhaare. Liobas Antlitz war nur noch eine hasserfüllte Grimasse. Jetzt lässt sie die Maske fallen!, durchfuhr es die Hurenkönigin, und sie hätte der Harpyie am liebsten ins Gesicht geschlagen – doch dadurch hätte sie sich auch vollkommen preisgegeben. Die Worte hatten Ursel mitten ins Herz getroffen, ihre Gedanken überschlugen sich. Die Freifrau schien sich indessen wieder gefasst zu haben.

»Ihr seid aber zart besaitet«, bemerkte sie sarkastisch. »Das sieht man Euch gar nicht an. Ihr seht eigentlich so aus, als ob Ihr ordentlich was vertragen könntet. Aber da muss ich mich wohl in Euch getäuscht haben. Ich hoffe, ich habe Euch jetzt nicht allzu sehr verschreckt, so kurz vor dem Schlafengehen. – Ach, da fällt mir noch ein: Könntet Ihr uns morgen Abend bei Tisch aufwarten? Ich habe nämlich den Mägden für Samstagabend freigegeben. Vielleicht könntet Ihr auch der Köchin ein wenig zur Hand gehen?« Die Freifrau blickte die Hurenkönigin fragend an.

»Das kann ich machen«, erwiderte die Hurenkönigin.

Lioba von Urberg erhob sich vom Stuhl und lächelte Ursel an. »Ich wünsche Euch eine gesegnete Nachtruhe und süße Träume!«, säuselte sie wieder in aller Holdseligkeit und schritt zur Tür, wo sie den Arm hob und Ursel zuwinkte, ehe sie hinausging und hinter sich abschloss.

Ursel starrte fassungslos zur Tür und rang nach Luft. Genau wie damals auf dem Steg – das war nur allzu deutlich!

Sie fragte sich bestürzt, ob die Freifrau sie nicht schon längst durchschaut hatte und die ganze Zeit nur ein Spiel mit ihr trieb. Nagende Furcht ergriff von ihr Besitz. Dieser Hass in Liobas Gesicht, als sie von den ermordeten Huren sprach! Bei der Hurenkönigin verstärkte sich mehr und mehr der Verdacht, dass die Freifrau etwas über die Hintergründe der Morde wissen musste.

Und ich bin ihr in die Falle getappt! Ursel füllte sich mit bebenden Händen Wein in den Becher und stürzte ihn in einem Zug hinunter. Sie durfte auf keinen Fall in Panik geraten. Egal, welche Rolle ihr in Liobas teuflischem Spiel zukam, sie würde so lange mitspielen, bis die Masken fielen und sie den Mörder entlarven konnte. Und sie fühlte mit eisiger Gewissheit, dass dieser Moment nicht mehr fern war.

Mag sein, aber noch nicht heute! Die Worte der Freifrau gingen ihr durch den Sinn, und sie suchte sich gegen das, was kommen mochte, innerlich zu wappnen. Unwillkürlich schweiften ihre Blicke zum Fenster. Das Gewitter war weitergezogen, nur aus der Ferne war noch verhaltenes Donnergrollen zu vernehmen. Die Abenddämmerung tauchte das Turmzimmer in ein gespenstisches Halbdunkel. Vor dem geöffneten Fenster zeichneten sich die Umrisse der Schneiderpuppe ab, und Ursel kam es für einen Moment so vor, als handelte es sich dabei um die Freifrau.

Sie fing unversehens an zu frösteln und lauschte mit angehaltenem Atem in die Dämmerung. Weder vom Treppenhaus noch von draußen war ein Laut zu vernehmen. Die Luft stand förmlich im Raum, und es war noch immer unerträglich heiß. In der Hoffnung, ihre angespannten Nerven zu beruhigen, füllte sich Ursel erneut Wein in den Becher und nahm einen tiefen Zug. Doch der Alkohol brachte keinerlei Entspannung, sondern bescherte ihr nur einen dumpfen Kopfschmerz. Sie war viel zu aufgewühlt, um schlafen zu können. Immer wieder drehten sich ihre Gedanken um den morgigen Abend, an dem sie endlich den Freiherrn zu Gesicht bekommen würde. Einerseits kam das ihren Absichten sehr entgegen, andererseits erfüllte sie die Vorstellung, dem mutmaßlichen Mörder Auge in Auge gegenüberzutreten, auch mit großer Furcht.

Der Morgen graute bereits, als Ursel zu der Matratze wankte, um wenigstens für ein, zwei Stunden Schlaf zu finden. Sie war vom vielen Grübeln und Nachsinnen völlig gerädert. Ehe sie sich auf ihr Nachtlager sinken ließ, schob sie die Schneiderschere unter das Kopfteil. So hatte sie wenigstens das Gefühl, nicht ganz wehrlos zu sein.

15

»… denn er selbst, der Satan,
verstellt sich als Engel des Lichts.«
2. Korinther 11, 14

Samstag, 6. August 1511

Als Bernhard von Wanebach am frühen Morgen in Mainz an Bord des Marktschiffes ging, das in Kürze nach Frankfurt ablegen sollte, war er außerordentlich besorgt. Noch immer hielt er das zerknitterte Flugblatt mit den neuesten Nachrichten aus Frankfurt in den Händen, das er vorhin auf dem Marktplatz bei einem fahrenden Flugblatthändler erstanden hatte. Es berichtete ausführlich von den Gräueltaten der Nonne Theodora, die vorgestern im Main ertränkt worden war. In der Meldung wurde auch erwähnt, dass Holzleute am vergangenen Mittwoch die verkohlte Leiche der Frankfurter Hübscherin Isolde Bangert im Sachsenhäuser Forst gefunden hatten. Die bestialische Ordensfrau war offenbar auch für diesen Mord verantwortlich.

Seitdem er am Mittwochmorgen nach Mainz aufgebrochen war, um an der dortigen Universität einen Gastvortrag des berühmten Londoner Gelehrten Thomas More zu hören, plagten ihn wegen Ursel die schlimmsten Gewissensbisse. Wie konnte er sie nur in dieser schweren Zeit alleinlassen! Und das alles, weil sie ihr Versprechen gebrochen und wieder rückfällig geworden war. Immer wieder schalt er sich stur und herzlos, und gestern Abend hatte er schließlich den Entschluss gefasst, früher als geplant nach Frankfurt zurückzukehren, um seiner Geliebten beizustehen. Er konnte ohnehin an nichts anderes denken als an Ursel und die unglückseligen Ereignisse der vergangenen Tage. Bestimmt war sie am Boden zerstört, dass auch Isolde einen so grausamen Tod hatte sterben müssen, und würde sich bis zur Besinnungslosigkeit mit Theriak betäuben …

Während der Schiffsfahrt fing es heftig an zu regnen, erst kurz vor Frankfurt ließ der Regen allmählich nach. Als Bernhard über die Holzbohle das Schiff verließ und den Mainkai betrat, hatte er das Gefühl, gegen eine Wand zu laufen, so schwül war es. Wie immer stank es an der Kaimauer nach fauligem Fisch und Gerbereiabfällen, angewidert hielt er den Atem an, als er durch die Leonhardspforte eilte. Zielstrebig bog er nach links in die Alte Mainzergasse, um so schnell wie möglich zum Frauenhaus zu gelangen.

Bernhards Herz pochte wie wild, als er vor der Tür stand. In diesem Moment verspürte er eine unbändige Sehnsucht nach seiner Gefährtin. Er klopfte ungeduldig ans Portal.

»Wir haben geschlossen!«, krähte eine Stimme aus dem Innern des Hauses, welche der Gelehrte unschwer als die der alten Irmelin ausmachen konnte.

»Ich bin's, der Bernhard«, rief er. »Ich will zur Hurenkönigin.«

Gleich darauf drehte sich der Schlüssel im Schloss, und Irmelin ließ ihn eintreten. Ihm fiel auf, dass die alte Hübscherin nach Wein roch, sie hatte wohl am frühen Morgen schon getrunken.

»Gut, dass Ihr da seid«, stieß die alte Hure bei seinem Anblick hervor und führte ihn in den leeren Schankraum. Als er sich dort suchend nach Ursel umblickte, erklärte sie ihm: »Die Meistersen ist nicht da.«

Bernhard war enttäuscht. »Was?«, murmelte er. »Wo ist sie denn?«

Irmelin winkte ab. »Das ist eine längere Geschichte. Setzt Euch erst mal hin, dann erzähl ich's Euch.«

Bernhard nahm Platz und sah die alte Irmelin gespannt an. Seine Besorgnis war ihm deutlich anzumerken, und so eröffnete ihm Irmelin ohne Umschweife: »Die Meistersen ist am Donnerstagmorgen nach Sachsenhausen aufgebrochen, um dort nach dem Mörder von Rosi und Isolde zu suchen. Sie wollte sich da in einer Fremdenherberge einmieten und die Einheimischen über die Sachsenhäuser Adelsleute aushorchen. Hat sich sogar extra verkleidet, damit sie nicht so auffällt. Als Näherin wollte sie sich ausgeben, sah aus wie eine einfache Magd ...«

»Was sind denn das für Geschichten!«, platzte es aus Bernhard heraus.

»Wem sagt Ihr das!«, entgegnete Irmelin und verdrehte die Augen. »Wir haben mit Engelszungen versucht, sie davon abzubringen. Aber das war vergebliche Liebesmüh. Ihr wisst doch, wenn sie sich was in den Kopf setzt ...«

»Theodora hat doch alle Morde gestanden!«, fiel ihr Bernhard ins Wort.

»Schon, aber als die Meistersen am Abend vor der Hinrichtung bei ihr war, hat sie zu ihr gesagt, dass sie es nicht war. Die wollte noch unbedingt die Hurenkönigin sprechen, bevor sie abkratzt. Und da ist sie doch tatsächlich zu Theodora in den Brückenturm gegangen, obwohl wir sie alle davor gewarnt haben. Sogar Meister Jerg hat ihr abgeraten ...« Die Dienstälteste hielt inne und blickte Bernhard, der ihr mit verstörter Miene zuhörte, fragend an. »Wisst Ihr das alles gar nicht?«

»Nein«, murmelte Bernhard. »Wir hatten uns verkracht. Erzählt doch bitte weiter.«

»Na ja, die Nonne hat ihr dann wohl diese Flausen in den Kopf gesetzt. Bei allen Heiligen hat sie geschworen, dass sie die Morde an Rosi und Isolde nicht begangen hat. Und dann hat sich die Meistersen am Donnerstag nach Sachsenhausen aufgemacht und sich seither nicht mehr bei uns blicken lassen«, erklärte Irmelin bekümmert und schenkte sich Wein in den Becher. »Wollt Ihr auch was?«, fragte sie den Gelehrten.

Bernhard lehnte ab und erbat sich stattdessen einen Schluck Wasser. Er wischte sich den Schweiß von der Stirn, stürzte das Wasser hinunter und sagte aufgeregt, er werde sogleich nach Ursel suchen. Dann stürmte er aus der Tür.

Mit weit ausholenden Schritten eilte er zur Neuen Kräme, um seinen Tornister mit den Büchern zu Hause abzustellen und sein Pferd zu satteln. Noch während er aufschloss, öffnete ihm sein alter Leibdiener die Tür, hieß ihn willkommen und erkundigte sich besorgt: »Ihr seht so bleich und mitgenommen aus, Herr, geht es Euch nicht gut?«

»Doch, doch«, murmelte Bernhard zerstreut und stellte seine Büchertasche ab. »Es ist alles in Ordnung, ich muss mich aber gleich wieder aufmachen …«

»Solltet Ihr nicht erst einen Imbiss zu Euch nehmen? Die Köchin wird Euch etwas zubereiten.« Der Alte musterte seinen Herrn mit ernster Miene.

Bernhard wehrte ab. »Nein, dafür habe ich jetzt keine Zeit. Ich muss rüber nach Sachsenhausen.« Er war schon zur Tür geeilt, als der Diener ihn zurückhielt.

»Nach Sachsenhausen? Dann wisst Ihr es also schon?«, grummelte der Alte.

»Was soll ich wissen?«, fragte Bernhard erstaunt.

»Na, dass Pfarrer Schildknecht Euch sprechen will. Der war doch gestern Abend hier. Er wirkte sehr bedrückt. Es sei sehr wichtig, hat er gesagt. Er hat mich gebeten, Euch auszurichten, Ihr sollt Euch bitte bei ihm melden, wenn Ihr wieder zurück seid.«

Der Gelehrte schaute seinen Diener nachdenklich an. »Hat er gesagt, um was es geht?«

»Nein, Herr, und ich habe auch nicht gefragt.«

»Gut, dann mach ich mich jetzt auf den Weg.« Bernhard wandte sich zum Ausgang.

»Ach, ehe ich es vergesse, Herr«, rief ihm der Diener hinterher. »Am Mittwochabend war die Zimmerin hier. Ich habe ihr gesagt, dass Ihr verreist seid. Sie schien darüber sehr betrübt zu sein.«

Bernhard schluckte. Er spürte eine tiefe Wehmut in sich aufsteigen. »Danke, Albert, ich geh dann mal«, verabschiedete er sich heiser und hastete zum Pferdestall.

Unterwegs überkam ihn der beängstigende Gedanke, dass Ursel möglicherweise in großer Gefahr schwebte –

falls an ihren Mutmaßungen wirklich etwas dran war. Er musste sie unbedingt finden, sie würden sich wieder versöhnen und dann in Ruhe über alles sprechen. Vielleicht gelang es ihm ja sogar, sie von ihrem törichten Vorhaben abzubringen, oder er konnte ihr wenigstens bei ihren Ermittlungen zur Seite stehen. – Erst musste er sie ausfindig machen, dann würde er den Pfarrer aufsuchen. Am Ende hatte ja das, was ihm sein alter Studienfreund Gerold Schildknecht zu sagen hatte, etwas mit dem ominösen Ringträger zu tun und konnte ihnen dienlich sein.

Als er auf der Brücke an dem Kreuz mit dem goldenen Hahn vorbeiritt, wo zwei Tage zuvor die Nonne Theodora ertränkt worden war, kamen auch ihm leise Zweifel, ob die zarte Ordensfrau tatsächlich die Morde an den beiden Huren begangen hatte.

Bernhards Anspannung wuchs noch, als er das Sachsenhäuser Brückentor passiert hatte und die Brückengasse entlangritt. In jeder einfach gekleideten Frau, die ihm dort entgegenkam, hoffte er Ursel zu erkennen. Sein Blick wanderte die langgezogene Gasse entlang, wo sich eine Gastwirtschaft an die andere reihte. Die meisten davon vermieteten auch Zimmer. In den umliegenden Gassen war es bestimmt nicht viel anders.

Der Gelehrte fluchte innerlich. Ursel hier auszumachen war kein leichtes Unterfangen, zumindest nicht für einen einzigen Mann. Und die Sachsenhäuser Stangenknechte konnte er ja schlecht um Unterstützung bitten.

Mit einem Mal kam Bernhard eine Idee. *Josef!* Der ehemalige Frauenhausknecht arbeitete doch inzwischen als Forstarbeiter im Sachsenhäuser Forst, der zu Pferde schnell zu erreichen war. Er würde Josef um Hilfe bitten. Der würde sie ihm auch sicher nicht versagen, wo er doch auf Ursel stets so große Stücke gehalten hatte.

*

Als die Hurenkönigin erwachte, war sie noch ganz benommen. Sie hatte keine Ahnung, wie lange sie geschlafen hatte, und wusste nicht, ob es Morgen oder schon Mittag war. Sie richtete sich auf und schlurfte zum Fenster, um anhand des Sonnenstandes die Tageszeit zu ermitteln, doch die Sonne war hinter dem dichten Wolkenschleier nicht zu erkennen.

Um das angebissene Hühnerbein auf dem Tisch tummelten sich bereits dicke Fliegen. Sie summten laut, als Ursel sie verscheuchte. Geistesabwesend schenkte sie sich etwas Wasser in den Becher und trank davon. Die Ereignisse des vergangenen Tages ließen sie nicht los. Wie Nadelstiche hatten sich die Anspielungen der Freifrau in ihr Gedächtnis geprägt, und zum abendlichen Abschied hatte ihr Lioba noch einen regelrechten Dolchstoß verpasst. Es war der blanke Hass, der aus ihr gesprochen hatte …

Mit unguten Ahnungen dachte Ursel an den bevorstehenden Abend, an dem Lioba ihren Cousin, den Freiherrn von Stockheim, erwartete.

Die Hoffnung, dem Marienverehrer und vermeintlichen Weiberknecht im Hause Urberg zu begegnen, war für Ursel die treibende Kraft gewesen, sich hierherzubegeben. Im Moment graute ihr jedoch vor diesem Zusammentreffen. Zwar war sie aus freien Stücken in dieses Haus gekommen, doch inzwischen war ihr, als säße sie in der Falle. Eins war sicher: Sie musste dieses teuflische Spiel weiterspielen – bis zum bitteren Ende!

Falls die wissen, wer ich bin, droht mir das gleiche Schicksal wie Rosi und Isolde!, durchfuhr es die Zimmerin, und obgleich sie in ihrem Leben nie einem Kampf ausgewichen war, fühlte sie sich mit einem Mal schwach und ohnmächtig. Große Mutter, steh mir bei!, sandte sie ein Stoßgebet an die Himmelskönigin und hoffte inständig, dass sich ihre Befürchtungen nicht erfüllten und Lioba sie nach wie vor für eine harmlose Näherin hielt. An etwas anderes durfte sie gar nicht denken, denn sie musste unbedingt weiterhin den Schein wahren. Falls sie sich im Haus der Mörder befand, war es sogar überlebenswichtig für sie, dass sie die Rolle der Näherin mit aller Überzeugung spielte. Auch nur der geringste Selbstzweifel würde sie unglaubwürdig machen, und die Maske bekäme Risse …

Auch wenn Ursel es nicht verhindern konnte, dass sie am ganzen Körper zitterte, nestelte sie aus ihrem Nähbeutel die Arbeitsutensilien hervor, fädelte einen Zwirn ins Nadelöhr und fing an, die vorgereihten Säume des Festgewandes mit festen kleinen Stichen zu fixieren.

*

Josef, der seit dem frühen Morgen auf einer Lichtung unweit des Forsthauses mit Holzhacken beschäftigt war, blickte erstaunt von der Arbeit auf, als Oberförster Staudinger Bernhard von Wanebach zu ihm führte.

Obwohl die beiden Männer sehr unterschiedlich waren, hatten sie sich all die Jahre immer gut verstanden und mochten sich. Daher begrüßte der ehemalige Frauenhausknecht den Gelehrten kameradschaftlich mit einem Handschlag und ließ sich neben ihm auf einem Baumstumpf nieder. Nachdem Bernhard ihm sein Anliegen vorgetragen hatte, entgegnete Josef mit fester Stimme: »Natürlich komme ich mit und helfe Euch, die Meistersen zu suchen – wenn der Herr Oberförster nichts dagegen hat.« Er blickte Staudinger, der dem Gelehrten ebenfalls zugehört hatte, fragend an.

»Meinetwegen geht halt mit«, erwiderte Staudinger. »Hoffentlich ist der Zimmerin nichts passiert. Ich hab noch zu ihr gesagt, dass sie sich in Acht nehmen soll, als sie am Donnerstagnachmittag bei mir war.« Er berichtete dem Gelehrten von Ursels Besuch im Forsthaus und dass sie ihn in ihre Pläne eingeweiht hatte. »Hat sogar im Riedhof wegen einer Anstellung vorgesprochen, das verrückte Frauenzimmer. Natürlich vergebens, aber das hätte ich ihr auch gleich sagen können, dass dieser Stockfisch sie nicht einstellt. Der hat doch Angst vor Weibern«, mokierte er sich. »Und das habe ich ihr auch klarmachen wollen, als sie mit mir darüber gesprochen hat – dass er es vielleicht war, zu dem die jüngst ermordete Hübscherin immer hin ist.«

Bernhard hatte ihm mit ernster Miene zugehört. Dann mahnte er zum Aufbruch.

»Sagt Bescheid, wenn irgendetwas ist. Mit mir und meinen Leuten könnt Ihr rechnen«, erklärte ihm der Oberförster zum Abschied.

Bernhard bedankte sich aufrichtig und ritt gemeinsam mit Josef davon.

In der Brückengasse trennten sie sich, um nach Ursel

zu suchen. Sie vereinbarten, sich vor dem Haus »Zum Steinbock« wiederzutreffen, dort, wo die Brückengasse in die Paradiesgasse überging.

Als Bernhard und Josef um die elfte Vormittagsstunde die Gaststube »Zum kleinen Paradies« in der Sachsenhäuser Paradiesgasse betraten, hatten sie bereits fünfzehn Wirtschaften und Fremdenherbergen abgeklappert. Doch nirgendwo fand sich ein Hinweis auf eine ältere Magd, die eine Anstellung als Näherin suchte. Daher hatte sich Bernhard wenig Hoffnung, als er vor den Wirtsleuten seine Frage nach der gesuchten Magd herunterratterte.

Die prompte Antwort der Wirtin riss ihn jedoch aus seiner Mutlosigkeit. »Meint Ihr vielleicht die verwitwete Näherin aus Offenbach? Die hat sich bei uns am Donnerstagmorgen eingemietet, weil sie in Sachsenhausen eine Anstellung gesucht hat«, erklärte die rotwangige Frau mit fester Stimme und beäugte den vornehm gewandeten Mann und seinen angeblichen Knecht mit einem argwöhnischen Blick. »Hat die vielleicht was angestellt?«

Bernhard verneinte nachdrücklich und wies auf Josef. »Das ist ein Verwandter von ihr, der sie in einer dringenden Angelegenheit sucht.«

Die Wirtin runzelte die Stirn. »Das tut mir jetzt aber leid«, murmelte sie betreten. »Denn sie hat sich bei uns schon seit gestern nicht mehr blicken lassen. Hat für drei Tage im Voraus bezahlt. Am Donnerstagabend hat sie noch bis spätnachts in unserer Wirtschaft gesessen und ordentlich einen geschluckt. Die war kein Kind von Traurigkeit! Sie hat sich unter die Leute gemischt und mit denen gelacht und schwadroniert. Aber seit gestern hab ich sie nicht mehr gesehen. Ist wie vom Erdboden verschwunden. Meine Gäste haben auch schon nach ihr gefragt. Keiner weiß was Genaues. Die Leute, mit denen sie am Abend geschwätzt hat, haben nur gesagt, dass sie sich am nächsten Tag bei unseren Adelsherrschaften wegen einer Anstellung bewerben wollte. Was daraus geworden ist, weiß ich nicht. – Ich mach mir schon die ganze Zeit Sorgen. Kerle, ihr wird doch nichts passiert sein?« Die Matrone schlug aufgeregt die Hände zusammen. In ihrem Blick zeigte sich Besorgnis und auch ein gehöriges Maß Sensationsgier.

Nun fühlte sich auch der Wirt bemüßigt, etwas beizutragen. »Wir haben schon überlegt, ob wir das melden sollten. Aber sie hat ja noch für heute bezahlt. Ihr ganzes Zeug hat sie hiergelassen, das ist noch alles in der Dachkammer. Soll ich es holen gehen?«, erkundigte er sich bei Bernhard.

Der Gelehrte nickte stumm und wie versteinert und wechselte mit Josef einen alarmierten Blick. Ehe der korpulente Gastwirt die Treppe hinaufstieg, rief er seiner Frau zu: »Mach doch den Herren ein Bierchen zurecht, Bertha!«

Bernhard trank gerade in durstigen Schlucken von seinem Bier, als der Wirt vernehmlich schnaufend die Treppe wieder herunterkam. Er hatte ein großes Felleisen dabei, das er dem Gelehrten übergab.

»Ist nichts Besonderes drin«, erklärte er. »Ein Nachthemd, ein Wolltuch und ein Kapuzenumhang. Das ist alles. Und was die Weibsleute sonst noch so brauchen, ein Stück Seife und ein Kamm. Ach, und ein Fläschchen Himmelsarznei ist noch dabei …«

Bernhard und Josef bedankten sich, tranken hastig ihr Bier aus und eilten hinaus.

Draußen vor der Tür blickten sie sich bestürzt an.

»Seltsam, dass sie ihre Sachen nicht abgeholt hat«, sinnierte Bernhard düster. »Ich denke, wir sollten den Sachsenhäuser Adelsfamilien mal einen Besuch abstatten.«

✷

Die Näharbeiten an dem Samtgewand gingen Ursel gut von der Hand und trugen dazu bei, sie ruhiger und gefasster zu machen. Allmählich wurde sie wieder zuversichtlich, dass die Freifrau wohl doch nicht wissen konnte, wer sie war. Der Gedanke, dass sie bis jetzt unbehelligt geblieben war, bestärkte sie noch darin. *Wenn Lioba wirklich wüsste, dass ich die Hurenkönigin bin, hätte sie mich doch schon längst mit Zeter und Mordio vor die Tür gesetzt!*

Während Ursel noch auf dem Boden kauerte, die letzten Stiche an dem Rocksaum vornahm und anschließend den Faden mit der Schneiderschere durchtrennte, hörte sie plötzlich Schritte auf der Wendeltreppe. Gleich darauf wurde der Schlüssel im Schloss gedreht, und die junge Dienerin trat mit einem Tablett in den Händen ins Turmzimmer.

»Ich bringe Euch Euer Mittagessen«, erklärte sie, eilte an den Tisch, schob das Brett mit den Essensresten vom Vorabend zur Seite und platzierte den Teller in der Mitte. Während sie das andere Speisetablett anhob, bemerkte sie entrüstet: »Ihr habt ja kaum etwas gegessen von dem Hähnchen! – So was Feines haben wir noch nie gekriegt …«, fügte sie neidvoll hinzu. »Da müsst Ihr ja schon was ganz Besonderes sein, dass die Freifrau Euch gebratenen Kapaun zukommen lässt. Das gewöhnliche Gesinde muss sich mit altem Brot und Haferbrei begnügen.« Die Magd sah das angebissene Hühnerbein bedauernd an.

»Es tut mir leid, aber ich hatte einfach keinen Appetit«, murmelte Ursel entschuldigend.

»Selber schuld.« Die junge Magd spähte in den leeren Weinkrug. »Na, der scheint Euch ja wenigstens gemundet zu haben«, bemerkte sie spitz. »Wie auch immer, für heute Mittag habt Ihr jedenfalls wieder was Schönes auf dem Teller. Die Köchin musste Euch was von dem kalten Braten abschneiden, der eigentlich für das Abendessen der Herrschaften vorgesehen ist.«

Die Hurenkönigin fragte sich verwundert, was wohl der Grund für diese Bevorzugung war. Wie zu sich selbst murmelte sie: »Warum tut sie das nur, die Freifrau?«

Die Magd warf einen vorsichtigen Blick zur Tür, ehe sie erwiderte: »Keine Ahnung, bei der weiß man nie, woran man ist! Die ist doch in ihren Launen so wechselhaft wie der Mond. Erst putzt sie dich noch runter, und gleich darauf lächelt sie dich an, als ob nichts gewesen wär.«

»Den Eindruck habe ich auch …«, sagte Ursel nachdenklich und sah der Magd in das bleiche, abgearbeitete Gesicht. »Nehmt Euch ruhig was von dem Essen«, bot sie ihr dann an. »Das schaffe ich sowieso nicht alleine.«

Das Mädchen warf einen begehrlichen Blick auf die Bratenbrote und leckte sich unwillkürlich über die Lippen. »Wenn das die Freifrau mitkriegt, bekomme ich den größten Ärger«, entgegnete sie mit gesenkter Stimme und schaute wieder zur Tür.

»Das braucht sie ja nicht zu erfahren«, meinte die Hurenkönigin und forderte das Dienstmädchen erneut auf, sich zu bedienen. Die Magd zauderte noch, sie griff erst zu, als Ursel sich eine belegte Schnitte vom Teller nahm und hineinbiss. Während sie kaute, behielt sie die ganze Zeit die Tür im Auge.

»Lass es dir schmecken, Mädel«, suchte Ursel sie aufzumuntern. »Keine Sorge, die Luft ist rein, das hört man doch, wenn jemand die Treppe raufkommt.«

Hektisch schlang die junge Magd das Brot hinunter. »Wenn Ihr Euch da mal nicht täuscht«, bemerkte sie mit bangem Unterton. »Die schleicht sich manchmal an wie eine Katze.«

»Ich dachte, Ihr hättet heute Euren freien Tag?«, erkundigte sich Ursel dann.

»Hab ich ja auch«, entgegnete die Magd und lächelte. »Nach dem Mittagessen mach ich mich auf den Weg nach Oberrad, zu meinen Eltern und Geschwistern. Was freu ich mich, sie endlich wiederzusehen! An Ostern war ich das letzte Mal bei ihnen. Die Freifrau gibt uns doch nur so selten frei. Da muss man sie immer erst auf den Knien bitten, bis sie einem mal einen freien Tag gewährt. Nur diesmal war sie ausgesprochen großzügig. Gestern Mittag hat sie alle Bediensteten zu sich bestellt und uns gesagt, dass wir am Samstag freimachen können und erst am Sonntagmorgen wieder da sein müssen. Nur die Köchin muss dableiben – die hat sich vielleicht geärgert! Geschieht ihr recht, der alten Giftkröte …« Die junge Magd kicherte schadenfroh. »Wir anderen waren alle ganz aus dem Häuschen vor Freude. Aber wir konnten uns keinen Reim darauf machen, was die Herrin da wieder geritten hat. So ist sie halt. Heute so und morgen so, ganz, wie es ihr beliebt. Na, mir kann es ja nur recht sein.« Die Magd ergriff das Tablett und wandte sich gut gelaunt zum Gehen. »Gott zum Gruße, Näherin – und frohes Schaffen«, wünschte sie mit einer gewissen Häme.

»O ja, ganz bestimmt«, erwiderte Ursel beklommen. »Ich soll doch den Herrschaften heute Abend das Essen servieren …«

»Ich weiß«, entgegnete die Magd. Sie wollte schon mit ihrem Ellenbogen auf die Türklinke drücken, als Ursel sie zurückhielt.

»Wartet noch einen Augenblick«, bat sie. »Wie ist er denn so, dieser Herr Cousin?«

»Der Freiherr von Stockheim? Ein komischer Kauz ist das. Der macht uns Dienstboten immer Konkurrenz, weil er die Freifrau von hinten und vorne bedient. Er nennt sie sogar ›Herrin‹!«, erklärte die Dienstmagd spöttisch.

Mit einem Mal wurde die Tür aufgerissen, so dass der Dienerin, die dicht davorstand, das Servierbrett aus den Händen glitt und krachend zu Boden fiel.

Die Freifrau trat aufgebracht in das Zimmer. »Kann Sie denn nicht achtgeben!«, fauchte sie und schubste die Magd zur Seite. »Das hat Sie jetzt davon, wenn Sie die ganze Zeit nur am Klatschen ist, anstatt Ihre Arbeit zu machen«, schimpfte sie erbost. »Aber ich habe mir schon so was gedacht, weil Sie als und als nicht beigekommen ist …« Wütend trat Lioba mit ihrem zierlichen Fuß, der in schwarzen Samtpantoletten steckte, gegen das zerbrochene Geschirr.

Die junge Magd war den Tränen nahe. »Worauf wartet Sie denn noch?«, herrschte Lioba sie an. »Räum Sie auf der Stelle die Scherben weg und geh Sie mir aus den Augen!«

Während die Magd mit zitternden Händen die Scherben vom Boden aufklaubte und mit gesenktem Kopf davonschlich, wandte sich die Freifrau an Ursel: »Wie weit ist Sie mit Ihrer Arbeit?«

»Der Rocksaum ist fertig, ich muss nur noch die Ärmel und den Ausschnitt machen …«, erwiderte die Hurenkönigin.

Lioba von Urberg ging auf die Schneiderpuppe zu und begutachtete den Saum. Sie schien mit der Arbeit zufrieden zu sein, enthielt sich diesmal jedoch eines Lobes. Stattdessen erkundigte sie sich bei Ursel: »Wie lange wird Sie dafür noch brauchen?«

Ursel überlegte. »Höchstens zwei Stunden.«

»Gut«, erwiderte die Freifrau. »Ich hole dann das Kleid ab. – Stärke Sie sich meinethalben erst einmal, ehe Sie weitermacht. Wer gut arbeitet, muss auch gut essen«, bemerkte sie gönnerhaft. »Ach, und was meinen Cousin, den Freiherrn von Stockheim, anbetrifft – wenn Sie fromm und sittsam ist, dann wird Sie sich sicher gut mit ihm vertragen. Und das ist Sie doch, oder täusche ich mich da vielleicht?« Lioba hob neckisch den Zeigefinger und zwinkerte Ursel zu.

Die Hurenkönigin schwieg. Ihr war, als läge in Liobas Blick wieder etwas Lauerndes. Sie hat die ganze Zeit vor der Tür gestanden und alles mitgehört!, durchfuhr es sie. Und schon wieder so eine Anspielung – *wenn Sie sittsam und fromm ist!* Sie hat doch irgendwelche Hintergedanken …

Ursel hatte das beklemmende Gefühl, Lioba könnte ihre Gedanken lesen. Die unbarmherzigen kalten Augen schienen sie bis auf die Knochen zu durchleuchten. Mit angehaltenem Atem begegnete die Hurenkönigin dem durchdringenden Blick der Adelsdame. Es war ein stummer Machtkampf, der ihre ganze Kraft beanspruchte. Das Ringen zog sich endlos hin, bis Ursel war, als müsste sie gleich platzen. *Gleich fährt sie ihre Krallen aus und schlägt sie mir ins Gesicht.* Mit einem Mal kam Ursel ein schrecklicher Gedanke, der ihr den Atem stocken ließ: *Die Katze spielt erst mit der Maus, bevor sie zum tödlichen Biss ansetzt!*

Ursel schrak heftig zusammen, als es plötzlich an der Tür klopfte.

»Herein«, erwiderte die Freifrau und runzelte ungehalten die Stirn.

Der Diener, der Ursel gestern eingelassen hatte, trat in den Raum, verbeugte sich tief vor seiner Herrschaft und verkündete: »Entschuldigt bitte die Störung, Herrin, aber da ist ein Herr, der Euch zu sprechen wünscht. Er wartet unten in der Halle.«

*

Es hatte bereits zur ersten Nachmittagsstunde geschlagen, als der livrierte Diener in die Halle zurückkehrte und Bernhard von Wanebach meldete, die Freifrau von Urberg sei nun bereit, ihn zu empfangen. Die Wartezeit hatte sich beträchtlich in die Länge gezogen, und Bernhard bebte vor Ungeduld, als er durch die geöffnete Flügeltür in den prunkvollen Wohnraum trat.

Lioba von Urberg thronte auf einem Lehnstuhl und hieß den Besucher willkommen.

Mit einer Verbeugung stellte sich Bernhard als Doktor von Wanebach aus Frankfurt vor.

Die Freifrau bot ihm einen Stuhl an. »Was kann ich für Euch tun?«, erkundigte sie sich entgegenkommend.

Bernhard war verblüfft über ihre Erscheinung. Lioba von Urberg war überaus zierlich und mädchenhaft. Sie trug ein schmuckloses schwarzes Trauergewand. Die gewellten, goldblonden Haare glänzten wie Seide und reichten ihr bis zu den Hüften. Auf dem Kopf trug sie einen schlichten Goldreif.

Doch am meisten beeindruckte ihn das Gesicht der Freifrau, er musste an sich halten, sie nicht die ganze Zeit anzustarren. Es war ein Antlitz von engelhafter Schönheit.

»Verehrte Freifrau, ich hoffe, dass ich nicht ungelegen komme«, eröffnete Bernhard höflich das Gespräch. »Ich möchte Eure Zeit auch nicht über Gebühr in Anspruch nehmen, sondern mich lediglich erkundigen, ob Ihr möglicherweise in den letzten Tagen eine Näherin eingestellt habt?«

Die Freifrau runzelte die Stirn. »Eine solche hat in der Tat gestern bei mir vorgesprochen«, entgegnete sie erstaunt. »Sie kam mir gleich so … so eigenartig vor. Hat sie vielleicht etwas angestellt?«

»Davon kann keine Rede sein«, entgegnete Bernhard mit fester Stimme. »Ich suche sie in einer dringlichen Familienangelegenheit. Sie wird seit Tagen vermisst …«

Lioba von Urberg blickte betroffen. »Das tut mir aber leid. Ich hätte sie wohl besser nicht wegschicken sollen. Aber ich muss gestehen, sie war mir einfach zu alt. Eine alte Näherin hat schwache Augen, und dann schludert sie nur bei der Arbeit. Außerdem sah sie auch irgendwie … so verlebt aus.« Die Freifrau verzog verächtlich die Mundwinkel. »Ehrlich gesagt, ich mochte sie nicht besonders und wollte sie nicht in meinem Hause haben.« Erneut bedachte sie ihn mit einem charmanten Lächeln.

Bernhard musste unwillkürlich schlucken bei dieser Boshaftigkeit. Seine Abneigung gegen die Adelsdame, die mit ihrem unerbittlichen Liebreiz alles in Grund und Boden lächelte, wuchs von Minute zu Minute. Er wusste nicht, wieso, aber er misstraute diesem Ausbund an Grazie zutiefst. Aber es war nur ein vages Gefühl, das er nicht genau benennen konnte.

Bleierne Niedergeschlagenheit erfasste ihn, denn die Sorge um Ursel raubte ihm fast den Verstand. Voller Verzweiflung klammerte er sich an die Hoffnung, dass Josef die Hurenkönigin an einem der beiden anderen Fürstenhöfe ausfindig gemacht hatte.

Er erhob sich von seinem Stuhl, hauchte der Freifrau einen Kuss auf den graziös dargebotenen Handrücken und bedankte sich dafür, dass sie die Güte gehabt hatte, ihn zu empfangen.

✻

Nachdem sich herausgestellt hatte, dass sich die Hurenkönigin weder auf dem Gutshof der Herren von Praunheim noch auf den Gütern der Ritter von Sachsenhausen aufhielt, gelangten Bernhard und Josef zu der Erkenntnis, dass sie in einer Sackgasse steckten. Bernhard dachte nach und schlug schließlich vor, zunächst Pfarrer Schildknecht aufzusuchen. Vielleicht konnte ihnen ja das, was der Pfarrer ihm zu sagen hatte, bei der Fahndung nach der Hurenkönigin dienlich sein.

Schon nach dem ersten Klopfen an der Tür des Pfarrhauses öffnete ihm sein alter Freund Gerold Schildknecht persönlich die Tür.

»Gut, dass du da bist, Bernhard«, sagte der Pfarrer. Irritiert gewahrte er hinter dem Gelehrten die hünenhafte Gestalt des ehemaligen Frauenhausknechts. »Ich hatte gehofft, wir könnten unter vier Augen miteinander sprechen«, murmelte er.

»Das ist Josef Ott, ein guter Bekannter von mir. Er ist absolut vertrauenswürdig«, erklärte Bernhard dem Pfarrer. »Wenn es dir aber ungelegen kommt, dass er dabei ist, kann er ja irgendwo auf mich warten«, fügte er hinzu.

»Wenn er mir zusagt, die nötige Diskretion zu wahren, kann er meinethalben dabei sein.« Der Geistliche warf Josef einen argwöhnischen Blick zu.

»Darauf könnt Ihr Euch verlassen«, bekräftigte Josef.

Der Pfarrer führte die Besucher zu seiner Studierstube. Auf dem Flur begegneten sie der Haushälterin, die sich erkundigte, ob sie den Herren eine Stärkung bringen solle, doch Schildknecht sagte nur, er verbitte sich in nächster Zeit jegliche Störung, und schloss nachdrücklich die Stubentür hinter sich.

Gleich nachdem sie einander an seinem Schreibtisch gegenübersaßen, holte der Pfarrer der Dreikönigskirche tief Luft und eröffnete dem Gelehrtenfreund mit bebender Stimme: »Es geht um eine überaus heikle Angelegenheit, mein lieber Bernhard, die – wie soll ich sagen – in gewissem Sinne auch mit … mit einigen Fragen zu tun hat, die du mir bei deinem letzten Besuch gestellt hast.«

Bernhard, der bereits ahnte, worum es ging, hörte ihm angespannt zu und hoffte, dass der Freund schnell zur Sache kam.

Fahrig wischte sich der Pfarrer den Schweiß von der Stirn und fuhr fort: »Nun, du hast mich doch damals gefragt, ob ich einen Sachsenhäuser Adelsmann kenne, der einen Ring mit dem Symbol der sieben Schmerzen Mariens trägt. – Es ist der Freiherr von Stockheim«, presste er hervor.

»Was? Dann ist ja am Ende er der ominöse Auftraggeber, von dem der Hausierer gesprochen hat!«, erwiderte Bernhard bestürzt. »Die Hure Isolde hat ebenfalls einen adeligen Marienverehrer erwähnt, der sie oft zu sich bestellt hat. Und jetzt ist sie tot ... Und vor ihrem Tod wurde sie bestialisch gefoltert!« Entsetzt war der Gelehrte aufgesprungen, nun schaute er den Freund vorwurfsvoll an. »Warum hast du mir das denn nicht schon damals gesagt?«

Pfarrer Schildknecht rang verzweifelt die Hände, er war aschfahl geworden. »Weil ich den unglückseligen jungen Mann vor übler Nachrede schützen wollte«, stammelte er schuldbewusst. »Ich habe ihn getauft und kenne ihn von klein auf. Er ... er tat mir immer leid, der arme Junge. Obwohl er ihr einziges Kind war und überdies noch so fügsam, hat die Freifrau keine Gelegenheit ausgelassen, den Knaben zu gängeln und zu züchtigen – für einen angeblichen Ungehorsam, den er wahrlich nie an den Tag gelegt hat. Vor nunmehr drei Jahren haben wir sie zu Grabe getragen. Der arme Jakob hat entsetzlich um sie getrauert, so als ginge mit seiner gestrengen Mutter auch sein Seelenheil dahin. Es ist pietätlos, so etwas zu sagen, aber mich gemahnte er damals an einen Hund, der die Hand, die ihn immer schlägt, auch noch leckt. – Außerdem dachte ich, was soll denn so ein frommer, sittsamer Junker wie er mit einer Hübscherin zu schaffen haben? Aber jetzt, wo sie ihre Leiche im Sachsenhäuser Forst gefunden haben, lässt mir das alles keine Ruhe mehr«, flüsterte der Pfarrer.

»Das ist auch gut so«, entgegnete Bernhard schneidend. »Hegst du denn den Verdacht, dass der Freiherr den Mord begangen hat?«

»Dafür gibt es keinerlei Anlass«, beeilte sich Schildknecht zu erwidern. »Es … es ist auch eher ein ungutes Gefühl als eine Gewissheit«, presste er hervor und barg sein Gesicht in den Händen. »Aber dring jetzt bitte nicht mehr weiter in mich, ich bereue es schon, dass ich dir überhaupt etwas gesagt habe …«

Bernhard packte den Freund an den Schultern. »Es ging um ein Menschenleben!«, zischte er. »Wenn du mir damals schon gesagt hättest, dass der Freiherr einen solchen Ring besitzt, wäre die Hübscherin vielleicht noch am Leben. Du hast mit deinem Schweigen schwere Schuld auf dich geladen, Gerold! – Und ich muss jetzt alles daransetzen, um einen weiteren Mord zu verhindern«, brach es aus ihm heraus, während ihm vor Erbitterung die Tränen in die Augen traten.

»Kann ich … kann ich dir vielleicht irgendwie helfen?«, fragte der Pfarrer betreten.

»Wie solltest du?«, entgegnete Bernhard verächtlich. »Es ist doch nur das Leben einer Hure, das in Gefahr ist …« Als er indessen gewahrte, in welcher Gewissensnot Gerold Schildknecht war, besann er sich anders. Er berichtete, dass die Hurenkönigin seit Donnerstag auf eigene Faust in Sachsenhausen ermittle und inzwischen unauffindbar sei. »Ich kann nur hoffen, dass wir sie noch irgendwo ausfindig machen können«, endete er und verfiel ins Grübeln.

Nach geraumer Zeit hob er den Kopf und erklärte entschlossen: »Diskretion hin oder her, mein lieber Gerold, wir werden leider nicht umhinkommen, dem hohen Herrn einen Besuch abzustatten. Ich möchte mir gerne ein eigenes Bild von ihm machen, und in Anbetracht der Umstände müssen wir nach jedem Strohhalm greifen.«

»Wenn du willst, kann ich dich zum Riedhof begleiten. Schließlich bin ich der Seelsorger des Freiherrn«, sagte der Pfarrer bereitwillig.

»Das Angebot nehme ich gerne an«, erwiderte Bernhard und schlug vor, gleich aufzubrechen.

*

Wenig später ritten Bernhard, Josef und Pfarrer Schildknecht in scharfem Galopp durch den Sachsenhäuser Forst. Selbst im dichten Tannenwald war es drückend schwül, und Bernhards Gelehrtentalar aus schwerer schwarzer Seide war schon ganz klamm vor Schweiß. Unentwegt ging ihm durch den Sinn, was der Pfarrer über den Freiherrn von Stockheim erzählt hatte, und je näher sie dem Riedhof kamen, desto beklommener wurde ihm zumute.

Als sie schließlich vor dem Eingangsportal von den Pferden stiegen, hielt er es vor Anspannung kaum noch aus. Gleich mehrfach betätigte er den Türklopfer.

Die alte Magd musterte die Männer misstrauisch. Erst als sie Pfarrer Schildknecht gewahrte, wurde sie zugänglicher.

»Gott zum Gruße, Herr Pfarrer«, sagte sie ehrerbietig. »Was führt Euch denn hierher?«

Der Geistliche erwiderte ihren Gruß und fügte mit

ernster Miene hinzu: »Wir würden gerne mit dem Freiherrn sprechen.«

Die Magd schüttelte bedauernd den Kopf. »Der Freiherr ist nicht zu Hause. Er hat heute Vormittag das Haus verlassen, ich weiß nicht, wann er wiederkommt.«

»Hat er gesagt, wo er hinwill?«, richtete Bernhard das Wort an sie.

»Nein, das hat er nicht. Er ist seinen Bediensteten ja auch keine Rechenschaft schuldig«, erklärte die Dienerin abweisend. Sie wich Bernhards forschendem Blick aus und richtete die alterstrüben Augen stattdessen hilfesuchend auf den Geistlichen. »Ist es denn … sehr wichtig?«, fragte sie ihn.

»Ich denke schon«, erwiderte der Pfarrer ausweichend. »Die Lage ist ernst.«

»Deswegen solltet Ihr uns auch offen sagen, was Ihr wisst«, schaltete sich Bernhard wieder ein. »Wie lange dient Ihr Eurem Herrn denn schon?«

»Ich bin seit über fünfzig Jahren im Dienste der Familie von Stockheim.« Über das verhärmte Gesicht der alten Frau glitt ein Lächeln.

»Dann kennt Ihr doch bestimmt die Gewohnheiten des Freiherrn. Wohin könnte er sich denn begeben haben?«, fragte Bernhard unnachgiebig.

»Nun ja, der junge Herr geht ja nur selten aus dem Haus. Wenn er nicht hier ist, dann ist er im Jagdschloss. Das liegt mitten im Wald und ist sehr abgelegen. Der Freiherr liebt die Abgeschiedenheit. Und wenn ihm wirklich einmal der Sinn nach Gesellschaft steht, dann besucht er seine Cousine, die Freifrau von Urberg. Das kommt in letzter Zeit häufiger vor. Jetzt, wo sie verwitwet ist, muss er ihr doch beistehen …«

»Ach, die beiden sind verwandt!«, rief Bernhard aus und warf dem Pfarrer einen bedeutungsvollen Blick zu.

»Das hätte ich dir auch sagen können«, warf der Geistliche unwirsch ein. »Aber ich konnte ja nicht wissen, dass das wichtig ist.«

»Ob es wichtig ist, weiß ich auch noch nicht. Aber ich werde es herausfinden«, erwiderte Bernhard mit finsterem Blick.

»Dann sollten wir als Nächstes zum Jagdhaus reiten«, schlug Josef vor. Er fragte die Magd: »Könnt Ihr uns vielleicht sagen, wo das ist?«

»Am Forsthaus vorbei Richtung Dreieich, genauer weiß ich es nicht zu sagen.«

Bernhard dankte ihr, und sie verabschiedeten sich.

Draußen vor der Tür wandte er sich mit ernster Miene an seine Begleiter. »Ich denke, wir sollten zuerst der Freifrau einen erneuten Besuch abstatten. Ich weiß nicht genau, warum, aber ich traue dieser Grazie nicht über den Weg.«

✷

Lioba von Urberg verzog unmutig das Gesicht, als Bernhard von Wanebach erneut in die Halle trat. Sie verzichtete darauf, ihn in die Stube zu bitten, und unterließ es auch geflissentlich, ihm einen Platz anzubieten. Stattdessen murrte sie nur: »Ach, Ihr schon wieder! Was wollt Ihr denn noch von mir?«

Bernhard, der in seiner angespannten Stimmung auf Höflichkeitsfloskeln gut verzichten konnte, kam gleich zur Sache. »Ist der Freiherr von Stockheim bei Euch?«, fragte er rundheraus und ließ die Freifrau nicht aus den Augen.

Lioba verzog keine Miene und erwiderte kühl: »Da muss ich Euch enttäuschen. Um die Mittagszeit war er zu einem kurzen Besuch hier und ist dann wieder gegangen. Er war in Eile und wollte mir nur mitteilen, dass er gedenkt, sich auf seinen Landsitz im Taunuswald zurückzuziehen, weil es ihm hier in der Stadt zu heiß ist.« Sie bedachte den Gelehrten mit einem unfreundlichen Blick. »Ich weiß gar nicht, warum ich Euch das überhaupt erzähle. Das geht Euch ja eigentlich gar nichts an«, bemerkte sie schnippisch. »Wieso interessiert ihr Euch dafür?«

»Ich muss unbedingt den Freiherrn sprechen, und seine Dienerin sagte mir, er sei möglicherweise bei Euch. Es geht um eine sehr ernste Angelegenheit.« Er taxierte Lioba unverfroren.

Die Freifrau stieß ein helles, humorloses Lachen aus. »Erst behelligt Ihr mich wegen einer entlaufenen Näherin, und dann fragt Ihr mich über meinen Cousin aus und ergeht Euch in seltsamen Andeutungen«, blaffte sie und bemühte sich nicht mehr länger um Höflichkeit. »Mir reicht es jetzt allmählich. Verlasst auf der Stelle mein Haus und stehlt mir nicht meine Zeit!« Die Freifrau hastete zur rückwärtigen Tür und rief mit schriller Stimme in den Hausflur: »Bertha, wo steckst du denn? Der Herr möchte gehen, bring ihn hinaus!« Dann rauschte sie davon, ohne Bernhard eines weiteren Blickes zu würdigen. Gleich darauf erschien eine korpulente alte Magd und geleitete ihn nach draußen.

In finstere Gedanken versunken, überquerte Bernhard hinter ihr den weitläufigen Hof. Unwillkürlich fiel sein

Blick auf die Stallungen, die die gesamte linke Hofseite begrenzten, und er verspürte plötzlich eine merkwürdige Unruhe. Er hatte keine Zweifel, dass sich hinter der anmutigen Fassade der Freifrau ein eisenharter Kern verbarg. Die hohe Dame, da war er sich sicher, war in der Lage, kaltlächelnd über Leichen zu gehen.

Möglicherweise steckte sie mit ihrem mörderischen Cousin unter einer Decke? Doch das kann ich ihr verdammt noch mal nicht beweisen!, fluchte er innerlich.

Am Ende hielten sie Ursel in einem der Ställe gefangen, durchfuhr es ihn blitzartig, und mit einem Mal war ihm, als nehme er hinter einer der Türen eine Bewegung wahr. »Da ist doch jemand!«, stieß er aus und blieb wie angewurzelt stehen.

Die alte Frau blickte ihn befremdet an. »Ich sehe nichts«, brummelte sie und ging ungerührt weiter. Bernhard war so, als ob sie leicht schwankte. Einer spontanen Eingebung folgend, rannte er zum Stall und riss die Tür auf, die nur angelehnt war. Aus dem Halbdunkel blickte ihm verstört ein junger Stallknecht entgegen, der gerade beim Ausmisten war. Das hagere Gesicht des Mannes war schmutzverkrustet, unter der dreckstarrenden Wollmütze hingen dünne rötliche Haarsträhnen hervor.

»Was wünscht Ihr von mir, Herr?«, fragte er unsicher.

»Nichts, mein Guter. Entschuldigt mich«, erwiderte der Gelehrte verlegen und machte auf dem Absatz kehrt.

»Wo bleibt Ihr denn nur?«, krähte die alte Magd, die schon wartend am Hoftor stand. Als er vorbeiging, bemerkte er, dass sie nach Branntwein roch.

Bernhard begab sich ans Mainufer, wo ihn Josef erwartete.

»Was für ein eiskaltes Biest!«, schimpfte er aufgebracht. »Die lügt das Blaue vom Himmel herunter und zuckt dabei nicht mit der Wimper. – ›Er war heute Mittag da und ist dann zu seinem Landsitz im Taunuswald aufgebrochen, weil es ihm hier zu heiß ist …‹«, äffte er die Freifrau nach. »Der hat sich bestimmt irgendwo bei ihr verkrochen, dieser Frömmling.« Bernhard raufte sich die Haare. »Ich darf gar nicht daran denken, was mit Ursel geschieht, wenn sie den beiden auf die Schliche gekommen ist …«

»Eigentlich müsste man die Büttel herbeiholen und dieser Adelsbagage die Tür einrennen«, knurrte Josef zornig. »Doch die lachen uns nur aus, wenn wir denen erzählen, was wir wissen. In deren Augen sind das alles nur haltlose Verdächtigungen. Am Ende drehen sie uns noch einen Strick daraus, wegen böswilliger Verunglimpfung hochgestellter Persönlichkeiten. Wir können dieser Brut ja nichts beweisen!« Er stieß einen Fluch aus und schlug seine Faust in die Handfläche.

»Wir reiten jetzt zu diesem Jagdschloss, vielleicht finden wir ja dort den Freiherrn«, entschied Bernhard kurzerhand.

*

Ein paar spärliche Regentropfen fielen vom Himmel und verdunsteten sofort auf den erhitzten Basaltsteinen, als Lioba von Urberg über den Innenhof zu den Stallungen eilte. Sie hämmerte mit ihrer kleinen Faust gegen die Stalltür, und gleich darauf stand der junge Stallknecht auf der Schwelle. »Herrin«, flüsterte er. »Was für ein Spiel habt Ihr denn da wieder ersonnen?«

»Genug gespielt!«, zischte sie und verzog angewidert

die Lippen. »Wasch dir den Dreck aus der Visage, und zwar schnell, wir müssen uns beeilen!«

Ursel, die schon vor geraumer Zeit mit den Näharbeiten an dem Samtkleid fertig geworden war, saß am offenen Fenster und blickte in den Himmel. Dunkle Wolken zogen auf, sie konnte das nahende Unwetter förmlich riechen. Sie streckte den Arm aus dem Fenster und genoss die ersten zaghaften Regentropfen auf ihrer Haut. Wie sehr sehnte sie das reinigende Gewitter herbei! Die Schwüle nahm ihr die Luft zum Atmen. Eingeschlossen in dem stickigen Turmzimmer, hatte sie zuweilen das Gefühl zu ersticken, doch sie wusste, dass es in Wahrheit die Beklommenheit war, die ihr die Kehle zuschnürte.

Mit einem Mal hörte sie Schritte auf der Treppe, und gleich darauf wurde das Schloss entriegelt. Sie will ihr Kleid abholen, dachte Ursel und erhob sich. In steifer Körperhaltung erwartete sie die Freifrau.

Lioba von Urberg trat ins Zimmer. Sie war in Begleitung eines jungen Mannes mit schulterlangen kupferroten Haaren.

»Mein Cousin, der Freiherr von Stockheim, möchte das Gewand begutachten«, erläuterte die Freifrau knapp, machte einen Schritt zur Seite und ließ ihren Begleiter an die Schneiderpuppe treten.

Ursel betrachtete den Freiherrn voller Erstaunen. Er hatte einen alabasterfarbenen Teint, und den zarten Gesichtszügen haftete etwas Feminines an. Der Ausdruck in seinen hellgrünen Augen wirkte seltsam entrückt, es war, als nähme er die Hurenkönigin gar nicht wahr.

Die Freifrau hielt sich im Hintergrund, sie stand

unbeweglich neben der Tür. In ihrem schwarzen Trauergewand gemahnte sie Ursel an eine bösartige kleine Spinne, die auf Beute lauerte. Von ihr ging etwas derart Bedrohliches aus, dass Ursel der kalte Schweiß ausbrach. Sie wandte ihre Aufmerksamkeit wieder dem Freiherrn zu, der nun das Gewand in Augenschein nahm. Als seine feingliedrige Hand prüfend über die Perlenstickerei strich, wäre ihr um ein Haar das Herz stehengeblieben: Am Ringfinger trug der junge Mann einen Ring mit einem herzförmigen blutroten Rubin, der von goldenen Schwertern durchbohrt war – das Symbol der Schmerzensmutter.

Ursel wusste mit lähmender Gewissheit, dass ihr Leben in großer Gefahr war. Gehetzt blickte sie zur Tür und begegnete Liobas kalten Glasmurmelaugen, in denen etwas Triumphierendes lag.

»Hier ist ja schon eine Perle locker!«, vernahm sie plötzlich die quäkende Stimme des Freiherrn und fuhr zusammen.

»Das kann nicht sein«, murmelte die Hurenkönigin und blickte ihn erstarrt an.

»Doch!«, insistierte der Jüngling trotzig. »Komm Sie doch einmal her und schaue Sie sich Ihren Pfusch an.«

Wie in Trance ergriff die Hurenkönigin die Schneiderschere, die auf dem Tisch lag, und ging auf ihn zu. In diesem Moment traf sie ein harter Schlag in den Nacken, und ihr wurde schwarz vor Augen.

*

Umgeben von hohen Tannen, erhob sich vor Bernhard, Josef und dem Oberförster, der sich ihnen am Forsthaus angeschlossen hatte, das herrschaftliche Jagdschloss. Mit seinen bemoosten Fachwerkbalken und den verwitterten spitzgiebeligen Erkern, deren Fenster mit Eichenholzläden verschlossen waren, mutete das Gebäude nicht minder düster an als der Nadelwald und schien mit dem Tannengrün zu verschmelzen. Dem gesamten Ort haftete eine gespenstische Stille an, die Bernhard und seine Begleiter den Atem anhalten ließ. Mit einem Mal streifte ein Windhauch Bernhards schweißnasse Stirn, und er schrak zusammen, als eine große graue Eule in lautlosem Flug zwischen den Tannen davonstob. Lautes Donnergrollen ließ die Männer aufhorchen, und es wurde immer finsterer. Sie stiegen von den Pferden, banden die Tiere an Baumstämmen fest und näherten sich auf leisen Sohlen dem Haus. Bernhard war in diesem Moment sehr froh darüber, die beiden wehrhaften Burschen bei sich zu wissen. Doch auch ihnen schien bange zu sein. Alle drei hielten die massiven Holzprügel, mit denen sie sich im Forsthaus ausgerüstet hatten, fest umklammert, und Staudinger hatte zudem noch seine Armbrust umgeschnallt. Der Oberförster, der dem kleinen Trupp voranging, gab den anderen ein Zeichen, stehen zu bleiben.

»Er ist da«, raunte er den Männern zu und spähte angespannt um die Hausecke. »Da hinten vor dem Stall steht ein Pferd.«

Bernhard spürte, wie ihm die Haare zu Berge standen.

»Gut so, dann knöpfen wir uns den Kerl gleich vor!«, flüsterte Josef angriffslustig und näherte sich mit erhobener Keule der Haustür.

»Wartet«, mahnte der Oberförster leise. »Wir müssen erst sichergehen, ob es nicht noch einen zweiten Ausgang gibt. Nicht, dass der uns durch die Lappen geht.«

Als sich keine weitere Tür fand, postierte sich Staudinger an der Hausecke, um das Pferd im Auge zu behalten, und bedeutete Josef, er solle an die Tür klopfen.

»Aufmachen!«, rief der Hüne mit lauter Stimme und ließ den Holzprügel gegen die Tür krachen.

Als sich drinnen nichts rührte, polterte Josef erneut dagegen und brüllte: »Macht sofort auf, oder wir treten die Tür ein!«

Zunächst blieb es still, dann wurde zögerlich gefragt: »Wer ist da?«

Staudinger erkannte die Stimme des alten Berthold, der dem Freiherrn von Stockheim als Hausknecht und Jagdaufseher diente.

»Hier ist Oberförster Staudinger«, rief er. »Berthold, mach sofort die Tür auf!«

Der Schlüssel knirschte im Schloss, und gleich darauf stand ihnen in der Tür ein älterer Mann in Jagdkleidung gegenüber. In der Hand hielt er einen Schürhaken. Er blickte den Besuchern mit betretener Miene entgegen und fragte: »Was ist denn los? Warum macht ihr solchen Lärm?«

»Wir suchen den Freiherrn. Ist er da?«, erkundigte sich Bernhard bei dem Knecht, obgleich er die Antwort bereits ahnte.

»Nein«, erwiderte der Mann mit dem grünen Filzhut gepresst.

Bernhard stieg Rauch in die Nase, und er betrachtete den Schürhaken, den der Mann in der Hand hielt. »Macht Ihr gerade Feuer?«, fragte er.

»Ja«, erwiderte der Mann mit hektischem Blick. »Das ist doch nicht verboten, oder?«

»Verboten nicht, aber schon ein bisschen merkwürdig – bei dieser Schwüle«, schaltete sich der Oberförster ein und musterte den Hausknecht misstrauisch. Schnüffelnd bewegte er die Nasenflügel. »Das riecht doch nach … nach angebranntem Horn! Was verbrennst du denn da?«, brach es aus ihm heraus, und er drängte sich, gefolgt von Bernhard und Josef, an dem Knecht vorbei.

Der abgedunkelte Wohnraum war erfüllt von dichten Rauchschwaden. Im Kamin schwelten noch Glutreste. Bernhard verlangte in herrischem Tonfall nach dem Schürhaken, den ihm der Knecht widerwillig überließ, und stocherte in der Glut.

»Da ist etwas drin«, murmelte er und sog die Luft ein. »Es riecht sonderbar, wie nach angesengten Haaren. Macht doch bitte die Läden auf, damit man besser sieht«, wandte er sich an seine Begleiter, die seinem Ansinnen umgehend nachkamen.

In dem diffusen Licht, das durch die Fenster drang, konnte Bernhard erkennen, dass im Kamin angekohlte Klumpen lagen. Er schob sie von der Glut weg, ergriff eine der Kerzen, die auf dem Kaminsims standen, und beleuchtete damit die angeschmorten Reste. Mit spitzen Fingern zog Bernhard etwas aus der Asche und hielt es ins Kerzenlicht. »Das sind Haare – angesengte blonde Haare!«, sagte er mit brüchiger Stimme.

Josef und der Oberförster stürzten sogleich auf den Knecht zu und packten ihn bei den Schultern. »Was hast du hier verbrannt?«, schrie ihm der Oberförster ins Gesicht und schüttelte ihn.

»Ich weiß nicht«, winselte der Mann. »Nur das Bündel, das mein Herr mir gegeben hat … Ich habe nicht so genau hingesehen.«

»Nicht so genau hinsehen *wollen*!«, schnaubte Bernhard und näherte sich dem Mann, dessen Gesicht inzwischen schweißüberströmt war. »Was weißt du, Bursche?«, fragte er in drohendem Tonfall.

»Nichts! Ich … ich habe doch nichts Böses getan!«, stammelte der Jagdaufseher des Freiherrn mit gehetztem Gesichtsausdruck.

Josef packte ihn am Kragen. »Wenn du nicht sofort mit der Wahrheit rausrückst, Kerl, prügeln wir sie aus dir heraus!«, brüllte er und verstärkte seinen Griff.

Der Jagdaufseher rang nach Luft, sein Gesicht lief rot an, und die Augäpfel traten hervor. »Lasst mich los!«, stammelte er. »Ich sag es ja …«

Josef lockerte seinen Griff. Abwartend sahen die drei Männer den Bediensteten an.

»Mein Herr hat mir heute Mittag so ein Bündel gegeben und gesagt, ich soll es verbrennen«, begann er stockend. »Es war so ein … ein gelber Stoffballen … Wie gesagt, ich hab gar nicht so genau hingeguckt. Und dann hab ich versucht, es hier im Kamin zu verbrennen.« In den Augen des Mannes spiegelte sich seine Bedrängnis. Er barg sein Gesicht in den Händen und schluchzte.

»Weiter!«, drängte Josef und knuffte ihn in die Seite.

»Ich kann doch meinen Herrn nicht verraten!«, presste der Jagdaufseher mit tränenerstickter Stimme hervor.

Bernhard hatte genug von dem Gejammer. Er packte den Jagdaufseher am Kinn und zwang ihn, ihn anzusehen. »Willst du erst warten, bis er noch eine Frau umgebracht hat, du Tropf?«, zischte er. »Dann kannst du gemeinsam mit ihm am Galgen baumeln!«

»Ich … ich habe wirklich nichts getan!«, beteuerte der Mann. »Ich habe nur diese Hübscherin hergebracht, wie es mir mein Herr befohlen hat. Nachdem ich sie am Jagdschloss abgesetzt hatte, bin ich wieder zum Riedhof geritten. Und mehr weiß ich nicht. Ich habe mir nichts dabei gedacht, denn es war ja nicht das erste Mal, dass ich die Hure zum Jagdschloss begleitet habe …«, gestand er. »Das ist öfter vorgekommen. Sie sah ja auch eigentlich gar nicht aus wie eine Hure … Sie hatte so ein schönes, vornehmes Gesicht und war eher wie eine Adelsdame – nur dass sie halt ein gelbes Hurengewand anhatte …« Er brach ab und schluchzte. »Und jetzt ist sie tot, und das tut mir so leid. Ich weiß, dass ich schwere Schuld auf mich geladen habe, aber ich konnte doch meinen Herrn nicht verraten!« Der Jagdaufseher weinte jetzt hemmungslos.

Bernhard fragte barsch: »Seid Ihr bereit, Eure Aussage bei der Sachsenhäuser Bürgerpolizei zu wiederholen?«

Der Jagdaufseher nickte betreten. »Gott sei mir gnädig …«, murmelte er.

»Das hast du gar nicht verdient, du feiger Duckmäuser!«, schnitt ihm Bernhard das Wort ab. »Du hast einen grausamen Frauenmörder gedeckt. Und jetzt sag uns gefälligst, wo sich dein Herr aufhält!«

»Er … er wollte noch zu seiner Cousine, der Freifrau von Urberg«, flüsterte der Knecht.

Bernhard war wie vom Donner gerührt. »Ich habe es doch geahnt!«, stieß er hervor. »Ursel ist in größter Gefahr. Wir müssen auf dem schnellsten Weg nach Sachsenhausen, um Schlimmstes zu verhindern.«

✺

Noch ganz benommen schlug die Hurenkönigin die Augen auf. Sie lag auf dem Boden und bekam kaum Luft. Entsetzt stellte sie fest, dass ein Knebel in ihrem Rachen steckte, der sie würgte. Eine ausufernde Panik ergriff von ihr Besitz, sie glaubte zu ersticken, ihre Atemzüge wurden immer hektischer. Als sie versuchte, sich aufzurichten, spürte sie stechende Schmerzen in den Hand- und Fußgelenken und musste erkennen, dass sie gefesselt war. Sie war völlig hilflos und ihren Feinden ausgeliefert.

Unwillkürlich hob Ursel den Blick, und sie gewahrte die Freifrau, die vor ihr auf einem Stuhl thronte und sie mit kalten Augen beobachtete. Als sich ihre Blicke trafen, glitt ein diabolisches Lächeln über Liobas Antlitz. Die Freifrau trug das perlenbestickte Samtkleid, die ellenlange Schleppe war um ihre Füße drapiert. An ihrer Seite stand in hündischer Ergebenheit der Freiherr von Stockheim.

Lioba von Urbergs Stimme klang schrill und metallisch, als sie gleich darauf das Wort an die Hurenkönigin richtete. »Ich habe dich schon erkannt, als du zur Tür hereingekommen bist, du Miststück«, schnarrte sie verächtlich. »Eine Hure bleibt halt immer eine Hure, auch wenn sie sich als ehrbare Frau ausstaffiert. Ich habe ihn sofort gerochen, deinen ekelhaften Hurengestank.« Lioba verzog angewidert das Gesicht. »Vor einigen Jahren habe ich dich und deine Metzen bei einer Feierlichkeit im Rathaussaal gesehen, wo ihr zu Ehren des Rates getanzt habt. Damals habe ich mir dein Hurengesicht gut eingeprägt – und bei dieser Gelegenheit konnte ich mir auch endlich einmal das Weibsbild ansehen, mit dem mein ehrenwerter Gemahl mich all die Jahre betrogen hat.« Der ungezügelte Hass der Freifrau traf die Hurenkönigin bis ins Mark, und zu der Angst, die sie bis in die Haarspitzen erfüllte, gesellte sich mit einem Mal eine gewaltige Wut. Sie verfluchte ihre Hilflosigkeit, die sie außerstand setzte, sich gegen ihre Widersacherin zu wehren. Jetzt begriff sie, dass von der Freifrau eine viel größere Gefahr ausging als von dem Mann an ihrer Seite.

Mit den geschärften Sinnen einer Raubkatze schien Lioba den Zorn der Hurenkönigin zu wittern. Sie erhob sich von ihrem Stuhl und spie Ursel ins Gesicht. »Ich habe immer gedacht, die Metze mit dem hässlichen angemalten Gesicht, von der mein lieber Herr Gemahl nicht genug kriegen konnte, wäre das gewöhnlichste und verderbteste Stück im ganzen Hurenhaus gewesen, aber seit ich dich kenne, weiß ich es besser!«

Ursel stöhnte laut auf und warf sich so wild hin und her wie ein Fisch auf dem Trockenen.

»Gib Ruhe, du Drecksstück, sonst bist du gleich fällig!«, fauchte Lioba.

Schlagartig wurde der Hurenkönigin bewusst, dass die mörderische Bestie, nach der sie gesucht hatte, die Freifrau war – der bleiche Jüngling neben ihr war nur ihr willenloser Knecht. Sie stöhnte laut auf.

Lioba sprach weiter, und ihre Augen erstarrten zu Eis. »Dieser Hurenbock hat mich mit der Lustseuche angesteckt«, stieß sie hervor. »Dafür habe ich ihn auch jämmerlich verrecken lassen. Das Gift des Schierlings, das ich ihm in kleinen Dosen verabreicht habe, hat ihm einen langen, qualvollen Todeskampf beschert. – Und dann waren die Huren an der Reihe …« Lioba hielt inne und weidete sich an dem Grauen, das Ursel ins Gesicht geschrieben stand. »Eigentlich habe ich den Sünderinnen sogar eine Gnade erwiesen, indem ich sie wie dereinst Maria Magdalena, die sich für ihre Ausschweifungen eine lebenslange Buße auferlegte, zu Büßerinnen machte. Ich musste jedoch einsehen, dass dies allein bei weitem nicht ausreichte, um ihre lästerlichen Sünden zu tilgen. Nur ein wahres Martyrium würde sie von ihrer Schuld erlösen können. Durch meine Hand wurde den Sünderinnen die große Gnade zuteil, im Tode endlich geläutert zu sein.« Liobas Blick verklärte sich und richtete sich himmelwärts, noch nie hatte sie so engelhaft ausgesehen wie in diesem Moment. Die Zimmerin verspürte überbordenden Hass auf die Freifrau, in ihrer Verzweiflung bäumte sie sich auf wie ein Berserker.

Die Freifrau presste verärgert die Lippen zusammen und erteilte Jakob von Stockheim einen herrischen Wink. Der schlanke Mann ging auf die Gefesselte zu und trat ihr grob in die Seite. Ursel gab ein unterdrücktes Wimmern von sich.

»Benimm dich gefälligst, du Dreckshure, bis wir mit dir fertig sind!«, gellte seine Stimme durch das Turmzimmer.

Ursel strömten vor Demütigung und Bedrängnis die Tränen aus den Augen. Vor ihrem inneren Auge sah sie Rosis verstümmelten Körper, und eine panische Angst schnürte ihr die Kehle zu. Sie wusste nicht, was sie mehr fürchtete, die entsetzlichen Folterqualen oder den bevorstehenden Tod. Alles in ihr begehrte auf. Sie wollte nicht sterben! – Doch wie konnte sie ihrem Schicksal entrinnen? Welche Möglichkeiten hatte sie, die Pläne des teuflischen Paares zu durchkreuzen? Sie fand keine Antwort.

Sie war kurz davor, vor Verzweiflung den Verstand zu verlieren. *Heilige Maria Magdalena, steh mir bei und errette mich aus den Händen dieser Wahnsinnigen!*

»Ich habe mir viel Mühe gegeben mit euch Metzen«, unterbrachen Liobas zynische Worte Ursels Stoßgebet. »Für die Todestage der Sünderinnen habe ich immer einen Gedenktag eurer Schutzheiligen gewählt. Bei der ersten Hure hat das gut gepasst, die zweite ist uns leider schon vorher verreckt, das Miststück. Aber immerhin ist sie dann pünktlich zum Gedenktag der heiligen Afra gefunden worden. – Soweit ich weiß, gibt es übers ganze Jahr verteilt insgesamt acht solcher Namenstage.« Lioba warf der Hurenkönigin einen hämischen Blick zu. »Für dich hatte ich eigentlich den 9. April vorgesehen, den Gedenktag der heiligen Maria von Ägypten, die von sich selber gesagt hat: ›Alles, was schändlich ist, habe ich getan.‹ Das würde doch zu dir passen, nicht wahr? Auch Maria von Ägypten starb einen qualvollen Märtyrertod, wie ich ihn dir, der Hurenkönigin, als Letzter zugedacht hatte, gewissermaßen als krönenden Abschluss aller Gnadenakte.« Lioba von Urberg legte eine Pause ein und erhob schäkernd den Zeigefinger in Ursels Richtung.

»Nun bist du uns aber zuvorgekommen«, fuhr sie fort, »und wir müssen dich sozusagen außer der Reihe unschädlich machen. In den vergangenen Tagen habe ich lange darüber nachgedacht, ich habe es mir wahrlich nicht leichtgemacht, das darfst du mir glauben.« Sie blinzelte Ursel mit gespielter Ernsthaftigkeit an. »Und ich bin zu dem Schluss gekommen, dass man sich an einer wie dir nicht die Finger schmutzig machen sollte! Am besten ist es, dich einfach zu vergessen, so als habe es dich nie gegeben. Im Keller unseres Hauses gibt es einen alten, stillgelegten Brunnenschacht, an dessen Ende sich ein gemauerter Kerker befindet. Er ist nur durch eine schmale Luke an der Decke zugänglich und gerade groß genug, dass eine Person in kauernder Haltung dort verwahrt werden kann.« Sie kicherte gehässig. »Im Grunde genommen ist er ein steinernes Grab. Die Vorfahren meines verstorbenen Gemahls haben diese Kammer des Vergessens, eine sogenannte Oubliette, bereits vor Jahrhunderten angelegt, um sich darin verhasster Feinde zu entledigen. Das ist doch genau das Richtige für eine wie dich!«

Lioba erhob sich und gab dem Freiherrn ein Zeichen. »Wir werden dich jetzt dorthin schaffen«, verkündete die Freifrau und wandte sich noch einmal zu der Hurenkönigin um. »Es war übrigens sehr dumm von dir, dass du deine Henkersmahlzeit kaum angerührt hast!«, platzte es aus ihr heraus, und sie wurde unversehens von Lachkrämpfen geschüttelt, so dass sie kaum weitersprechen konnte. »Unten … in deinem … Verlies hast du Zeit genug … von deinem … deinem Hühnerbein zu träumen!« Sie krümmte sich vor Heiterkeit.

Auch Jakob von Stockheim lächelte belustigt, als er sich zu der Hurenkönigin hinunterbeugte. Er packte sie mit einem festen Ruck und stellte sie auf die Füße. Ursel konnte ein gequältes Stöhnen nicht unterdrücken. Der zusammengerollte Stofflappen in ihrem Rachen drohte sie zu ersticken. Am liebsten hätte sie wild um sich geschlagen, doch ihre auf dem Rücken gefesselten Arme ließen das nicht zu.

Lioba von Urberg nahm einen Kerzenhalter und ging voran. Jakob von Stockheim fasste die Hurenkönigin an den Handfesseln und schob sie grob durch die Tür.

Das schmale Gewölbe der Wendeltreppe wurde vom flackernden Kerzenlicht nur notdürftig erleuchtet. Zwischen Ursels Fußknöcheln befand sich ein Hanfseil, das gerade so weit gespannt war, dass sie die Treppenstufen hinuntergehen konnte. Es straffte sich bei jedem Schritt und schnitt ihr schmerzhaft ins Fleisch. Jakob von Stockheim hielt von hinten ihre Handgelenke umklammert wie ein Schraubstock. Er schien über ungeheure Körperkräfte zu verfügen.

»Mach schneller, du Miststück«, zischte er wütend und versetzte Ursel einen so heftigen Schlag gegen die Schläfe, dass sie mit der Stirn gegen das grobe Mauerwerk schlug. Sie spürte, wie ihr das Blut übers Gesicht strömte. Durch einen roten Schleier hindurch gewahrte sie Lioba, die mit der Kerze voranging. Die ellenlange Schleppe ihres schiefergrauen Samtgewandes schleifte hinter ihr über die Treppenstufen, sie war zum Greifen nah …

Alles in Ursel reckte sich nach diesem letzten Strohhalm. Sie ging leicht in die Knie, stieß sich mit aller Kraft vom Boden ab und ließ sich kopfüber nach vorne fallen. Durch den heftigen Ruck löste sich der Klammergriff des Freiherrn, und sie stürzte im freien Fall die Treppe hinab.

Auch wenn ich mir dabei das Genick breche, du gehst mit mir!, war ihr alles beherrschender Gedanke, und im nächsten Augenblick prallte sie mit ihrem ganzen Gewicht auf die zierliche Lioba von Urberg und riss sie mit sich. Die beiden ineinander verkeilten Körper polterten so schnell die Stufen hinab, dass es Jakob von Stockheim nicht gelang, seine Herrin festzuhalten. Es dauerte nur Sekunden, bis die Frauen am Ende der Treppe auf den Steinfliesen landeten und die gefesselte Hurenkönigin auf dem Körper der Freifrau aufschlug.

Jakob von Stockheim hastete nach unten, schob die Hurenkönigin grob zur Seite und beugte sich über Lioba. »Herrin, was ist mit Euch?«, stammelte er außer sich. Fassungslos starrte er auf die verdrehten Gliedmaßen seiner Cousine und hob behutsam ihren Kopf an, der schlaff zur Seite hing.

Die Freifrau gab ein schwaches Röcheln von sich und öffnete die Augen. Aus ihrem Mund sickerte Blut.

»Töte sie!«, presste sie hervor. Im nächsten Moment strömte ein dicker Blutschwall über ihre Lippen, und die Augen brachen. Lioba von Urberg war tot.

Wie ein verwundetes Raubtier brüllte Jakob von Stockheim auf und bedeckte das von blutigen Schrammen übersäte Gesicht der Freifrau mit Küssen. Dann sank er wie eine Marionette, deren Fäden mit einem jähen Schnitt durchtrennt wurden, in sich zusammen und lag da, als wäre jegliches Leben aus ihm gewichen.

Ursel neben ihm hatte alles wie aus weiter Ferne mit angesehen. Sie war sich nicht sicher, ob sie selbst überhaupt noch am Leben war.

Da tönte eine helle Stimme vom Flur zu ihr herüber: »Hast du nicht gehört, was Mutter dir gesagt hat, du Memme? Töte die Hure, sonst werde ich es tun!«

Das muss ein Traum sein!, dachte Ursel verstört, als die kleine, schwarzgewandete Gestalt auf sie zukam. Sie sah das hassverzerrte Gesicht des Mädchens. Gunilla von Urberg hielt einen Dolch in der Hand.

*

Ein gewaltiges Unwetter entlud sich über Frankfurt, als der Schergentrupp unter der Führung von Bernhard von Wanebach und seinen beiden Verbündeten vor des Urberger Hof anlangte. Mit vereinten Kräften brachen die Männer das Tor auf und stürmten in den Hof.

Bernhard ignorierte die gleißenden Blitze und die taubeneigroßen Hagelkörner, die wie Geschosse auf ihn herunterprasselten, und rannte, dicht gefolgt von Josef und dem Oberförster, auf das Haus zu. Er riss die Tür auf, die glücklicherweise unverschlossen war, und hastete durch die Halle in den Flur. Sogleich gewahrte er ein Stück weit entfernt das Kind, das den Arm hochreckte und etwas in der Hand hielt. Vor ihm auf dem Boden lag eine Gestalt.

Ursel! Bernhard begriff augenblicklich, in welcher Gefahr sich die Hurenkönigin befand. Auch Josef und der Oberförster sahen das Messer in der Hand des Mädchens. Jeden Moment konnte Gunilla zustechen! Mit weit ausholenden Schritten spurteten die Männer auf sie zu.

Josef packte sie am Handgelenk und entwand ihr den Dolch, der scheppernd auf die Steinfliesen fiel. Er umfasste das Kind mit den Armen und riss es nach oben. Gunilla schrie wie am Spieß und suchte sich verzweifelt aus Josefs Umklammerung zu befreien.

Bernhard bebte am ganzen Körper, als er sich über Ursel beugte und behutsam den Knebel entfernte. »Meine tapfere Hurenkönigin …«, murmelte er ergriffen und legte die Arme um sie.

Über das verschrammte Gesicht der Zimmerin huschte ein glückliches Lächeln. »Ich liebe dich«, flüsterte sie und verlor das Bewusstsein.

Epilog

Außer zahlreichen Schürfwunden, Blutergüssen und Beulen am Kopf war die Hurenkönigin wie durch ein Wunder unversehrt geblieben. Nach einer Woche Bettruhe, während der die gesamte Hurenschaft, vor allem aber ihr Geliebter Bernhard von Wanebach sie liebevoll umsorgte, war sie wieder ganz die Alte, auch wenn ihr die schrecklichen Erlebnisse noch tief in den Knochen saßen.

Die Stadt Frankfurt am Main verlieh ihr wenig später für ihren mutigen Einsatz bei der Aufklärung der Hurenmorde das Bürgerrecht auf Lebenszeit. Anlässlich des großen Festakts im Römerrathaus, zu dem neben Honoratioren auch Bernhard von Wanebach, Josef Ott, Oberförster Staudinger, der Henker und die städtischen Hübscherinnen geladen waren, wurde sie vom Bürgermeister gebeten, ein paar Worte ans Publikum zu richten. Ursel Zimmer bedankte sich bei der Stadt für die verliehene Anerkennung, betonte aber mit aller Nachdrücklichkeit, dass nicht nur ihr, sondern allen städtischen Hübscherinnen das Bürgerrecht zustehe. Abschließend sprach sie Bernhard von Wanebach, ihren Helfern und den Huren ihren Dank aus. Einzig die Liebe dieser Menschen vermöge es, sie mit den Widerwärtigkeiten, die sie erfahren habe, zu versöhnen, erklärte sie bewegt.

Im Jahre 1512 entschloss sich der Frankfurter Senat tatsächlich, den Bewohnerinnen des Frauenhauses am Dempelbrunnen das Bürgerrecht zu gewähren, was im gesamten christlichen Abendland seinesgleichen suchte.

Die verwaiste Gunilla von Urberg wurde in ein Nonnenkloster überstellt, wo dem hochmütigen Mädchen Demut und Gehorsam beigebracht wurden.

Jakob von Stockheim wurde vom Strafgericht der Stadt Frankfurt zum Tod durch Enthauptung verurteilt. Bis zur Urteilsvollstreckung auf dem Rossmarkt, zu der sich eine große Menge Schaulustiger versammelte, sprach er kein einziges Wort mehr. Er machte insgesamt den Eindruck, als hätte das Leben seit Liobas Hinscheiden keinerlei Bedeutung mehr für ihn. Zur bitteren Enttäuschung des Hinrichtungspublikums zeigte er nicht die geringste Todesangst. Als er zum Henkerspodest geführt wurde, sprach aus seinem Blick nur eine große Gleichgültigkeit.

Geschichte und Geschichten – ein Nachwort

Das Mittelalter war die Blütezeit der Frauenhäuser, die zu dieser Zeit nichts anderes waren als Bordelle. In nahezu jeder deutschen Stadt gab es mindestens ein Frauenhaus.

Das Wort »Bordell« geht zurück auf das französische »borde«, Rand, weil die Huren stets an der Peripherie der Stadt wohnen mussten. Häufig befanden sich die Frauenhäuser an der Stadtmauer, in der Nähe des Stadtgrabens oder am Flussufer.

Die Prostitution wurde von Obrigkeit und Kirche als notwendiges Übel angesehen und als Schutz vor Ehebruch und der Verführung ehrbarer Frauen ausdrücklich gebilligt. Die Hübscherinnen hatten ihren festen Platz im städtischen Leben, andererseits jedoch wurden sie verachtet und gehörten zu den »unehrlichen« Leuten.

Die Prostituierten galten im Mittelalter als eine legitime Zunft, deren Gewerbe in eigenen Zunfthäusern, den Frauenhäusern, ausgeübt wurde. Der Hurengilde stand eine gewählte Gildemeisterin vor, im Volksmund »Hurenkönigin« genannt, die zumeist auch die Frauenhauswirtin war.

Das Frankfurter Frauenhaus am Dempelbrunnen oder Dempelborn hat es tatsächlich gegeben, es befand sich an der Stadtmauer in der Mainzergasse. Die Prostitution in Frankfurt wurde streng auf diesen »Rotlichtbezirk« beschränkt. Das Frauenhaus und das gesamte Inventar waren Eigentum der Stadt Frankfurt, die Beaufsichtigung oblag dem Henker. Der Ertrag aus dem Frauenhaus wurde zwischen geistlichen Stiften und dem Magistrat aufgeteilt.

In Frankfurt wurde die Frauenhauswirtin die »Meistersen vom Stockhaus« genannt, weil der »Stocker« – der Scharfrichter – die Oberaufsicht führte.

Wenn es im Mittelalter auch eine Seltenheit war, dass Prostituierte das Bürgerrecht erwerben konnten, so gab es glücklicherweise auch Ausnahmen. Im Jahre 1459 erhielten in Frankfurt am Main acht Huren und eine Frauenhauswirtin das Bürgerrecht.

Mit dem Auftreten der Syphilis am Ende des 15. Jahrhunderts wurden immer mehr Frauenhäuser und Badestuben geschlossen, und allmählich verschwanden sie ganz aus dem Stadtbild. Die Häuser für Büßerinnen und reuige Sünderinnen dagegen, die sogenannten »Magdalenenhäuser«, hielten sich bis ins 20. Jahrhundert hinein.

Im Mittelalter war der Sadomasochismus sehr ausgeprägt und stand meist in enger Verbindung zu einer tiefen Religiosität. Der masochistische Frauendienst des Mittelalters konzentrierte sich vor allem auf die höheren Gesellschaftsschichten, man sah in der Frau entweder die Verkörperung der Erbsünde oder stilisierte sie als unbefleckte Jungfrau. Der Minnedienst des Mittelalters war untrennbar mit dem Marienkult verbunden. Die von Ulrich von Lichtenstein im Jahre 1255 verfasste Schrift »Frauendienst« stellt die Magna Charta des mittelalterlichen Masochismus dar. In der Provence gab es sogar eine regelrechte Zunft der Weiberknechte, die sogenannten »Galois«.

Die im Roman erwähnten Sachsenhäuser Rittergeschlechter gab es zwar, Lioba von Urberg und Jakob von Stockheim sind jedoch frei erfunden.

Auch die Hurenkönigin Ursel Zimmer hat es in Wirklichkeit nie gegeben.

»Vom Frauengässchen zum Rotlicht-Bezirk« lautet der Titel meiner ersten Publikation, die ich im Rahmen meines Studiums der Kulturgeschichte im Jahre 1990 in einem Ausstellungskatalog veröffentlichte. Schon damals faszinierte mich die Geschichte der Prostitution – was sich bis heute erhalten hat. Im Lauf der Zeit beschränkte ich meine Studien nicht allein auf die Historie, sondern weitete meine Recherchen auf die Gegenwart aus.

Den Huren der Frankfurter Prostituierten-Selbsthilfe »HWG« (»Huren wehren sich gemeinsam«) verdanke ich eine Vielzahl interessanter Einblicke in das Wesen der Prostitution. Insbesondere die »Hurenkönigin« Gerda H. wird mir immer unvergesslich bleiben. Mit meinem Roman bin ich zwar in das mittelalterliche Frauengässchen zurückgekehrt, sie alle haben jedoch mit ihren Geschichten dazu beigetragen, der »Hurenkönigin« Leben einzuhauchen.

Das Buch ist ihnen gewidmet.

Ursula Neeb im Juli 2011

Danksagung

Danken möchte ich den Menschen, die die Entwicklung der »Hurenkönigin« begleitet haben:

Allen voran Markus Wild, meinem klugen Berater und Gefährten,

meinen Lektorinnen Wiebke Bolliger und Uta Rupprecht, bei denen ich auch diesmal wieder das Manuskript in besten Händen weiß,

Bettina Querfurth, meiner belesenen Agentin,

und nicht zuletzt auch Ute und Andreas Wild, meinen Freunden Jürgen Blümel und Gerold Hens, meiner Nachbarin Sylvia Thiel, meinen Sachsenhäuser und Seelenberger Lesefreundinnen und -freunden und allen Lesern, die meine Bücher mögen.

Oliver Pötzsch

Die Henkerstochter

Historischer Kriminalroman

Originalausgabe

ISBN 978-3-548-26852-1
www.ullstein-buchverlage.de

Kurz nach dem Dreißigjährigen Krieg wird in der bayerischen Stadt Schongau ein sterbender Junge aus dem Lech gezogen. Eine Tätowierung deutet auf Hexenwerk hin, und sofort beschuldigen die Schongauer die Hebamme des Ortes. Der Henker Jakob Kuisl soll ihr unter Folter ein Geständnis entlocken, doch er ist überzeugt: die alte Frau ist unschuldig. Unterstützt von seiner Tochter Magdalena und dem jungen Stadtmedicus macht er sich auf die Suche nach dem Täter.

UB469

ullstein